Título original: *The Promise in a Kiss*
Traducción: Martín Martínez-Courel
1.ª edición: febrero 2012

© Savdek Management Propietory Limited, 2001
© Ediciones B, S. A., 2012
para el sello B de Bolsillo
Consell de Cent, 425-427 - 08009 Barcelona (España)
www.edicionesb.com

Printed in Spain
ISBN: 978-84-9872-607-7
Depósito legal: B. 543-2012

Impreso por LIBERDÚPLEX, S.L.U.
Ctra. BV 2249 Km 7,4 Polígono Torrentfondo
08791 - Sant Llorenç d'Hortons (Barcelona)

La promesa en un beso

STEPHANIE LAURENS

Para
Keith, Stefanie y Lauren
y
Nancy, Lucia y Carrie
y
«La Banda del Almuerzo»
por el pasado, el presente y el futuro

Prólogo

19 de diciembre de 1776
Convento de las Jardineras de María, París

La medianoche había llegado y había pasado. Helena oyó la campana pequeña del carillón de la iglesia cuando se detuvo en el umbral de la enfermería. Las tres. Ariele, su hermana pequeña, al fin había caído en un sueño profundo; remitida la fiebre, estaría segura al cuidado de la hermana Artemis. Tranquilizada al respecto, Helena podía volver a su cama, en el dormitorio más allá de los claustros.

Se cubrió los hombros con un chal de lana y salió de las sombras del ala de la enfermería. Las madreñas de madera repiqueteaban suavemente contra las losas de piedra mientras atravesaba los jardines del convento. La noche era gélida y clara. Sólo iba vestida con el camisón y la bata; ya estaba dormida cuando la hermana portera la había llamado para que ayudara en el cuidado de Ariele. El sentido común la impulsaba a apresurarse —el chal no era tan grueso—, aunque caminaba despacio, sintiéndose cómoda en aquellos jardines empapados de luna, en aquel lugar donde había pasado la mayor parte de los nueve últimos años.

Pronto, apenas Ariele estuviera lo bastante bien como para viajar, se iría para siempre. Había cumplido dieciséis años hacía tres meses y el futuro se abría ante ella: la presentación en sociedad y luego el matrimonio, un enlace de conveniencia con algún rico aristócrata. Era la costumbre entre los de su clase. Como condesa D'Lisle, poseedora de vastas propiedades en La Camargue y emparentada, entre otros, con los poderosos De Mordaunt su mano sería una presa codiciada.

Las ramas de un enorme tilo arrojaban densas sombras sobre el sendero. Al cruzarlas, de nuevo bajo la luz plateada, se detuvo; levantó la cara hacia el cielo infinito. Se embebió de paz. La proximidad del día de la festividad del Señor había vaciado el convento, pues las hijas de los ricos ya estaban en casa para las celebraciones de esos días. Ella y Ariele aún seguían allí a causa de los problemas respiratorios de ésta, pues Helena se había negado a partir mientras su hermana no estuviera en condiciones de viajar con ella. Ariele y la mayoría de las otras volverían en febrero y recomenzarían sus estudios.

La paz desplegaba su melancolía sobre los arbustos de puntas plateadas, brillantes bajo el intenso claro de luna que caía del cielo despejado. Las estrellas titilaban en lo alto, diamantes desparramados en el velo aterciopelado de la noche. Los claustros de piedra se abrían ante ella, una visión reconfortante y familiar.

No estaba segura de lo que le aguardaba allende los muros del convento. Aspiró profundamente, ajena al frío, saboreando la dulzura de los últimos días de su adolescencia. Los últimos días de libertad.

Las hojas secas llenaban de susurros la noche. Miró hacia la vieja enredadera, retorcida y antigua, que se adhería al alto muro del dormitorio, justo delante de ella, a la izquierda. El muro estaba sumido en sombras, negro e impenetrable. Entrecerró los ojos en un intento de atisbar en la penumbra, sin temor aun a esas horas. El convento tenía fama, celosamente mantenida, de ser un lugar seguro, razón por la cual eran tantas las familias aristocráticas que enviaban allí a sus hijas.

Helena oyó un ruido sordo, luego otro; entonces, entre un aluvión de ruidos, un cuerpo se deslizó desde lo alto del muro y, al no lograr asirse al borde del tejado del claustro, aterrizó despatarrado a sus pies.

Helena miró de hito en hito. No se le ocurrió gritar. ¿Por qué habría de hacerlo? El hombre —muy alto y de hombros anchos— era, sin ninguna duda, un caballero. Incluso a la incierta luz de la luna pudo distinguir el brillo de su casaca de seda y el destello de una joya en el encaje del cuello. Otro reflejo mayor adornaba uno de los dedos de una mano, levantada con lentitud para apartar unos mechones de pelo que caían sobre sus cincelados rasgos.

Permanecía como había caído, medio apoyado en los codos. La postura mostraba el pecho en todo su esplendor. Las caderas eran estrechas, las piernas largas y musculosas se marcaban con nitidez bajo los calzones de satén. El hombre era delgado y grande; los pies también, calzados con zapatos de salón negros con hebillas de oro. Los tacones no eran muy altos, lo que confirmó a Helena que su invitado no tenía necesitad de simular más estatura.

Aunque aterrizó sobre el sendero de piedra, había conseguido amortiguar la caída. Aparte de unas pocas magulladuras, Helena dudaba que se hubiera herido. Sólo parecía irritado y desilusionado, y también receloso.

El caballero la estaba mirando atentamente, sin duda esperando sus gritos.

Podía esperar. Ella aún no había acabado de observarlo.

Sebastián tuvo la sensación de haber caído dentro de

un cuento de hadas, a los pies de una princesa que había sido la causante de que se hubiera precipitado: al mirar hacia abajo en busca del siguiente punto de apoyo, la había visto surgir de las sombras. Ella había levantado la cara hacia el claro de luna y él se había quedado mirándola, olvidando lo que estaba haciendo, y al final resbaló.

La casaca se le había abierto al caer; movió la mano bajo el faldón vuelto, buscando los pliegues con los dedos. Localizó el zarcillo que había ido a buscar allí, todavía a salvo en el bolsillo.

Ahora, la daga de la familia de Fabien de Mordaunt era suya.

Otra apuesta disparatada, otra hazaña peligrosa que añadir a su haber: otra victoria.

Y un encuentro inesperado.

Algún instinto dormido desde hacía mucho tiempo ascendió hasta su cabeza: reconocido el momento, le prestó la atención debida. La niña —estaba seguro de que no era más que eso— se había quedado mirándolo con calma, estudiándolo con un aplomo que proclamaba su condición con más certeza que el delicado encaje del cuello de su recatado camisón. Tenía que ser una de las nobles pupilas del convento, todavía allí por alguna razón. Con lentitud y con toda la soltura de que fue capaz, se levantó.

—*Mille pardons, mademoiselle*.

Vio una ceja arqueada de manera delicada y singular; los labios, redondeados y demasiado grandes para el gusto de la época, levemente entreabiertos. El pelo cayendo en cascada sobre los hombros; los mechones ondulados, de un negro absoluto a la luz de la luna.

—No era mi intención asustarla.

No parecía asustada; más bien tenía el aspecto de la princesa que él había imaginado que era: llena de aplo-

12

mo y un poco regocijada. Aunque con lentitud, él se incorporó hasta ponerse de pie. Era una mujer menuda: su cabeza apenas llegaba a la barbilla de él.

Helena levantó la vista hacia él. La luna le iluminaba la cara. No había rastro de preocupación en aquellos ojos claros, grandes bajo unos párpados caídos.

Las largas cejas arrojaban una débil tracería de sombras sobre las mejillas. Su nariz era recta, patricia, y los rasgos confirmaban su cuna, su probable condición social.

La actitud de la joven era de serena expectación. Debía presentarse, supuso el hombre.

—*Diable! Le fou...*

Se dio la vuelta. Un clamor de voces inundó en la noche, haciendo añicos la quietud. Por el extremo del claustro surgieron unos destellos.

El hombre se salió del sendero y se escabulló entre las sombras de un gran arbusto. La princesa todavía podía verlo, aunque él se hurtaba a la vista de la ruidosa multitud que se acercaba corriendo por el sendero. Ella podía haberlo señalado de inmediato, dirigir a los guardias hacia él...

Helena observó a un grupo de monjas que se acercaban presurosas, con los hábitos agitándose en desorden. Las acompañaban dos jardineros, ambos blandiendo sendas horcas.

La vieron.

—Señorita, ¿lo ha visto? —La hermana Aghata se detuvo con un resbalón.

—A un hombre. —La madre superiora, ya sin resuello, luchaba por conservar la dignidad—. El conde de Vichesse nos alertó del intento de un loco por encontrarse con la señorita Marchand. Y esa tonta y estúpida niña...

—Incluso en la oscuridad, los ojos de la madre superiora relampaguearon—. El hombre ha estado aquí. ¡Estoy segura! Debe de haber bajado por el muro. ¿Se ha cruzado con usted? ¿Alcanzó a verlo?

Con los ojos desmesuradamente abiertos, Helena volvió la cabeza a la derecha, lejos de la figura oculta por el arbusto. Miró hacia la cancela principal y señaló con la mano...

—¡Las verjas de entrada! ¡Rápido! ¡Si nos apresuramos, lo atraparemos!

El grupo salió de estampida y se precipitó en los jardines que se abrían más allá, desplegándose en abanico, gritando, golpeando los arriates que delimitaban el camino, buscando con frenesí. Se parecían más al supuesto loco que buscaban que al hombre que había caído a los pies de Helena.

Volvió el silencio; los gritos y chillidos se diluyeron en la noche. Tras arrebujarse en el chal de nuevo y volver a cruzar los brazos, se giró para ver salir de las sombras al caballero.

—Mi gratitud, señorita. No soy, huelga decirlo, un loco.

Más que las palabras, la tranquilizaron la voz profunda y la dicción culta. Helena miró hacia el muro del que había caído el hombre. Collette Marchand había abandonado el convento un año antes, pero hacía dos días su indignada familia la había devuelto a la seguridad del monasterio hasta que llegase su hermano y se la llevara al campo. El comportamiento de Collette en los salones de París había provocado, según se rumoreaba, bastante revuelo. Helena miró al extraño, que se acercaba con sigilo.

—¿Qué clase de hombre es, entonces?

Los labios del caballero, largos, algo delgados y de una expresividad fascinante, se movieron con rapidez cuando se paró delante de ella.

14

—Un inglés.

Helena jamás lo habría deducido por su forma de hablar, que carecía de acento. Sin embargo, la confesión resultaba muy reveladora. Había oído que los ingleses solían ser harto montaraces y bastante locos; más allá, incluso, de lo que las relajadas costumbres parisinas veían como normal.

Nunca había conocido a uno.

El hecho se pudo leer con claridad en la expresión de la chica, en aquellos ojos pálidos de inquietante belleza. Bajo la luz plateada, Sebastián no podía decir si eran azules, grises o verdes. Y lamentó que no pudiera entretenerse en averiguarlo. Levantando la mano, resiguió la línea superior de la mejilla de Helena con el dorso de un dedo.

—De nuevo, mi gratitud, señorita.

Retrocedió en tensión, diciéndose que tenía que marcharse. Sin embargo, aún dudaba.

Algo brilló en la oscuridad... Miró hacia arriba. Justo detrás de Helena, un racimo de muérdago colgaba de una rama del tilo.

Casi era Navidad.

Helena levantó la mirada, siguiendo la del desconocido. Observó el muérdago colgante. Luego bajó lentamente la cabeza, hacia los ojos y los labios del inglés.

Su cara era la de una virgen francesa; no parisina, sino más verdadera, más vital. Sebastián sintió en la entrepierna un tirón más visceral que ningún otro que hubiera sentido antes. Bajó la cabeza con lentitud, dándole tiempo de sobra para que, si quería, retrocediera.

Ella no retrocedió; levantó la cara.

Los labios de Sebastián rozaron los de la chica, y se precipitaron en el beso más casto de la vida del inglés. Sintió temblar los labios de Helena bajo los suyos, notó la inocencia de la chica.

Gracias. Era cuanto decía el beso, cuanto él le permitió decir.

El inglés levantó la cabeza, todavía sin retroceder, incapaz de hacerlo. Sus miradas se encontraron, entremezclados los alientos...

Él volvió a inclinar su cabeza.

Esta vez fueron los labios de Helena los que, suaves, generosos e inseguros, encontraron los suyos. La avidez fue poderosa, pero Sebastián la refrenó, tomando sólo lo que ella inocentemente le ofrecía, sin devolver más que eso: un intercambio —una promesa—, aun cuando se percató de que aquello sería imposible, y estaba seguro de que ella también.

Le costó interrumpir el beso, y el esfuerzo lo dejó ligeramente aturdido. Aun cuando no la había tocado, sintió la calidez de la muchacha recorrerle el cuerpo. Se obligó a retroceder, a levantar la mirada y tomar aliento.

Su mirada se fijó en el muérdago. Sin pensarlo, alargó la mano y cortó un zarcillo colgante; el tacto de la ramita le dio algo real, algo de este mundo a lo que aferrarse.

Retrocedió otro paso antes de que su mirada se encontrara con la de ella. Luego, haciéndole una reverencia con la ramita, dijo:

—*Joyeux Noël*.

Siguió retrocediendo, obligándose a mirar más allá de la chica, hacia las verjas por las que había saltado para entrar.

—Vaya por ahí —le dijo ella.

Con la sangre latiéndole en las sienes y una extraña sensación de mareo, Helena le indicó con la mano más hacia atrás, en sentido contrario al de la verja principal.

—Cuando llegue al muro, sígalo alejándose del convento. Encontrará una puerta de madera. No sé si estará abierta o... —Se encogió de hombros—. Es el camino que siguen las chicas cuando salen a hurtadillas. Da a un callejón.

El inglés la miró y, una vez más, inclinó la cabeza; la mano se movió hacia el bolsillo, donde deslizó la ramita. No dejó de mirarla mientras decía:

—*Au revoir, mademoiselle.*

Entonces giró y se desvaneció en la oscuridad.

En menos de un minuto, Helena dejó de verlo y oírlo. Ciñéndose el chal con más fuerza, tomó aliento, lo contuvo —intentando retener la magia que los había envuelto— y, a regañadientes, siguió caminando.

Como si saliera de un sueño, el frío que no había notado se abrió paso a través de su camisón; tembló y apretó el paso. Se llevó los dedos a los labios, con dulzura, sorprendida. Aún podía sentir la calidez persistente, la cómplice presión de aquellos labios.

¿Quién era él? Deseó haber tenido la audacia de preguntárselo. Pero quizá fuera mejor no saberlo. Después de todo, nada podía derivarse de semejante encuentro... de la intangible promesa contenida en un beso.

¿Por qué había ido allí? Sin duda por la mañana se enteraría por boca de Collette. Pero ¿un loco?

Sonrió con cinismo. Jamás confiaría en lo que el conde de Vichesse pudiera decir. Y si de alguna manera el inglés se entretenía en fastidiar a su tutor, entonces sólo se sentía inmensamente feliz de haberlo ayudado.

1

Noviembre de 1783. Londres

Collete se había negado a revelar su nombre, el de su loco inglés, aunque allí estaba, alto, delgado y tan guapo como siempre, si bien es cierto que siete años mayor. Rodeada por las conversaciones de circunstancia en su deambular de un grupo al siguiente, Helena se detuvo, paralizada.

A su alrededor, el sarao de lady Morpleth se desbordaba. Estaban a mediados de noviembre, y la gente elegante había vuelto su interés colectivo hacia las Navidades. El acebo abundaba; el aroma de las plantas perennes inundaba la atmósfera.

En Francia, la cercanía de *la nuit de Noël* hacía tiempo que no era más que otra excusa para la extravagancia. Aunque los lazos entre Londres y París se estaban debilitando, en esto seguían coincidiendo: por lo que a oropel, fascinación, riqueza y esplendor hacía, los entretenimientos de los elegantes rivalizaban con los de la corte francesa. En términos de alegría sincera los superaban, porque aquí no existía la amenaza del descontento social, ni la *canaille* se congregaba más allá de los muros. Aquí, los de alta cuna y los bastante ricos para pertenecer a la elite, podían reír, sonreír y disfrutar abiertamente del torbellino de actividades que saturaban las semanas que conducían a la celebración de la Navidad.

La pequeña estancia en que se había aventurado Helena estaba a rebosar; cuando se paró para observar el salón principal, la cháchara incesante se apagó en su mente.

Enmarcado por el arco de la puerta que comunicaba ambas piezas, él —el inglés montaraz que le había dado el primer beso de su vida— se detuvo para charlar con una dama. Sus labios se curvaron en una sonrisa sutil, todavía finos, aún indolentemente expresivos. Helena recordó la sensación de aquellos labios.

Siete años.

Lo examinó con la mirada. En los jardines del convento no lo había visto lo bastante bien como para advertir ahora algún cambio, y seguía moviéndose con la elegancia sigilosa que ella recordaba, sorprendente en alguien tan grande. Los ángulos del pálido rostro parecían más duros y austeros. El pelo —cuyo color pudo apreciar ahora— era de un castaño melifluo, los ondulados mechones recogidos en una coleta sujeta con una cinta negra.

Iba vestido con discreta suntuosidad. Cada prenda llevaba el sutil sello de un artífice, desde la espumilla del caro encaje de Malinas del cuello y la abundante caída del mismo encaje sobre sus grandes manos, hasta el corte exquisito de la casaca gris plata y los calzones de un gris más oscuro. Otros habrían llevado la casaca ribeteada de encaje o galón; él, sin más adorno que los grandes botones plateados. El chaleco, de un gris oscuro profusamente bordado en plata, resplandeciente a cada movimiento de su dueño, combinaba con la casaca para crear la ilusión de un envoltorio de pulcra elegancia, guardián de un premio aún más pecaminosamente lujoso.

Dominaba aquel salón atestado de encajes, plumas, trenzados y joyas, y no sólo a causa de su estatura.

Si los siete años le habían dejado alguna marca, era en su presencia: aquella aura indefinible que se adhiere a los hombres poderosos. Se había hecho más fuerte, más arrogante, más inflexible. Los mismos siete años la habían convertido a ella en una experta, para quien la fuerza era tan evidente como el color de la piel.

Fabien de Mordaunt, conde de Vichesse, el aristócrata que se había aprovechado de diversos lazos familiares para convertirse en su tutor, irradiaba idéntica aura. Los últimos siete años habían hecho de ella una mujer hastiada y recelosa de los hombres poderosos.

—*Eh, bien, ma cousine*, ¿cómo va todo?

Helena se dio la vuelta y saludó fríamente con la cabeza.

—*Bonsoir*, Louis.

No era su prima, ni siquiera había entre ellos un parentesco lejano, pero se contuvo de recordárselo con altivez. Louis era menos que nada; sólo su guardián, una mera extensión de su tío y tutor, Fabien de Mordaunt.

Podía ignorar a Louis; a Fabien nunca había aprendido a olvidarlo.

Los ojos negros de Louis recorrieron el salón.

—Hay aquí algunos candidatos con probabilidades. —Con una inclinación, acercó su cabeza empolvada para susurrar—: He oído que está presente un duque inglés. Soltero. St. Ives. Haría bien en conseguir que se lo presentaran.

Helena arqueó levemente las cejas y echó un vistazo al salón. ¿Un duque? A veces Louis resultaba útil. Vivía entregado a las conspiraciones de su tío y, en este caso, ella y Fabien estaban persiguiendo el mismo propósito, si bien es cierto que por razones diferentes.

Durante los últimos siete años —casi desde que el inglés la besara— Fabien la había utilizado como a una marioneta en sus juegos. Su mano era un premio muy buscado por las familias ricas y poderosas de Francia; había sido casi prometida en matrimonio más veces de las que podía recordar. Pero la inestabilidad de Francia y las vicisitudes que atravesaban las fortunas de las familias aristocráticas, tan dependientes de los caprichos del rey, habían determinado que la consolidación de una alianza por medio del matrimonio ya no fuera una opción suficientemente atractiva para Fabien. Le había resultado más tentador jugar a utilizar la fortuna y persona de Helena como señuelo para atraer a los influyentes hacia su red. Una vez que obtenía de ellos todo lo que quería, Fabien los desechaba y, una vez más, la enviaba a los salones de París para captar la atención de su siguiente conquista.

Durante cuánto tiempo habría continuado el juego, era algo que Helena no quería ni pensar. ¿Hasta que fuera demasiado vieja para servir de señuelo? Por fortuna, al menos para ella, la creciente agitación reinante en Francia, el descontento latente, habían dado que pensar a Fabien. Depredador por naturaleza, poseía una notable intuición. Y no le había gustado el aroma que flotaba en el ambiente. Helena había llegado al convencimiento de que Fabien estaba considerando un cambio de táctica aun antes del intento de rapto.

Aquello había sido aterrador. Aun ahora, de pie al lado de Louis en medio de un salón de moda de otro país, tuvo que luchar para reprimir un escalofrío. Había estado paseando por los huertos de Le Roc, el castillo de Fabien en el Loira, cuando tres hombres habían intentado llevársela.

Debían de haber estado al acecho, aguardando el momento oportuno. Helena luchó y se resistió en vano. De no ser por Fabien, la habrían raptado. Su tutor montaba a caballo a poca distancia de allí y, al oír sus gritos, había acudido al galope en su ayuda.

Podía clamar contra el dominio que ejercía sobre ella, pero Fabien había protegido lo que consideraba suyo. A sus treinta y nueve años, todavía estaba en excelente forma. Uno de aquellos bribones resultó muerto y los otros dos habían huido. Fabien los persiguió, pero lograron escapar.

Aquella noche, ella y Fabien habían hablado sobre su futuro. Cada minuto de aquella conversación quedó grabado en la memoria de Helena. Fabien le había informado de que los hombres eran sicarios de los Rouchefould. Al igual que Fabien, los intrigantes más poderosos sabían que se cernía una tormenta sobre Francia; cada familia, cada hombre poderoso intentaba apoderarse de cuantas propiedades, títulos y alianzas pudiera. Cuanto más aumentaran su poder, más probabilidades tendrían de capear el temporal.

Ella se había convertido en un blanco. Y no sólo para los Rouchefould.

—Las cuatro familias más importantes me han formulado serias peticiones por tu mano. Las cuatro. —Fabien había clavado sus ojos negros en Helena—. Como puedes darte cuenta, no estoy *aux anges*: las cuatro suponen un inoportuno problema.

Un problema, por supuesto, y lleno de riesgos. Fabien no quería escoger, comprometer la fortuna de Helena, y por ende su apoyo, con ninguna de las cuatro. Si favorecía a una, las otras tres le rebanarían el cuello a la primera oportunidad. Metafóricamente hablando, seguro; de manera literal, pudiera ser. Helena había comprendido que los planes de manipulación de Fabien se habían vuelto contra él. Y además, ella pensaba cobrarse una justa venganza.

—Ya no hay posibilidad de acordar una alianza para ti dentro de Francia, aunque la presión para otorgar tu mano no hará más que aumentar. —Fabien la había mirado pensativamente; luego, continuó con un ronroneo aterciopelado—: Por lo tanto, estoy pensando en abandonar este por ahora insatisfactorio ruedo y movernos hacia campos potencialmente más productivos.

Helena parpadeó. Fabien sonrió, más para sí que para ella.

—En estos tiempos de penuria, lo más beneficioso para la familia sería crear lazos más sólidos con nuestros parientes lejanos del otro lado del Canal.

—¿Quieres que me case con un refugiado político? —Helena se había asustado. Por lo general, los refugiados políticos eran de posición social baja y carecían de propiedades.

Fabien le lanzó una fugaz mirada de desaprobación.

—No. Quería decir que si fueras objeto de las atenciones de un noble inglés, uno de condición y fortuna iguales a los tuyos, no sólo aportaría una solución al presente dilema, sino también un contacto valioso para la incertidumbre del futuro.

Helena había seguido mirándolo fijamente, atónita y sorprendida, con las ideas agolpándose en su cabeza.

Malinterpretando su silencio, Fabien añadió entonces:

—Por favor, recuerda que la nobleza inglesa se compone en su mayor parte, si no en su totalidad, de familias descendientes de William.* Podrías verte obligada a aprender su espantosa lengua inglesa, pero todo el que merece ser tenido en cuenta habla francés e imita nues-

* Guillermo el Conquistador (1207-1087), duque de Normandía y conquistador de Inglaterra en 1066. (*N. del T.*)

tras costumbres. No sería tan incivilizado como para que resultara insoportable.

—Conozco el idioma. —Fue todo cuanto se le ocurrió decir, mientras se abría ante ella un panorama que jamás hubiera imaginado. Escapar. Libertad. Siete años de trato con Fabien habían sido una buena escuela. Refrenó su excitación, impidió que aflorara a su semblante y a su mirada. Volvió a concentrarse en su tutor—. ¿Estás diciendo que deseas que vaya a Londres y busque una alianza con un inglés?

—No con cualquier inglés; tiene que ser uno de condición y fortuna por lo menos iguales a las tuyas. En su idioma, un *earl*, *marquis* o *duke* de considerable fortuna. No es necesario que te recuerde lo que vales.

A lo largo de su vida nunca se le había permitido olvidarlo. Había arrugado el entrecejo —dejando que Fabien creyera que la causa era la desgana de ir a Gran Bretaña y confraternizar con los ingleses— mientras concebía su plan. Pero había un obstáculo en su camino. Así pues, dejó que la desilusión y la contrariedad tiñeran su rostro y su voz, y dijo:

—Muy bien, voy a Londres, entro majestuosamente en los salones, me muestro encantadora con los mijores ingleses y entonces... ¿qué? Después de que todos me deseen, decidirás que no me case con éste; y luego, más tarde, tampoco con aquel otro. —Lanzó una exclamación de desdén, cruzando los brazos y desviando la mirada—. No tiene sentido. Preferiría volver a mi casa de Cameralle.

No se atrevió a mirar a hurtadillas para ver cómo reaccionaba Fabien ante su interpretación, aunque notó sobre ella, tan penetrante como siempre, su oscura mirada.

Al cabo, para su sorpresa, su tutor rió.

—Muy bien. Te daré una carta de autorización. —Se sentó al escritorio, de donde extrajo una hoja de pergamino y cogió la pluma. Leyó mientras escribía—: «Por la presente, confirmo que como tutor legal tuyo consiento en que te cases con un miembro de la nobleza inglesa de posición y fortuna similares a las tuyas, pero con mayores propiedades e ingresos que tú.»

Helena lo había observado firmar, incapaz de creer en su suerte. Tras espolvorear el documento, Fabien lo enrolló y se lo tendió a su pupila, que había conseguido no arrancárselo de un manotazo. Lo aceptó con aire de fingida resignación, aviniéndose a marchar a Londres y buscar un marido inglés.

Ahora, el documento estaba oculto en su baúl, cosido dentro del forro: era el pasaporte hacia la libertad y el sostén de su vida.

—El conde de Withersay es un hombre afable. —La mirada sombría de Louis se había fijado en la corpulencia del conde, a la sazón en el grupo que Helena acababa de abandonar—. ¿Ha hablado con él?

—Es lo bastante viejo para ser mi padre. —Y no la clase adecuada de hombre. Helena examinó a la multitud—. Encontraré a Marjorie y me enteraré de más cosas sobre el duque. Aquí no hay nadie más que resulte apropiado.

Louis resopló.

—Durante una semana ha estado rodeada de la flor y nata de la nobleza británica; creo que se está volviendo demasiado caprichosa en sus exigencias. Si tenemos en cuenta los deseos de su tío, creo que puedo encontrar una infinidad de aspirantes a su mano.

Helena volvió la mirada hacia Louis y dijo:

—Fabien y yo hemos hablado de sus deseos. No necesito que... ¿cómo se dice?... arruines mis planes. —Su voz sonó fría. Sosteniendo la mirada de obstinación de Louis, elevó la cabeza con altivez—. Volveré a Green Street con Marjorie. No hay razón para que te sientas obligado a acompañarnos.

Rodeó a Louis para alejarse. Permitiéndose esbozar una sonrisa, se deslizó entre la muchedumbre. Marjorie, la señora Thierry, esposa del caballero Thierry, un pariente lejano, era la carabina que se le había asignado. Helena la divisó en el otro extremo del salón y se dirigió hacia allí, consciente de las miradas masculinas que la seguían. Menos mal que, en aquella época, con la sociedad absorta en un torbellino frenético, su llegada había pasado bastante más inadvertida que en otras circunstancias. El salón estaba lleno de damas dengues y caballeros locuaces, espíritus animosos volando a lomos de la combinación del ponche especiado de la anfitriona y los buenos augurios de esos días; resultaba fácil deslizarse por su lado con un movimiento de la cabeza y una sonrisa.

Fabien había dispuesto que Helena y Louis vivieran con los Thierry en régimen de alquiler en la mejor zona de la ciudad. Ni Fabien ni Helena habían tenido que preocuparse jamás por la falta de recursos. Sin embargo, los Thierry no nadaban en la abundancia y se mostraron sumamente agradecidos al señor conde de Vichesse por proporcionarles alojamiento y comida, sirvientes y una asignación que les permitiera entretener a los numerosos amigos y conocidos hechos durante su estadía —sencilla a la par que lamentablemente cara— de un año en Londres.

Los Thierry eran muy conscientes de la influencia de Fabien de Mordaunt, incluso en Gran Bretaña. El tutor de Helena tenía un brazo notablemente largo, y los Thierry estaban impacientes por prestar cuantos servicios requiriese el señor conde, pletóricos de felicidad por presentar su pupila a la gente elegante y asistirla en la consecución de una oferta de matrimonio aceptable.

Helena había alimentado con prudencia la gratitud de los Thierry. Pese a que Marjorie mostraba cierta inclinación a someterse a los dictámenes de Louis, no dejaba por eso de ser una fuente de información sobre los miembros de la gente elegante de Londres que reunían los requisitos necesarios.

Tenía que haber alguno conveniente.

Encontró a Marjorie, una treintañera rubia, delgada pero elegante, manteniendo una animada charla con una dama y un caballero. Se les unió. Al cabo, cuando la pareja se hubo ido, Marjorie la llevó aparte.

—¿Withersay?

Helena meneó la cabeza.

—Demasiado viejo. —Demasiado rígido, demasiado difícil—. Louis me ha dicho que se halla aquí un duque... St. Ives. ¿Qué hay de él?

—¿St. Ives? Oh no, no, no. —Con los ojos como platos, Marjorie sacudió la cabeza y agitó las manos por si no fuera suficiente. Lanzó una mirada en derredor y luego se acercó para susurrar—: St. Ives no, *ma petite*. No es para usted... De hecho, no es para ninguna *mademoiselle* criada entre algodones.

Helena arqueó las cejas, invitando a más detalles.

Marjorie se inclinó aún más.

—Tiene una reputación de lo más escandaloso. Así ha sido durante años y años. Es duque, sí, y rico, y posee enormes propiedades, pero ha declarado que no se casará. —El breve ademán de Marjorie indicó lo incomprensible que le resultaba semejante cosa—. Esto, la sociedad lo acepta. He oído que tiene tres hermanos, y que el mayor ya está casado y tiene un hijo... —Siguió otro encogimiento de hombros muy francés—. Así que el du-

que no reúne en absoluto los requisitos y, de hecho, es...
—se detuvo, buscando la palabra correcta—, *dangereux*.
—Suspiró.

Antes de que Helena pudiera replicar, Marjorie levantó la vista, le cerró la mano sobre la muñeca y bisbisó:

—¡Mire!

Helena siguió su mirada hasta el caballero que acababa de cruzar el arco del salón principal.

—El señor duque de St. Ives —informó Majorie.

Su inglés montaraz, el de los labios serenos y enérgicos, delicados a la luz de la luna.

La imagen misma de la elegancia, la arrogancia y la fuerza. El duque escudriñó la habitación. Antes de que su mirada las alcanzara, Marjorie arrastró a Helena para dar un paseo en dirección opuesta.

—Ahora ya lo sabe. *Dangereux*.

Helena lo comprendía, en efecto; sin embargo, todavía recordaba aquel beso y su promesa inherente, en el sentido de que, si se entregaba, sería para siempre respetada. Muy seductora: más intensa que cualquier súplica de un amante. El inglés era un calavera, y había perfeccionado su arte, no le cabía duda. Peligroso... Lo admitiría y, prudentemente, le dejaría seguir su camino.

Jamás sería tan tonta de escapar de un hombre poderoso para echarse en brazos de otro. La libertad se había convertido en algo demasiado valioso para ella.

Por fortuna, el duque se había declarado fuera de competición.

—¿Se encuentran presentes otros a los que debiera considerar?

—¿Ha conocido al señor marqués?

—¿Tanqueray? Sí, y no creo que satisfaga las condiciones del señor conde. Por lo que sugirió, tiene deudas.

—Es muy posible. Pero ése es un arrogante, así que no lo sé con certeza. Veamos... —Atravesando la entrada a otro salón, Marjorie se detuvo y miró en todas direcciones—. No veo a ninguno aquí, pero es demasiado temprano para irnos. Sería una ofensa. Debemos deambular otra media hora por lo menos.

—Otra media hora, pues. Nada más.

Dejó que Marjorie la condujera hasta un grupo animoso. La conversación era entretenida, pero como recién llegada, Helena observó y permaneció la mayor parte del tiempo en silencio. Nadie la conocía lo suficiente para saber que el retraimiento no era su táctica habitual; esa noche se sentía feliz de contener la lengua y dejar a su mente divagar.

Ya había sido la marioneta de Fabien durante bastante tiempo, aunque la sociedad y la ley la encomendaban a su control, dejándola sin iniciativa. Este viaje era su mejor, y quizá la única, oportunidad de escapar; una ocasión que el destino le había ofrecido y que ella había mejorado utilizando su ingenio, una ocasión que estaba decidida a no desperdiciar. Con la declaración escrita de Fabien, firmada y sellada, podía casarse con el noble inglés que escogiera, siempre que satisficiera las condiciones de aquél en cuanto a posición, propiedades e ingresos. A su modo de ver, las condiciones eran razonables; había nobles ingleses que podrían cumplir esos requisitos.

Tenían que tener título, renombre y ser ricos... y dóciles: el cuarto requisito que Helena había añadido a los tres de Fabien para definir al marido perfecto para ella. No iba a consentir seguir siendo una marioneta de cuyos hilos tirase un hombre. En adelante, si había que tirar de ciertos hilos, sería ella quien lo hiciera.

No se casaría sólo para convertirse en otra propiedad de un hombre, en una cosa cuyos sentimientos no fueran dignos de tenerse en cuenta. A Fabien no le importaban las emociones ajenas más allá de cómo pudieran afectar a sus planes. Era un déspota, un tirano que aplastaba sin piedad a quien se le resistía. Helena lo había calado desde el primer momento, sobreviviendo a su tutela gracias a que lo entendía, a él y a sus motivaciones, y a que había aprendido a poner sordina a su ansia de independencia.

Nunca había sido tan tonta de embarcarse en una cruzada que no pudiese ganar. Sin embargo, esta vez la suerte estaba de su lado. Conseguir liberarse de Fabien, verse libre de todos los hombres poderosos era un objetivo alcanzable.

—Bien hallada, querida condesa.

Gastón Thierry apareció a su lado. En deferencia al rango de Helena, le hizo una profunda reverencia, sonriendo con cordialidad al incorporarse.

—Si está libre, he recibido una infinidad de peticiones de presentación.

A Helena le hizo sonreír el brillo de sus ojos. El caballero era un manirroto con encanto. Le ofreció la mano.

—Si su señora esposa nos disculpa...

Se despidió de Marjorie y el resto del grupo saludando gentilmente con la cabeza, dejando que Gastón la guiara.

Como había supuesto, las peticiones procedían de varios caballeros, pero si tenía que pasar horas en los salones de lady Morpleth, también podía entretenerse. Todos hicieron cuanto estuvo en su mano para complacerla, esforzándose por captar su interés, relatando los últimos rumores y describiendo los grandes espectáculos navideños de algunos anfitriones ingeniosos.

Y se interesaron por sus planes.

A ese respecto, Helena se mostró vaga, lo que no hizo sino aumentar el interés de los caballeros, como bien sabía ella.

—Ah, Thierry... presénteme.

La lánguida petición llegó desde sus espaldas. Helena no reconoció la voz, aunque supo a quién pertenecía. Tuvo que hacer un esfuerzo para no girarse como una exhalación. Lentamente, con suavidad, se dio la vuelta, el cortés distanciamiento le infundió expresión.

Sebastián bajó la mirada hacia el semblante de Madona que no había olvidado a lo largo de siete largos años. Su expresión era tan distante, tan reservada como la recordaba; para alguien como él, un desafío irresistible, aunque dudaba que ella lo supiera. Esos ojos... Esperó a que levantara los párpados y su mirada subiera hasta él.

Verdes. Del verde más pálido. Ojos absolutamente extraordinarios en su claridad cristalina. Ojos que tentaban, que permitían a un hombre asomarse a su alma.

Si ella lo permitía.

Había esperado siete años para ver de nuevo aquellos ojos. Pero no vio ni el más ligero atisbo de reconocimiento en ellos, como tampoco en la expresión de Helena. Sebastián curvó los labios en señal de agradecimiento; la había visto observarlo, sabía que lo había reconocido. Tal como a él le había ocurrido con ella, desde luego.

Lo que había reclamado su atención fue el pelo de Helena. Negro como la noche, una espuma de espesos mechones que le enmarcaban la cara, rozando los hombros. La había recorrido con la mirada, abarcando su figura, exhibida de manera provocativa por un vestido de seda verde mar con el tontillo y la saya de brocado. Su mente había estado calculando... hasta que vio su cara.

El silencio se hizo tenso. Sebastián echó una mirada

a Thierry y arqueó una ceja, consciente del motivo de las reticencias del hombre. El caballero cambió el pie de apoyo como un gato andando sobre ascuas.

Entonces, la dama lanzó una mirada a Thierry y levantó una de sus más que picudas y autoritarias cejas.

—Ejem —dijo Thierry, gesticulando—. El señor duque de St. Ives, la señorita condesa D'Lisle.

Sebastián tendió la mano; Helena posó los dedos en ella y se agachó en una pronunciada reverencia.

—Señor duque.

—Condesa. —Tras dedicarle una inclinación de la cabeza, la ayudó a incorporarse. Reprimió el impulso de cerrar las manos sobre aquellos delicados dedos—. ¿Ha llegado recientemente de París?

—Hace una semana. —Echó un vistazo alrededor con tanta seguridad en sí misma como recordaba el duque—. Es mi primera visita a estas tierras. —Su mirada acarició la cara de Sebastián—. A Londres.

Helena dio por supuesto que la había reconocido, pero en su semblante no encontró nada que lo confirmara. Los rasgos angulosos, esculpidos, recordaban a una máscara de piedra, erradicando cualquier expresión reveladora; los ojos eran tan azules como un cielo estival, en apariencia inocentes, aunque bordeados por unas pestañas tan largas y exuberantes que disipaban cualquier inocencia. Los labios mostraban una contradicción similar; largos y delgados, expresaban algo más que el atisbo de una férrea voluntad, aunque, distendidos como estaban en ese momento, sugerían un sutil sentido del humor, un ingenio de seco entendimiento.

No era joven. De entre todos los que en aquel momento la asediaban, él era sin duda el de mayor edad, el más maduro. Con todo, irradiaba una vitalidad masculina y vibrante que condenaba al resto de presentes al anonimato, haciendo que se fundieran con el tapizado de las paredes.

Dominante. Helena estaba habituada a la presencia de un hombre así, se había acostumbrado a defenderse de una voluntad poderosa. Levantó la barbilla y lo miró con calma.

—¿Ha visitado recientemente París, milord?

Los ojos y los labios lo delataron, pero sólo porque ella lo estaba observando atentamente. Un destello, un tenue y fugaz movimiento, eso fue todo.

—No en los últimos años. Hubo una época, hace unos años, en que pasaba parte del año allí.

El duque recalcó con sutileza las tres últimas palabras; sin lugar a dudas, la había reconocido. Un escalofrío de certidumbre recorrió a la condesa. Como si lo percibiese, la mirada de Sebastián abandonó sus ojos y bajó, acariciadora, hasta sus hombros.

—Reconozco que estoy sorprendido de que no nos hayamos conocido antes.

Helena esperó a que volviera a mirarla a los ojos.

—No voy a París con frecuencia. Mis propiedades están en el sur de Francia.

Las comisuras de la boca de Sebastián se levantaron; su mirada ascendió hasta el pelo de ella, para volver de nuevo a sus ojos y luego, bajar una vez más.

—Lo suponía.

El comentario era bastante inocente. De hecho, la tez de Helena era más propia del sur que del norte de Francia. El tono del duque, sin embargo, tuvo la suficiente profundidad, fue lo bastante susurrante como para deslizarse dentro de ella, tensar alguna cuerda interior y dejarla vibrando.

Helena lanzó una mirada a Gastón, todavía inquieto y alerta.

—Disculpe, excelencia, pero creo que es hora de irnos. ¿No es así, *monsieur?*

—En efecto, en efecto. —Gastón cabeceó como el muñeco de una caja de sorpresas—. Si el señor duque nos disculpa...

—Por supuesto. —Cierto regocijo destellaba en sus ojos azules cuando volvieron a posarse en la cara de Helena.

Ésta hizo caso omiso, agachándose en una reverencia; Sebastián la correspondió y la incorporó. Antes de que ella pudiera retirar la mano, él le susurró:

—Entiendo que permanecerá en Londres, condesa. Al menos por el momento.

Ella dudó e inclinó la cabeza.

—Por el momento.

—Entonces tendremos oportunidad de conocernos mejor.

Helena levantó la mano; mirándole los ojos, el duque le rozó los nudillos con los labios. Soltándola con suavidad, inclinó la cabeza.

—Una vez más, *au revoir, mademoiselle.*

Para alivio de Helena, Gastón no había oído aquel «una vez más». Él y Marjorie estaban tan inquietos por que hubiera conocido a St. Ives —por la petición de éste de que le presentaran—, que no se dieron cuenta de la expresión abstraída de su protegida. No advirtieron los dedos de Helena recorriendo los nudillos que el duque había besado. Para cuando llegaron a Green Street y entraron en el recibidor, Helena ya había recuperado el autodominio.

—Otra noche perdida. —Bostezó en el momento en que la doncella se acercaba con presteza a cogerle la capa—. Quizá mañana tengamos más suerte con los encuentros.

Marjorie la miró.

—Mañana es la fiesta de lady Montgomery. Será una fiesta multitudinaria. Todo el que es alguien estará allí.

—*Bon.* —Helena se giró hacia las escaleras—. Me parece que será un buen sitio para ir de caza. —Y dio las buenas noches a Gastón.

Marjorie se le unió cuando subía las escaleras.

—Querida mía... El señor duque no es un *parti* recomendable. No sería conveniente animarle a que coquetee. Estoy segura de que lo comprende.

—¿El señor duque de St. Ives? —Marjorie asintió y Helena agitó desdeñosamente la mano—. Sólo se estaba entreteniendo... Y creo que le divertía desconcertar a Thierry.

—Eh, *bien*... Es posible, lo admito. Tal como es... Bueno, está advertida y, por tanto, preparada de antemano.

—Por supuesto. —Helena se detuvo en la puerta de su dormitorio—. No se preocupe, *madame*. No soy tan tonta como para perder el tiempo con un hombre como su excelencia St. Ives.

—¡Por fin se han conocido! —Louis se quitó el fular y se lo lanzó al ayuda de cámara. Luego se aflojó el cuello de la camisa—. Estaba empezando a temer que tuviera que hacer la presentación yo mismo, pero finalmente Helena se cruzó en su camino. Todo discurrió tal como predijo el tío Fabien. Él se acercó a ella.

—En efecto, *m'sieur*. Su tío es de una clarividencia asombrosa en tales asuntos.

Villard se acercó para ayudarle a quitarse la casaca.

—Le escribiré mañana. Querrá saber la buena nueva.

—Descuide, *m'sieur*, que me aseguraré de que su misiva sea despachada con la máxima celeridad.

—Recuérdamelo mañana. —Mientras se desabotonaba el chaleco, Louis musitó—: Ahora, a por la siguiente etapa.

Helena se encontró con el duque de St. Ives en la fiesta de lady Montgomery, en la recepción de lady Furness y en el baile de los Rawleigh. Por pura casualidad, cada vez que salía a caminar por los jardines él estaba allí, paseando con dos amigos. En efecto, durante los cuatro días siguientes, allá donde fuese, el duque estaba presente.

Por tanto, Helena no se sorprendió cuando el duque se unió al grupo con el que estaba conversando en el salón de baile de la duquesa de Richmond. Surgió a su derecha, y los demás caballeros, intimidados, le cedieron el sitio, como si tuviera algún derecho al puesto. Ocultando su irritación —tanto hacia los demás caballeros como hacia él—, Helena sonrió sin inmutarse y le ofreció la mano. Y se hizo fuerte para resistir la reacción que la atravesó, rauda, desde los dedos de la mano hasta los de los pies, cuando, sin dejar de mirarle a los ojos, el duque besó los nudillos.

—*Bon soir*, querida.

¿Cómo se podía articular unas palabras tan sencillas e inocentes para que sonaran tan perversas? ¿Sería la luminosidad de sus ojos azules, su seductora voz de tenor o la fuerza contenida de su tacto? Helena lo ignoraba, pero no le parecía bien que las cuerdas de su sensualidad fueran tañidas con tanta habilidad.

Pero continuó sonriendo, y lo dejó seguir a su lado y unirse a ellos. Cuando el grupo se disolvió para mezclarse con el resto de la concurrencia, ella se entretuvo. Sabía que él la estaba mirando, siempre alerta. Cuando, al cabo de un fugaz instante de duda, el duque le ofreció la mano, Helena posó los dedos encima con una sonrisa sincera.

Empezaron a pasear; apenas habían andado unos metros, cuando Helena le susurró:

—Deseo hablar con usted.

No le miró a la cara, pero estaba segura de que los labios del duque se habían movido en un rápido rictus.

—Así lo suponía.

—¿Hay aquí algún lugar, en este salón, en el que todos nos puedan ver pero que nadie nos oiga?

—En una pared hay una serie de nichos descubiertos.

La condujo hasta uno que albergaba un confidente en forma de S que en ese momento estaba desocupado. La ayudó a sentarse en el asiento que daba hacia la sala y luego se repantigó en el otro.

—Considéreme todo oídos, *mignonne*.

Helena lo miró con los ojos entrecerrados.

—¿Qué pretende?

Las elegantes cejas del duque se arquearon.

—¿Pretender?

—¿Qué es lo que espera conseguir, persiguiéndome de esta manera?

Los ojos del duque la miraron desafiantes, sin ambages, mirada con mirada, pero sus labios no estaba rectos. Se llevó una mano al corazón con languidez.

—*Mignonne*, me hiere profundamente.

—Lo haría si pudiera. —Helena refrenó apenas su genio—. ¡Y no soy su *mignonne*!

Ni su mascota, ni su amor.

Sebastián se limitó a sonreír con condescencia, como si supiera mucho más que ella.

Helena aferró el abanico y reprimió el impulso de

atizarle. Había previsto una respuesta así —una ausencia de respuesta— e iba preparada. Sin embargo, la sorprendió su repentina irritación, la facilidad con que él la había enfurecido. En circunstancias normales no se enfadaba, no se dejaba afectar con tanta rapidez.

—Como sin duda habrá adivinado, omnisciente como es, estoy buscando marido. Sin embargo, no ando detrás de un amante. Deseo dejar esto bien sentado entre nosotros, excelencia. Pese a sus intenciones, a pesar de su experiencia, no hay posibilidad alguna de que yo vaya a sucumbir a sus legendarios encantos.

Al respecto, Helena había oído más que suficiente de boca de una preocupada Marjorie, e imaginado aún más de los murmullos y miradas de admiración. Incluso hablando a la vista de todos como estaban, si no fuera porque tenía veintitrés años y era de alta cuna, habría corrido el peligro de ser tachada de «libertina».

Clavó la mirada en él, en espera de una respuesta frívola, una pulla, un cruce de espadas. En cambio, él la observó meditabundo, con detenimiento, dejando que el instante se dilatara antes de levantar levemente las cejas.

—¿Cree que no?

—Creo que no. —Retomar las riendas de la conversación fue un alivio—. Aquí no hay nada para usted, ninguna esperanza en absoluto, así que no hay razón para que os peguéis a mis faldas.

Los labios del duque se distendieron en una abierta sonrisa.

—Yo... eh... me pego a vuestras faldas, *mignonne*, porque me divertís. —Bajó la mirada, recomponiendo el encaje que se desbordaba sobre su mano blanca—. Entre la gente elegante hay pocas que lo puedan conseguir.

Helena reprimió un bufido.

—Hay muchas más que dispuestas a intentarlo.

—¡Ay!, pero carecen de habilidad.

—¿No serán vuestras exigencias demasiado altas, quizá?

Él levantó la cabeza y la miró.

—Pudiera ser. Pero se puede demostrar que no son inalcanzables.

Los ojos de Helena se entrecerraron hasta convertirse en hendiduras.

—¡Sois una plaga!

Sebastián sonrió, divertido.

—No es ésa mi intención, *mignonne*.

Helena apretó los dientes para no gritar: ¡no era su *mignonne* en absoluto! Pero había previsto incluso esto, la intransigencia del duque. Conseguir que un tirano habitual acepte la derrota y se marche... No había esperado conseguirlo en la primera acometida. Tomó aire y refrenó su genio.

—Muy bien. —Levantó la cabeza con un gesto—. Si insiste en pegarse a mis faldas, también puede que me sea de utilidad. Conoce a todos los caballeros elegantes. Me atrevería a decir que sabe mejor que nadie lo concerniente a sus propiedades y circunstancias. Tal vez me sea de ayuda para seleccionar un marido adecuado.

Por un instante, Sebastián no supo qué decir. Aquella situación demostraba su tesis de que ella, y sólo ella, poseía la habilidad de asombrarle de verdad... y, sí, de hacerlo reír. El impulso, aun cuando no cediera ante él, parecía inesperadamente bueno. Refrescante.

Sin embargo, no se había ganado su reputación por mostrarse lento en descubrir —y atrapar— oportunidades.

—Será un enorme placer para mí, *mignonne*.

Helena le lanzó una mirada de sospecha, pero el duque mantenía sus intenciones lejos de sus propios ojos. Con la mano en el pecho, le hizo una reverencia:

—Será un honor ayudarla a inspeccionar el terreno.

—*Vraiment?*

—*Vraiment.* —El duque sonrió, absolutamente dispuesto a satisfacerla. ¿Qué mejor manera de asegurarse que no conociera a nadie interesante? Y ahora podría permanecer pegado a ella mientras reflexionaba...

Alargó las manos y cogió las de Helena.

—Venga. Baile conmigo.

El duque se levantó, rodeó el confidente y la ayudó a incorporarse; Helena se sorprendió a sí misma consintiendo, a pesar de que las palabras de él habían sido una orden, no una petición. A pesar de que, hasta entonces, había evitado bailar sólo para eludir enfrentarse a la sensación que le provocaba el tacto de los largos dedos del duque al cerrarse sobre los suyos.

Cerca, unas parejas se estaban preparando para empezar a bailar; se unieron a ellos. Sonó el primer acorde y Helena se agachó en una reverencia; el duque la correspondió con una inclinación de la cabeza. Luego unieron las manos y empezó el baile.

Fue peor de lo que había imaginado. No pudo dejar de mirarlo, incapaz de apartar los ojos de su cara, aun cuando sabía que sería prudente simular que su atención se dirigía a todos en general y no fijarla en él. Pero la prudencia no tuvo ninguna posibilidad contra el magnetismo del duque. Al igual que un imán de sensualidad, él la atrapó con tal intensidad que incluso los danzantes que los rodeaban, la multitud, el mismo salón, se desvanecieron en la mente de Helena.

Sebastián se movía con la gracilidad de un dios, con increíble seguridad y extraordinario control. Ella habría jurado que Sebastián apenas reparaba en la música. Era lo bastante experto y experimentado como para no necesitarlo. Helena llevaba bailando el minueto desde los doce años, pero nunca uno como éste, que la hacía sentir como si bailara en un sueño donde cada movimiento, cada gesto y cada cruce de miradas mantenían la fuerza. Una fuerza que nunca había sentido y visto ejercer con semejante pericia consumada.

Era una red que el duque había arrojado sobre ella. Helena lo sabía, y en algún rincón de su desconcertada mente sabía que, cuando terminara el baile, podría y debía caminar libremente. Pero mientras giraban y evolucionaban describiendo majestuosas figuras, estaba atrapada, cautiva.

Fascinada.

Se daba cuenta de la respiración acelerada, de la sensibilización de su piel; consciente del cuerpo, los pechos, los brazos, las caderas, las piernas, como nunca antes lo había sido. Consciente de que la fascinación era recíproca.

Una experiencia embriagadora, que la dejó con un ligero aturdimiento cuando la música, finalmente, se detuvo. El duque la ayudó a incorporarse de su reverencia. Helena se había medio girado hacia él.

—Deseo volver junto a la señora Thierry.

Con el rabillo del ojo vio cómo el duque esbozaba una mueca; buscó y encontró su mirada, y se dio cuenta de que su semblante no era de triunfo, sino de comprensión indulgente.

Dangereux.

La palabra le recorrió, susurrante, la mente. Sintió un escalofrío.

—Vamos. —Alargó la mano—. La llevaré hasta ella.

Con los dedos apoyados en la mano del duque, se dejó conducir a través del salón. Dejándola con la mayor corrección al lado de Marjorie, él intercambió una reverencia con Louis, que se hacía el interesante junto a la señora Thierry; por último, con gran ceremonia, le hizo una reverencia a Helena y se retiró.

—*Mon Dieu!* Helena...

Ella levantó la mano, interrumpiendo las palabras de Marjorie.

—Lo sé... Pero hemos llegado a una especie de acuerdo. Él acepta que no sea su amante, pero, como me encuentra muy divertida y no hay manera de rechazarlo si no desea ser rechazado, ha consentido en ayudarme a encontrar un caballero apropiado para casarme.

Marjorie se la quedó mirando fijamente.

—¿Que está de acuerdo en...? —Sacudió la cabeza—. Ingleses... están locos.

Louis se irguió.

—Loco o no, puede ser un aliado valioso, una fuente de información de lo más útil. Si se muestra dispuesto a ser indulgente... Después de todo, es mucho más viejo...

Marjorie resopló.

—Tiene treinta y siete años y, si es verdad la mitad de lo que he oído, los de veintisiete lo tendrían difícil para mantener su ritmo.

—Sea como fuere... —Louis se estiró el chaleco; él tenía veintisiete—, si Helena le ha dejado claro que no será su última conquista y todavía sigue pensando en mostrarse servicial, sin duda sería de idiotas no aprovecharnos de su ayuda. Estoy seguro de que mi tío, el señor conde, nos animaría a aceptar la oferta del señor duque.

Helena inclinó la cabeza.

—A ese respecto, estoy de acuerdo.

Fabien siempre estaba dispuesto a utilizar cualquier herramienta que le saliera al paso.

Marjorie parecía vacilante, pero acabó por suspirar.

—Si estáis seguros de que el señor conde lo aprobaría... *Eh, bien*, seguiremos ese camino.

2

Puede que Marjorie cediese, pero seguía sin estar convencida. Cada vez que Helena volvía acompañada de St. Ives, se comportaba como si viera a un lobo con un humor engañosamente amistoso, pero que, a no dudar, en cuanto el hambre lo acuciara de nuevo, abriría sus fauces para engullir a su presa.

—No hay nada que temer, se lo aseguro. —Helena, a su lado, le apretó el brazo.

Se encontraban en el salón de baile de lady Harrington, rodeadas de acebo y hiedra; unas hojas colgantes se arremolinaban, en elaborada ornamentación, alrededor de las columnas, mientras que bayas rojas titilaban desde las guirnaldas que adornaban las paredes.

St. Ives acababa de llegar. Tras ser anunciado, se detuvo en lo alto de los escalones que descendían hasta el salón de baile, escudriñó a la multitud, localizó a la anfitriona y siguió buscando... hasta que la vio.

A Helena el corazón le dio un brinco, y se instó a no comportarse como una tonta. Pero cuando el duque empezó a descender, con la elegante languidez de siempre, no pudo sofocar la excitación que le recorría las venas.

—Sólo me está ayudando a decidir sobre un esposo adecuado.

Repitió la frase para tranquilizar a Marjorie, aun cuando ni por un minuto se creía lo de «sólo». Puede que le hubiera dicho al duque que no sería su amante, pero él jamás lo había admitido o aceptado. Sin embargo, le había dicho que la ayudaría a encontrar marido. Creía que era sincero. No era difícil vislumbrar la lógica del duque. Una vez estuviera bien casada con un lord convenientemente complaciente, él, St. Ives, sería el primero de la fila para convertirse en su amante.

Y, en semejante posición, sería el doble de difícil ofrecerle resistencia.

Un estremecimiento de certeza —un presentimiento de peligro— la recorrió de arriba abajo. Tan pronto la hubiera ayudado en conseguir un matrimonio como el que buscaba, sería aun más peligroso para ella. Así que, allí estaba, inclinando la cabeza sobre su mano, hablándole cortésmente a Marjorie, y más tarde invitándola a dar un paseo... Aceptó; hubiera o no peligro, Helena ya no podía dar marcha atrás con facilidad.

No podría escapar fácilmente de su red.

Comprenderlo le abrió los ojos, la hizo estar más alerta. Él se dio cuenta; Helena lo percibió en su mirada, en la manera con que le acariciaba el rostro con sus ojos azules.

—No tengo intención de morderla, *mignonne*... no por ahora.

Ella lo miró de soslayo, viendo la diversión pintada en los hermosos ojos de Sebastián.

—Marjorie está preocupada —dijo.

—¿Por qué? Ya he dicho que la ayudaré a buscar marido. ¿Qué hay de inquietante en ello?

Helena lo miró con la frente arrugada.

—Le aconsejo que no intente aparentar candidez, excelencia. No le va nada.

Sebastián rió. Ella seguía deleitándolo, continuaba atrayéndolo en algún plano que muy pocas habían tocado. La dirigía entre la muchedumbre, parándose aquí y allá para charlar, para señalarle a éste o a aquél, para admirar la escultura en hielo de un ángel situado en una enramada de acebo de la terraza, el plato fuerte de la decoración de la casa.

El duque sintió el deseo de acelerar el paso, de abreviar aquella fase y echar a correr hasta una en la que pudiera tocarla, acariciarla, besarla de nuevo... Aunque dadas sus intenciones, tal cosa no sería prudente. Era un maestro consumado en los juegos de sociedad, y el resultado de éste en concreto sería bastante menos importante que otros escarceos anteriores.

Una vez dieron la vuelta completa a la estancia, el duque la condujo a un lateral.

—Dígame, *mignonne*, ¿por qué permanecía todavía en aquel convento?

—Mi hermana estaba enferma, así que me quedé para ayudar a cuidarla. —Tras un momento de duda, añadió—: Estamos muy unidas, y no quise abandonarla.

—¿Cuánto más joven es?

—Ocho años. Por entonces sólo tenía ocho.

—Así que ahora tiene quince. ¿Está aquí en Londres con usted?

Helena negó con la cabeza.

—Ariele fue una niña enfermiza, y aunque su pecho ha mejorado mucho y sigue haciéndolo con el paso de los años, parecía una locura arriesgarse a traerla a Gran Bretaña en invierno. En nuestra casa los inviernos son más templados.

—¿Y dónde está su casa?

—Cameralle es nuestra hacienda principal. En La Camargue.

—Ariele. Un nombre bonito. ¿También lo es ella?

De una *chaise longue* cercana se levantaron dos damas, dejándola libre. Sebastián condujo a Helena hasta allí, esperó a que se compusiera las faldas ámbar y luego se sentó a su lado. Dada la diferencia de altura, si ella se ponía meditabunda y bajaba la mirada, él no podría captar su expresión ni seguir sus pensamientos.

—Ariele es más hermosa que yo.

—Tal vez por su tez y su color de pelo, pero no puede ser más hermosa de cara o de figura.

Helena replicó con rapidez.

—Parece muy seguro al respecto, excelencia.

—Mi nombre es Sebastián y, dada mi reputación, me asombra que ose cuestionar mi opinión.

Helena rió y miró alrededor.

—Ahora quizá me diga cómo es que, dada su reputación, ellas, las *mesdames*, las anfitrionas, no hacen... —Hizo un gesto.

—¿Un drama de mi interés en usted?

—*Exactement*.

Porque ellas no podían imaginar lo que el duque estaba a punto de hacer y habían renunciado a intentar adivinar. Sebastián se inclinó hacia atrás, estudiando el perfil de Helena.

—Siguen observando, pero hasta ahora no se ha visto nada digno de convertirse en cotilleo.

Las palabras, arrastradas con morosidad, penetraron en la mente de Helena. Otra premonición de peligro le rozó la piel.

Giró la cabeza, lenta, suavemente, y le miró a los ojos azules.

—Porque vos os habéis asegurado de que así sea.

Él le devolvió su consideración con una mirada enigmática y firme, pero inescrutable.

—Estáis adormeciéndolas, esperando a que se den por vencidas, hasta que se aburran y dejen de vigilar.

Podía haber sido una pregunta, aunque Helena no albergaba el menor atisbo de duda. De repente sintió una presión en el pecho que le dificultó la respiración.

—Estáis jugando conmigo —dijo con un jadeo.

Un cierto dejo de lo que aquello significaba para ella debió de teñir su tono. Algo destelló en la mirada del duque, y su semblante se endureció.

—No, *mignonne*. Esto no es un juego.

Helena aborrecía los juegos de los hombres poderosos. Tras haber escapado de uno, y ahora se encontraba involucrada en el juego de otro. ¿Cómo había ocurrido tan rápida y absolutamente en contra de su voluntad?

Aunque Sebastián seguía relajado, elegantemente sentado a sus anchas, el ceño oscurecía su mirada. Buscó los ojos de Helena, pero ella había aprendido a ocultar sus secretos.

El duque aguzó la mirada; se estiró para cogerle la mano.

—*Mignonne...*

—Estás aquí, Sebastián.

Las miradas de ambos se encontraron. Ella sintió cómo los dedos del duque se cerraban sobre su mano... que no soltó cuando una dama, una gruesa dama inglesa, de cara redonda enmarcada por unos tirabuzones castaños, se acercó a ellos con altivez. Iba tan cargada de alhajas que apenas se podía advertir la extraña sombra del vestido. Helena creyó haber oído suspirar a Sebastián.

La dama se paró delante de la *chaise longue*. Lentamente, con una lentitud que era la máxima expresión de su desagrado, Sebastián estiró sus largas piernas y se levantó. Helena lo imitó.

—Buenas noches, Almira —dijo el duque. Con cierto retraso, Almira se agachó en una reverencia. Inclinando la cabeza en respuesta, Sebastián miró a Helena—. Querida condesa, permítame presentarle a lady Almira Cynster, mi cuñada.

La mirada de Helena se cruzó con la de él, reparó en la irritación que reflejaban sus ojos y luego miró a la dama.

—Almira... La condesa D'Lisle.

Sebastián esperó y Helena también. Con un enfado mal disimulado y muy poca gracia, Almira volvió a hacer una reverencia. Aguijoneada en su carácter, Helena sonrió con dulzura y le hizo una demostración de cómo debía ejecutarse el saludo de cortesía.

Tras incorporarse, captó una mirada de admiración en los ojos de Sebastián.

—Entiendo que St. Ives ha estado presentándola a todo el mundo. —La mirada plana y fría de lady Almira la inspeccionó con descaro, con grosería.

—El señor duque ha sido de lo más amable.

Lady Almira apretó los labios.

—Por supuesto. No creo haber tenido el placer de conocer al señor conde D'Lisle.

Helena sonrió con serenidad.

—No estoy casada.

—Ah, creía... —Lady Almira se interrumpió, confundida.

—De acuerdo con la ley francesa, ante la ausencia de herederos varones, la condesa heredó el título de su padre.

—Ah. —Almira pareció aún más confundida, si es que ello era posible—. ¿Así que no está casada?

Helena negó con la cabeza.

La cara de Almira se ensombreció; se volvió hacia Sebastián.

—Lady Orcott está preguntando por ti.

Sebastián arqueó una ceja.

—¿De veras? —La réplica dejaba traslucir su total desinterés.

—Te ha estado buscando.

—Vaya. Si te cruzas con ella, dile que estoy aquí.

Helena se mordió la lengua. La cáustica contestación de Sebastián no produjo un efecto visible en su cuñada.

Almira se movió, encarando por completo a Sebastián y dando la espalda a Helena.

—Quería decirte que Charles ha empezado a subir las escaleras. Cada día que pasa se hace más fuerte. Deberías venir y verlo.

—Qué fascinante. —Sebastián movió la mano con que sostenía los dedos de Helena y miró en su dirección—. Creo, querida, que lady March nos hace señales. —Lanzó una rápida mirada a Almira—. Habrás de disculparnos, Almira.

Era una orden que ni siquiera pasó inadvertida a la aludida. Con la contrariedad dibujada en el rostro, lady Cynster se agachó en una reverencia dirigida a ambos y retrocedió.

—Te espero en los próximos días.

Con un atisbo de impertinencia, giró sobre los talones y se alejó.

Helena contempló su marcha junto a Sebastián.

—¿De verdad lady March, a quien nunca he visto, nos estaba haciendo señas?

—No. Venga, vayamos por aquí.

Volvieron a pasear. Helena le miró a la cara, que parecía una máscara de educado aburrimiento.

—¿El hijo de lady Almira es quien terminará por heredar su título?

Ni un ápice de emoción asomó al rostro del duque. Bajó la vista para mirarla y luego la dirigió al frente. No dijo nada.

Helena arqueó ligeramente las cejas y no insistió.

Se confundieron con la multitud. Más tarde, otro caballero, grande, delgado y de misteriosa elegancia, los descubrió y se movió para interceptarlos. O mejor dicho, descubrió a Sebastián. Sólo cuando salió de entre la muchedumbre vio a Helena.

Los ojos del caballero se iluminaron; sonrió y dio un paso hacia ella casi con tanta elegancia como Sebastián.

El duque suspiró.

—Querida condesa, permítame presentarle a mi hermano, lord Martin Cynster.

—*Enchanté, mademoiselle.* —Martin cogió la mano que le ofrecía Helena y se la llevó a los labios—. No es de extrañar que fuera tan difícil encontrar a mi hermano.

Tenía una sonrisa franca, divertida y despreocupada. Helena le correspondió.

—Es un placer conocerlo, milord.

Martin era bastante más joven que Sebastián, aunque de su actitud resultaba evidente que no se sentía intimidado por aquel al que todos los que Helena había conocido hasta entonces se acercaban con cierta cautela.

—Quería preguntarte —Sebastián arrastró las palabras, haciendo que su hermano dejara de mirar a Helena— si te habías recuperado de la noche en casa de Fanny.

Martin se ruborizó.

—¿Cómo demo...? ¿Dónde diantres te has enterado de eso?

Sebastián se limitó a sonreír.

—Si te empeñas en saberlo —continuó Martin—, te diré que acabé la noche antes de tiempo. Pero esa condenada mujer marca las cartas... te lo aseguro.

—Siempre lo hace.

Martin parpadeó.

—Bueno, podías haberme avisado.

—¿Y arruinarte la diversión? No soy tan quisquilloso y ahora tampoco tu guardián, a Dios gracias.

Martin sonrió burlón.

—Fue divertido, he de admitirlo. Me llevó un rato descubrirle las trampas.

—Por supuesto —Sebastián lanzó una mirada a Helena—, pero me temo que estamos aburriendo a *mademoiselle* D'Lisle.

—Bien, éste no es un lugar deslumbrante, precisamente. —Martin se volvió hacia Helena—. Es una lástima que haya llegado tan avanzado el año, demasiado tarde para Vauxhall o Ranelagh. Pero ojo, el baile de disfraces de la vieja lady Lowy está cerca... Y siempre resulta una velada inolvidable.

—Ah, sí, creo que he recibido una invitación. Los vestidos serán interesantes.

—¿De qué se disfrazará? —preguntó Martin.

Helena rió.

—Se me ha advertido que no lo revele.

Martin retrocedió un paso, mirándola como si estuviera almacenando sus rasgos físicos en la memoria.

—No necesitas tomarte tantas molestias —le informó Sebastián.

—¿Cómo, si no, voy a encontrarla?

—Es sencillo. Encontrándome a mí.

Martin parpadeó dos veces. Sus labios formaron un «ah».

—Ah, *ma petite*, estás aquí. —Marjorie se acercaba

sonriente, pero, como siempre, recelosa de la presencia de Sebastián. Le resultó más fácil sonreír y darle la mano a Martin; luego se volvió hacia Helena—. Hemos de irnos.

A regañadientes, Helena se despidió. Sebastián se inclinó sobre su mano.

—Hasta mañana por la noche, *mignonne*.

El susurro fue demasiado bajo para que los otros lo oyeran y la mirada que había en sus ojos sólo fue para ella.

Helena se incorporó tras la reverencia e inclinó la cabeza. Luego se giró y junto con Marjorie, se deslizó entre la muchedumbre.

Martin se acercó a Sebastián.

—Me alegra haberte encontrado. —Cualquier atisbo de frivolidad había desaparecido—. No sé hasta dónde puedes soportar las tonterías de Almira, pero George y yo ya hemos tenido suficiente. ¡Su comportamiento es insoportable! Qué manera de escandalizar; tú ya te has metido bajo tierra y, de hecho, Arthur también, si a eso vamos. Dios sabe por qué se casó con ella.

—Sabemos por qué. —Sebastián bajo la mirada, estirándose el encaje de un puño.

Martin resopló.

—Pero el porqué nunca se produjo, ¿no es así? Jamás estuvo embarazada...

—Mira el lado bueno. De esta manera sabemos que Charles es, en efecto, hijo de Arthur.

—Puede que sea el vástago de Arthur, pero es Almira la que lo tiene en sus manos. Dios mío, desde que nació el chico no ha oído otra cosa que los critiqueos de Almira. Ya sabes cómo nos odia.

—No nos odia.

—Odia todo lo que somos. Es la persona más prejuiciosa que he conocido. Si tú y Arthur pasáis a mejor vida, y Charles hereda siendo menor de edad... —Martin resopló y miró hacia otro lado—. Digamos sólo que ni George ni yo dormimos tan bien por las noches.

Sebastián estudió la cara de su hermano.

—No me había dado cuenta. —Tras un instante de duda, añadió—: Ni tú ni George tenéis de qué preocuparos. —Hizo una mueca—. Ni Arthur, si a eso vamos.

Martin arrugó el entrecejo.

—¿Qué...? —De pronto, se le despejó el semblante; la luz volvió a sus ojos—. ¿Vas a hacer algo al respecto?

—Desengáñate acerca de que apruebo que Almira sea la próxima duquesa de St. Ives.

Martin, boquiabierto, abrió los ojos como platos.

—No me lo creo. ¿Hablas en serio?

—Estaba convencido de tener una constitución de hierro. Almira me ha hecho ver que estaba equivocado. Tenía la esperanza de que la maternidad la mejorase. —Sebastián se encogió de hombros—. Todo parece indicar que, también aquí, mi optimismo fue excesivo.

Martin, todavía con la boca abierta, miró hacia la dirección por donde se había ido Helena.

—Estás buscando esposa.

La mirada que le dirigió Sebastián podía haber cortado el vidrio.

—Te estaría sumamente agradecido si puedes evitar que semejantes palabras salgan de tus labios. Ante nadie.

Martin le miró fijamente, y empezó a comprender.

—¡Por todos los diablos, claro! —La sonrisa burlona volvió a aparecer. Miró alrededor, a la sofisticada concurrencia, a los ojos, a las sonrisas que, incluso ahora, eran subrepticiamente dirigidas hacia los dos hermanos—. Si llega a saberse semejante chismecillo...

—Lo lamentarías aun más que yo. Vamos. —Sebastián echó a andar hacia la puerta—. Han abierto una nueva casa de juegos en Pall Mall. Si te interesa, tengo una invitación.

Martin se puso a su vera, sonriendo más abiertamente que antes.

—A mi modo de ver, *mignonne*, podría acabar casada con alguien mucho peor que lord Montacute.

Helena miró de reojo a Sebastián mientras paseaban bajo los árboles. Ella y Marjorie habían ido a caminar entre la gente elegante en lo que, a todas luces, parecía la última tarde divertida del año. Sebastián se les había unido y le había ofrecido el brazo a Helena. Habían dejado a Marjorie hablando con unos amigos para disfrutar de un paseo por el Serpentine, el lago de Hyde Park. Mientras caminaban, él le fue presentando a varios maridos potenciales.

—No creo —dijo Helena— que pudiera soportar a un caballero que se pone una casaca rosa chillón y remata el estropicio añadiendo un encaje rosa.

Deslizó la mirada por la casaca de Sebastián, azul marino con sobrios adornos dorados en puños y bolsillos. El encaje, como siempre, era de un blanco inmaculado y de exquisita confección.

—Además —dijo mirando al frente—, está el asunto de su título.

Sintió la mirada acariciadora de Sebastián.

—Es barón.

—En efecto. Pero mi tutor ha estipulado que el hombre que escoja ha de ostentar, por lo menos, una posición igual a la mía.

Miró disimuladamente a Sebastián, que captó la mirada.

—Conde o más.

El duque suspiró, levantó la cabeza y miró en derredor.

—*Mignonne*, habría sido de gran ayuda que me lo hubiera dicho antes. Entre la gente elegante no hay muchos condes o marqueses, ya no digamos duques, que arrastren lánguidamente su soltería.

—Alguno debe de haber... alguno hay.

—Pero hemos de satisfacer otros requisitos, ¿no es así?

Los requisitos de Helena no eran los mismos que los suyos, aunque, por desgracia, la satisfacción de los primeros también lo era de los segundos. Un marido permisivo, que la permitiera regir su matrimonio, no provocaría un escándalo si ella decidía tomar un amante. Por supuesto, ¿quién sabía? Ella podría. Pero cualquier amante que escogiera sería de la misma clase: un hombre que le consintiera los caprichos y que no esperase que ella le consintiese los suyos.

En otras palabras: el hombre que caminaba a su lado, no.

—Empecemos por el título. Esto estrechará el campo.

—Lo hará, por supuesto. —Sebastián contempló los grupos de personas que se esparcían por la gran extensión de césped mientras paseaban lentamente—. ¿Las estipulaciones de su tutor alcanzan a los vizcondes? Después de todo, en la mayoría de los casos, terminarán siendo condes.

—Hummm... es posible, supongo. Si cumplen los demás requisitos.

—En ese caso déjeme presentarle al vizconde Digby. Es el heredero del conde de Quantock, que posee notables propiedades en el oeste del país. Un hombre estimable, según he oído.

La condujo hasta un grupo de caballeros y damas, la presentó de forma general y, entonces, como sólo él sabía hacerlo, se las arregló para situarla al lado del vizconde. Tras diez minutos de presenciar la cohibida adoración del vizconde, Helena atrajo la mirada de Sebastián.

—¿Bien? —le preguntó el duque cuando se alejaron dando un paseo.

—Demasiado joven.

Aquello la hizo merecedora de una mirada glacial.

—No sabía que hubiera un límite de edad.

—No lo hay. Sólo es demasiado joven.

—El vizconde Digby tiene veintiséis años... Es más viejo que usted.

Helena movió la mano con un gesto de desdén. Miró alrededor.

—¿Quién más está aquí?

Al cabo de un momento, Sebastián suspiró.

—*Mignonne*, no está usted facilitando una labor de por sí difícil.

Ni él tampoco. Helena pensó que pasar tanto tiempo con él, con su a menudo demasiado perspicaz entendimiento y su experiencia acumulada en todo tipo de relaciones sociales, no estaba propiciando que los demás hombres —más jóvenes, menos experimentados— se mostraran bajo una luz favorable.

Si una se acostumbraba al oro, era improbable que se dejara deslumbrar por la hojalata.

La presentó a otro vizconde, un joven hedonista, tan ensimismado en su propia belleza que no advirtió la de Helena. Tras escuchar su opinión sobre aquel encuentro con aire resignado, no exento de paternalismo, el duque la condujo hasta otro grupo.

—Permítame presentarle a lord Were. —Sebastián esperó a que intercambiaran las reverencias de rigor y luego preguntó a Were—: ¿Alguna noticia de Lincolnshire?

Were era, según juzgó Helena, de una edad aproximada a la de Sebastián. Iba bien vestido pero con sobriedad, y tenía un semblante agradable y una sonrisa alegre.

El interpelado hizo una mueca.

—Nada todavía, pero las sanguijuelas me dicen que será cualquier día.

Sebastián se volvió hacia Helena.

—Lord Were es el heredero de su tío, el marqués de Catterly.

—El viejo diablo está a punto de estirar la pata —le informó Were.

—Entiendo.

Helena pasó los siguientes diez minutos charlando de cuestiones generales con su señoría. No se le escapó la creciente impaciencia de Sebastián. Por fin el duque la alejó de allí. Ella lo siguió a regañadientes.

—Parece un hombre amable —dijo.

—Lo es.

Miró de reojo a Sebastián, sin saber cómo interpretar el dejo de dureza en su voz. Como siempre, su cara no le reveló nada.

El duque mantenía la mirada al frente.

—Será mejor que la devuelva a la señora Thierry antes de que empiece a imaginar que la he raptado.

Helena asintió con la cabeza, deseosa también de regresar; llevaban paseando casi una hora.

A pesar de conocer el fin último que le movía a buscarle un marido complaciente, Helena había concluido que, pensándolo bien, no había razón para rechazar su ayuda. Una vez que encontrara al candidato adecuado, que reuniera las condiciones de Fabien y las suyas y se casara con él, cualquier relación posterior con Sebastián seguiría dependiendo, después de todo, de ella misma.

Todavía podría decir que no.

Era demasiado sensata para decir que sí.

Durante la última semana había pasado bastante tiempo con el duque, viendo cómo los demás reaccionaban ante él, confiada en que, con independencia de todo lo demás, Sebastián terminaría por aceptar su negativa. A pesar de su reputación, no era el tipo de hombre que forzara, o incluso presionara, a una mujer para llevársela a la cama.

Echó una breve ojeada a la expresión de Sebastián y bajó la mirada para ocultar su sonrisa. La idea era ridícula; el orgullo, la arrogancia y la seguridad en sí mismo del duque le impulsaban a ganar siempre.

La idea le hizo recordar a Fabien. Sebastián y él eran muy parecidos, aunque por supuesto había diferencias.

Un grupo de damas, resplandecientes en sus elegantes vestidos de paseo, les hicieron señas. Se detuvieron para conversar. A Helena le hizo gracia que, según avanzaba la última semana, su aceptación por el bando femenino de la alta sociedad no hubiera dejado de aumentar. Algunas —sobre todo las madres con hijas casaderas por colocar— todavía la veían como a una forastera demasiado hermosa, aunque muchas otras se habían mostrado deseosas de darle la bienvenida a sus círculos. Contrariamente a la reiterada opinión de Marjorie, la escolta de St. Ives, más que entorpecerla, la había ayudado.

Habló con lady Elliot y lady Frome, y luego se giró hacia lady Hitchcock. El grupo cambió de integrantes varias veces. Por último, Helena se volvió para encontrarse con la condesa de Menteith.

La condesa sonrió; Helena ya había aceptado una invitación para una visita matutina. La condesa miró de reojo hacia el grupo en el que Sebastián hablaba con la señorita Abigail Frith.

—Apuesto a que St. Ives saldrá hacia Twickenham mañana. No tendrá ningún compromiso con él, supongo.

Helena parpadeó.

—*Pardon?*

Sin dejar de sonreír hacia Sebastián, lady Menteith bajó la voz.

—Abigail está en el consejo de un orfanato, y el señor del pueblo está amenazando con obligar al juez a cerrarlo. El señor afirma que los niños se crían como salvajes y roban. Por supuesto, no es así... lo que quiere es comprar la propiedad. Y el muy malvado ha escogido esta semana para iniciar su ofensiva, sin duda esperando arrojar a los huérfanos a la nieve cuando no haya nadie para verlo. St. Ives es la última esperanza de Abigail y de los huérfanos.

Helena siguió la mirada de lady Menteith hasta el lugar donde, de manera evidente, Sebastián interrogaba a la señorita Frith.

—¿Colabora a menudo en asuntos ajenos a sus intereses?

Lady Menteith rió en voz baja.

—Yo no diría que eso es ajeno a sus intereses. —Puso la mano en el brazo de Helena y bajó aún más la voz—. Pero por si todavía no lo ha adivinado, aunque en algunos aspectos pueda ser el diablo disfrazado, St. Ives es un buenazo con las mujeres en apuros.

Helena la miró perpleja.

—Bueno, la está ayudando a usted, presentándola en todas partes, prestándole su influencia. En un aspecto similar, la mitad de nosotros le debemos nuestro agradecimiento, si no algo más. Ha estado rescatando damiselas en apuros desde que llegó a la ciudad. Si lo sabré yo... Fui una de las primeras.

Helena no se pudo contener.

—¿Que la rescató a usted?

—Es una manera de hablar. Me temo que en aquellos tiempos era tonta e ingenua; acababa de casarme y me creí capaz hasta de tomar rapé. Pensando que estaba de moda, como de hecho lo estaba, me dediqué a jugar a las cartas. Pero no tengo cabeza para el juego y terminé perdiendo los diamantes Menteith. Sólo Dios sabe lo que hubiera dicho, y hecho, Menteith si se entera. Afortunadamente no lo hizo; no, hasta que se lo dije años más tarde. En aquel momento me hallaba desesperada; y St. Ives se dio cuenta. Me sonsacó la historia y al día siguiente hizo que me devolvieran los diamantes.

—¿Los compró para devolvérselos?

—No; los volvió a ganar para mí, lo cual, considerando el villano que me los había arrebatado, fue bastante mejor. —Lady Menteith apretó el brazo de Helena—. Rara vez entrega dinero, a menos que no haya otro remedio. Para muchas de nosotras, es nuestro caballero andante. Mañana saldrá para Twickenham y mantendrá una conversación con el juez, y esto será lo último que oigamos del cierre del orfanato. —Hizo una breve pausa y añadió—: No querría que pensara que todas las damas acuden a él con sus problemas. Nada más lejos de la realidad. Pero cuando no hay otra salida, es inmensamente tranquilizador saber que hay una última persona que, si es posible, te ayudará. Y con la mayor discreción. Incluso si le pregunta abiertamente por los diamantes Menteith, aun después de tantos años, no dirá una palabra. Y mañana por la noche habrá olvidado todo lo relacionado con Twickenham.

Helena estaba fascinada.

—¿Hace lo mismo con los caballeros en apuros?

La condesa captó su mirada.

—No, que yo sepa.

Helena sonrió. Sebastián, con una ceja levantada, se acercó a ellas.

—Haríamos mejor en continuar —dijo—. La señora Thierry estará inquieta.

Un eufemismo; Helena asintió con la cabeza. Se despidieron y volvieron a toda prisa a la avenida de los carruajes. Su aparición juntos, advirtió Helena, mereció poca atención, aun de los cotillas más furibundos que, encaramados en sus coches, intercambiaban los últimos rumores.

Llegaron al carrruaje y Sebastián le ofreció la mano. Aunque aliviada por su vuelta, incluso Marjorie parecía menos preocupada que antes. Él hizo una reverencia y las dejó, dirigiéndose lánguidamente a su coche, que le esperaba un poco más adelante en la avenida.

Helena le observó marchar. No pudo imaginar a Fabien ayudando desinteresadamente a alguien.

Ahora que le habían abierto los ojos, Helena empezó a ver bastante más. En la velada de aquella noche, en la mansión de lady Crockford, contempló a Sebastián mientras se dirigía hacia ella; observó cómo era detenido una y otra vez por diversas damas. Antes había dado por sentado que era él quien se paraba a hablar; ahora comprobó que eran ellas quienes lo hacían, ellas quienes atraían su mirada con una sonrisa.

Palabras delicadas, sonrisas de agradecimiento.

Por lo general, las damas no era de la clase que uno podría imaginar atrayendo la mirada errante del duque.

Muchas eran mayores que él; otras, demasiado torpes o poco agraciadas para haber sido posibles candidatas a las atenciones de Sebastián.

Se había abierto camino a través de los salones londinenses con una espada de doble filo. Pura masculinidad arrogante por un lado, amabilidad inesperada por el otro.

La mirada del duque se encontró con la de Helena, que reprimió un estremecimiento.

Tras unírseles, intercambiar reverencias y algunas palabras con Marjorie y Louis, se volvió hacia Helena. Había arqueado una ceja.

La condesa D'Lisle sonrió y le ofreció la mano.

—¿Qué tal un paseo?

—Como quiera.

Sebastián la condujo a través de la multitud e intentó ignorar su proximidad, la calidez sutil de la esbelta figura, el tacto ligero de aquellos dedos en los suyos. Intentó ahuyentar el perfume francés de la joven que, sin ninguna sutileza, despertaba sus instintos depredadores.

El pasar tanto tiempo con ella le estaba inquietando, al levantar expectativas que, sin embargo, quedaban insatisfechas. Sólo el supremo desagrado que le suponía arreglar sus asuntos ante la atenta mirada de la alta sociedad le contenía de perseguirla abiertamente. La noticia de que él fuera a casarse provocaría una conmoción, pero si esperaba sólo unas semanas, hasta que las Navidades estuvieran más cerca y la gente elegante abandonara la capital, entonces las necesarias formalidades de su propuesta y la aceptación de Helena se podrían solventar en privado.

Infinitamente preferible, dado que no estaba del todo seguro respecto a ella.

Una sorpresa y un reto: ella seguía siendo ambas cosas.

Con la ventaja que le proporcionaba su estatura, escudriñó entre los invitados, advirtiendo la presencia de algún caballero potencialmente útil para pasar el rato, para distraerla. Tendría cuidado de evitar a Were. Aquello había sido un error de cálculo; Were era un amigo, y él nunca había sido aficionado a crearse problemas. Helena no volvería a tener otra oportunidad para considerar la opción de Were, no si él podía evitarlo.

Estaban despidiéndose de un grupo de damas que les habían abordado, cuando George surgió de la multitud. Una ojeada a la cara de su hermano fue suficiente para decirle que Martin había abierto la boca, con una persona al menos.

El placer de George era genuino; sonrió a Helena y no esperó a ninguna presentación.

—Lord George Cynster, condesa. —Hizo una reverencia extravagante sobre la mano que se le tendía—. Encantado de conocerla, absolutamente encantado. —El brillo de su mirada expresaba bien a las claras que no mentía.

—Me siento igual de complacida en conocerlo, milord. —Divertida, Helena lanzó una mirada a Sebastián—. ¿Cuántos hermanos tiene, excelencia?

—Para mi desgracia, tres. George y Arthur, el marido de Almira, a la que ya conoce, son gemelos. Martin es el pequeño.

—¿Ninguna hermana?

Helena volvió la mirada a George. No era tan alto como Sebastián, aunque tenía una complexión parecida. Su pelo era negro, pero tenía los mismos ojos azules. Y una idéntica aura de incierta peligrosidad. En Martin, ésta era menos evidente; en Sebastián, más poderosa, más patente. Helena concluyó que era un rasgo que se desarrollaba con los años y la experiencia; le pareció que George acababa de entrar en los treinta.

—Una.

La contestación provino de Sebastián, y ella descubrió que la mirada del duque estaba fija en la multitud que se apiñaba a sus espaldas.

—Y a menos que yerre en mis conjeturas...

Sebastián dio unos pasos de lado, alargando el brazo hacia la muchedumbre, para cerrar los dedos sobre el codo de una dama que pasaba a toda prisa. Alta, vestida con elegancia, con el pelo negro recogido en alto, la dama se volvió, las cejas arqueadas con altivez, presta a aniquilar a quienquiera que fuera el temerario que le ponía las manos encima. Pero al punto su expresión se transmutó en alegría.

—¡Sebastián! —La dama cogió las manos del duque y se salió de la multitud—. No hubiera esperado encontrarte todavía en la ciudad.

—Eso, mi querida Augusta, es del todo evidente.

Augusta arrugó la nariz y se dejó arrastrar para unírseles. Sonrió abiertamente a George.

—También está George... ¿Cómo te va, querido hermano?

—Así, así —le devolvió la sonrisa—. ¿Dónde está Huntly?

Augusta hizo un gesto hacia atrás.

—Por ahí, en alguna parte. —Sus ojos se habían detenido en Helena; lanzó una rápida mirada a Sebastián.

—Augusta, marquesa de Huntly... Helena, condesa D'Lisle. —Sebastián esperó a que intercambiaran reverencias y luego, dirigiéndose a Helena, añadió—: Como sin duda habrá deducido, Augusta es nuestra hermana. Sin embargo... —volvió la vista hacia Augusta— lo que no acabo de entender, Augusta, es por qué andas dando vueltas por Londres en tu estado actual.

—No te inquietes, estoy perfectamente bien.

—Eso dijiste la última vez.

—Y a pesar de cundir el pánico, al final todo salió perfecto. Edward está cada día mejor. Si te empeñas en saberlo, y supongo que lo exigirás, me encontraba muy deprimida en Northamptonshire. Huntly estuvo de acuerdo en que un poquito de vida social no me haría daño.

—Así que has viajado a Londres para asistir a bailes y saraos.

—Bueno, ¿qué habrías hecho tú? No sería lo mismo si hubiera alguna actividad social en Northamptonshire.

—Está casi en la otra punta del mundo.

—En cuanto a diversiones bien podría estarlo. Y, en cualquier caso, si Huntly no tiene inconveniente, ¿por qué debería importarte a ti?

—Porque antes de que estuvierais casados enrollaste los hilos de Herbert en tus dedos y todavía no le has soltado.

Lejos de negarlo, Augusta contestó:

—Como creo que bien sabes, es la única manera de conservar un marido, querido Sebastián.

El duque sostuvo la mirada de su hermana. Ella levantó la barbilla hacia él, pero cambió de opinión y apartó los ojos.

Helena llenó el hueco, atrayendo la mirada de Augusta.

—¿Tiene hijos?

Augusta le sonrió.

—Un varón. Edward. Está en casa, en Huntly Hall, y le echo de menos.

—Una situación fácil de solucionar —terció Sebastián.

Ellas lo ignoraron.

—Edward acaba de cumplir dos años. Es un granujilla.

—Sale a su madre. —Cuando Augusta torció el gesto, los labios de Sebastián se curvaron y le tiró de un mechón del pelo—. Mejor eso que ser un aburrido como Herbert, supongo.

Augusta hizo un mohín.

—Si tienes intención de ser desagradable con mi adorable Herbert...

—Me limitaba a constatar un hecho, querida. Has de admitir que Huntly carece absolutamente de, esto... malicia, mientras que, si algo somos en nuestra familia, es superdotados en la materia.

Augusta rió.

—Ya puedes decirlo.

—En efecto, ¿quién mejor?

Helena escuchó cómo entre Sebastián y George conseguían sacarle una lista de posibles compromisos a Augusta y la fecha en que había previsto volver a Northamptonshire.

—Entonces os veremos en Somersham en Navidad. —Augusta miró a Sebastián—. ¿Queréis que lleve a Edward?

Los dos hermanos la miraron como si le hubieran crecido dos cabezas.

—¡Por supuesto que lo llevarás! —exclamó George—. Queremos ver a nuestro sobrino, ¿no es así?

—Exactamente —dijo Sebastián—. Pero he observado que has estado hablando con Almira. Por favor, no hagas caso de lo que haya podido decirte en relación a mis deseos sobre la Navidad o cualquier otra cosa. Por supuesto que espero ver a Edward en Somersham... Colby le ha estado buscando un regalo y le decepcionaría que nuestro sobrino no apareciera para reclamarlo.

Helena observó que la expresión de Augusta pasaba de la prevención al alivio y, de ahí, a la alegría, aunque la mención de Colby la hizo fruncir el ceño.

—Nada de caballos... es demasiado joven. A Huntly ya le he prohibido incluso pensar en ello.

Con un capirotazo, Sebastián se quitó una pelusa de la manga.

—Herbert no hizo mención alguna a tu prohibición, así que he ordenado a Colby que busque un poni; uno lo bastante pequeño para que Edward se pueda sentar encima y dejarse llevar. Ya tiene edad para eso.

Helena reprimió una sonrisa cuando Sebastián simuló no darse cuenta del conflicto suscitado en Augusta entre el placer de madre y la desaprobación también maternal. El duque la miró de soslayo.

—Puedes darme las gracias en Navidades.

Augusta levantó las manos.

—Eres incorregible. —Apoyándose en los brazos de su hermano, se estiró y le plantó un beso en la mejilla—. Del todo.

Sebastián le dio una palmadita en el hombro.

—No, sólo soy tu hermano mayor, mucho más mayor. Cuídate —le dijo cuando Augusta retrocedía, saludando con la cabeza a Helena y George—; y no olvides que, si oyera que has estado excediéndote, soy muy capaz de despacharte, quieras o no, a Huntly Hall. —Augusta le fulminó con la mirada y Sebastián añadió—: Yo no soy Herbert, querida.

Augusta arrugó la nariz, pero todo cuanto respondió fue:

—Le garantizo que no le causaré semejante molestia, excelencia.

Cuando se dio la vuelta, susurró quedo a Helena:

—Es un tirano... ¡Cuidado con él! —Pero lo dijo sonriendo.

—Todo estupendo —refunfuñó George, observando cómo Augusta desaparecía entre la multitud—, pero la mantendré vigilada, por si acaso.

—No es necesario —dijo Sebastián—. Puede que Herbert sea incapaz de refrenar a Augusta, pero sabe muy bien que en mi caso no es así. Si desea que abandone la capital pronto y Augusta pone dificultades, estoy seguro de que me lo hará saber.

George sonrió burlonamente.

—Puede que sea un tipo aburrido, pero el viejo Herbert tiene la cabeza sobre los hombros.

—En efecto. Razón por la cual consentí en la elección de Augusta. —Sebastián captó la mirada de Helena—. Ha sido muy paciente, querida. ¿Desea bailar?

Ella había estado encantada escuchando, aprendiendo, embebiéndose de sus relaciones, todo lo cual le había mostrado otras facetas de él, pero se limitó a sonreír y le ofreció la mano, intercambió una reverencia con George y dejó que Sebastián la condujera hasta la pista de baile.

Como siempre, bailar con él fue una distracción; tan absoluta, que perdió el contacto con el mundo, y en ese momento sólo existieron ellos, dando vueltas, ejecutando reverencias, trazando elegantes figuras, las manos unidas, las miradas fundidas. Al final del baile, el corazón de Helena latía sólo un poco más deprisa y su respiración era apenas más profunda.

Cuando encontró la mirada del duque, su conciencia la devolvió a la realidad. Lo suficiente para sentir los pensamientos que anidaban tras el inocente azul de aquellos ojos, tras aquella mirada de párpados caídos que le repasaba los ojos y los labios.

Labios que ahora vibraban; Helena miró los de Sebastián, largos, delgados, y recordó con claridad cómo los había sentido al contacto con los suyos.

La tensión entre ambos se acentuó, estremeciéndolos; entonces, los labios de Sebastián se curvaron. El duque la hizo salir de la pista de baile, mirando alrededor una vez más.

Helena apenas tuvo tiempo de respirar antes de que otra dama —una morena de ojos negros— se acercara majestuosamente hasta ellos.

—Buenas noches, St. Ives.

Sebastián saludó con la cabeza.

—Therese.

La dama tenía poco más de treinta años. Más que hermosa era atractiva y sabía vestirse para sacarle partido a su peculiar belleza. Al igual que había hecho Augusta, se estiró y besó a Sebastián en la mejilla.

—Preséntame.

Helena, más que oírlo, sintió el suspiro de Sebastián.

—La señorita condesa D'Lisle... Lady Osbaldestone.

La dama se agachó en una graciosa reverencia; Helena le devolvió la cortesía, consciente de su mirada astuta y profunda.

—Therese es una especie de prima —explicó Sebastián.

—Unos lazos lejanos de los que me aprovecho sin ningún pudor —añadió lady Osbaldestone, hablándole a Helena—. Razón por la cual, habiendo oído que la última sorpresa de St. Ives era presentar a una condesa en sociedad, tenía yo que conocerla, por supuesto. —Miró de soslayo a Sebastián; Helena no pudo descifrar la expresión de sus ojos negros—. Muy interesante.

Lady Osbaldestone sonrió, volviendo a mirar a Helena.

—Una nunca sabe qué encontrará Sebastián la siguiente vez, pero...

—Therese.

La suavidad con que fue pronunciado el nombre contenía suficiente amenaza para detener el flujo del discurso no del todo ingenuo de lady Osbaldestone. La dama hizo una mueca y se volvió hacia el duque.

—Aguafiestas. Pero no puedes esperar que me vuelva ciega.

—Es una pena.

—En cualquier caso —gran parte de la mordacidad de la dama se evaporó—, quería agradecerte tu ayuda en aquel pequeño asunto de mi interés.

—¿He de entender que se ha resuelto a satisfacción?

—En grado sumo, gracias.

—¿Y acertaría si presumo que Osbaldestone sigue sin enterarse?

—No seas bobo, pues claro que no sabe nada. Es un hombre. Nunca lo entendería.

Sebastián arqueó las cejas.

—¿De veras? ¿Y yo soy...?

—St. Ives —replicó la dama—. El imperturbable.

Una leve sonrisa curvó los labios de Sebastián. Lady Osbaldestone se volvió hacia Helena.

—Es asombroso la cantidad de secretos de mujeres que atesora.

Helena estaba perpleja de que le confiaran tantísimos secretos. La idea de que una dama confiara voluntariamente en Fabien sobrepasaba lo ridículo.

Se puso a conversar con lady Osbaldestone, que acababa de visitar París, resultó que tenían conocidos comunes. A pesar de su lengua afilada, la dama era tan interesante como entretenida y Helena disfrutó del breve paréntesis, si bien consciente de que Sebastián estaba alerta, sus ojos azules fijos en lady Osbaldestone.

Ésta demostró estar igualmente al tanto de la circunstancia, así que al final se volvió hacia él.

—Muy bien, muy bien, ya me voy. Pero deja que te diga que te estás volviendo transparente.

Dedicó una reverencia a Sebastián, le hizo una inclinación a Helena y se alejó majestuosamente.

Helena miró de refilón a Sebastián cuando éste volvió a cogerle la mano. ¿Se atrevería a preguntarle qué era eso de que se estaba volviendo transparente?

—Parece una dama muy bien informada.

—Por desgracia. No sé cómo la aguanto... Es la mujer más enervantemente astuta que conozco.

Helena vacilaba aún en si pedirle una explicación, cuando se dio cuenta de que había pasado la mayor parte de la noche con él, aprendiendo más sobre él y fascinándose más y más... Algo que no era necesario en absoluto. Levantó la cabeza y miró en derredor.

—¿Sabe si ha venido lord Were?

Se produjo un silencio incómodo y ella hubiera jurado que Sebastián se ponía tenso. Pero entonces el duque murmuró:

—No lo he visto.

¿Se lo estaba imaginando o bajo la suavidad de su voz había acero?

—Quizá si damos un paseo...

La condujo por un lateral del salón, bordeando a la multitud que, congregada en el centro, rodeaba una curiosa pieza decorativa compuesta de unos faroles dorados en forma de estrella, que circundaban y soportaban un belén de porcelana y dorados. Al ver a las damas así apiñadas, Helena se percató de que, debido muy posiblemente a la festividad navideña, muchas habían optado por el rojo chillón o el verde bosque.

Entre la multitud descubrió a Louis, que no le quitaba ojo de encima. Vestido de negro, como siempre, a imagen de su tío Fabien, se mantenía a cierta distancia del gentío. Por lo general, estaba siempre a la vista. A pesar de la reputación de Sebastián, no había interferido de forma manifiesta en el acompañamiento del que le hacía objeto.

Se encontraban cerca de las puertas del salón. Más allá de la primera fila de personas, Helena no podía ver nada; pero Sebastián sí.

—Puede ver...

—No veo a nadie que pudiese interesarle para satisfacer sus objetivos.

Para su sorpresa, la arrastró hacia un lado, donde había un hueco, oculto en parte por unas macetas con palmeras. El lugar estaba desierto.

El día había sido magnífico; la noche, muy fría. Más allá del cristal, el plateado claro de luna se derramaba sobre caminos y arbustos, y un sutil manto de nieve, como un baño de diamantes, cristalizaba en cada hoja y brizna de hierba. Aquella visión la embriagó; todo resplandecía, tocado por un brillo natural infinitamente más poderoso, más evocador de aquella época que los esfuerzos de los simples mortales que pululaban a sus espaldas. La escena, tan nostálgica, la llevó de vuelta a aquel momento, siete años atrás... Al instante de su primer encuentro.

Reprimió un estremecimiento y se volvió para descubrir que Sebastián la estaba contemplando con expresión indolente pero mirada penetrante.

—He pensado, *mignonne*, que aún no me ha honrado con una relación completa de las condiciones concernientes al noble que su tutor aceptará como su esposo. Me ha contado que tal dechado de virtudes ha de ostentar un título igual al suyo. ¿Qué más?

Helena arqueó las cejas, no por la pregunta en sí —que ya estaba preparada para contestar—, sino por el tono, inusitadamente conciso y tajante, tan diferente a su habitual manera de arrastrar las palabras cuando estaba con la gente. Una voz más parecida a la empleada para hablarle a su hermana.

Los labios del duque hicieron un rápido movimiento; más una mueca que una sonrisa.

—Ayudaría a establecer cuál es el pretendiente más adecuado. —Había suavizado el tono. Encogiéndose de hombros en su fuero interno, volvió a mirar por los cristales—. El título ya lo he mencionado. Las otras dos condiciones que mi tutor exige son propiedades extensas y buenos ingresos. —Con el rabillo del ojo vio cómo Sebastián asentía con la cabeza.

—Condiciones del todo sensatas —dijo él.

Apenas le sorprendió que pensara así; en algunos aspectos, él y Fabien podrían ser hermanos, tal como había comprobado por la despótica actitud mostrada hacia su hermana, por más que lo hubiera movido el cariño.

—Luego, por supuesto, están mis propias preferencias. —No había necesidad de contarle la orientación exacta de las mismas.

Sebastián esbozó una sonrisa rapaz.

—Por supuesto. —Hizo una reverencia—. No deberían olvidarse sus preferencias.

—Es por eso —dijo ella, dejando de mirar por las ventanas— que me gustaría ver a lord Were. —Se dispuso a volver al salón.

Sebastián se interpuso en su camino.

El silencio se prolongó, tenso de repente, inopinadamente tirante. Helena levantó la barbilla y encontró la mirada del duque, los párpados caídos sobre un azul tan intenso que parecía que los ojos le ardían. Sus nervios se agitaron, atávicos sentimientos le gritaron que estaba sirviendo de cebo a algo salvaje, impredecible...

Algo que escapaba a su control.

Dangereux.

La advertencia de Marjorie le atravesó susurrante la mente.

—Were.

El nombre fue pronunciado en un tono monocorde, que ella nunca antes había oído. Sebastián la tenía atrapada con la mirada y Helena no podía soltarse.

Sebastián deslizó un dedo bajo la barbilla de la joven y le levantó la cara hacia él. Estudió su expresión; clavó la mirada en sus labios y volvió a subir a los ojos.

—¿Todavía no se le ha ocurrido, *mignonne* —murmuró—, que usted podría conseguir un mejor partido que un simple marqués?

De golpe, más como reacción a lo que sentía que a lo que sabía, Helena notó que le ardían los ojos. El dedo se mantenía firme bajo su barbilla; los ojos azules, ávidos; la mirada, acalorada.

Acelerado, el corazón de Helena palpitó sordamente, hasta que un alboroto a espaldas de Sebastián captó su atención.

En el borde de la multitud, Marjorie se libraba de un manotazo de Louis, que la había agarrado; del ceño de ella y de las rápidas palabras que le dirigió a él, se deducía que Louis la había estado reteniendo. Arreglándose el chal con una sacudida, Marjorie avanzó con altivez.

Sebastián la vio y apartó la mano de la cara de Helena.

—*Ma petite*, es hora de irnos. —Marjorie lanzó una mirada de censura hacia el duque y luego se volvió hacia Helena con expresión decidida—. Vamos.

Con una imperceptible inclinación de la cabeza hacia Sebastián, Marjorie se alejó con rapidez.

Confundida, Helena le hizo una reverencia y con una ultima mirada a Sebastián y un «adiós» susurrado, siguió a Marjorie. Cuando pasó por delante de Louis, éste tenía cara de pocos amigos.

3

Era el único duque soltero que ella conocía. Helena intentó encontrar algún significado a su último comentario, lo que la mantuvo despierta la mitad de la noche. No podía estar refiriéndose a sí mismo. Hacía años que había declarado que no se casaría, y Helena no atinaba a comprender por qué iba a cambiar de idea. Es posible que la deseara —ella lo sabía, aunque, la verdad, no acababa de comprender un deseo tan rapaz—, pero en su opinión, según su forma de pensar —según la forma de pensar de la sociedad—, el duque podía tener todo lo que quisiera sin casarse con ella.

No es que Helena tuviera intención de permitir que sucediera, pero eso él no lo sabía.

Debía haber querido decir otra cosa; mas, por mucho que ella distorsionara sus palabras, por más que minimizara el efecto que el duque había ejercido en ella y cualquier mala interpretación subsiguiente, seguía sin poder explicar la intensidad que había estallado, que había resonado en la voz y ardido en los ojos del duque.

Se sintió aliviada porque la cita del duque en Twickenham significaba que, durante el día, se vería libre de él.

No fue de gran ayuda. Llegó la noche y seguía confundida, recelosa. Todavía se sentía como una cervatilla bajo la mirada de un cazador.

La discusión entre Louis y Marjorie fue una distracción añadida en el trayecto hacia el baile de lady Hunterston.

—Está haciendo un mundo de ello. —Louis sentado detrás, con los brazos cruzados, mirando con ceño a Marjorie—. Si se entromete innecesariamente, echará a perder la oportunidad de que realice una boda apropiada.

Marjorie intentó contener las lágrimas y miró de manera significativa por la ventana del carruaje.

Helena suspiró para sus adentros. A pesar de lo que le decía la lógica, ya no estaba tan segura de que Marjorie no tuviera razón. Aquella lógica que no podía explicar la fuerza que había sentido la noche anterior.

Al entrar en el salón de baile de lady Hunterston, Helena mantuvo a Marjorie consigo y recorrió el lugar con aire decidido en todas direcciones. Encontró a lord Were en la sala de juego; los que le acompañaban se apartaron de inmediato para permitirles participar.

El asunto que se debatía era el inminente deceso del tío de lord Were, el marqués de Catterly.

—Mañana tendré que dirigirme al norte —les dijo Were—. El viejo réprobo ha estado preguntando por mí. Parece lo menos que puedo hacer.

Al decirlo, hizo una mueca. Helena valoró tal actitud como un punto en su contra, pero al punto reparó con quién lo estaba comparando. Rechazó la comparación. Sin embargo, para su satisfacción, cuando la conversación derivó hacia la Navidad y las diversiones previstas, descubrió que compartía con Were muchos más puntos de vista de los que había pensado. Era una alma afable aunque anodina, firme y, en cierto sentido, de una sencillez obstinada. Lo que, admitió ante sí misma, suponía un gran alivio en relación a otros, demasiado conscientes de su propia valía.

Sebastián entró en el salón de baile para encontrarse con la visión de una Helena que sonreía encantada a Were. Tras advertirlo, se detuvo para dedicar una rápida reverencia a la anfitriona y entonces, ignorando por primera vez las sonrisas dirigidas en su dirección, se encaminó directamente hacia el grupo que estaba en la puerta de la sala de juegos.

Se abrió paso entre los presentes con la atención clavada en Helena, mientras interiormente se iba formulando sus opciones. Podía decirle que deseaba casarse con ella, confundiéndola de forma deliberada, y atraerla a su lado, pero...

Ese pero tenía un peso considerable. Cualquier atisbo de que había decidido convertirla en su duquesa provocaría una conmoción en la alta sociedad y atraería sobre ellos hasta la última mirada. Y los pensamientos que cruzarían las mentes detrás de tales miradas, y las murmuraciones subsiguientes, no serían todas de felicitación. De hecho, algunos escogerían la ceguera y especularían sobre la absoluta falta de honorabilidad de sus intenciones. Tales rumores no serían de su agrado... Ni del de Helena, y aún menos del de su tutor.

Había recibido un informe de su agente parisino: el tío materno de la condesa, Geoffre Daurent, se había convertido en tutor de Helena a raíz de la muerte de su padre. Cabría suponer que Thierry ocupaba el puesto de Daurent, pero visitarlo formalmente en Green Street era imposible. Imposible mantener en secreto un encuentro así; no en el corazón de la alta sociedad.

Lo más apropiado sería una discreta invitación para visitar su propiedad principal, Somersham Place, una vez que la gente elegante se hubiera desvanecido de la capital en las próximas dos semanas. No había necesidad de que nadie lo supiera, más allá de los Thierry y Louis de Sèvres; él mismo sólo se lo diría a su tía Clara, que actuaba de anfitriona de su hogar ancestral. En privado, podría hablar... y persuadir, si fuera necesario.

Aquello último chirriaba. Helena disfrutaba de su compañía, pero —así lo declaraban sus ojos de peridoto— no le consideraba un marido potencial.

Todavía.

La culpa podía ser suya, habiendo declarado públicamente su aversión por el matrimonio; pero eso no le impedía considerar el rechazo de Helena como un reto.

—Condesa. —Se paró a su lado. Helena le había visto aproximarse, pero había fingido no darse cuenta. Entonces, se volvió y le alargó la mano con una sonrisa serena. Sebastián la cogió y se inclinó sobre ella. Antes de que pudiera retirar los dedos, el duque cerró su mano sobre ellos—. *Madame.* —Respondió a la reverencia de la señora Thierry con un movimiento de la cabeza; luego, la inclinó hacia Were—. Si nos disculpa, hay un problema de cierta importancia que deseo comentar con la señorita condesa.

Los ojos de la señora Thierry brillaron de escepticismo, pero nadie se atrevió a manifestar incredulidad, ni siquiera Helena. Con una estudiada expresión de serenidad en el rostro, le permitió que la condujera a un aparte del grupo, a través de la larga habitación.

—¿Qué es lo que desea decirme? —Su voz mantuvo una frialdad altanera. Se deslizaba a su lado, la mirada fija en el frente, sin que su rostro traicionara ni la más ligera perturbación.

—Que Were no es para usted.

—¿De veras? ¿Y por qué motivo?

No podía mentir sobre un amigo.

—Baste decir que su tutor no lo aprobaría.

—Qué extraño. Por lo que me he enterado, las propiedades que lord Were heredará en breve son de consideración y sus ingresos están saneados.

«No tan extensas ni tan saneados como los míos», pensó él.

—Su señoría es todo afabilidad —continuó ella—. No vislumbro ningún problema en absoluto.

Sebastián reprimió una réplica. El rechazo de su advertencia había ido acompañado de cierta vanidad arrogante; una ínfulas que pocos osaban con él, pero eso no lo sorprendió.

El informe de su agente había confirmado su suposición. Ella y su hermana eran las últimas Stansion, una familia de rancio abolengo de la aristocracia francesa. Su madre había sido una Daurent, otra casa importante de la nobleza francesa. La cuna de Helena era tan buena como la suya; había sido educada, al igual que él, para tener conciencia de su valía. La arrogancia, creciendo desde su interior, formaba parte de ambos. Como él, Helena tenía su propia impronta.

Por desgracia para ella, tamaña arrogancia femenina despertaba al conquistador que llevaba dentro.

—Haría bien en considerar, *mignonne*, que un caballero podría ser más complicado de lo que parece.

—No soy una niña, excelencia; soy muy consciente de que la mayoría de los hombres enmascara su auténtica naturaleza.

—Sebastián... Y permítame señalarle, *mignonne*, que no todas las mujeres son tan sinceras como usted.

¿Cómo habían empezado a hablar de aquel tema? Helena apenas tuvo tiempo de pensar cuando él la introdujo a través de unas cortinas que ella había supuesto unos simples tapices. Por el contrario, ocultaban el arco de acceso a una salita lujosamente amueblada.

Al encontrarse allí, aislada del salón de baile una vez

que las cortinas se cerraron, se quitó la máscara y frunció el ceño sin ambages.

—Esto no es, estoy segura —dijo gesticulando—, *comme il faut*.

Casi fulminó con la mirada a Sebastián cuando éste se acercó y se paró delante de ella. El irritante caballero se limitó a arquear una ceja. No sabía por qué estaba tan irritada con él, pero había tenido la terrible sospecha, aun antes de que el duque hubiera llegado, de que había sido deliberadamente alejada de lord Were.

A su modo de ver, lord Were cada vez se parecía más y más al camino perfecto para su escapada hacia la libertad.

—Aprecio su ayuda en mi presentación a la alta sociedad, excelencia, pero... ¿cómo dicen ustedes los ingleses?... ya soy mayorcita, así que seré mi propio juez. Y sus velados reparos hacia el carácter de lord Were no hacen ninguna mella en mi ánimo.

Remató el rechazo de las razones del duque con un gesto desdeñoso de la mano, dispuesta a volver al salón de baile, pero Sebastián seguía cerrándole el paso. Helena le sostuvo la mirada con beligerancia.

El enervante caballero tuvo la temeridad de suspirar.

—Me temo que tendrá que modificar su idea, *mignonne*. El caballero al que me refería no era Were.

Helena frunció el entrecejo. Le llevó un momento recordar la frase: «... un caballero podría ser más complicado de lo que parece». Lo miró y parpadeó.

Los labios de Sebastián esbozaron una rápida mueca.

—En efecto. El caballero al que me refería era yo.

—¿Usted? —No podía dar crédito a lo que oía; no podía creer lo que la lógica le estaba diciendo, ni lo que podía ver en los ojos de él.

Percibió la mano del duque en la cintura, deslizándose; sintió un escalofrío bajarle por la columna vertebral.

La atrajo hacia sí.

—¿Se acuerda de aquella noche a la luz de la luna, en los jardines del convento de las Jardineras de María? —Su voz había adoptado una cadencia hipnótica y el azul de los ojos era aún más cautivador—. La besé. Una vez, para darle las gracias.

Atrapada en su red, ella se sintió incapaz de apartarse. Levantó las manos para posarlas en la seda de las mangas de Sebastián cuando él la atrajo hacia sí. Ella no se resistió, dejando caer los párpados cuando el duque inclinó la cabeza.

—¿Por qué? —susurró cuando el duque le acercó los labios a la boca. Helena se humedeció los suyos—. ¿Por qué me besó una segunda vez? —Era la pregunta para la que siempre había deseado una respuesta.

—¿Una segunda vez? —El aliento de él le rozó los labios—. La besé una segunda vez... para saborearla.

Y lo volvió a hacer, con seguridad y firmeza. Helena supo que debía resistirse, apartarse; pero sólo se tambaleó sobre un borde invisible y, entonces, algo en su interior cedió. Sebastián lo sintió. Le ciñó la cintura y la atrajo hasta ponerla de puntillas. Afianzó los labios, endureciéndolos, haciéndolos más exigentes.

Y Helena estaba perdiendo el equilibrio, cayéndose...

Pero ¿por qué habría de querer ella apaciguar aquellas arrogantes exigencias que no podía comprender? Se aferró a la fuerza del duque, y se entregó hasta que el estremecimiento del beso fue similar a la locura.

Cuando los labios de Sebastián la urgieron a que abriese los suyos, obedeció; su lengua la invadió, tragándose su grito ahogado, apoderándose de su boca y de su aliento y ella le correspondió. Él era atrevido, descarado y sensual y los sentidos de Helena se esforzaban por absorber todas las sensaciones, por seguir su ejemplo... por satisfacer una petición para avanzar a la siguiente.

Aquello era una locura. La piel acalorada, el corpiño cada vez más ceñido, la respiración entrecortada. Todo el cuerpo de Helena se sintió vivo, diferente, despierto como nunca antes lo había estado.

Quiso más. Se aferró a las mangas de seda de Sebastián, sujetándolo. La presión de sus manos se hizo más fuerte, arqueó la cabeza, y él intensificó el beso.

Jamás había tenido una necesidad así de atrapar, de poseer, de rugir con tanta furia. Sebastián luchó por dominarse, aunque estaba tan hambriento, tan ávido... y Helena tan cautivadora, tan entregada, de aquella manera que a él le hechizaba.

Nunca antes había codiciado el sabor de la inocencia, aunque ella era diferente, no del todo inexperta, sólo ingenua y de naturaleza sensual... Estaba atrapada, cautivada, seducida. Sebastián había percibido su valía siete años antes y nunca había olvidado la promesa contenida en el beso de Helena.

Sólo la experiencia, enriquecida a lo largo del tiempo y ganada con esfuerzo, le permitió contener la oleada que surgía de su interior.

La ocasión no era apropiada; ya había ido más lejos de lo que hubiera deseado, atraído por los labios de ella y por la sorpresa de su propia necesidad. A esas alturas, Helena debía de tener los labios magullados.

Dejó de besarla, estremecido por el esfuerzo de impedirse atrapar su boca de nuevo. Rozándole la frente con la suya, esperó, escuchando cómo se atemperaba la respiración de Helena y se acompasaba al martilleo de la sangre.

Helena parpadeó y luego levantó los ojos. Sebastián

retrocedió y observó su desconcierto, la confusión que expresaban aquellos ojos verdes.

—Hay otro aspecto que debería tener en cuenta en su búsqueda de marido —susurró contemplando el ceño de Helena, y se dio cuenta de que ni siquiera en ese momento entendería ella el significado de aquellas palabras.

Aflojando la presión sobre su cintura, sosteniéndola suavemente con una mano, levantó la otra y miró hacia abajo, sabiendo que ella seguiría su mirada. Entonces bajó la mano, lentamente, deslizando los dedos desde su cuello, por la clavícula, hasta la piel sedosa que asomaba del escote bajo y redondeado.

A Helena se le cortó la respiración. Con una rápida ojeada, el duque confirmó que estaba fascinada más que horrorizada. Sebastián dejó que sus dedos recorrieran la seda del escote, sintiendo tensarse la carne en respuesta. Entonces, le ahuecó ligeramente las manos sobre el pecho.

Casi le dolió el estremecimiento de Helena. Con lentitud deliberada, le rodeó el pezón con el pulgar, y observó cómo se endurecía.

—Usted me desea, *mignonne*.

—No... —Su voz reflejó desesperación. No quería desearlo, de eso estaba segura. En todo lo demás, lo que estaba ocurriendo entre ambos, lo que él pretendía de ella, estaba confundida, completamente confundida.

Sus dedos la tocaban, la descubrían, y Helena no podía pensar. Se apartó. Sebastián la soltó, pero ella sintió el choque entre el deseo y la voluntad. Aun si ganaba ésta, tenía que preguntarse qué pasaría la próxima vez.

Dangereux.

—No. —Ahora sonó más decidida—. Esto no nos hará bien.

—Al contrario, *mignonne*, será realmente bueno.

Fingir ignorancia sería inútil; simular hipocresía, peor. Levantando la barbilla, le clavó una mirada de tenacidad y retrocedió otro paso... sólo para sentir la presión de sus dedos en la cintura.

—No. No puede huir de mí. Tenemos que hablar, usted y yo, pero antes de que sigamos, hay algo que deseo de usted.

Escudriñó sus ojos, azul sobre azul, segura de que no tenía necesidad de oír de qué se trataba.

—Ha interpretado mal mis intenciones, excelencia.

—Sebastián.

—Muy bien... Sebastián. Me ha malinterpretado. Si cree...

—No, *mignonne*. Es usted quien no se ha dado cuenta...

Las cortinas se agitaron. Ambos miraron. Sebastián apartó la mano de la cintura de Helena en el momento en que aparecía Were con una sonrisa cordial.

—Oh, está aquí, querida condesa. Es el turno de nuestro baile.

La música llegaba en oleadas detrás de él. Un vistazo a la expresión de Were fue suficiente para confirmarles que no sospechaba nada escandaloso. Helena se apartó de Sebastián y se adelantó con aire majestuoso.

—Así es, milord. Perdóneme por haberlo hecho esperar. —Al llegar al lado de Were, se detuvo y se volvió hacia Sebastián—. Excelencia. —Le hizo una pronunciada reverencia, se incorporó y apoyó los dedos en la mano de Were, dejando que la condujera fuera.

Were sonrió abiertamente hacia Sebastián por encima de la cabeza de Helena. Pese a todo, éste sonrió y le devolvió el saludo con la cabeza. Él y Helena no habían estado a solas el tiempo suficiente para que los chismosos tuvieran motivo de especulación y, de manera intencionada o no, Were había disimulado la ausencia.

La cortina volvió a cerrarse y Sebastián se quedó mirando sus pliegues.

Y frunció el entrecejo.

Ella se estaba resistiendo más de lo previsto. Y él no estaba seguro de entender el motivo, mas sí lo estaba de que lo enfurecía. Y desde luego no comprendía la obstinación de Helena en evitarlo.

La alta sociedad se había acostumbrado a verlos juntos, pero ahora, se estaba acostumbrando a verlos separados, y eso no formaba parte de su plan.

Desde la penumbra de su carruaje, aparcado en el arcén del parque, observó a su futura duquesa rodeada de una animosa cohorte de admiradores. Había adquirido seguridad en sí misma, incluso más aplomo; controlaba a los caballeros que la rodeaban con una risa, una mueca o una mirada de aquellos maravillosos ojos verdes.

No pudo evitar sonreír, contemplando cómo escuchaba alguna anécdota, observándola manipular los hilos que obligaban a sus caballeros aspirantes esmerarse en entretenerla. Era una habilidad que el duque reconoció y apreció.

Mas ya había visto suficiente.

Golpeó en la puerta con el bastón. Apareció un lacayo, que la abrió y bajó los escalones. Sebastián se apeó. No había utilizado su propio carruaje, éste era completamente negro y no llevaba ningún distintivo. El cochero y el lacayo, también de negro, no llevaban la librea del duque.

Lo cual explicaba que hubiera podido contemplar a Helena sin que ésta lo advirtiera y se diera a la fuga.

Lo vio en ese instante, ya demasiado tarde para una acción evasiva o para evitarlo con discreción. Por una vez, el protocolo social jugó a favor de Sebastián: Helena era demasiado orgullosa para montar una escena en público.

Así que tuvo que sonreír y ofrecerle la mano con una reverencia. El duque la correspondió y la incorporó. Entonces le rozó la mano con un beso.

La furia destelló en los ojos de Helena, que se esforzó por reprimir la reacción, pero Sebastián la advirtió.

—Buenas tardes, excelencia —dijo ella con altivez—. ¿Ha venido a tomar el aire?

—No, querida condesa, he venido por el placer de su compañía.

—¿De veras? —El duque no le soltaba la mano, pero ella no se atrevía a liberarse de un tirón.

Sebastián miró al círculo de caballeros, todos más jóvenes y mucho menos poderosos que él.

—Por supuesto. —La miró desafiante—. Creo que estos caballeros nos excusarán, querida. Me apetece ver el Serpentine en vuestra agradable compañía.

Vio su pecho a punto de estallar de una encendida indignación que a Sebastián se le antojó curiosamente seductora. Volviendo a echar una mirada al círculo, les dedicó una inclinación de la cabeza, sabiendo que nadie osaría cruzar las espadas con él.

De pronto distinguió a la señora Thierry. Aunque formaba parte del grupo, hasta entonces se había mantenido oculta a su mirada. Para su sorpresa, ella le sonrió y luego se acercó a Helena.

—De hecho, *ma petite*, ya llevamos demasiado tiempo tomando el aire en este lugar. Estoy segura de que el señor duque la acompañará de vuelta a nuestro carruaje. La esperaré allí.

Sebastián no podría haber dicho quién estaba más sorprendido, si él o Helena. La miró de soslayo, pero la joven había enmascarado su reacción con una absoluta inexpresividad. Sin embargo, sus encantadores labios formaron una línea más bien adusta cuando, tras despedirse de los caballeros, le dejó que la condujera hacia el agua.

—Sonría, *mignonne*, o aquellos que nos vean creerán que hemos tenido una pelea.

—La hemos tenido. No me complace vuestra compañía.

—Ay, qué pena. ¿Qué puedo hacer para conseguir que vuelva a sonreírme de nuevo?

—Puede dejar de perseguirme.

—Me encantaría hacerlo, *mignonne*. Lo confieso, cada vez encuentro más aburrido seguirla.

Helena lo miró con expresión de sorpresa.

—Dejará de intentar... —Hizo un gesto con la mano.

—¿Seducirla? —Sebastián la desafió con la mirada—. Por supuesto —sonrió—. Una vez que sea mía.

La palabra francesa susurrada por Helena no fue del todo cortés.

—Jamás seré suya, excelencia —le espetó.

—*Mignonne*, ya hemos discutido esto muchas veces... Algún día será definitivamente mía. Si fuera honesta consigo misma, admitiría que lo sabe.

Los ojos de Helena despedían fuego. Lanzándole una mirada de furia, reprimió una réplica y, acto seguido, clavó la mirada al frente con altivez.

Si hubieran estado en una habitación con un jarrón a mano, ¿se lo habría arrojado? Sebastián se sorprendió preguntándoselo y entonces se sorprendió de la situación. Nunca antes había provocado una rabieta en sus amantes; sin embargo, en Helena... Su genio era una parte tan intrínseca de ella, tan reveladora de su fuego interior, que eso mismo le impulsaba a él a avivarlo para luego sumergirse en su energía y convertirla en pasión.

Era consciente de que su talante imperturbable, la tranquilidad de sus reacciones ante los arrebatos de Helena, la irritaban todavía más.

—No hay mucha gente por aquí. ¿Es prudente que estemos a solas?

Los senderos a ambos lados del Serpentine estaban casi desiertos.

—Es fin de año, *mignonne*. La gente está ocupada con los planes para el torbellino final. Y el día apenas anima.

Estaba nublado, con una brisa tenaz que transportaba los primeros fríos rigurosos del invierno. La mirada de Sebastián se deslizó por la gruesa capa de Helena y murmuró:

—Sin embargo, por lo que hace al decoro, los chismosos se han cansado de observarnos a la espera de un escándalo. Han vuelto sus ojos hacia otro lado.

Helena le lanzó una mirada incierta, como si estuviera calibrando qué riesgos corría con el duque en un lugar casi desierto.

Él se vio obligado a sonreír.

—No... aquí no la estrecharé entre mis brazos.

Por un momento ella pareció dudar, pero sus ojos le confirmaron al duque que aceptaba su palabra. Al cabo, Helena dijo:

—No soy un caballo al que hay que pasear para que no se enfríe.

Con amabilidad, él la condujo por el siguiente sendero, emprendiendo el regreso a la avenida de los carruajes.

—Las palabras de la señora Thierry contenían una desafortunada alusión.

—Ha malinterpretado sus palabras. —Helena lo miró con ceño—. Ha cambiado de opinión respecto a usted. ¿Ha hablado con ella?

92

—Si lo que quiere decir es si he comprado su cooperación, no. Nunca he hablado con ella en su ausencia.

—Hummm.

Caminaron en silencio y cuando la avenida de los carruajes estaba ya a poco distancia, el duque murmuró:

—He disfrutado de nuestro paseo, *mignonne*, pero quiero algo más de usted.

Helena le lanzó una mirada cortante... Y furiosamente obstinada.

—Pues no lo tendrá.

Sebastián sonrió.

—No es eso. Todo lo que deseo hoy por hoy es que me prometa que esta noche, en el baile de lady Hennessy, me reservará dos piezas.

—¿Dos piezas? ¿No está mal visto?

—En esta época del año nadie parará mientes en el asunto. —Miró al frente—. Además, la última noche me negó a propósito dos bailes. Dos esta noche es una compensación justa.

Helena elevó la cabeza con altivez.

—Usted llegó tarde.

—Siempre lo hago. Si llegara temprano, a mis anfitrionas les daría un síncope.

—No es culpa mía que haya tantos caballeros ansiosos por ser mi pareja que no quede ningún baile para usted.

—*Mignonne*, no soy crédulo ni joven. Concedió todos los bailes deliberadamente. Por eso me prometerá dos bailes para esta noche.

—Se ha olvidado del «o de lo contrario...».

El duque bajó el tono.

—Pensaba dejarlo a su imaginación. —Le leyó la mirada—. ¿Hasta dónde se atreve, *mignonne*?

Helena dudó y luego, con suma altivez, dijo:

—Muy bien, quizá consiga sus dos bailes, excelencia.

—Sebastián.

—Ahora me gustaría volver junto a la señora Thierry.

El duque no dijo nada más y la llevó hasta el carruaje de los Thierry, donde se despidió.

El cochero sacudió las riendas y Sebastián se quedó mirando cómo el carruaje se perdía por la avenida.

Habían estado discutiendo cuatro días; él intentando seducirla, ella resistiendo con mordacidad. Un caballero le habría hablado para convencerla de que su intención era casarse. Tal como estaban las cosas...

Pero él era un noble, no un caballero. La sangre de los conquistadores corría por su venas. Y a menudo dictaba sus actos.

Incluso era imposible considerar la simple petición de su mano; ni aun sabiendo que ella estaba valorando con frialdad a los candidatos, y que él, más que ningún otro en la alta sociedad del momento, satisfacía los requisitos.

Con el rostro endurecido, dio la vuelta y se dirigió a su carruaje.

La resistencia de Helena —de una energía inesperada— sólo había hecho que subieran las apuestas, que Sebastián concentrara sus instintos depredadores con más ahínco, que se le hiciera aún más imperioso el ganar. A ella.

Quería que lo aceptara con sus limitaciones, por lo que eran ambos más allá del refinamiento social, desposeídos de su rango, hombre y mujer, una ecuación tan vieja como el tiempo. Quería que lo deseara; al hombre, no al duque, y no porque tuviera un rango superior a ella y sus propiedades e ingresos fueran considerables.

Que lo deseara tanto como él a ella.

Sebastián quería un asomo de rendición, algún signo de entrega. Algún indicio de que ella sabía que era suya.

Sólo eso conseguiría aplacar su necesidad.

Una vez que ella reconociera lo que había entre ellos, entonces le hablaría de matrimonio.

El lacayo esperaba de pie, sosteniendo la puerta del carruaje. Sebastián dio orden de regresar a Grosvenor Square y subió. La puerta se cerró tras él.

Helena se armó de valor, hizo una reverencia a Sebastián, se incorporó y unieron las manos, girando en la primera figura del primer baile con él.

«Piensa en algún otro—se ordenó a sí misma—. No le mires a los ojos. No dejes que su proximidad anegue tus sentidos.»

Cuando, en el carruaje camino del baile, se quejó de su arrogancia al exigirle dos bailes, Marjorie había sonreído, moviendo la cabeza en un gesto de animosa condescendencia, como si St. Ives no fuera uno de los principales calaveras de la alta sociedad. Como si no fuera aquel al que la misma Marjorie había catalogado de *dangereux*.

Más sorprendente había resultado aún la complacencia de Louis. Se suponía que era su protector. Helena reprimió un bufido. Sospechaba que Louis no era del todo consciente de la reputación del duque, ni de su determinación a evitar el matrimonio. Cuando St. Ives había llegado para reclamar su baile, Louis había parecido estúpidamente petulante.

El agravio, había descubierto Helena, era la mejor defensa contra Sebastián. Envalentonada, lo miró desafiante.

—Doy por sentado que en breve abandonará Londres.

Los labios del duque se curvaron.

—En efecto, *mignonne*. Pasada la próxima semana, junto con el resto de la alta sociedad. Dejaré Londres para irme al campo.

—¿Y dónde pasará las fiestas?

—En Somersham Place, mi principal propiedad. Está en Cambridgeshire. —Describieron un giro, tras lo cual él preguntó—: ¿Adónde tienen previsto retirarse, *mignonne*?

—Los Thierry todavía no lo han decidido. —Al cruzarse con él durante el baile, Helena advirtió la sonrisa del Sebastián. Por lo visto, esa noche todo el mundo se mostraba petulante.

El diablo la movió a preguntar:

—¿Ha regresado a Londres lord Were? —Levantó los ojos, desafiante.

Con el semblante endurecido, Sebastián captó su mirada.

—No, ni se le espera en un futuro próximo.

Dieron una vuelta más; Helena no podía apartar la vista del duque, no se atrevía. Los movimientos del baile parecían un trasunto de su relación: manos que se rozaban, separación, ella que se alejaba girando, sólo para tener que volver a él...

Regresó, envuelta en el frufrú de las faldas al hacer un giro delante de él, luego una pausa, las manos levantadas. Sebastián se acercó por detrás, cerró los dedos sobre los suyos y apretaron el paso, al unísono con las demás parejas.

—No me tiente, *mignonne*. Esta noche lord Were no está aquí para salvarla —dijo con un suave murmullo, tanto amenaza como promesa: plumas cayendo sobre sus hombros desprotegidos, que extendieron la carne de gallina por la piel desnuda.

Helena volvió la cabeza ligeramente y contestó con un murmullo.

—Ya se lo he dicho, excelencia, no soy para usted.

Tras un instante de silencio, Sebastián susurró:

—Será mía, *mignonne*... No lo dude jamás.

La soltó y se separaron, fluyendo con el baile; cuando Helena se alejó, los dedos del duque le acariciaron la nuca brevemente.

Ella sintió la caricia en la punta de los pechos, como la estela de una llamarada que discurriera bajo su piel. Se obligó a sonreír con naturalidad y a sostener su mirada.

Acabado el baile, él se llevó la mano de Helena a los labios.

—Pronto, *mignonne*... Pronto.

¡Jamás!, se prometió ella, mas no sería fácil contradecirlo.

No podía romper la promesa de concederle otro baile, aunque si el duque no pudiera encontrarla...

Conversó, rió, sonrió y maquinó en silencio. Como siempre Louis estaba al acecho; sin pensarlo, ella le pidió el brazo.

—Pasee conmigo, primo.

Con un imperceptible encogimiento de hombros, Louis accedió. Helena lo dirigió hasta el extremo más alejado del salón, allí donde, escudriñando entre la multitud con ojos severos, sin dejar de cuchichear ni por un instante, se sentaban las matronas con aspecto de ogro, las cejas prestas a levantarse ante el menor indicio de escándalo.

—He estado pensando —dijo Helena— que lord Were podría convenirme como marido. ¿Se ha formado alguna opinión sobre este caballero y si Fabien aceptaría una proposición de él?

—¿Were? —Louis frunció el entrecejo—. ¿Ese caballero grande y moreno, algo corpulento, aficionado a las casacas marrones?

Ella nunca le hubiera llamado corpulento.

—Está a punto de convertirse en marqués, lo cual satisfará la exigencia de título de Fabien. En cuanto al resto, me parece harto apropiado.

—Hummm... Por lo que he oído, este Were no está muy bien considerado. Es callado, retraído... modesto. —Louis dijo esto último con sorna—. No creo que el tío Fabien considerase sensato por tu parte que te unieras a un hombre débil.

—¿Débil? —Para ella, esta palabra era la mayor garantía. Pero dijo—: *Bien sûr*. Debo pensar más sobre ello.

En la esquina de la estancia, más allá de las matronas, había una puerta entornada.

—¿Adónde vamos? —preguntó Louis cuando Helena le conducía hacia allí.

—Quiero ver qué hay más allá. El aire de este salón está tan viciado.

Cuando sonaban los primeros compases de un minueto —el segundo baile con Sebastián—, atravesó la puerta seguida de Louis.

Louis la siguió a lo que resultó una galería, cuyas ventanas dominaban los jardines. Tres parejas, al reclamo de la música, pasaron junto a ellos de vuelta al salón, dejando la galería desierta a excepción de ellos.

—*Bon!* —sonrió Helena—. Aquí hay mucha más paz.

Louis arrugó el entrecejo, pero se concentró en un aparador, donde se puso a examinar la licorera y los vasos situados en la parte superior. Helena deambuló por el estrecho espacio, atraída por las ventanas.

Estaba de pie, mirando las estrellas, cuando un sonido apenas perceptible llamó su atención.

Una voz grave, arrastrando las palabras, dijo:

—De Sèvres.

Ella se volvió para ver a Louis haciendo una pronunciada reverencia con la cabeza. Sebastián surgió con aire despreocupado de las sombras de la puerta.

Se dirigió a Louis.

—La señorita condesa tiene comprometido este baile conmigo, pero como necesita pasar un rato en un ambiente más tranquilo, me quedaré con ella aquí. No dudo que usted tiene sus propios compromisos en el salón.

Aun a través de la penumbra, Helena captó la aguda mirada que le dirigió Louis.

—Por supuesto, excelencia. —Louis dudó un instante, volviendo a mirar a Helena. Ésta no podía creer que la fuera a abandonar.

—Puede estar plenamente seguro —Sebastián volvió a arrastrar las palabras— que la señorita condesa estará a salvo conmigo. Se la devolveré a la señora Thierry cuando termine la pieza. Hasta entonces, su tiempo me pertenece.

—Muy bien, excelencia. —Luis volvió a inclinar la cabeza, giró sobre los talones y se fue. Cerró la puerta tras él.

Enmudecida, Helena se quedó mirando de hito en hito la puerta. Louis no podía ser tan estúpido como para creer que estaría segura a solas con un hombre de la reputación de Sebastián.

—Como ve, *mignonne*, el hecho es que nos ha dejado solos.

El ligero regocijo en la voz de Sebastián avivó su furia. Cuando el duque cruzó la galería en su dirección, ella lo encaró. Levantó la barbilla, ignorando el pánico que la recorría.

—Es una insensatez.

—He de convenir que sí, pero usted lo ha escogido,

mignonne. —Se paró delante de ella, sonriendo... Una inconfundible sonrisa depredadora—. Si el minueto no es de su agrado, podríamos intentarlo con otro compás.

Helena estudió su mirada, indescifrable bajo la escasa luz.

—No. —Retrocedió un paso para cruzar los brazos; el duque se estiró para cogerle las manos, con suavidad. Helena lo miró con ceño—. No entiendo en absoluto por qué hace esto.

Los labios de Sebastián se torcieron en un rápida mueca.

—*Mignonne*, le aseguro que soy yo quien no entiende por qué se comporta así.

—¿Yo? Creía que el motivo de mi comportamiento era evidente. Le he dicho más de una vez que no seré su amante.

Sebastián arqueó una ceja morena.

—¿Acaso se lo he pedido?

Helena arrugó la frente.

—No, pero...

—*Bon*, ya tenemos esto más claro.

—No tenemos nada claro, excelencia... Sebastián. —Se corrigió cuando el duque abría los labios—. Admita que me persigue, que desea seducirme...

—Alto.

Así lo hizo, confundida por su tono; ni cansino, ni cínico... sólo franco.

Sebastián la estudió; luego, suspiró.

—¿La ayudaría en algo, *mignonne*, si le diera mi palabra de que no culminaré su seducción en ninguna recepción social a la que podamos acudir; por ejemplo, este baile?

Su palabra... Helena sabía sin necesidad de preguntarlo que él haría honor a la misma hasta la muerte. Sin embargo...

—Hace algún tiempo dijo que no estaba jugando conmigo. ¿Es eso verdad?

Los labios de Sebastián se torcieron, mitad en una sonrisa irónica, mitad en una mueca.

—Si es usted una marioneta, *mignonne*, yo también, y es algún poder superior el que nos mueve en este escenario terrenal.

Helena reflexionó, respiró hondo y asintió con la cabeza.

—Muy bien. Pero si, *en effet*, no es su intención seducirme, entonces ¿qué...?

Levantó las manos, las palmas hacia arriba, ignorando el ligero apretón del duque, que cambió la forma en que las sujetaba y las rodeó con las suyas.

Helena vio asomar de nuevo la sonrisa de Sebastián, aún rapaz, todavía demasiado subyugante para su tranquilidad espiritual.

—La música acabará enseguida. En lugar de mi baile, solicitaría un favor.

Helena dejó que la sospecha asomara a su rostro.

—¿Y de qué favor se trata?

La sonrisa del duque se ensanchó.

—Un beso.

La condesa volvió a pensar.

—Ya me ha besado dos veces... No, tres.

—Ah, pero esta vez deseo que sea usted quien me bese.

Helena inclinó la cabeza, estudiándolo. Si iba a ser ella quien besara...

—Muy bien. —Se zafó de las manos de Sebastián, que la soltó.

Se acercó a él con descaro. A causa de la diferencia de estatura, tuvo que deslizar las manos sobre el pecho del duque, sobre los hombros y entrelazarlas alrededor de la nuca, apretándose contra él.

101

Pasivo, Sebastián la observó con sus párpados caídos.

Rezando para que no se notara el repentino sobresalto del contacto —senos con pecho, caderas con muslos—, ignorando con valentía el contraste fascinante entre la sedosa suavidad de la casaca y el duro cuerpo que cubría, le bajó la cabeza, se puso de puntillas y posó los labios en los de Sebastián.

Lo besó y él le devolvió el beso, pero sólo en idéntica medida. Tranquilizada, hechizada por el placer, Helena repitió el beso, un poco más firme, algo más largo. Los labios de Sebastián devolvieron el goce, para luego apartarse ligeramente. Helena no pudo resistir la tentación.

Sabía... a hombre. Diferente, atractivo. La lengua de Sebastián encontró la de Helena, replegada. Otra clase de baile, de juego, el flujo y el reflujo de un contacto físico, uno bastante más íntimo que el tomarse las manos.

Era novedoso, excitante. Helena quiso saber más, aprender más. Sentir más.

Diez minutos más tarde —diez cautivadores y fascinantes minutos de total abandono—, Helena dio señales de vida con un gritito ahogado. Con los labios separados y el corazón desbocado, se quedó mirando de hito en hito los ojos de Sebastián, relucientes bajo los párpados. Luego se fijó en sus labios: largos, delgados, ligeramente curvados... tan expresivos.

Tan satisfactorios.

Helena tragó saliva.

—La música ha parado, milady.

—Como prefiera.

En algún momento, los brazos del duque la habían rodeado, apoyándola contra él. Pese a estar atrapada en unos músculos que le parecieron de acero, jamás se había sentido tan cómoda, tan segura... tan desinteresada por la seguridad.

Suspiró y lo besó de nuevo; una última vez, sólo para grabar la sensación en su memoria; para dejar que la sensación de Sebastián, firme como una roca bajo sus mejores galas, le calara hasta los huesos; para deleitarse en cómo su cuerpo, más blando, se amoldaba al de él.

El duque la atrajo con más fuerza, pero sin intentar retenerla. Helena intentó zafarse.

Ella le miró a los ojos.

—Ahora puede bajarme —le dijo.

—¿Está segura de que ha terminado? —Lo dijo sin sonreír.

—Bastante segura —contestó.

Él dejó que se deslizara hasta el suelo, posándola sobre los pies.

—Mis felicitaciones, *mignonne*. —Le cogió la mano y se la besó—. Ha jugado limpio.

—*Certainement*. —Irguió la cabeza, venciendo el mareo—. Creo que deberíamos volver al salón.

Se dio la vuelta hacia la puerta, pero el duque la retuvo por el brazo.

—No por ese camino. Hemos estado aquí solos demasiado tiempo. Será mejor ir por otro lado para que las matronas no nos vean regresar.

Helena dudó, y luego asintió con la cabeza. Él le había dado su palabra; si los diez últimos minutos habían demostrado algo, era que podía confiar en Sebastián.

La condujo por un laberinto de pasillos y volvieron al salón por el extremo opuesto. La devolvió al cuiadado de la señora Thierry, fugazmente sorprendido por la evidente aprobación de la dama. Luego, dándose por satisfecho, se retiró.

Si Helena Rebecce de Stansion podía resistir, sin ningún riesgo, la tentación de gozar de todo cuanto él le ofrecía, se comería el sombrero. Y si, una vez que lo hubiera disfrutado, él no era capaz de convencerla de que admitiese ser suya...

No atinó a idear un castigo apropiado, pero no importaba. No estaba dispuesto a fracasar.

—Todo está yendo bien... Fabulosamente bien. El plan del tío Fabien, bajo mi orientación, se está desarrollando justo como debiera. —Louis se quitó el chaleco y lo lanzó hacia Villard.

Villard dejó de recoger las prendas y murmuró:

—¿Así que ella ha llamado su atención?

—La tiene en el punto de mira, esto seguro. Ahora está cazando en serio. Hasta esta noche —Louis movió la mano— puede que fuera un simple interés ocioso. Pero ya no está haraganeando. Y ella, la presa, ha echado a correr. ¡La cacería ha empezado!

—¿Qué tal, si se me permite sugerirlo, una nota a su tío informándole de las buenas nuevas?

Luis asintió con la cabeza.

—Sí, sí, tienes razón. Al tío Fabien le gustan los resultados positivos. Hemos de informarle. —Hizo un gesto con la mano a Villard—. Recuérdame que sea lo primero que haga por la mañana.

—Si se me permite decirlo, señor, el paquebote rápido sale a primera hora de la mañana. Si la escribiera ahora mismo, y un jinete partiera esta noche, el señor conde recibiría sus buenas noticias con varios días de antelación.

Louis se dejó caer en la cama y miró de hito en hito a Villard.

El ayuda de cámara añadió con calma:

—Y al señor conde le gusta que se le tenga lo más al corriente posible de las noticias.

Louis seguía con la mirada fija; con una mueca, hizo un gesto a Villard.

—Tráeme mi maletín. Redactaré el comunicado ahora, y podrás ocuparte de que salga de inmediato.

Villard hizo una reverencia.

—Muy bien, señor.

4

A la mañana siguiente, Helena se paseaba por su cámara; con los ojos entrecerrados, juzgaba los acontecimientos de la noche anterior.

Reflexionaba sobre el inesperado enfoque adoptado por Sebastián.

Recordaba sus sueños.

Se preguntó de nuevo qué se sentiría al acariciar el pecho desnudo del duque, al tocar sus firmes músculos...

—*Non, non, non et non!*

Furiosa, se puso a darle puntapiés a la falda delante de ella.

—¡Lo hizo para conseguir esto!

Para hacerla soñar, anhelar, desear... querer. Para hacerla ir hasta él, para rendirla como si fuera una tonta doncella locamente enamorada.

Una conquista taimada, turbia.

A solas en su cámara, pudo admitir que podía haber funcionado.

—Pero ahora no.

No ahora, cuando había comprendido cuál era el verdadero objetivo del duque.

Tenía veintitrés años... Y cuando se trataba de los juegos de los hombres, no era ninguna inocente soñadora. Una seducción se podía conseguir por más de una vía; con toda seguridad, el duque conocía todos los caminos.

—Cada recodo de esos caminos. ¡Ajá!

No la atraparía.

Apenas quedaba una semana para que la alta sociedad abandonara Londres; sin duda, podría mantenerlo a raya hasta entonces.

—*Mignonne*, es costumbre prestarle alguna atención al caballero con quien se baila.

Helena miró a Sebastián y abrió los ojos como platos.

—Sólo me estaba fijando en las joyas de las damas.

—¿Por qué?

—¿Por qué? —Trazó un círculo alrededor de él y luego volvió a enfrentarlo, de nuevo la mirada puesta en las damas próximas—. Porque la calidad de las de aquí es notable.

—Dado su patrimonio, debe de poseer el rescate de un rey en joyas.

—*Qui*, pero la mayoría las he dejado en el sótano de Cameralle. —Con la mano señaló el sencillo collar de zafiros que lucía—. No he traído las piezas más pesadas... No tenía sentido.

—Su belleza, *mignonne*, eclipsa cualquier joya.

Sonrió, pero no a él.

—Excelencia, tiene una lengua muy rápida.

A la mañana siguiente, Helena estaba sentada a la mesa del desayuno cuando llegó un paquete.

—Es para usted. —Louis lo dejó caer junto al plato de Helena.

—¿De quién es? —preguntó Marjorie.

Helena dio la vuelta al paquete.

—No lo pone.

—Ábralo. —Marjorie posó su taza—. Contendrá una carta.

Helena rasgó el envoltorio y metió la mano. Sus dedos tocaron la tapa de felpa de un estuche de joyero. El escalofrío de un presentimiento le recorrió la piel. Se quedó contemplando el paquete abierto, temerosa casi de sacar el contenido. Luego, se armó de valor y lo extrajo.

Un estuche de piel verde. Lo abrió. Dentro, sobre una base de terciopelo verde oscuro, descansaban dos sartas de las perlas más puras. Las sartas estaban interrumpidas en tres puntos por unas piedras solitarias, las tres perfectamente rectangulares, talladas con sencillez para exhibir su color. Al principio le parecieron peridotos, pero cuando levantó el collar y lo tendió en sus manos, las piedras destellaron y la luz prendió en ellas, dejando al descubierto su color: esmeraldas. Tres grandes esmeraldas puras, de un verde más vívido que los ojos de Helena.

Unos pendientes, con una esmeralda más pequeña engastada sobre perlas, y un par de brazaletes a juego completaban el conjunto.

Del rescate de rey que ya poseía, ninguna pieza le atraía ni la mitad que aquélla. Dejó caer el collar como si le quemara.

—Debemos devolverlo. —Apartó la caja.

Louis había estado examinando el envoltorio y ahora echó una ojeada al estuche.

—No hay ninguna carta. ¿Sabe quién lo envía?

—¡St. Ives! Debe de ser de él. —Helena apartó la silla, con el impulso de salir corriendo, de huir de aquel collar... de escapar a sus ansias de tocarlo, de acariciar las suaves sartas... De imaginar qué sentiría al llevarlo al cuello, cómo luciría.

¡Condenado Sebastián!

Se levantó.

—Por favor, encárguense de que sea devuelto a su excelencia.

—Pero, *ma petite* —Marjorie había inspeccionado el envoltorio—; si no hay carta, no podemos estar seguros de a quién hay que enviarlo. ¿Y si no fuera del señor duque?

Helena miró a Marjorie; casi podía ver la sonrisa petulante de Sebastián.

—Tiene razón —dijo finalmente.

Volvió a sentarse. Tras observar un momento las perlas, reposando tentadoras sobre la base de terciopelo, cogió el estuche.

—Tendré que pensar cuál es la mejor forma de actuar.

—Me las ha enviado usted, ¿verdad?

Helena volvió la cara hacia Sebastián, mientras con los dedos de una mano acariciaba las perlas que le rodeaban el cuello. La seda de sus faldas verde pálido produjo un susurro sensual; dejó que los dedos pasaran con delicadeza por las perlas, resiguiendo las sartas que caían sobre los senos.

Con una ligera sonrisa, Sebastián observaba cada movimiento. Helena fue incapaz de leer algo en su cara y en sus ojos.

—Lucen muy bien en usted, *mignonne*.

Ella se negó a pensar en cómo de bien, en cómo la hacían sentir.

Como si ella también fuera *dangereuse*.

Sólo él podía haberle entregado la tentación primordial para llevar adelante su juego. Helena nunca se había sentido tan poderosa; lo bastante fuerte para entablar combate con un hombre como él.

Sintió un estremecimiento de excitación, de insidiosa atracción; giró, empezó a dar vueltas, incapaz de quedarse quieta.

Cuando él había aparecido a su lado en el salón de lady Carlyle, sus ojos habían ido directos al collar, percatándose luego con rapidez de las demás piezas que también se había puesto. Helena había accedido a la invitación de pasear por la estancia. En efecto, como sólo él era capaz, el duque había encontrado una antesala fuera del salón. Una pieza vacía, mal iluminada por unos apliques, de suelo embaldosado y una fuente cantarina en el centro.

Los tacones de Helena resonaron contra las baldosas cuando empezó a dar vueltas delante de la fuente; lanzó al duque una mirada descaradamente dubitativa.

—Si usted no... ¿Quizás haya sido Were? A lo mejor me echa de menos.

Sebastián no respondió, pero incluso a la débil luz Helena vio cómo se le endurecía el semblante.

—No —añadió—. No ha sido Were... Ha sido usted. ¿Qué espera ganar con esto?

Sebastián la observó —Helena no pudo precisar si pensando en una respuesta o simplemente poniendo a prueba sus nervios— y luego dijo:

—Si yo le hubiera enviado semejante presente, esperaría recibir... la misma respuesta que, naturalmente, le daría usted a cualquiera que hubiera sido tan cortés.

Helena dejó que sus ojos relampaguearan, que asomara su carácter. A lo largo de las semanas, se había ido acostumbrado a no ocultárselo. Incluso ahora parecía no haber razón para esconderle sus sentimientos. Con un revuelo de faldas, se contoneó para encararlo y levantó la barbilla.

—A quienquiera que fuera tan generoso conmigo le

daría las gracias... Lo que sólo podría hacer si supiera quién era el caballero.

Sebastián sonrió. Con su habitual manera sigilosa de caminar, acortó la distancia que los separaba.

—Tengo que reconocer, *mignonne*, que me trae sin cuidado si me considera o no el merecedor de su agradecimiento.

Se detuvo ante ella y enredó sus largos dedos en las sartas, por debajo del cuello. Levantó las perlas, hasta reunir las extensas sartas en la mano y encerrarlas en su puño, situado encima del escote de Helena.

—Preferiría tener la seguridad —murmuró, la voz deslizándose hacia un susurro peligroso— de que cada vez que llevara esta pieza pensara en mí.

Abrió el puño, dejando caer las perlas.

Lastradas por las grandes esmeraldas, las sartas cayeron sobre la hendidura del escote, resbalando entre los pechos.

Al sentir el calor —el calor de la mano del duque, que mantenía atrapadas las perlas—, Helena ahogó un grito.

—Preferiría saber que cada vez que se pusiera esto, pensara en nosotros. En lo que habrá entre nosotros.

No había soltado del todo el collar; un largo dedo permanecía enganchado en las sartas. Observándolas, las levantó y las dejó deslizar y resbalar por todas partes, acariciándole los senos desnudos a despecho del vestido... pese a que estuviera totalmente vestida. Hizo subir y bajar las perlas con un ritmo lento y sensual que Helena pudo imaginar muy propio del duque.

Helena jadeó y cerró los ojos un momento. Sintió que sus pechos se erguían, hinchados y acalorados.

Sebastián se acercó más; Helena, más que verlo u oírlo, lo sintió; como una llama sobre la piel. Abrió los ojos.

—Cada vez que se las ponga, *mignonne*, piense en... esto.

Hubiera deseado que no se acercara tanto, no levantar la cara y dejar que la besara. Pero con la calidez embriagadora de Sebastián tan cerca, el tono susurrante de su profunda voz en el oído, la sensación obnubilante de las perlas, aún calientes, todavía moviéndose provocativamente entre los pechos... estaba perdida.

Los labios de Sebastián se abatieron sobre los suyos. Al primer indicio de presión, ante la primera exigencia, Helena se abrió a él, no de manera sumisa sino desafiante, rechazando, aun entonces, la rendición.

Podía besarle y sobrevivir; dejar que la besara y seguir sin pertenecerle. Si Sebastián creía otra cosa, ya aprendería. Helena le deslizó los dedos por el pelo y le devolvió el beso con descaro. Su reacción sorprendió al duque por un segundo, pero no más.

La respuesta fue inesperada: ningún arrebato de pasión sofocante, de deseo incontenible. En su lugar, se pegó a ella, dándole todo lo que deseaba, insinuándose más. Atrayéndola hacia él.

Helena lo sabía, pero la resistencia era imposible. La única manera de conservar su identidad, de retener alguna apariencia de conciencia y obstinación, era sumergirse en el beso, entregarse a ello y seguir la iniciativa de Sebastián, fijándose en cada paso del camino, dando cada uno a sabiendas.

En segundos, la había sacado de este mundo. Sólo él podía traerla de vuelta.

Cerrando los brazos a su alrededor, la atrajo hacia él, hasta que aquel cuerpo suave volvió a quedar apresado contra el suyo, mucho más duro. Inflamado el deseo, los dientes rechinaron como los de una fiera hambrienta, queriendo más... mucho más.

Deseó tenerla debajo, penetrarla...

Sebastián sabía que todavía no podía ser. No aquella noche, ni al día siguiente. Ni siquiera se atrevía a acariciarla con más firmeza, su intuición advirtiéndole que aún no, aún no.

Lentamente pero sin parar, Helena le estaba llevando a la locura. Si no la poseía pronto...

Nunca había esperado tanto; ninguna mujer —ninguna que hubiera deseado— se le había negado jamás; nunca una mujer había rehusado andar el camino con él.

Sin embargo, a pesar de que el cuerpo de Helena fuera de él, de que su pulso se disparase cuando él se le acercaba, de que se le dilataran las pupilas y la piel se acalorara cuando la tocaba, su mente rehuía entregarse; su voluntad permanecía obstinadamente inamovible.

Cada noche que pasaba sin ella sólo aumentaba su deseo, aquel impulso primario de saciar la lujuria... de poseer.

Las manos de Helena le tocaron las mejillas, sujetándole la cara con firmeza cuando apretó los labios contra su boca en un beso de flagrante pasión, respuesta a su última incursión.

El control de Sebastián flaqueó cuando ella le provocó e incitó a la respuesta...

Y respondió; por un instante dejó que resbalara su escudo, la dejó vislumbrar lo que deseaba de ella: que compartiese la desenfrenada pasión oculta tras su máscara de galán.

Ante la arremetida de Sebastián, toda resistencia desapareció; la columna vertebral de Helena, hasta entonces imbuida de su terca voluntad, se aflojó. Se derritió.

Él se apartó rápidamente, antes de que el deseo y la pasión rampantes lo descontrolaran... Los descontrolaran a ambos. Respirando con dificultad, levantó la cabeza. Sintió la dificultosa respiración de Helena, los senos apretados contra su pecho.

La condesa parpadeó; bajo el encaje de sus largas pestañas, Sebastián vio el brillo de sus ojos, más precioso que el de las esmeraldas que rodeaban su cuello, colgaban de sus orejas y le circundaban las muñecas...

A pesar de la frustración, sintió una reconfortante satisfacción. Aflojó la presión. Helena volvió a parpadear y se apartó.

Lo miró con recelo.

Sebastián consiguió no sonreír.

—Vamos, *mignonne*... Hemos de volver al salón.

Helena le ofreció la mano y se dejó conducir hasta la puerta. Al llegar junto a ella, el duque se paró. Enganchó un dedo en las sartas de perlas y las sacó de debajo del corpiño, posándolas sobre la seda una vez más.

—Recuerde, *mignonne*. —Le leyó la mirada—. Siempre que las lleve, piense en lo que habrá de ser.

Al despertarse a la mañana siguiente, lo primero que vio Helena fue las perlas cayendo en cascada fuera del estuche de piel verde. Estaban sobre el tocador, donde las había dejado... Y parecían burlarse de ella.

—*Je suis folle*.

Con un gemido, les dio la espalda, pero, cual si fueran fantasmas, pudo sentirlas como si todavía le rodearan el cuello, pendieran de sus orejas y de sus muñecas.

Por supuesto, había sido una loca al pensar que, en aquel ruedo, podía tener esperanzas de plantarse ante Sebastián e imponerse.

Con los ojos entrecerrados, repasó todo el episodio. Girándose, volvió a mirar las perlas. Su primer impulso había sido enterrarlas en el fondo del baúl, pero el orgullo le dictó que se las pusiera todas las noches. Aquel asalto lo había ganado Sebastián de manera aplastante, pero ella no podía dejar que lo supiera.

Lo cual significaba que, por supuesto, recordaría cada contacto de las perlas —tibias por las manos de Sebastián— contra sus senos desnudos. Y por supuesto, se preguntaría...

Estaba muy cerca de perder pie. No podía dejarle ganar el siguiente asalto.

Y no podía poner fin al juego.

Estaba haciéndolo de nuevo: echándose atrás, poniendo obstáculos en el camino.

En el otro extremo del salón de lady Cottlesford, Sebastián observaba a Helena con algo muy parecido a un agravio a punto de estallar.

Se estaba acabando el tiempo. Cuando se había propuesto hacerla admitir que lo deseaba, no se imaginó que le costaría tanto. Quedaban sólo cinco días para el baile de disfraces de lady Lowy, el acontecimiento que en los últimos años anunciaba el éxodo londinense de la alta sociedad.

Así pues, tenía cinco días más —cinco noches, más concretamente— para hacerla capitular, para conseguir algún indicio de que ella consentiría sus avances, completamente al margen de una proposición formal de matrimonio. Eso sería lo mínimo que aceptaría.

Cinco noches. En circunstancias normales, tiempo de sobra. Excepto con ella, a la que ya llevaba asediando durante siete. Aunque había hecho temblar las murallas, todavía no las había desmoronado, aún no la había convencido para que bajara el puente levadizo y lo dejara entrar.

—¿Cómo va la caza de esposa?

Martin. Sebastián se volvió cuando su hermano pequeño le dio una palmada en el hombro y Martin dio un paso atrás, las manos en alto.

—Nadie sabe nada, lo juro.

—Reza para que sea verdad. —Otro inconveniente más.

—¿Y bien? ¿Sigues con los ojos puestos en la condesa? Una pieza tentadora, lo admito, aunque astuta, ¿no te parece?

—Que te oiga hablar así de ella y es posible que me pida que te cuelgue de los pulgares. O algo peor.

—Vaya ogro, ¿no?

—Su genio es ligeramente mejor que el mío.

—De acuerdo. Ya dejo de bromear. Pero no puedes negar que el asunto tiene cierta importancia personal. Mal puedes esperar que me desinterese del tema.

—Que te desintereses, no. Que te intereses menos, sin duda.

Martin ignoró esto último y miró en derredor.

—¿Has visto a Augusta?

—Creo —dijo Sebastián, estudiándose el encaje del puño— que nuestra querida hermana ha abandonado la capital. Huntly avisó esta mañana.

Martin lo miró bruscamente.

—¿Se encuentra bien?

—Oh, por supuesto. Pero ambos decidieron que Augusta ya había tenido suficiente trato social, y como le he pedido que organizara las fiestas en Somersham, tenía bastante en qué distraerse.

—¡Ah! —Martin hizo un gesto de aprobación con la cabeza—. Excelente estrategia.

—Gracias —murmuró Sebastián—. Lo hago lo mejor que sé. —Ojalá pudiera hacerlo mejor con cierta condesa.

—Aquí viene Arnold; tengo que hablar con él. —Martin le dio una palmada en el hombro—. Buena suerte; no es que la necesites, pero, por amor de Dios, no falles.

Sebastián reprimió el impulso de arrugar la frente; en su lugar, volvió a mirar hacia el otro extremo de la habitación, y se percató de que Helena ya no estaba allí.

—¡Maldita sea!

Ella debía de haber estado observándole, una buena señal en sí misma. Aunque...

Escudriñó el salón en todas direcciones, en vano. Con los labios apretados, salió de la penumbra y se mezcló con la multitud.

Le llevó sus buenos diez minutos de sonreír, saludar y escabullirse de conversaciones el poder avistar a la señora Thierry, a la sazón sentada en una *chaise longue*. Estaba enfrascada en una animada conversación con lady Lucas; a Helena no se la veía por ninguna parte.

Sebastián escudriñó una vez más la concurrencia, hasta que su mirada se posó en Louis de Sèvres. Era el acompañante nominal de Helena, aunque todo el mundo sabía que era el protector enviado por la familia. De Sèvres se estaba comiendo con los ojos a una de las hermanas Britten. Sebastián se acercó a él.

Su sombra alertó a De Sèvres, que levantó la vista y, para sorpresa de Sebastián, sonrió e inclinó la cabeza con obsequiosidad.

—Ah... excelencia. ¿Busca a mi prima? Creo que ha ido a la sala de los refrigerios para recibir a su corte de admiradores.

Sebastián estudió a De Sèvres y reprimió el impulso de atizarle en la cabeza. Se suponía que tenía que protegerla... Pero la señora Thierry también había cambiado de registro. Arrugó la frente. Si nadie en la alta sociedad había intuido todavía sus verdaderas intenciones —y sin duda, caso de que así fuera, Sebastián se enteraría—, era muy extraño que los Thierry y De Sèvres hubieran visto a través de su máscara.

De Sèvres señaló con la mano bajo la mirada escrutadora del duque, que decidió aceptar la inesperada ayuda hasta que tuviera a Helena a tiro. Entonces sí, investigaría qué se escondía tras la buena disposición de aquel hombre.

Miró por encima de la cabeza de De Sèvres, hacia el arco por el que se accedía a la sala de refrigerios.

—¿De veras? Si me disculpa...

No esperó una respuesta y echó a andar.

Una ojeada a través del arco, y vio lo que estaba haciendo Helena: fortificando sus defensas. Se había rodeado, no de caballeros como Were u otros a los que estuviese considerando, sino de la última cosecha de petimetres y mozalbetes que buscaban dejar su impronta.

Eran como él doce años atrás, como polillas atraídas por la llama, y lo bastante desenvueltos y osados para considerar cualquier locura, incluida la de retarle. En especial, por ella. No estaban a la altura de Sebastián, claro, pero nunca lo reconocerían, y menos en presencia de Helena, algo que el duque entendía.

Reflexionó sobre la situación, calibró a los caballeros aglutinados alrededor de Helena y observó las perlas que la condesa lucía en el cuello, las orejas y las muñecas. Luego se volvió e hizo señas a un lacayo.

Helena suspiró aliviada para sus adentros al ver que Sebastián abandonaba el arco. Rara vez le pasaba inadvertida la mirada del duque; durante la última semana se había convertido en algo casi familiar, como un cálido aliento que le acariciaba la piel.

Reprimió un escalofrío ante la idea y concentró su atención en el joven lord Marlborough; aunque era, por lo menos, cinco años mayor que ella, Helena lo seguía considerando un joven. Sin experiencia, sin... fascinación. Nada en absoluto.

Pero, por aburrida que pudiera sentirse, al menos estaba segura. Así que sonrió, y animó a los caballeros a que se explayaran sobre sus proezas. Sus últimas carreras de tílburis, la última incursión en un garito, el último espectáculo pugilístico... Eran tan infantiles.

Estaba relajada, con la guardia baja, cuando un lacayo se materializó junto a su codo con una bandeja de plata en la mano. Contenía una simple nota. Helena la recogió. Tras dirigirle una sonrisa al lacayo, que se retiró con una reverencia, sonrió rápidamente al círculo protector que la rodeaba; se hizo a un lado y abrió la nota:

¿Cuál será, *mignonne*? Escoja uno y lo arreglaré todo para que se bata conmigo. Porque cuando me acerque para sacarla de ahí, nada hay más cierto que alguno del grupo no podrá contenerse y me desafiará. Ahora bien, si prefiere que nadie encuentre la muerte en una pradera al despuntar el alba, entonces reúnase conmigo en la antesala que da al vestíbulo principal.

Helena leyó las últimas palabras a través de una neblina escarlata. Cuando volvió a doblar la nota, le temblaban las manos; acto seguido, la metió en el diminuto bolsillo de su vestido. Tuvo que detenerse un instante, respirar y reprimir la furia. Contenerla hasta que pudiera dirigirla contra quien la había provocado.

—Debéis excusarme. —Su voz le sonó tensa, aunque

ninguno de los absortos jóvenes pareció percatarse—. He de volver con la señora Thierry.

—La acompañaré —se ofreció lord Marsh.

—No, gracias... Os lo ruego, no os molestéis. *Madame* está ahí mismo, en el salón de baile. —Lo dijo con tono autoritario, mientras los recorría con una mirada llena de aplomo.

Llegó al vestíbulo principal sin atraer excesivas miradas. Un lacayo la condujo a la antesala a través de un corto pasillo. Con los ojos clavados en la puerta, sacó la nota del bolsillo, tomó aire y concentró todo su furia sobre el duque. Abrió la puerta y entró con paso majestuoso.

La antesala apenas estaba iluminada; una lámpara que ardía con una tenue llama sobre una mesa de pared y el fuego crepitante eran las únicas fuentes de luz. Dos sillones flanqueaban el fuego; Sebastián se levantó de uno con languidez, moviéndose con su habitual elegancia autoritaria.

—Buenas noches, *mignonne*. —Su sonrisa al incorporarse fue paternal y levemente triunfante.

Helena cerró la puerta sin volverse y se oyó el pestillo caer con un chasquido.

—¿Cómo se ha atrevido?

Avanzó y, cuando la luz le iluminó el rostro, vio desvanecerse la sonrisa de Sebastián.

—¿Cómo se ha atrevido a enviarme esto? —Tendió bruscamente la mano que sujetaba la nota. La voz le tembló de pura furia—. Quiere divertirse persiguiéndome, ¿verdad?, aunque desde el principio le he dicho que nunca seré suya, milord. —No intentó disimular el centelleo de los ojos, la agresividad del tono, dejando que la máscara de la cortesía cayera por completo. Indignada, avanzó un poco—. Como le resulta tan difícil aceptar mi decisión, mi categórico rechazo hacia usted, déjeme que le diga por qué estoy aquí, en Londres, y por qué jamás conseguirá usted nada de mí. —A cada palabra se sentía más fuerte; su genio se endureció, tiñó su tono de voz cuando se detuvo a dos metros de Sebastián—. Se me envió a Inglaterra a buscar marido, esto ya lo sabe. La razón de que me aviniera a hacerlo así no fue otra que la de escapar de los tentáculos de mi tutor, un hombre poderoso, rico, noble, de voluntad inflexible y ambición desmedida. Dígame, excelencia, ¿le resulta familiar esta descripción?

Helena levantó una ceja mirándolo, con la expresión desdeñosa, serenamente furiosa.

—Estoy decidida a aprovechar esta oportunidad para escapar de los hombres como mi tutor, de los hombres como usted, de los hombres a los que no les importa utilizar las emociones de una mujer para manipularla y conseguir lo que desean.

La expresión de Sebastián había perdido cualquier atisbo de diversión.

—*Mignonne*...

—¡No me llame así! —le espetó ella furibunda, levantando los brazos—. ¡No soy suya! ¡Ni suya para que me ordene, ni suya para que juegue conmigo como si fuera un peón de ajedrez! —Blandió de nuevo la nota del duque—. Sin pensar, sin tener en cuenta mis sentimientos, al descubrirse burlado ha cogido una pluma y se ha valido de la culpa y el miedo para que yo hiciese lo que usted deseaba. ¡Otra victoria!

Sebastián intentó hablar, pero ella lo detuvo con un violento manotazo.

—¡No! Esta vez me va a oír y me va a escuchar. Los hombres como usted... Es elegante, rico, poderoso, y la razón de que sea así es su afición a doblegar a cuantos le rodean para que satisfagan su voluntad. ¿Y cómo lo consigue? ¡Manipulando! Es su segunda naturaleza. La manipulación es para usted tan importante como respirar. No puede evitarlo. Mire, si no, cómo «maneja» a su hermana... Estoy segura de que se dice a sí mismo que es por el bien de ella; de la misma manera, sin duda, que emplea mi tutor para convencerse de que, también, todas sus maquinaciones no persiguen más finalidad que mi bien.

Sebastián se contuvo. Su enfado ardía con una llama apenas visible. Helena se refrenó, irguiéndose. Seguía mirándolo fijamente.

—He vivido la mitad de una vida bajo semejante control y manipulación... No la sufriré más. En su caso, como en el de mi tutor, manipular a los demás, en especial a las mujeres, es parte de su naturaleza. Es parte de su carácter. No pueden cambiarlo. Y al último hombre al que consideraría como posible marido es a uno tan imbuido del mismo rasgo del que deseo huir.

Le arrojó la nota. Sebastián la atrapó con aire meditabundo.

—Nunca más ose enviarme un mensaje como ése. —Su voz vibró con furia y desprecio; los ojos le centelleaban con idénticas emociones—. No deseo oír hablar de usted ni verlo nunca más, excelencia.

Giró sobre los talones y se dirigió altivamente hacia la puerta. Sebastián observó cómo la abría y salía. La puerta se cerró tras ella.

Bajó la mirada hacia la nota que sostenía. La abrió con dos dedos y la acarició. Volvió a leerla.

Luego la estrujó y de un manotazo la arrojó al fuego. Las llamas se avivaron por un instante; luego, palidecieron.

Sebastián las contempló. Se dio la vuelta y se dirigió a grandes zancadas hacia la puerta.

5

Llovió toda la noche hasta el amanecer, un aguacero incesante que inundó las calles y dejó un cielo plúmbeo.

Sebastián pasó la mañana en casa, atendiendo los asuntos de sus propiedades; luego probó a ir a White a comer, en busca de distracción. Pero la conversación resultó tan desangelada como el tiempo; volvió a Grosvenor Square a media tarde.

—¿Desea algo, milord? —Webster, el mayordomo, sacudió el agua de su capa y luego la entregó a un ayudante.

—No. —Sebastián contempló la puerta de la biblioteca y se encaminó hacia ella—. Si viene alguien, no deseo que se me moleste.

—Perfectamente, excelencia.

Un lacayo le abrió la puerta; Sebastián cruzó el umbral y se detuvo. La puerta se cerró tras él. Con una mueca, se dirigió al aparador.

Dos minutos más tarde, con una generosa copa de brandy en una mano, se arrellanó en el sofá de piel ante la chimenea y estiró los zapatos húmedos hacia el fuego. Bebió un sorbo, dejando que el licor y el fuego le calentaran y expulsaran el frío que, sólo en parte, había causado el clima.

Helena... ¿qué iba a hacer al respecto?

Había entendido muy bien todas las acusaciones de

que le hiciera objeto, y por desgracia todo cuanto había dicho era verdad. No podía negarlo. Resultaba claro que la destreza en la manipulación era, en el fondo, una parte importante de su poder, una gran parte del arsenal que los hombres como él —los antiguos conquistadores guerreros— utilizaban en esos tiempos más civilizados. Si se les diese a elegir, la mayoría de la gente preferiría aceptar su manipulación que enfrentarse a él en un campo de batalla. Pero el colmo del infortunio era que «la mayoría de la gente» no incluía a las mujeres criadas para ser las esposas y reinas de los conquistadores guerreros.

De hecho, Helena era demasiado parecida a él.

Y a todas luces —de manera harto obvia para los sentidos en extremo perceptivos de Sebastián—, ella había estado sometida a las manipulaciones de su tutor durante mucho tiempo, contrariando en exceso una voluntad tan firme como peculiar.

Él podía entender bastante mejor que la mayoría que someterse por la fuerza a la voluntad de otro, en especial si iba unido a la conciencia de la manipulación practicada sobre ella, hubiese crispado el alma orgullosa y obstinada de Helena. A la larga, le habría resultado insoportable. La voluntad de Helena era algo tangible, digna de no ser subestimada... tal como él había descubierto la última noche.

Consentido por mujeres que, como mucho, habrían contestado a sus estrategias con un mohín para luego permitirle que las reconfortara, se había encontrado totalmente desarmado ante la furia de Helena. Sin embargo, sus revelaciones le habían dado que pensar.

Eso era lo que le retenía allí, al amparo del brandy y el silencio, en espera de que, de manera espontánea, surgiera alguna solución. Tal como estaban las cosas...

A duras penas podía fingir que no era lo que era, y si

Helena había predispuesto su terca mente contra cualquier relación con hombres como él, si no podía soportar ser la esposa de un hombre como él... ¿qué podía hacer entonces?

Aparte de rumiar, poca cosa. No se daba cuenta del dominio que Helena ejercía sobre sus sentidos y sus pensamientos, por no hablar de sus sueños.

En algún momento, la simple persecución se había trasmutado en obsesión, un estado que hasta entonces Sebastián desconocía. Sus conquistas anteriores, por rapaces que pudieran haber sido, nunca le habían preocupado.

A pesar de la extrema claridad con que Helena había manifestado su postura, Sebastián no podía apartarse y dejarla ir. Dejar, sin más ni más, que desapareciera de su vida.

Aceptar la derrota.

Dejarla ir sin que conociese jamás cómo sería escalar las alturas con él.

La vio entre la multitud en el sarao de lady Devonshire y, en su fuero interno, meneó la cabeza. Si Helena hubiera oído su último pensamiento, se le habría hecho un nudo en el estómago. Sin embargo, en el fondo era lo que sentía.

La vida de Helena valdría menos si no la vivía al máximo. Y no lo conseguiría más que al lado de —en sus propias palabras— un hombre poderoso. Si Sebastián no hacía algún esfuerzo por modificar su pensamiento —introducir la idea de compromiso en su desdeñosa mente, la idea de que comprometerse con él podría acarrear mayores prebendas que las que ya había experimentado—, entonces parecía condenada a desperdiciar su brillante personalidad con algún noble afable y confiado.

Ahora quedaba explicado el interés de Helena en Were y los de su tipo, y patentemente clara la razón de su desinterés por Sebastián. Era tan aficionada a la manipulación como él; tendría a Were, o a otro como él, en la palma de su pequeña mano. Estaba decidida a no seguir siendo una marioneta; y para asegurarse de ello, pretendía ser la que tirase de los hilos.

Con él, eso nunca funcionaría.

Con lord Chomley, a quien embelesaba en ese momento, tal vez.

No le era fácil mantener la expresión impasible mientras apretaba los dientes. No obstante, dedicarse a la sociabilidad mientras su atención permanecía absorta a cinco metros de distancia entraba de lleno en sus habilidades. Lady Carstairs todavía no se había dado cuenta de que Sebastián no había oído ni una palabra de lo que le contaba.

Helena le tocó la manga a lord Chomley y le habló; su señoría se ruborizó, hizo una reverencia extravagante y se volvió hacia la sala del refrigerio.

Sebastián se volvió hacia lady Carstair y le dijo:

—Acabo de ver a mi hermano y debo hablar con él. Excúseme.

Le hizo una reverencia y la dama, emocionada por que él hubiese permanecido tanto tiempo escuchándola, lo eximió con una sonrisa.

Sebastián se confundió con la muchedumbre, avanzando hasta llegar a espaldas de Helena, que estaba de pie en un lateral de la sala.

—*Mignonne* —murmuró, rodeándola al tiempo que le cogía la mano—. Me gustaría hablar con usted.

Ella se sobresaltó y se puso rígida. Lo miró con altivez mientras Sebastián la saludaba, luego se agachó en una reverencia e intentó desasirse de un tirón. El duque dudó, pero le soltó los dedos sin besárselos. Helena se incorporó, y con la cabeza bien alta, miró más allá de él.

—No tengo ningún deseo de hablar con usted, excelencia.

Sebastián suspiró.

—No podrá evitarme eternamente, *mignonne*.

—Por fortuna, en breve se marchará a sus posesiones y desaparecerá de mi vida.

El duque no pudo evitar que su voz se endureciera.

—Aunque quizá crea que ha dicho la última palabra, hay más cosas de las que tenemos que hablar, y de algunas todavía no es consciente.

Helena reflexionó y luego lo miró desafiante.

—No me fío de usted, milord.

Él inclinó la cabeza.

—Eso lo entiendo.

Helena entrecerró los ojos.

—¿De qué naturaleza son esas cosas de las que aún no soy consciente?

—No sería prudente discutirlas en un salón abarrotado, *mignonne*.

—Ajá. —Asintió con la cabeza sin dejar de mirarlo—. En ese caso, no creo que tengamos nada de que hablar, excelencia. Por ningún motivo me iré con usted. —Su rostro se iluminó con una brillante sonrisa—. Ah, milord... Qué perfecta sincronización. Su excelencia estaba a punto de retirarse.

Tragándose aquella palabra —de retirarse, ni hablar— y reprimiendo su reacción ante el destello de fuego en los ojos verdes ella, Sebastián intercambió reverencias con Chomley, que volvía con un vaso de licor de cebada, se volvió hacia Helena y alargó la mano para cogerle la suya. Ella se vio obligada a dejarle hacer.

—Señorita condesa. —Inclinó la cabeza con una elegancia exquisita y apretó los labios contra sus nudillos. Al incorporarse, leyó la mirada de Helena—. Hasta más tarde, *mignonne*.

Y se alejó con grandes zancadas, dejando a lord Chomley con la mirada fija en él, boquiabierto.

Su señoría se volvió hacia Helena.

—¿Más tarde?

Helena sonrió con serenidad, sofocando el impulso de gritar.

—Su excelencia tiene un extraño sentido del humor.

Un ingenio seco y bastante cáustico que, a pesar de todos sus propósitos y todas sus advertencias, Helena añoraba. Cada vez más. Sin darse cuenta, había llegado a contar con la compañía del duque para aligerar los entretenimientos nocturnos como un acicate para fortalecer su resolución. Para garantizarse no flaquear. Nadie sabía mejor que ella cuán insensato era llegar a depender, aun en lo más mínimo, de un hombre poderoso.

Si lo supiera, el duque explotaría su debilidad.

Se concentró en ignorarlo, a pesar de que, como siempre, era consciente de su presencia, de su mirada; se obligó a prestar atención a la tarea, cada vez más imperiosa, de escoger un noble adecuado para casarse.

Alrededor de ella, el baile de lady Castlereagh estaba en su apogeo. Según parecía, la gente elegante se había metido de lleno en las diversiones de la última semana con una energía que rivalizaba con las más frenéticas de la sociedad parisina. Aquella noche, una compañía de bailarines de Morris había abierto el baile; engalanados con colores alegres, hacían revolotear cintas verdes y rojas. Además, se estaba sirviendo con absoluta liberalidad un mejunje hecho a base de hidromiel, que aseguraban era el equivalente moderno del tradicional ponche de Navidad; los efectos sobre los invitados ya eran evidentes. Helena sonrió y rehusó beberlo; necesitaba estar serena.

Habían pasado dos noches desde que lord Chomley no acertara a percibir el humor implícito en el «más tarde» de St. Ives; lo que estaba claro era que su señoría había perdido interés por ella. Desde entonces, Helena había reducido obstinadamente su lista; por culpa del tiempo, era poco lo que podía conseguir durante el día. Aparte de Were, a la sazón fuera de la ciudad, había otros tres que podrían servir. No dudaba de su capacidad para deslumbrarlos y conseguir que le propusieran matrimonio, pero ¿a quién debía elegir?

Hasta donde había podido enterarse por medio de discretas averiguaciones, por lo que hacía a título, propiedades e ingresos había poca diferencia entre ellos. Todos poseían, daba la impresión, un carácter sin complicaciones; cualquiera de los cuatro sería fácil de controlar. Satisfechas todas sus exigencias, había tenido que añadir un factor decisivo.

Durante siete años había sido exhibida delante de los *connoisseurs* más exigentes de la nobleza francesa; hacía tiempo que era consciente de que, para ella, el contacto físico era el medio más útil de clasificar a los hombres. Por un lado estaban aquellos que le provocaban escalofríos; para su gusto, había conocido a demasiados integrantes de este grupo, donde ninguno había sido amable o digno de confianza. Luego estaban aquellos cuyo tacto se asemejaba al de un amigo o una doncella; tales hombres eran, por lo común, decentes, almas elevadas, aunque no necesariamente fuertes de voluntad o inteligentes.

Sólo había habido uno que, al tocarse, la había puesto al rojo vivo.

El más peligroso para ella.

Así pues, era el momento de valorar cómo le afectaba el contacto físico de los tres candidatos que estaban en Londres. Ya había bailado y paseado con Were. Su tacto no la había entusiasmado ni excitado, pero tampoco repelido. Were había aprobado el examen. Si los otros no le provocaban escalofríos, o la ponían al rojo vivo, también seguirían en la lista.

En ese momento, lord Athlebright, heredero del duque de Higtham, estaba pendiente de su madre, pero el vizconde Markham, un amable caballero de treinta y tantos años, heredero del conde de Cork, se estaba aproximando.

—Querida condesa —dijo haciendo una elegante reverencia con la cabeza—. Acaba de llegar, ¿verdad? Es imposible que yo haya ignorado su hermosa presencia durante mucho rato.

Helena sonrió.

—Acabo de llegar. —Extendió la mano—. Si le place, me gustaría pasear.

Su señoría le cogió la mano, sonriendo con soltura.

—Por supuesto que me complacería.

El tacto de las manos, más concretamente de la yema de los dedos, no era suficiente para hacerse un juicio. Helena echó un vistazo alrededor, pero no vio a ningún músico.

—¿Empezará pronto el baile?

—Lo dudo. —Markham la miró. ¿Se estaba imaginando una mirada calculadora en los ojos del noble?—. Lady Castlereagh llama bailes a estas veladas, pero en realidad bailar es lo último que le pasa por las mientes. En consecuencia, no se tocarán sino unas pocas piezas y, con toda probabilidad, tarde.

—Comprendo. —Helena aguardó el momento oportuno para meterse entre la multitud—. Tengo que confesar —se arrimó más a Markham y bajó la voz— que la inclinación británica por los salones abarrotados me resulta algo... enervante. —Levantó los ojos, leyendo en la mirada del noble—. Bailar le da a uno algo de espacio durante un rato, pero... *tiens*, ¿quién puede respirar aquí?

Hizo la pregunta en tono de broma, pero Markham ya se había erguido, mirando por encima de las cabezas para escudriñar el salón. Luego bajó la vista hacia Helena con una expresión inescrutable en los ojos.

—Si prefiere pasear por un ambiente menos multitudinario, hay un invernadero justo a continuación del salón de música. Si lo desea, podríamos ir allí.

El tono del noble traslució una expectativa que la alertó, pero Helena necesitaba reducir su lista a un nombre antes de la siguiente noche; la del baile de disfraces de lady Lowy, la última en que la gente elegante honraría a la capital con su presencia.

—¿Conoce bien la casa? —le preguntó, tratando de ganar tiempo.

—Sí. —Markham sonrió con ingenuidad—. Mi abuela y lady Castlereagh eran íntimas y, a menudo, de joven, me traían aquí para exhibirme.

—Ah. —Helena le devolvió la sonrisa, sintiéndose más cómoda—. ¿Dónde está la sala de música?

La condujo por un pasillo lateral y luego por otro que lo cruzaba. La sala de música estaba al fondo; más allá de unas puertas de paneles de cristal se veía un recinto de paredes y techo en su mayor parte de cristal. Levantado en el jardín, el invernadero se encontraba iluminado por la débil luz de la luna.

Markham abrió la puerta y la hizo pasar al interior. Helena se quedó extasiada ante la abundancia de sombras, extrañas formas que caían sobre las baldosas verdes.

El aire era fresco, pero no frío, y el suave repiqueteo de la lluvia sobre el cristal resultaba curiosamente relajante.

Helena suspiró.

—Este lugar es muy agradable.

Las multitudes ponían a prueba su paciencia, la hacían sentirse encerrada en un ambiente de aire caliente, pesadamente perfumado, que la envolvía hasta sofocarla. Pero allí... Agradecida, respiró hondo, muy hondo. Al volverse hacia Markham, se sorprendió al ver que el noble no la miraba a la cara, sino algo más abajo.

Markham recobró la compostura y sonrió.

—Hay un estanque... Por aquí, si la memoria no me falla.

Su memoria era buena. El invernadero era más grande de lo que Helena suponía al minuto de haberse internado por una sucesión de angostos senderos, ya no estaba segura del camino de regreso.

—Ah... Aquí está.

El estanque, de considerable tamaño, estaba empotrado en el suelo, y tanto el saliente como el interior estaban recubiertos de baldosas azul brillante. El agua llegaba a ras de suelo; contra los azulejos, Helena distinguió una formas que se movían sin rumbo por el agua.

—¡Peces! —Bajó la mirada, inclinándose sobre el estanque.

Markham se inclinó a su lado.

—Hay uno gordísimo. ¡Mire!

Helena se acercó más al borde. Markham se movió y su hombro chocó con el de ella.

—¡Oh!

Helena trató de sostenerlo, pero fue él quien la sostuvo.

—¡Helena! Querida, mi querida condesa. —Intentó besarla.

Adelantando con brusquedad los brazos, Helena intentó apartarlo.

—No se oponga, cielo, o se caerá al agua. —El tono de Markham era afectuoso, demasiado malicioso, excesivamente alegre.

Helena se maldijo para sus adentros. Había sido demasiado confiada.

Las manos de Markham le acariciaron la espalda, y los nervios de Helena saltaron... pero no de placer. El noble no le había tocado la piel descubierta, pero los sentidos de Helena se rebelaron ante la mera idea.

—¡Pare! —Confirió a su tono todo el autoritarismo del que fue capaz.

Markham rió entre dientes.

—Oh, lo haré... Al final. —Volvió a intentar atraerla hacia sí.

Ella se resistió, con bravura.

—¡No!

—Markham —se oyó de pronto.

El aludido se asustó tanto que casi la deja caer. La simple palabra —y el tono en que fue dicha— hizo que el alivio inundara a Helena, que, ocupada en librarse de los brazos de Markham, ni siquiera se preocupó de lo que aquello auguraba.

Ambos aflojaron. Helena recuperó el equilibrio y al punto se apartó. Retrocedió de espaldas, mirando alrededor.

Markham le lanzó una mirada ceñuda, pero de inmediato volvió la vista hacia el salvador de Helena.

Sebastián permanecía medio oculto por las sombras, aunque ninguna sombra podía atenuar la amenaza que proyectaba su actitud; flotaba en la tensión del silencio. Helena había tenido una cumplida experiencia de lo que era estar en presencia de hombres poderosos contrariados. La contrariedad de Sebastián pasó por su lado y se estrelló contra Markham.

Markham retrocedió, poniendo más espacio entre él y Helena.

—Creo que está usted a punto de disculparse. —La voz de Sebastián encerraba una tranquilidad infernal, una promesa de condenación.

Markham tragó saliva. Sin apartar la mirada del duque, hizo una reverencia a Helena con la cabeza.

—Le ruego acepte mis disculpas, condesa.

Ella no hizo ni dijo nada, se limitó a mirarle con tanta frialdad como Sebastián.

—Como *mademoiselle* se ha cansado de su compañía, le sugiero que se marche. —Sebastián, con la elegancia de siempre, se adelantó; Markham retrocedió, miró alrededor como un desesperado y sin más enfiló uno de los senderos—. Una cosa... Doy por sentado que no necesito explicarle cuánto me desagradaría enterarme de cualquier mención de este incidente por su parte.

—No lo necesita. —Con expresión ceñuda, Markham los miró y, acto seguido, saludó de manera cortante con la cabeza—. Buenas noches.

Oyeron alejarse los pasos cada vez más rápidos; luego se abrió la puerta y se cerró. Markham se había ido.

Helena dejó escapar un tembloroso suspiro de alivio; al cruzarse de brazos, tuvo un escalofrío.

Sebastián, a poco más de medio metro de distancia, volvió la mirada hacia ella.

—Creo, *mignonne*, que haría mejor en decirme qué es lo que pretende exactamente.

La serenidad de su tono no la engañó; tras su apariencia, el duque estaba furioso. Helena levantó la barbilla.

—No me gustan las multitudes. Tenía ganas de pasear por un ambiente menos sofocante.

—Muy comprensible. Lo que no es tan comprensible es la razón de escoger a Markham como acompañante.

Helena lanzó una mirada ceñuda al sendero por el que se había marchado el vizconde.

—Creí que era digno de confianza.

—Como ha comprobado, no lo es.

Ella continuó con la frente levemente arrugada y Sebastián añadió:

—¿Debo entender que lo ha eliminado de su lista?

Helena volvió su ceño hacia él.

—¡Por supuesto! No me gusta ser atacada.

El duque inclinó la cabeza.

—Lo cual me lleva a mi primera pregunta: ¿qué se propone?

Helena lo estudió; luego, se irguió.

—Mis actos no son de su incumbencia, excelencia.

—Excepto si decido que lo sean. Repito: ¿a qué está jugando con sus posibles pretendientes?

La barbilla de Helena se elevó un poco más; los ojos le centelleaban.

—¡No es asunto suyo!

Él se limitó a arquear una ceja y esperó.

—¡No puede... —Helena agitó las manos mientras buscaba la palabra— compelerme a que se lo diga sólo porque desee saberlo!

Sebastián sólo la miró, dejando que sus intenciones llegaran a Helena sin palabras.

Ella le leyó la mirada; entonces, lanzó las manos al aire.

—¡No! No soy el peón pusilánime de ningún juego. No tomo parte en ninguno de sus juegos. Ésta no es una batalla que usted deba ganar.

Los labios de Sebastián se curvaron en una sonrisa irónica.

—*Mignonne*, sabe lo que soy... exactamente lo que soy. Si insiste en ponerse en mi contra, entonces... —Se encogió de hombros.

El sonido emitido por Helena fue de furia sorda.

—No se lo diré, y no puede obligarme. —Cruzó los brazos y lo miró fijamente—. Dudo que lleve empulgueras en los bolsillos, excelencia, así que quizá deberíamos aplazar esta discusión hasta que tenga ocasión de encontrar alguna.

El duque rió.

—Nada de empulgueras, *mignonne*. —Captó su mirada airada—. Nada más que tiempo.

Los pensamientos de Helena asomaron fugazmente a sus ojos, que se abrieron como platos.

—Eso es absurdo. No puede pretender mantenerme aquí...

Miró hacia el sendero más cercano.

—No hay posibilidad de que abandone este laberinto mientras no me diga lo que deseo saber.

Lo miró fijamente, con una furia beligerante.

—Es usted un animal.

—Sabe muy bien lo que soy. De igual forma, sabe que en este caso no tiene más elección que claudicar.

El pecho de Helena se elevó; los ojos le echaban chispas.

—Es usted aún peor que él.

—¿Que quién? ¿Que su tutor?

—*Vraiment!* También es un matón, aunque nunca lo admitiría.

—Lamento que mi falta de doblez la ofenda, *mignonne*. Sin embargo, a menos que desee provocar un escándalo, aun en este último momento del año, haría bien en empezar a explicarse. Lleva ausente del salón de baile veinte minutos.

Helena le lanzó una mirada furiosa, pero sabía que no tenía elección.

—Muy bien. Antes de mañana por la noche, antes de que la alta sociedad parta hacia sus propiedades, deseo reducir mi lista a un solo nombre. Había cuatro caballeros a considerar... Ahora sólo hay tres.

Sebastián asintió con la cabeza.

—Were, Athlebright y Mortingdale.

Helena se lo quedó mirando de hito en hito.

—¿Cómo lo sabe?

—Absuélvame del delito de ignorancia, *mignonne*. Usted me contó las exigencias de su tutor, y adiviné las suyas hace unas noches.

—*Eh, bien!* —Lo miró con altivez—. Puesto que lo sabe todo, quizás ahora podamos volver al salón de baile.

—No es suficiente.

Ella lanzó una mirada a Sebastián, que se la leyó.

—Sé por qué estos tres y Markham estaban en su lista. Sé por qué este último ya no está. Ignoro qué otra cualidad ha escogido para formarse un juicio, sólo que ha escogido algo y eso es lo que la ha traído aquí.

Helena miró hacia el sendero.

—Sólo deseaba un momento de paz.

Los largos dedos de Sebastián se deslizaron por la barbilla de Helena y se endurecieron, volviendo su cara hacia él.

—Es inútil que me mienta, *mignonne*. Pese a lo que diga, usted se parece mucho a aquellos de los que huye... Los hombres poderosos. Se parece tanto a mí que puedo ver una parte de sus pensamientos. Está valorando fría y serenamente a esos tres hombres como pretendientes; no le importa ninguno, sólo que satisfagan sus necesidades. Y yo estoy interesado, si lo quiere, en saber cuál es la última necesidad en la que se ha centrado.

La furia de Helena se desplegó, pese a que ella intentó sofocarla, pero la ira pudo más que su voluntad y estalló.

No fue sólo porque, en efecto, él la entendiera bien; como Fabien, siempre parecía conseguirlo sin ningún esfuerzo. Si bien en alguna parte de su mente podía admitir que Sebastián tenían razón al compararla con ellos, la idea en sí no le gustaba en absoluto, y menos oírla expresar como una verdad irrefutable. Pero no sólo por esto se había desatado su furia.

Tampoco fue únicamente porque, estando tan cerca de él, tuviera plena conciencia del peso de su voluntad, algo palpable que la presionaba para que se rindiera.

Fue principalmente la reacción a su contacto, al calor de los dedos que le sostenían la barbilla: el inmediato brinco del corazón, la opresión en el pecho, el repentino concentrarse en él, la oleada de calor interior. El resplandor del reconocimiento, el destello de un fuego tan viejo como el tiempo.

Sus pretendientes no significaban nada para ella; el contacto de Fabien no le aceleraba el corazón. Pero este hombre, su tacto, sí.

Locura.

—Ya que es tan grosero de insistir, se lo diré. —Tenía que estar loca para hacerlo, pero era imposible resistirse—. He decidido probar que el contacto con cada uno de esos caballeros no me repele. —Levantó la barbilla para soltarse de los dedos de Sebastián y lo miró en actitud retadora—. Éste es, después de todo, un factor de lo más pertinente.

La cara del duque se endureció, pero Helena no pudo leer nada en sus ojos, azul sobre azul, extrañamente ensombrecidos. Sebastián bajó la mano.

—Dígame, ¿el tacto de Were le repele?

Su tono de voz sonó más grave; una corriente de prudencia recorrió la espalda de Helena.

—He bailado con él, paseado con él... Cuando me toca no siento nada.

La satisfacción brilló fugazmente en los ojos de Sebastián; de manera deliberada, Helena añadió:

—Así que lord Were, por el momento, es el único que ha logrado entrar en mi lista definitiva.

Sebastián parpadeó, concentrando su atención en ella mientras pensaba, sopesaba, estudiaba...

—Supongo que no intentará examinar a Athlebright o Mortingdale.

Los que le conocieran no habrían podido asegurar que el comentario fuera una pregunta; Helena lo interpretó como un decreto, una orden de ineludible cumplimiento. Con una seguridad absoluta —a lomos de la furia— levantó la cabeza.

—Claro que los examinaré. ¿Cómo, si no, voy a decidir?

Y tras esa respuesta tan racional, giró hacia el sendero por el que había venido.

—Y ahora, como ya le he dicho todo, cumplirá su palabra y me permitirá volver al salón de baile. —Animada, incluso por un triunfo tan leve, se alejó.

—¡Helena! —Un gruñido; una clara advertencia.

Ella no se detuvo.

—La señora Thierry estará preocupada.

—¡Maldita sea! —Perdida la circunspección, corrió tras ella—. ¡No puede ser tan tonta...

—No soy tonta.

—... como para pensar, después de su éxito con Markham, que animar a los hombres a que la tomen en brazos sea una buena idea! —Hablaba entre dientes.

—No animé a Markham a ser tan... estrafalario. Él

141

urdió el incidente y me atrapó. Ignoraba que no fuera un auténtico caballero.

—Hay muchas cosas que ignora. —Helena apenas oyó aquellas palabras farfulladas, pese a que Sebastián la seguía a poca distancia—. Quiero que me prometa que no tramará nada para quedarse a solas con Athlebright o Motingdale; que cualquier prueba que haga será realizada en medio de un maldito salón de baile a la vista de toda la gente elegante.

Helena fingió considerarlo y luego agitó la mano. Las puertas de cristal aparecieron ante ella.

—No creo que pueda prometerle semejante cosa. Se me está acabando el tiempo. —Se encogió de hombros—. ¿Quién sabe lo que puedo necesitar...?

No tuvo ocasión de respirar ni de gritar. La mano de Sebastián se cerró sobre la suya y la hizo retroceder hacia la pared. Un angosto saliente corría a lo largo de la base y Helena trastabilló, con los ojos como platos fijos en Sebastián.

Él le cogió la otra mano, le levantó las dos, sujetándola. De manera instintiva, Helena retrocedió más. Sus hombros y caderas chocaron contra la pared.

Contuvo la respiración, abrió los labios...

Sebastián le levantó las manos a ambos lados, a la altura de la cabeza, y las apretó contra la pared... luego se acercó con parsimonia.

Se inclinó hacia ella.

Encerrada.

Atrapada.

Helena apenas podía respirar. La fuerza de Sebastián la rodeaba, la sostenía... grabándose en sus sentidos. Sólo dos centímetros separaban los cuerpos; podía sentir el calor del duque.

Todo lo que Sebastián necesitaba hacer era bajar la

cabeza para mirarla. Y lo hizo, clavando su mirada en los ojos de Helena. Los rasgos del duque bien parecían tallados en granito.

—Me prometerá que no hará más pruebas... salvo en público.

La furia de Helena volvió renovada. Dejó que le ardiera en los ojos al tiempo que comprobaba la presión de Sebastián, más por instinto que por esperanza. Éste apretó los dedos, lo justo para que ella sintiera su fuerza acerada, para que supiera que no podría liberarse; pero no estaba apretando con fuerza; Helena no podía decir que le hiciera daño. No se atrevía a separar el cuerpo de la pared; de hacerlo, se pegaría a él.

—¡Hombres! —le espetó en la cara como un insulto—. ¡Sois todos iguales! ¡No se puede confiar en vosotros!

Eso añadió yesca a la furia de Sebastián. Helena vio chispas en los ojos del duque, sus labios apretados.

—No somos todos iguales. —Las palabras chirriaron.

Ella levantó una ceja con altivez.

—¿Quiere decir que puedo confiar en usted? —Lo miró con los ojos muy abiertos, desafiándolo a mentir.

Sebastián seguía sosteniéndole la mirada y Helena captó un inesperado brillo de agitación repentina.

—¡Sí! —Le arrojó la palabra, que la hizo tambalear. Enseguida advirtió que Sebastián se atemperaba, que refrenaba la furia—. En su caso... sí.

A Helena se le subió el corazón a la garganta. Conmocionada, buscó sus ojos. No estaba mintiendo, aun cuando su furia seguía merodeando, como la suya.

Pero supo que era verdad en cuanto lo oyó; el duque no tenía motivos para mentir. Pero ¿qué razón podía tener...?

—¿Por qué? —Observó las duras facciones de Sebastián en busca de algún indicio.

143

Él sabía la respuesta; podía sentir la fuerza de su enfado, que lo ensombrecía, controlándolo.

Helena se había negado a dejar que él le hablara en privado, a que intimara con ella, aun cuando las intenciones del duque habían sido, en esa ocasión, de lo más honorables. En su lugar, había animado a Markham y se había escabullido con él.

Esto lo había llevado a un estado de sereno enfurecimiento. ¿Por qué? Porque para él, ella significaba más de lo que ninguna otra mujer había significado nunca.

Había observado cómo abandonaba el salón de baile en compañía de Markham. Los había seguido para asegurarse de que no se supiera nada del incidente. Sólo para enterarse...

La idea de que Helena pudiera exponerse de buen grado al tipo de insulto del que Markham la había hecho objeto no era soportable.

¿Por qué? Porque ella le importaba.

La comprensión de esto lo conmocionó; por una vez, lo privó de su labia, de cualquier frase ingeniosa dicha con indolencia que alejara la mente de Helena de lo que él acababa de descubrir. No quería que ella lo supiese, de momento.

Los ojos de Helena eran grandes estanques verdes, fáciles de leer, y en los que era sencillo sumergirse. Estaba atrapada, tentada... fascinada.

Como él.

Sebastián respiró hondo, intentando aclarar su mente, intentando pensar. La piel de Helena se había calentado por la proximidad del duque; su exótico perfume francés ascendió y le anegó los sentidos.

Sus caras estaban cerca, como sus cuerpos. Lo suficiente para que ella percibiera el cambio de intenciones de Sebastián. Los ojos de Helena se ensancharon levemente, y cuando se movieron de los ojos a la boca del duque bajó los párpados.

Él redujo la distancia entre ellos, lentamente, de forma nada amenazadora.

Helena levantó el rostro.

Sus labios se rozaron. Se tocaron.

Pegados.

Fusionados.

El deseo estalló. Como un chispa en hierba seca, refulgió y se extendió, arrastrándolos a su interior, succionándolos hacia su calor.

No se parecía a nada que él conociera. Ningún beso anterior le había atrapado así, manteniendo su atención de una manera tan absoluta, con tan poco esfuerzo, tan concentrado en ella, en sus labios, en su boca, en el oscuro estremecimiento de las profundidades resbaladizas al acariciarla íntimamente, en el sensual encuentro de sus lenguas.

Helena siguió su ejemplo, paso a paso, sin temor en su inocencia. Antes la había besado profundamente, pero ahora ella quería más, alentándolo a continuar.

¿Sin darse cuenta o siendo consciente? Sebastián no lo sabía.

Incapaz de pensar y razonar, se sentía aturdido para marcar distancias.

Sus sentidos se deleitaron en ella, en su melifluo sabor, en el cálido refugio de su boca, en la flexible suavidad de sus pechos, en la promesa contenida en aquel cuerpo que se arqueaba ligeramente al encuentro del suyo.

No podía sino tomar todo lo que ella le ofrecía y devolver todo cuanto le pedía. Cada vez más atrapado en su hechizo.

Helena había dejado de pensar momentos antes de

que sus labios se encontraran. La conciencia de que la iba a besar fue suficiente para centrar su mente en una cosa y sólo una.

Él.

Helena deseaba que no hubiera sido así, pero así fue. Su mente, sus sentidos —sus mismos latidos— parecieron pertenecer al duque. Y no le importó cuánto pudiera sermonearse a sí misma una vez que se separara de él; ahora no podía rehusar esta parte del juego de Sebastián.

Dangereux.

La palabra se deslizó, silenciosa, por su mente, pero ya no la creía, al menos no en el sentido físico. Él no la dañaría; le había dicho que podía confiar en él. Y Helena lo había hecho.

Sebastián podría socavar sus ideas y arrasar las defensas que había erigido contra los hombres poderosos, pero mientras ella estuviera en sus brazos y el duque mantuviera los labios contra los suyos, Helena sabía y entendía sólo una cosa.

Que él era suyo.

Suyo para ordenar, al menos en ese ruedo; suyo para exigir si así lo deseaba. Él mandaba, pero era a ella a quien buscaba complacer... Quizás un acertijo, pero la idea de tener a un hombre poderoso a sus pies era demasiado subyugante, tentadora y fascinante como para renunciar.

El placer del duque le pertenecía a ella. Lo sintió en sus besos, en su inmediata respuesta a cualquier petición. Un atisbo de temor y él retrocedía sumisamente, calmándola, esperando una señal de que podía volver a besarla, de que estaba preparada, una vez más, para dejar que la lengua del duque sondeara, acariciara, se deslizara sobre la suya, enredándose seductoramente.

Helena se arqueó y por un instante de gloria dejó que su cuerpo acariciara a Sebastián.

Percibió la inmediata respuesta; sintió la profundidad del fuego que ella todavía no había probado. El dominio de Sebastián se tambaleaba.

Dejaron de besarse.

Necesitaban respirar, y pensar. Tenían que retirarse del abismo.

Ambos respiraban con rapidez, las miradas fijas en los labios del otro.

Levantaron los ojos al mismo tiempo y las miradas se encontraron.

Los pensamientos de Helena se reflejaron en los de Sebastián y a ella le pareció que el duque podía ver el interior de su alma.

No era el lugar ni el momento apropiado.

Si alguna vez habría un lugar y un momento apropiado, ninguno lo sabía, pero esa noche no podían seguir adelante.

Ambos lo sabían; y lo admitieron.

Cuando el martilleo de sus oídos se calmó lo suficiente para dejarle oír, Helena respiró hondo y dijo con suavidad:

—Suélteme. —No fue una orden, sólo una simple indicación.

Sebastián dudó, pero su presión disminuyó. Helena apartó las manos de las suyas, y pasó por debajo del brazo de Sebastián y se alejó de la pared, fuera de la jaula que formaban aquellos brazos.

El duque sólo volvió la cabeza.

Helena se alejó otro paso, añorante ya —pesarosa por la pérdida— del calor de Sebastián. Levantó la cabeza y, sin darse la vuelta, dijo:

—Gracias por su ayuda con Markham.

Dudó un instante, y se encaminó hacia la puerta.

Su mano estaba en el picaporte cuando le oyó murmurar, suave y bajo:

—Hasta más tarde, *mignonne*.

Sebastián llegó su casa de Grosvenor Square a altas horas de la noche. Tras abandonar la fiesta de lady Castlereagh y retirarse a su club, había ido a un garito en compañía de unos amigos. Ningún juego de azar fue capaz de distraerle de sus pensamientos; las horas sólo habían servido para que su resolución cristalizara.

Dejó la capa y el bastón en el vestíbulo y entró en la biblioteca. Habiendo encendido una lámpara, se instaló detrás del escritorio, dispuesto a acometer la carta que había decidido escribir a Thierry. Helena estaba bajo su techo, nominalmente a su cuidado y su esposa la había presentado en sociedad. Del parentesco de Sèvres con Helena estaba menos seguro y, cuando se dijera y se hiciera todo, no confiaría en ese hombre. Thierry, a pesar de ser francés, era un alma franca.

El único sonido era el rasgueo de la pluma sobre el papel; el silencio reinante en la enorme mansión, su hogar de nacimiento, caía sobre él como un cómodo manto.

Se detuvo para leer lo que había escrito y considerar lo que le quedaba por decir. Luego, se inclinó y volvió a escribir, hasta que terminó y estampó su florida firma: «St. Ives.»

Se recostó en la silla y contempló los rescoldos del fuego, brillando en la chimenea.

No sabía si podría hacer las concesiones que Helena exigía, las concesiones que ella podría necesitar, de hecho, para convertirse en su duquesa. Pero lo intentaría.

Había asumido que debía hacer todo lo que estuviera en su mano para asegurarse de que Helena llegara a ser suya.

Su esposa.

La ecuación era sencilla: tenía que casarse. Cuando ya parecía imposible, por fin había conocido a la única mujer que, desde el primer momento, había deseado poseer para toda la vida.

Sería ella o ninguna.

Había deseado, esperado alguna señal de que ella lo deseaba, de que reconocía que lo deseaba. Aquella noche... aquella noche habían estado muy cerca de traspasar la línea invisible, tomando lo que hasta entonces había sido una aceptable relación en otro ruedo, uno ilícito.

Se habían echado atrás, pero a duras penas, y Helena lo había sabido, había sido tan consciente de la verdad como él.

Era suficiente... una señal inequívoca. Una confirmación, de haber necesitado Sebastián alguna.

Ella lo deseaba tanto como él a ella.

Leyó con detenimiento la carta, dejando resbalar la mirada por las cuidadas frases con que invitaba a los Thierry, a *mademoiselle* la condesa D'Lisle y al señor De Sèvres a pasar la siguiente semana en Somersham Place. Había dejado claro que se trataba de una visita privada, y que los únicos otros residentes en su propiedad principal serían los miembros de la familia Cynster.

Esto último dejaría claro su propósito: una invitación así, expresada en semejantes términos, sólo podía significar una cosa. Pero una «cosa» no planteada que no se podría dar por sentada de antemano.

Sonrió al imaginar la posible reacción de Helena; ni siquiera entonces podía predecirla. Pero la vería al día siguiente por la noche, en la fiesta de disfraces de lady

Lowy. Fuera cual fuese su reacción, estaba seguro de que alguna enseñanza sacaría.

Dobló el pergamino, encendió la vela y derritió un cabo de lacre; luego puso su sello en la carta. Se levantó, apagó la lámpara y salió.

Dejó la carta en la bandeja de la mesa de pared del vestíbulo principal.

Hecho.

Se dirigió a la escalera y subió a su habitación para meterse en la cama.

6

A las nueve de la mañana siguiente, Villard descorrió las cortinas del dormitorio de su señor. Louis empezó a despertarse con el entrecejo fruncido.

Villard se apresuró a hablar.

—*M'sieur*, sabía que le gustaría tener esto cuanto antes. —Depositó un paquete en la cama, junto a su señor.

Louis miró ceñudo el bulto, pero al punto, se le iluminó la cara.

—*Bon, Villard. Très bon.* —Louis manoteó para librarse de la colcha—. Tráeme el chocolate.

Acomodándose contra las almohadas, Louis rasgó el envoltorio del paquete, remitido por la mano inconfundible de Fabien. Tres cartas envueltas en una hoja de pergamino cayeron sobre las sábanas. En el pergamino se leía: «Antes de nada, lee la carta dirigida a ti. F.»

Louis examinó las tres cartas. Una era para él y las otras dos para Helena, pero la tercera remitida por una califigrafía de niña. Tras pensarlo un instante, decidió que debía de ser de Ariele. Abrió su carta.

Dos hojas de la contundente y apretada caligrafía negra de Fabien. Sonriendo, las alisó; levantó la mirada porque Villard reapareció con el chocolate en una bandeja. Hizo un gesto con la cabeza, cogió la jícara, bebió un sorbo y empezó a leer.

Villard vio que su amo palidecía. La mano le temblaba. El chocolate salpicó las sábanas y Louis soltó un juramento. Villard se apresuró a limpiar las manchas de chocolate.

Con cara de pocos amigos, Louis depositó la jícara en la bandeja y volvió a la carta.

Con el pretexto de prepararle la ropa, Villard observaba. Cuando Louis bajó la carta y se quedó mirando con perplejidad el vacío, el criado murmuró con deferencia:

—¿No está satisfecho el señor conde?

—¿Eh? —Louis parpadeó antes de agitar la carta—. No, no... Está contento con los avances. Por el momento. Pero... —Louis volvió a mirar la carta y la dobló con cuidado.

Villard guardó silencio; ya la leería más tarde.

Pasados algunos instantes, Louis rumió.

—Según parece, los planes de mi tío son más complicados de lo que se diría a simple vista, Villard.

—Siempre ha sido así, *m'sieur*.

—Dice que lo hemos hecho bien, pero que debemos movernos más deprisa. Yo no era consciente... Parece que por estas fechas la nobleza inglesa tiene por costumbre desplazarse a sus propiedades. Yo tenía previsto una semana más.

—Los Thierry no lo han mencionado.

—No, por supuesto. Lo discutiré con Thierry a su regreso. Pero ahora tenemos un gran reto ante nosotros. De alguna forma hemos de asegurarnos de que St. Ives esté suficientemente prendado de Helena como para que la invite a su casa de campo. Al parecer, la daga que tío Fabien quiere recuperar se guarda allí.

Villard arrugó la frente mientras sacudía una casaca.

—¿Cree que es probable que el señor duque envíe una invitación semejante?

Louis resopló.

—Tal como había predicho mi tío, el duque ha sido la sombra de Helena desde que llegamos. No olvides que estos ingleses imitan nuestras maneras, y como Helena ha conseguido mantenerlo a raya, el curso natural de los acontecimientos sería que él, un noble poderoso, la invitara, así como a los Thierry y a mí y unos pocos más que proporcionen el camuflaje necesario para llevársela a la cama. Así es como se hacen las cosas en Francia... y aquí ocurrirá lo mismo.

—¿No habrá cierto riesgo en todo eso?

Louis esbozó una sonrisita de suficiencia mientras cogía la taza de chocolate.

—Eso es lo divertido. Helena contra St. Ives, y apuesto todo mi dinero por ella. Es una gazmoña. —Se encogió de hombros—. Veintitrés años y todavía virgen... ¿qué harías tú? No es probable que sucumba a las lisonjas de St. Ives, y tú y y yo estaremos allí para asegurarnos de que no tenga oportunidad de forzarla.

—Comprendo. —Villard se volvió hacia el ropero—. Así que ahora el plan es...

Louis apuró el chocolate y frunció el entrecejo.

—Lo primero será asegurarnos la invitación, que debe ser hecha esta noche. —Se quedó mirando la carta doblada—. Tío Fabien deja muy claro que hemos de hacer todo lo que sea preciso, todo, para asegurarnos de que Helena sea invitada a la propiedad de St. Ives.

—¿Y una vez que tengamos la invitación?

—Cerciorarnos de que Helena acepta y partir.

—Pero ¿aceptará?

La mirada de Louis se posó en las dos cartas dirigidas a Helena.

—Mi tío ordena que utilice mis mejores artes, pero si se pone terca le entregaré estas cartas.

—¿Conocemos su contenido?

153

—No; sólo que, una vez que las lea, hará lo que mi tío ha ordenado. —Louis suspiró y apartó la mirada de las misteriosas cartas—. Sin embargo, mi tío me aconseja que espere hasta que estemos en la propiedad de St. Ives para entregárselas. Dice que no debo mostrar mis armas demasiado pronto, a menos que Helena se plante ante el primer obstáculo.

Louis miró fijamente sin ver.

—¡Venga! Hemos de conseguir la invitación esta noche. Necesitaré cerciorarme de que Helena juega duro con St. Ives; que enciende su pasión y no le deja más opción que actuar como deseamos. Esto es lo primero. —Echó una ojeada a las cartas—. Después ya veremos.

Villard colgó un chaleco en el galán.

—¿Y qué hay de los propios planes de *m'sieur*?

Louis apartó la colcha con una sonrisa burlona.

—No han cambiado. Helena debería haberse casado hace tiempo. Ahora, la cuestión de su matrimonio se ha convertido en un problema para tío Fabien. Un lastre. Pero estoy seguro de que, una vez que vea las ventajas de la solución que propongo, la apoyará. Sería una insensatez perder la riqueza de los Stansion en beneficio de otra familia, cuando podemos conservarla nosotros.

Louis dejó que Villard lo ayudara a ponerse el batín. Con la mirada extraviada, recitó lo que obviamente era un plan mil veces repetido.

—Cuando tengamos la daga de mi tío en nuestro poder y hayamos regresado a Francia, me casaré con Helena... A la fuerza, si es necesario. En Calais hay un juez de paz que hará lo que le diga a cambio de dinero. Una vez que se haga realidad nuestro enlace, viajaremos hasta Le Roc. Tío Fabien es un estratega consumado que apreciará la inteligencia de mi plan. Tan pronto repare en que ya no hay ningún matrimonio deseable por el que las facciones tengan que pelearse y que, de esta manera, le he librado de sus amenazas, me estará eternamente agradecido.

A sus espaldas, la expresión de Villard traicionó su desprecio, aunque se limitó a murmurar con tranquilidad:

—Como diga el señor.

Si por ella hubiera sido, Helena no habría asistido a la reunión matinal en casa de la duquesa de Richmond. Por desgracia, tal como Marjorie la informó, se trataba de una tradición tan venerada como el baile de disfraces que se celebraría aquella misma noche y, por tanto, imposible de evitar.

Helena había estado a punto de recurrir a Thierry, que ofrecía menos dificultades que su esposa, pero su anfitrión había estado ausente todo la víspera.

—Ha ido a Bristol —le dijo Marjorie cuando el carruaje traqueteaba rumbo a Richmond.

—¿Bristol? —Helena la miró con sorpresa.

Marjorie sonrió y miró por la ventanilla.

—Ha ido a estudiar algunos posibles negocios.

—¿Negocios? Él... —Helena se interrumpió al percatarse de las connotaciones.

Marjorie se encogió de hombros.

—¿Qué haría usted? En realidad, somos unos mantenidos del señor conde... ¿Qué va a ser de nosotros cuando usted se case y se marche?

Helena no lo había pensado, pero, después de eso, contuvo la lengua y no criticó más a Marjorie.

—Eh, bien —murmuró Marjorie cuando finalmente el carruaje se detuvo y descendieron—. Thierry volverá más tarde y esta noche nos acompañará a la casa de lady Lowy. Luego ya veremos.

Helena no se separó de Marjorie cuando entraron y saludaron a la anfitriona. Una tensión inesperada, un temor, puso a prueba sus nervios. Moviéndose entre un abigarrado gentío, pletórico de carcajadas y alegría, escrutó con la mirada y los sentidos, y cuando no pudo detectar el menor atisbo de la presencia de Sebastián soltó un breve y contenido suspiro.

Tras unos minutos de conversación y paseo, se separó de Marjorie para seguir sola. Estaba bastante segura, ahora que se la conocía lo suficiente, para hacer lo que quería con confianza. Aunque soltera, era mucho mayor y más experimentada que las chicas que estaban en su primera o incluso segunda temporada, lo que la colocaba en una posición que le daba mayor libertad social. Ora hablando con éste, ora con aquél, se fue abriendo paso entre los invitados.

Todavía había tres nombres en su lista, pero sólo Were era seguro. ¿Habrían asistido Athlebright y Mortingdale? Cómo podría entablar conversación con ellos —en medio de un salón abarrotado donde se hablaba y no se bailaba, y por supuesto nadie se tocaba—, para evaluar el efecto de su tacto. Aquello constituía todo un problema, ante el cual se había quedado bloqueada.

Cambió de tema inmediatamente. Después de la noche anterior, tenía otros pensamientos perturbadores sobre los que reflexionar.

¡Maldito Sebastián! Durante toda la noche, a lo largo de horas silenciosas en que había dado vueltas y más vueltas en la cama intentando olvidar, su obsesión se había centrado en olvidar la sensación que los labios del duque habían dejado en los suyos, la calidez de su proximidad, el encanto de su tacto.

Imposible.

Había pasado horas sermoneándose, señalándose

cuán contrario a sus planes sería sucumbir a un hombre semejante... Sólo para despertar de sueños lujuriosos en los que, precisamente, era eso lo que hacía.

Horrorizada, se había levantado de la cama para mojarse la cara y las manos con agua fría. Más tarde había permanecido delante de la ventana, contemplando fijamente la noche negra, hasta que el frío la había obligado a volver bajo el edredón.

Locura. El duque había jurado que no se casaría jamás. ¿En qué estaba pensando ella?

Era imposible, más que imposible, que una mujer como ella —una noble de rancio abolengo soltera— se convirtiera en su amante. Sin embargo, casarse con un marido complaciente, sabiéndose empujada por la necesidad, para ser libre de entablar una relación ilícita aunque socialmente aceptable con otro... Esto también era impensable. Al menos para ella.

Sebastián —estaba segura— había pensado en ello, pero eso nunca había formado parte de los planes de Helena.

Todavía no.

Lo cual la dejaba con un problema de considerable entidad... Sebastián la pilló desprevenida al aparecer en la entrada de un salón anejo en el momento en que Helena se aproximaba al mismo.

—*Mignonne*. —Le cogió la mano que Helena había levantado de manera instintiva para rechazarlo, inclinó la cabeza y se la llevó a los labios.

Helena le sostuvo la mirada por encima de sus nudillos cuando, con retraso, le hizo una reverencia; lo que vio en aquellas profundidades azules le cortó la respiración.

—Excelencia. —Maldiciendo su dificultad para respirar, luchó para armarse de ingenio.

Sujetándole la mano, Sebastián la condujo hacia uno de los laterales de la sala.

Obligada a obedecer, ella se recordó lo peligroso que era el duque... sólo para que otra parte de su mente le señalara, como si tal cosa, que con él estaba a salvo.

Dangereux por un lado, caballero protector por el otro. ¿Era sorprendente que se sintiese confundida?

—Estoy encantada de verlo. —El ataque le iba más que la defensa. Lo encaró con la cabeza erguida—. Quería decirle adiós y agradecerle su ayuda durante estas últimas semanas.

No pudo extraer nada de la expresión del duque —la máscara de cortesía tan habitual en él—, pero percibió que los ojos se ensanchaban un tanto.

Al menos le había sorprendido.

—Me he enterado de que el baile de disfraces de esta noche estará muy concurrido, así que es posible que no volvamos a vernos.

Se interrumpió, mordiéndose la lengua ante un impulso nervioso de seguir parloteando. Si lo que había dicho ya no le había bajado los humos, nada lo haría.

El duque guardó silencio unos momentos, su mirada desconcertante y azul en los ojos de Helena; luego, curvó los labios, lo suficiente para confirmarle que la sonrisa era sincera.

—*Mignonne*, nunca deja de sorprenderme.

Helena le lanzó una mirada fugaz.

—Es un honor para mí que le divierta, excelencia.

Sebastián se limitó a acentuar su sonrisa.

—Debería serlo. Es tan poco lo que, en estos tiempos, divierte a un alma hastiada como yo.

En su tono había suficiente reprobación hacia sí mismo como para no ofender. Helena se contentó con otra mirada; entonces, cuando los dedos del duque se movieron y uno de ellos acarició la palma de su mano, sintió el calor subiéndole por el brazo. Sebastián había bajado las manos de ambos, pero sin soltarle las suyas. Sus dedos se enroscaban, protectores, alrededor de los de ella, las manos entrelazadas hurtadas a los demás por la amplitud de las faldas de Helena.

—No hay razón para despedirse de mí. Esta noche estaré a su lado.

Helena lo miró con los ojos entrecerrados.

—Tendrá que encontrarme entre toda esa multitud, y asegurarse de que soy yo.

—La reconoceré, *mignonne*... Exactamente de la misma manera que usted me reconocerá a mí.

La confianza del duque la crispaba.

—No le voy a decir cómo es mi disfraz.

—No es necesario. —Siguió sonriendo—. Puedo suponerlo.

Supondría mal, como todos los demás. Ella ya había asistido a otros bailes de disfraces.

Con una confianza absoluta, miró a la multitud que los rodeaba.

—*Eh, bien*... ya veremos.

Lo miró de reojo. Sebastián le estudiaba el semblante. Dudó y, entonces, preguntó:

—¿Ha hablado con Thierry esta mañana?

Helena parpadeó.

—No. Se encuentra fuera de la ciudad, pero volverá esta noche.

—Entiendo.

Esto explicaba por qué ella no sabía nada de su invitación. La inquietud de que Helena pudiera saberlo, pero que hubiera rehusado para hacer más difícil su victoria, desapareció.

—¿Por qué ese interés en Thierry? —preguntó ella.

El duque reparó en la suspicacia con que Helena lo miraba. Sonrió.

—Sólo es algo que deseo hablar con él. Ya lo veré esta noche, sin duda.

El brillo de la sospecha no abandonó los ojos de Helena, pero de repente su mirada se dirigió más allá de Sebastián.

—¡Ahí está lord Athlebright!

—No.

Ella lo miró.

—¿No? ¿No qué?

—No puede intentar determinar cómo le afecta el tacto de su señoría. —Levantándole la mano, la hizo volverse en dirección contraria—. Créame, *mignonne*, ya no necesita trabajar más en su lista de futuros maridos.

Helena percibió la nota acerada de su voz. Confundida, lo miró.

—Usted no entiende nada... —le espetó—. Entiende aun menos de lo que es habitual.

—Absuélvame de cualquier deseo de enredarla, *mignonne*, pero ¿tengo razón cuando doy por hecho que no estará de acuerdo en abandonar conmigo este incómodo y saturado salón, para buscar un lugar más tranquilo donde hablar?

Helena se puso tensa.

—Su suposición es correcta, excelencia.

Sebastián suspiró.

—Es más difícil de seducir que la misma hija del diablo, *mignonne*.

La sonrisa que curvó los labios de Helena sugirió al duque que aprobaba el epíteto.

—A pesar de todo, será mía —le aseguró.

La sonrisa de la condesa se desvaneció, al tiempo que le dirigía una mirada de justa furia. De no haber sido porque seguía sujetándole la mano, se habría dado la vuelta y marchado llena de indignación.

—No... No me deje. —El duque disimuló la sinceridad de aquella sencilla petición con una sonrisa—. Está más segura conmigo que con cualquier otro. Y juntos nos entretendremos más que por separado. —Le leyó la mirada—. Una tregua, *mignonne*, sólo hasta esta noche.

Sebastián había intentado hablarle de sus intenciones, del propósito oculto tras su invitación. Había confiado en que Thierry recibiera la carta y le hablase a Helena de su petición. Tras lo cual, ella habría aceptado de buen grado una conversación privada. Pero al ignorar la invitación, no accedería a ausentarse con él; y a Sebastián se le hacía imposible mencionar la palabra matrimonio en un lugar tan concurrido.

Helena estaba estudiando los ojos del duque, consciente como era de la advertencia implícita en el «hasta esta noche», que quería decir exactamente eso. Esa noche la buscaría y luego ya verían.

Inclinó la cabeza e hizo un movimiento de asentimiento.

—Como le plazca, excelencia. Una tregua.

Con una sonrisa, Sebastián le besó la mano.

—Hasta esta noche, pues.

Cubierta ya por la capa y con la máscara en su sitio, Helena abandonó el dormitorio y se dirigió hacia las escaleras apremiada por Marjorie.

—¡Llegaremos tarde, *ma petite*! ¡Lo que vamos a tener que esperar!

—Ya voy.

Helena empezó a bajar las escaleras en el momento en que se abría la puerta principal. Thierry, todavía con su casaca de día, cansado y con cara de hastío, hizo su entrada.

Marjorie se precipitó sobre su marido.

—*Mon Dieu!* Gracias a Dios que llegas... ¡Hemos de irnos *immédiatement*!

Thierry reunió fuerzas para sonreír a las dos mujeres.

—Tendréis que permitirme que me cambie, *chérie*. Id delante, ya os seguiré.

—Pero Gastón...

—No haría honor al baile de disfraces con esta ropa. Dejadme que me ponga el disfraz —la mirada de Thierry se posó en el correo amontonado en la mesa de pared—, y que le eche un vistazo a esas cartas. Luego, *chérie*, os seguiré *tout de suite*... Lo prometo.

Marjorie hizo un mohín, pero cedió. Besó la mejilla de Thierry.

—*Tout de suite, oui*?

Con una sonrisa, Thierry dedicó a Helena un gesto de aprobación besándose los dedos.

—*Ma petite*, está usted deslumbrante. Diviértase.

Recogió las cartas y se dirigió a las escaleras a grandes zancadas, pasando por el lado de Louis con unas palabras tranquilizadoras.

Louis ayudó a Marjorie y Helena a subir al carruaje y luego se les unió. Con una estruendosa sacudida, el cochero puso rumbo a Berkeley Square. Tal como Marjorie había profetizado, una larga hilera de carruajes esperaba para depositar a sus pasajeros ante Lowy House.

La noche era clara y de un frío penetrante, aunque la visión de una oleada tras otra de invitados fantásticamente ataviados, llegando en sus disfraces tan extravagantes como ricos, había atraído un nutrido puñado de curiosos.

Una alfombra de felpa roja, flanqueada por tiras de hiedra y acebo, iba desde la puerta principal hasta el bordillo. Unas antorchas que ardían con gran viveza iluminaban la llegada de los invitados para todos los que quisieran verlos.

Cuando Helena salía del carruaje, no se oyó ninguna exclamación de admiración. Parecía un ratón gris envuelto en pliegues de suntuoso terciopelo nada excepcional. Entonces levantó la cabeza y se retiró la capucha de la capa. Todas las miradas se clavaron en ella. Las antorchas incidieron sobre la diadema de hojas de laurel de oro entre sus rizos negros, y su luz bailó sobre la máscara de oro macizo, también con hojas de laurel grabadas, que le ocultaba el rostro. A pesar de que la capa ocultaba el resto del disfraz, los curiosos se quedaron boquiabiertos.

Dándose ínfulas, Louis condujo a Helena y Marjorie a lo largo de la alfombra roja y a través de la puerta abierta.

En cuanto entraron, Helena desanudó los cordones dorados que sujetaban la capa a su cuello.

Ya había utilizado aquel disfraz con anterioridad y era consciente del efecto que causaba en los varones sensibles; cuando entregó la pesada capa al lacayo, a éste casi se le salieron los ojos de las órbitas. Para todos los hombres presentes, en aquel fino vestido tubular de seda azul claro, confeccionado a modo de toga romana y con reveladoras hojas de laurel bordadas en hilo de oro como escote, Helena se convirtió en la fantasía de una emperatriz romana. Lo cual no era sino lo que había elegido ser: santa Elena, madre del emperador Constantino el Grande. Confundidos por el tono dramático de aquel disfraz, cuantos la conocían daban por supuesto que iba vestida de Elena de Troya.

El vestido tubular de seda se sostenía con un broche de oro en el hombro derecho y dejaba la mayor parte de hombros y brazos al descubierto. Helena llevaba amuletos de oro en los brazos, y brazaletes del mismo metal en las muñecas. Más oro le colgaba de los lóbulos de las orejas, y un pesado collar, de idéntico metal, le rodeaba el cuello. Su piel era más blanca que el marfil; en contraste, el pelo, negro azabache. La combinación del oro y el azul claro le conferían un aspecto deslumbrante; y ella lo sabía. Hecho del que extraía una buena dosis de confianza en sí misma.

Los tacones, de una altura extrema, escondidos bajos las faldas largas, contribuían al misterio; completamente enmascarada, su corta estatura sería su rasgo más buscado.

Con la esperanza de disfrutar plenamente de la velada —sazonada con la expectativa de una victoria definitiva sobre St. Ives— se adentró en el salón al lado de Marjorie, la cabeza enhiesta, mirando alrededor con osadía: como emperatriz, podía hacer cuanto le viniera en gana.

Con aquel disfraz había triunfado en los bailes de disfraces de la corte francesa; la flor y nata de la nobleza británica reunida aquella noche iba a ser su próxima victoria. Separándose de Marjorie, que era demasiado fácil de descubrir con aquel pelo rojizo mal disimulado por un sombrero de pastora, Helena se deslizó entre la multitud.

El salón estaba adornado como si fuera una gruta mágica, con símbolos de aire navideño. Una tela de seda azul medianoche, sembrada de estrellas doradas y plateadas colgaba en pliegues por todo el techo; las paredes habían sido decoradas con guirnaldas de terciopelo marrón y verde, en las cuales se habían fijado ramas de plantas perennes, acebo y hiedra. En las chimeneas ardían gruesos troncos, que proporcionaban un calor considerable; lacayos vestidos de elfos no paraban de servir champán especiado.

En este escenario, la elite de la gente elegante conformaba un rico tapiz de colores y disfraces cambiantes, de alas fantásticas y sombreros asombrosos. En esta etapa inicial, los juerguistas pululaban por doquier, zigzagueando entre la multitud, algunos en grupo, pero la mayoría por su cuenta, reconociendo y observando a los demás, buscando a aquellos que esperaban encontrar.

Helena descubrió a su primer Paris a los pocos minutos. Plantado cuan alto era, entrecerraba los ojos para escudriñar a la multitud, examinando a todas las mujeres a la vista. Por un instante, posó la mirada en Helena y se dirigió hacia ella, que sonrió bajo la máscara y se dio la vuelta. Este Paris era lord Mortingdale. ¿Un buen augurio, quizá? ¿O su elección del disfraz demostraba una triste falta de apreciación del ingenio de Helena?

Tras seguir dando vueltas por el salón, Helena descubrió tres Paris más; todos la vieron. Uno pareció interesado, pero cuando Helena se alejó, no la siguió. Otro era el señor Coke, un caballero que últimamente había hecho notables intentos de acercamiento a Helena. A los otros dos no pudo identificarlos, pero ninguno era Sebastián... De eso estaba segura.

Entre la multitud había numerosos senadores romanos. Como era habitual, se trataba de caballeros para quienes la toga significaba liberarse de los corsés. Para alivio de Helena, ninguno había pensado en engalanarse como emperador. Un miembro de esa pandilla, tras haberla observado, se acercó para sugerirle en un susurro que fueran pareja. Una mirada y una gélida palabra le disuadieron en el acto.

—Oh, bueno, verá, tenía que intentarlo. —Sonriendo, el caballero le hizo una reverencia y se alejó.

Tras llegar a un extremo del salón, Helena se volvió para escudriñar a la concurrencia. Pero incluso con aquellos tacones tan altos, no podía ver muy lejos. La abundancia de alas enormes y peinados intrincados le estorbaban la visión. Había cubierto casi la mitad del largo salón. Algo más adelante, divisó un arco que conducía a otro salón. Estiró el cuello, atisbando entre los cuerpos...

Y como una llama, sintió materializarse la presencia de Sebastián detrás de ella.

Cuando se volvió para encararlo, los dedos del duque se cerraron sobre su mano.

—*Mignonne*, está usted exquisita.

Sintió el sobresalto habitual cuando los labios del duque acariciaron el dorso de sus dedos, momentáneamente perdida, a la deriva en el azul de aquellos ojos, en la calidez que irradiaban, reconocimiento teñido de deseo que se infiltraba poco a poco...

Parpadeó, y su vista se dilató para captar el antifaz dorado del duque, también repujado con hojas de laurel. Volvió a parpadear y levantó la mirada para apreciar la corona de oro colocada encima del pelo castaño. Tomando aire, con los ojos muy abiertos, bajó la mirada hacia la toga blanca ribeteada de oro bordado, coronada por el manto púrpura de un emperador.

—¿Quién...? —Tuvo que interrumpirse para humedecerse los labios—. ¿Quién se supone que es?

El duque sonrió.

—Constancio Cloro. —Le levantó la mano una vez más y le sostuvo la mirada mientras apretaba los labios contra la palma—. El amante de Elena. —Le cambió la posición de la mano y le rozó la muñeca con los labios, allí donde el pulso de Helena latía aceleradamente—. Andando el tiempo, su marido, el padre de su hijo.

Helena tragó saliva e intentó encontrar su genio, pero ni siquiera pudo poner ceño.

—¿Cómo lo ha sabido?

La sonrisa de Sebastián fue triunfal.

—No le gusta que se la infravalore, *mignonne*.

Tenía razón, tanta que Helena quiso gritar, o llorar, no estaba segura. Estar con alguien que la conocía tan bien —que podía leer en ella— resultaba desconcertante... y tentador.

Por fin, consiguió arrugar un poco la frente.

—Es usted un hombre de trato muy difícil, excelencia.

El duque suspiró y movió los dedos sobre los de Helena al bajarle la mano.

—De eso se me ha acusado a menudo, *mignonne*, pero en realidad usted no me encuentra tan difícil, ¿verdad?

El ceño de Helena se acentuó.

—No estoy segura. —Eran muchas las cosas sobre las que no estaba segura acerca de él.

Sebastián, que estudiaba su rostro, le dijo:

—¿He de dar por sentado que Thierry ha vuelto ya?

—Llegó a casa justo cuando salíamos. No tardará en llegar.

—Bien.

—¿Desea hablar con él?

—Hasta cierto punto. Vamos. —Le cogió la mano y la condujo a través del salón—. Pasee conmigo.

Helena le lanzó una mirada ligeramente suspicaz, pero consintió en pasear a su lado. Otros habían encontrado pareja de manera similar; a cada paso eran detenidos por otros invitados que intentaban adivinar sus identidades.

—Ese Neptuno es magnífico... y el Rey Sol también.

—*Madame* de Pompadour es Therese Osbaldestone, lo cual no deja de ser sorprendente.

—Nos ha reconocido, ¿no cree?

—Supongo que sí. Hay muy pocas señoritas con estos ojos negros.

Habían llegado casi al final del salón, cuando Sebastián aumentó la presión sobre su mano. La miró porque Helena levantó los ojos para interrogarle con la mirada.

—*Mignonne*, necesito hablar con usted en privado.

Helena se detuvo y arrugó el entrecejo.

—No puedo estar en privado con usted. Nunca más.

El duque suspiró entre dientes, miró alrededor y advirtió lo cerca que estaban los demás.

—No podemos hablar en este lugar.

Helena no contestó, pero su gesto obstinado fue más que suficiente para él, que estaba a punto de perder los estribos. Había pasado mucho tiempo desde que alguien —y menos aún una jovencita— osara rechazarle con tanta tozudez. Y, por primera vez en su vida, sus intenciones eran honorables.

—*Mignonne*... —Supo que había escogido el tono equivocado: Helena se puso más tiesa que un palo. El duque espiró y dijo—: Le he dado mi palabra de que conmigo estará a salvo. Necesito hablar con usted.

La terca posición de la barbilla se aflojó; los labios se movieron, esbozando una ligera mueca. Pero...

Por un breve instante, Helena le devolvió el apretón de dedos; luego, meneó su hermosa cabeza.

—No. No puedo... —Respiró y levantó la barbilla—. No me atrevo a alejarme con usted, excelencia.

Los ojos del duque se oscurecieron, aunque su expresión no cambió en absoluto.

—¿Pone en duda mi palabra, *mignonne*? —dijo con suavidad y firmeza.

Ella sacudió la cabeza.

—No.

—¿No confía en mí?

—No se trata de eso. —No era en él en quien no confiaba, pero no podía decírselo. Sería demasiado revelador de su vulnerabilidad... de su debilidad ante él—. Es sólo que... No, no puedo apartarme con usted, excelencia. —Pegó un tirón—. ¡Sebastián, suélteme!

—Helena...

—¡No!

El altercado, aunque mantenido entre susurros sibilantes y gruñidos sordos, empezó a llamar la atención. Apretando los dientes, Sebastián se obligó a soltarla.

—No hemos terminado con esta discusión.

Los ojos de Helena echaban fuego.

—Hemos terminado por completo, excelencia.

Se dio la vuelta y se marchó airada... Una emperatriz enfurecida dejando a un conquistador rechazado.

Sebastián permaneció inmóvil durante tres minutos antes de conseguir dominarse. Incluso entonces tuvo que refrenarse para no hablar con brusquedad cuando a una dama desafortunada se le ocurrió ofrecerle consuelo. Entonces vislumbró a Martin, un corsario, entre la multitud. Echó a caminar sigilosamente, la mente fija en un propósito... y en cómo conseguirlo.

No se había alejado mucho, cuando se le acercó un pirata.

—Señor duque, espero que mi prima no esté resultando difícil. —Un vago ademán enfatizó las palabras del pirata.

De Sèvres. Conteniendo el impulso de expresar con precisión lo difícil que, en efecto, estaba resultando su prima, Sebastián contestó arrastrando las palabras.

—*Mademoiselle* es una mujer en extremo obstinada.

—*Vraiment*.

De Sèvres llevaba puesto un antifaz y Sebastián vio su ceño de preocupación.

—¿Quizá yo pueda ayudarlo de alguna manera...?

Sebastián se esforzó por conservar la calma. ¿Qué estaba pasando? Sintió ganas de indagar la cuestión. ¿Por qué un sujeto que se suponía tenía encomendada la protección de Helena le estaba ofreciendo ayuda en lo que, por lo que el sujeto en cuestión sabía, habría de acabar en la seducción de su prima? Pero ahora Sebastián tenía un objetivo más imperioso.

—Necesito hablar en privado con la señorita condesa, pero se muestra esquiva.

—Ya veo, ya veo. —De Sèvres asintió con la cabeza, arrugando más la frente.

—Quizá si la esperase en un lugar usted podría intentar persuadirla de que se reúna conmigo.

Observando a la muchedumbre, De Sèvres pensó y calculó; entrecerró los ojos y se mordió el labio inferior. Sebastián habría jurado que no estaba preocupado por la rectitud de sus actos, sino antes bien por cómo persuadir a Helena para que accediera. Por fin, De Sèvres asintió con la cabeza.

—¿En qué lugar?

Ninguna pregunta acerca de por qué deseaba hablar con ella, ni durante cuánto tiempo, ni con qué privacidad... Sebastián tomó nota mental de investigar a De Sèvres una vez que se hubiera asegurado la mano de Helena.

—La biblioteca. —Un escenario suficientemente formal que seguramente despertaría menos suspicacias en Helena; Sebastián tenía poca fe en los poderes de convicción de De Sèvres. Con la cabeza, señaló una entrada al otro lado del salón—. Una vez allí, gire a la derecha y luego siga el recibidor hasta llegar a una larga galería. La biblioteca es la habitación principal que da a la misma. Si desea ayudarme, lleve a *mademoiselle* allí dentro de veinte minutos.

170

A esas horas, la biblioteca debía de estar vacía, aunque a medida que avanzara la noche otros también buscarían servirse de ella.

De Sèvres se tiró del chaleco.

—La llevaré. —Con un movimiento de la cabeza, se alejó en la dirección por la que se había marchado Helena.

Sebastián le observó partir y, en su fuero interno, sacudió la cabeza. Más tarde...

Se dio la vuelta y se encontró cara a cara con Martin, que sonrió abiertamente.

—¡Eres tú! Bueno, ¿dónde está ella? —Echó una ojeada en derredor—. No te lo creerás, pero me he topado con tres Elenas de Troya y ninguna era ella.

—Si te refieres a la señorita condesa, está aquí, pero no es Elena de Troya.

—¿Eh? —Martin puso cara de desconcierto—. Entonces ¿quién...? —Le hizo un gesto a Sebastián levantando la ceja.

Su hermano meneó la cabeza.

—Doy por hecho que has recibido una educación clásica. No quisiera inhibir el ejercicio de tu intelecto. —Dio unas palmaditas en el hombro a Martin—. Esfuérzate, y la respuesta llegará.

Dicho lo cual, Sebastián reanudó su paseo, dejando atrás a Martin con una expresión de inocente concentración.

Cuando llegó, la biblioteca estaba vacía. Examinó la larga habitación y se dirigió hacia el gran escritorio situado en un rincón. Más allá, en la esquina, había un espacioso sillón. Se sentó, estiró las piernas, entrecruzó las manos y esperó a que apareciera su duquesa.

Helena no advirtió la presencia de Louis hasta que, al volverse después de charlar con Therese Osbaldestone, le vio dirigirse hacia ella. Inclinó la cabeza, confiando en que pasaría de largo.

Por el contrario, Louis le puso la mano en el brazo.

—Ha de venir conmigo... rápido.

Louis parecía nervioso; no dejaba de mirar alrededor.

—¿Por qué? ¿Qué pasa?

—Hay alguien a quien el tío Fabien quiere que conozca.

—¿Fabien? No entiendo. —Confundida, Helena dejó que Louis la arrastrara hasta un extremo del salón—. ¿A quién conoce Fabien aquí?

—Eso no importa. Se lo explicaré más tarde. Pero he de decirle que Fabien desea que conozca a este caballero y lo escuche.

—¿Escucharlo?

—*Oui*. —Louis continuó tirando, arrastrándola subrepticiamente hacia la entrada—. Este hombre quiere hacerle una petición... una invitación. ¡Usted la escuchará y aceptará! *Comprends?*

—No entiendo nada —se quejó Helena—. Y deja de tirar. —Se soltó el brazo de un tirón, detuvo a Louis con una mirada y se estiró el vestido—. No sé a quién desea que conozca Fabien, ¡pero no me encontraré con nadie *en déshabillé*!

Louis apretó los dientes.

—*Vite, vite!* No la esperará toda la noche.

Helena suspiró con resignación.

—Muy bien, ¿dónde me he de encontrar con ese caballero? —Siguió a Louis por un pasillo.

—En la biblioteca.

—*Allons!*

Helena le indicó con la mano que siguiera. No se fiaba mucho de él, pero confiaba en el buen sentido de Fabien. Su tutor no era un hombre que arriesgara algo que valorase. Si Fabien deseaba que se encontrara con un caballero, alguna explicación sensata habría. Aunque se revelaba contra el control que ejercía sobre ella, era demasiado prudente como para no acatar sus deseos en tanto no se librase de él.

Louis la condujo por una larga galería; un tanto dubitativo, abrió una puerta y atisbó dentro. Se apartó.

—*Bon...* aquí es. La biblioteca. —Le indicó que entrara con un gesto.

Helena avanzó majestuosa.

Louis bajó la voz.

—Los dejo a solas, pero no estaré lejos, así podré guiarla de vuelta al salón de baile si lo desea.

Helena arrugó la frente, agradecida por ir enmascarada al trasponer el umbral. ¿A qué se refería Louis? ¿Si ella lo deseaba? ¿Por qué...?

La puerta de la biblioteca se cerró suavemente tras ella. Oteó la habitación, esperando ver a un caballero que la aguardara, pero no había nadie. Nadie se levantó de los grandes sillones situados delante de la chimenea, nadie estaba sentado al escritorio.

Se paseó por la larga pieza. Las estanterías se alineaban en las paredes. Las altas ventanas no tenían cortinas, pero fuera estaba oscuro. Algunas lámparas, de luz tenue, situadas en mesas de pared y aparadores repartidos por todo el cuarto, derramaban un suave resplandor. La habitación estaba vacía. Desde donde ella estaba, podía ver toda la pieza, excepto...

El enorme escritorio se recortaba contra un rincón de la estancia. Más allá, junto a la esquina, había una puerta que comunicaba con el cuarto contiguo. Estaba cerrada. A poca distancia por delante había un sillón; podía ver el alto respaldo, pero el resto quedaba oculto por el escritorio. En una mesa de pared, a la izquierda del sillón, descansaba una lámpara que, al igual que las otras, ardía con poca llama.

Se dirigió hacia el escritorio; también podría probar el sillón antes de volver con Louis y decirle que el amigo de Fabien no había aparecido. Unas mullidas alfombras Aubusson amortiguaban el chasquido de los tacones. Rodeó el escritorio... y de pronto vio una mano que descansaba, relajada, sobre el brazo del sillón. Una mano muy blanca, de dedos muy largos.

Una premonición la envolvió; una certidumbre hormigueante le dijo quién era aquel que tan pacientemente la esperaba. Con lentitud, incrédulamente, se acercó al sillón y miró a su ocupante.

Se había quitado el antifaz, que colgaba del otro brazo del sillón, brillando débilmente. Estaba sentado con su elegancia habitual, observándola desde abajo con los párpados caídos.

Helena percibió el destello azul; entonces, el duque murmuró:

—*Bon, mignonne*. Por fin.

Fuera, en el pasillo, Louis se mordía las uñas. Presa de la incertidumbre, ora miraba hacía allí, ora hacia allá, y cada tanto abría con sigilo la puerta de la biblioteca. Como antes, esta vez lo hizo sin ruido; miró a hurtadillas, pero no pudo ver nada; arrimó la oreja a la abertura, pero nada oyó.

Reprimió un juramento, y estaba a punto de cerrar la puerta, cuando advirtió un resquicio que se abría en el lado de las bisagras. Aplicó el ojo al mismo... y vio a

Helena, de pie en el otro extremo del cuarto, mirando de hito en hito hacia un sillón. St. Ives debía de estar sentado allí, hablando, aunque Louis no podía oír ni una palabra, ni siquiera distinguir el tono. Siguió mirando fijamente. Entonces reparó en la puerta que había en la pared detrás del sillón.

Con sumo cuidado, cerró la puerta de la biblioteca.

—Esto ha de funcionar —susurró apretando los dientes—. ¡Ha de pedírselo esta noche!

Corrió hacia el cuarto contiguo. Resultó ser un despacho, vacío y a oscuras, sin duda no previsto para uso de los invitados. Dando gracias al cielo, entró, cerró la puerta con cuidado y, de puntillas, se dirigió hacia la puerta de acceso a la biblioteca.

La puerta no tenía cerradura, sólo un pomo. Conteniendo la respiración, lo giró. Sin hacer ruido, la puerta se abrió ligeramente.

Helena se quedó mirando a Sebastián de hito en hito.

—¿Usted?

Sebastián levantó las cejas.

—¿Esperaba a algún otro?

—Louis dijo que me iba a encontrar con un conocido de mi tutor.

—Ah. Me preguntaba cómo se las arreglaría De Sèvres para persuadirla de que me escuchara. Sin embargo, lamento no haber tenido el placer de conocer a su tutor.

—*Bien!* —El genio entró en erupción; Helena hizo ademán de volverse hacia la puerta para marcharse a toda prisa...

Pero Sebastián levantó una mano lánguida y ella se percató que de había caído en la trampa del duque: para volver a la puerta tenía que pasar junto a él. Y si lo intentaba...

Se volvió hacia él y, cruzando los brazos bajo el pecho, lo miró fríamente.

—No comprendo. —Un eufemismo.

—Me temo que debo disculparme por esto, *mignonne*, aunque antes de que nos vayamos de aquí, mi intención es que entre usted y yo todo quede claro.

El duque la estudió por un momento; luego se inclinó hacia delante, subió el brazo con lentitud y soltó una de las manos de Helena de un tirón, arrastrándola a la butaca. Ella arrugó la frente, pero consintió en acercarse.

—Siéntese conmigo.

Dio por supuesto que se refería a que lo hiciera sobre el brazo del butacón, pero cuando se dio cuenta de que se refería a que se sentara en su regazo, se apartó.

Sebastián suspiró.

—*Mignonne*, no sea remilgada. Deseo hablar con usted, aunque si me levanto y me acerco, no siempre podré verle la cara; igual que si se sienta a mi lado. En cambio, si lo hace en mi regazo, será más fácil.

Había suficiente irritación en su voz para hacer desechar la idea de que se proponía violarla... al menos, no todavía. Helena se permitió una expresión de contrariedad y luego, conteniendo cualquier reacción al resbaladizo estremecimiento que le recorrió la espalda, se alisó las faldas y se sentó.

Debajo de los pliegues de la capa de Sebastián, bajo sus bombachos de raso, los muslos eran duros como la roca, pero calientes.

Cerró las manos alrededor de la cintura de Helena, moviéndola de manera que quedaran literalmente cara a cara. Luego tiró de las cintas que aseguraban el antifaz de la condesa: los dos pequeños lazos se deshicieron. Una vez quitado, lo dejó en el suelo, al lado de la butaca.

—*Bon*.

Sebastián percibió el genio contenido de su propia voz y supo que ella también lo había oído. Esperó que eso la hiciera recelar.

Paso a paso. Parecía la única manera de realizar la tarea con ella. Hasta entonces, cada centímetro había supuesto una batalla.

Examinó los ojos de peridoto.

Helena le devolvió la mirada con altanería.

«He pensado en pedir su mano» habría funcionado con la mayoría de las mujeres, pero con ella, el instinto le llevaba a ser más tajante. «Voy a hacerla mi duquesa» sonaba más contundente, dejaba menos margen a los reparos que pudiera poner.

Por desgracia, dados sus prejuicios contra los hombres poderosos, no era probable que hubiera algún enfoque que condujera a un éxito rápido. No tardaría en cerrarse en banda, y Sebastián se vería reducido a defender su causa desde una posición de debilidad.

Minar sus muros —socavar sus argumentos antes de que tuviera oportunidad de exponerlos— era sin duda el camino de la victoria. Una vez que hubiera debilitado sus defensas, entonces podría hablar de matrimonio.

—Usted ha dicho que no le gusta ser la marioneta de un hombre poderoso; y todo lo que me ha contado me ha llevado a pensar que su tutor es uno de ellos... ¿Estoy en lo cierto?

—Por supuesto. Sé de lo que hablo.

—¿Y también estoy en lo cierto al afirmar que busca un marido sumiso y afable porque un marido así jamás podrá dominarla?

Helena entrecerró los ojos.

—Ni manipularme ni utilizarme como una marioneta.

El duque inclinó la cabeza.

—¿Y no se le ha ocurrido, *mignonne*, que casarse con un hombre que sabe poco de, según sus propios términos, los juegos que juegan los hombres como yo, la seguirá dejando bajo la férula del auténtico hombre del que busca escapar?

Helena puso ceño.

—Una vez que me haya casado... —vaciló.

Sebastián dudó, pero dijo en voz baja:

—Mi hermana está casada. Sin embargo, si decido por su propio bien que debe volver al campo, ella me obedece.

Helena buscó en sus ojos.

—¿Y su marido...?

—Huntly es un hombre de carácter bondadoso, que jamás ha fingido ser capaz de manejar a Augusta. Sin embargo, goza de una sensatez extrema que le permite saber cuándo necesita ser controlada. Entonces acude a mí.

—Mi marido, el que yo escoja, no acudirá a mi tutor.

—Pero si su tutor interviene por cuenta propia... entonces ¿qué?

Le dio tiempo para reflexionar, para que se aventurase sola por esa línea de pensamiento. Para que viera las posibilidades, para que llegara de *motu proprio* a la comprensión que él deseaba. Aun así, se comportó como el manipulador consumado que no habla con precipitación, que no presiona en exceso.

En especial, con ella.

Helena arrugó la frente; hacia él, hacia aquel rostro imperturbable, hacia aquellos rasgos austeros, iluminados, que no suavizados, por la luz de la lámpara. A regañadientes, intuyendo ya lo que vería, dejó que su mente cavilase, casi como si estuviera estudiando mentalmente algo situado a sus espaldas, algo que no alcanzara a ver.

El duque tenía razón. Las protestas de un marido débil no impedirían que Fabien siguiese utilizándola. No había más que ver lo que había hecho con Geoffre Daurent, su tío e inicial tutor. Aunque no era especialmente débil, Geoffre lo era más que Fabien. Debido a que controlar su fortuna y matrimonio confería un poder político considerable, Fabien había «discutido» el asunto con Geoffre, un pariente lejano, habiéndose alcanzado un acuerdo que acabó con Fabien como tutor legal.

Cómo pudiera utilizarla Fabien una vez que ella se hubiera casado, lo ignoraba, pero era un intrigante versátil: en su mundo, el poder manaba de muchas fuentes, del control de una miríada de asuntos. Y el poder era la droga de Fabien.

—Tiene razón. —Las palabras escaparon de sus labios casi involuntariamente; arrugó la frente—. Necesitaré replantearme mi futuro.

—No hay muchas opciones que sopesar, *mignonne*. De hecho, como miembro de la estirpe contra la que usted lucha, puedo decirle que sólo hay una.

Helena le sostuvo la mirada con los ojos entrecerrados.

—No lo haré... —Se interrumpió, al tiempo que en su mente surgía la imagen de Fabien. En verdad, había muy poco que pudiera hacer para escapar a su red.

Sebastián buscó en sus ojos y le sostuvo la mirada.

—¿Cuánto nos parecemos su tutor y yo?

Las palabras fueron pronunciadas con suavidad, en tono reflexivo, invitándola a realizar la comparación.

Helena se dio cuenta de la estratagema, lo suficiente como para considerarla un golpe valiente y audaz. Después de todo, el duque no conocía a Fabien.

—De carácter, son muy parecidos. —La honestidad la obligó a añadir—: En algunos aspectos.

Sebastián era infinitamente más amable. Desde luego, muchos de sus actos, aunque ejecutados con su típica arrogancia y prepotencia, nacían de un deseo de ayudar completamente altruista, algo que a ella se le antojaba de un inmenso atractivo. La amabilidad no era una cualidad que distinguiese a Fabien; bien mirado, éste jamas había pensado en nadie que no fuera él mismo.

Cuando St. Ives disponía que su hermana volviera al campo por el bien de ésta, Fabien hubiera hecho lo mismo buscando sólo su propio interés, con independencia de que aquello beneficiase o incluso, de hecho, perjudicase a su marioneta.

Continuó estudiando el semblante de Sebastián. Éste levantó una ceja castaña.

—Si pudiera escoger, ¿a quién preferiría... a su tutor o a mí?

Helena supo que ésta era la pregunta cuya respuesta buscaba el duque con aquella entrevista. Una única y sencilla pregunta que, como él había visto con acierto, era el asunto central y crucial a la hora de decidir su futuro.

—Ninguno sería mi primera elección.

Los labios de Sebastián se apretaron ligeramente; inclinó la cabeza.

—Lo cual acepto. Sin embargo, como se habrá dado cuenta, tal elección no la librará de los hombres poderosos. Si no es su tutor y tampoco yo, entonces será otro como nosotros. —Dudó, tras lo cual alzó la mano y recorrió la cara de Helena con un ligero roce de los dedos—. *Mignonne*, es usted en extremo bella, sumamente rica y pertenece a la más alta nobleza. Es usted un premio y una mujer... Esta combinación determinará siempre su destino.

—Esa combinación no es algo que yo pueda cambiar —repuso con cansancio, sabiéndola cierta... Una verdad que le desagradaba, pero que había aceptado hacía tiempo.

—Ya. —Sebastián le sostuvo la mirada—. Todo cuanto puede hacer es escoger la mejor opción que ello le deja.

¿Cuál preferiría?

Helena parpadeó, respiró y se permitió imaginar, especular.

—¿Está diciendo que si le acepto se convertirá en mi paladín, que me protegerá incluso de mi tutor?

Los ojos azules de Sebastián refulgieron.

—*Mignonne*, si fuera mía, la protegería con mi vida.

No era una declaración vana, no viniendo de él.

Helena lo estudió, consciente de que todo lo que había dicho era verdad. Y preguntándose —ahora que había sido puesta en la tesitura de elegir—, si en verdad no había más opciones.

—*Mignonne*, la única libertad que conocerá, será bajo la protección de un hombre poderoso.

Una vez más le había leído el pensamiento, los ojos, el alma.

—¿Cómo sé que no buscará utilizarme como ha hecho él... que no jugará con mi futuro, con mi vida, como si fueran de su propiedad, para disponer de los mismos cuando le convenga?

Las palabras habían fluido sin reflexión ni duda; la respuesta del duque fue igual de rápida.

—Puedo prometer que no lo haré... y lo prometo. Pero nunca podrá saberlo con certeza absoluta; sólo puede confiar, y esperar que su confianza será satisfecha. A ese respecto, sirve de poco negar que, a cierto nivel al menos, ya confía en mí. —Le sostuvo la mirada—. En caso contrario no estaría aquí ahora.

Eso era verdad. Confiaba en él, mientras que en Fabien no confiaba en absoluto. Sentada en sus rodillas, cara a cara, mirada con mirada, Helena supo que estaba siendo dirigida por un maestro. Hasta ese momento, cada minuto de su relación había sido orquestada e interpretada para fomentar no exactamente su confianza, sino su convencimiento en la sinceridad del duque.

Y además estaba su conciencia de él, de la descarada conexión sexual que, desde el instante en que se conocieron hacía tantos años, había surgido entre ambos.

El duque no había buscado esconderla, ni pretendido que no existiera, ni corrido un velo sobre aquel aspecto de su relación.

—Si consiento en... —se detuvo, buscó en los ojos de él y luego levantó la barbilla— aceptar su protección, ¿qué me pediría a cambio?

La mirada del duque no se apartó

—Usted sabe lo que le pediría... lo que deseo.

—Dígamelo.

Sebastián estudió sus ojos, su boca y, entonces, murmuró:

—Creo, *mignonne*, que ya hemos hablado bastante. Es hora de que se lo demuestre.

Un escalofrío le recorrió la columna vertebral, pero cuando Sebastián arqueó una ceja, ella hizo lo propio con altivez. Tenía que saber si podía hacerlo... si entregarse a él y colocarse bajo su protección era una opción válida. Si podía resistir el fuego de su tacto, si podía llegar a ser de él y continuar siendo ella misma.

Helena se limitó a esperar, tranquila en su expectación. Sebastián leyó la determinación en sus ojos y bajó la mirada, delizándola por sus hombros desnudos, bajándola sin rumbo fijo. Volvió a mirarla a los ojos. Ella la sintió como una sensación física, el roce de un fugaz toque. Luego la mirada del duque se clavó en el broche de oro en el hombro de Helena.

Con su languidez habitual, levantó la mano; extendiendo un dedo, empujó con suavidad el broche hasta que, junto con la seda que sujetaba, resbaló sobre el arco del hombro. El dedo siguió la curva superior del brazo, arrastrando hacia abajo la suave seda. Sólo unos centímetros.

Helena se quedó sin respiración, paralizada cuando Sebastián se inclinó lentamente y aplicó los labios a su hombro como si fuera un hierro al rojo. En el mismo lugar que había destapado; el único del hombro de Helena que había sido ocultado, el único donde ella se sentía vulnerable, y que ahora había sido descubierto. Desnudado. Para él. Por él.

Cerró los ojos y se concentró, atrapada por el movimiento de los labios de Sebastián sobre su piel, seducida por el trazo caliente de su lengua. Abrió los ojos y, fascinada, observó cómo él apretaba de nuevo los labios contra la sensibilizada zona; sintió en su columna una sacudida, un temblor; notó la mano del duque acercarse a su cintura, apretando los dedos al encontrarla.

Movida por una fuerza interior que no identificó, levantó la mano hasta la nuca de Sebastián, deslizando y extendiendo los dedos entre el pelo sedoso. Los labios del duque se afirmaron sobre su piel. Helena volvió la cabeza cuando él levantaba la suya. Las dos bocas se encontraron.

Aquella fuerza equilibrante, que ya había experimentado antes, seguía funcionando entre ambos. Cuando se besaron —tomando, dando, deteniéndose para saborear, atraer, satisfacer—, Helena lo sintió como una restricción, una suerte de tope en una balanza que impedía a Sebastián, o a ella, tomar demasiado sin dar, conquistar sin una previa rendición.

Aquella balanza equilibraba una y otra vez. Sebastián le atrapaba la boca en un arrebato acalorado, explosivo, una violación primitiva que la conmocionaba. A continuación, dispuesta, ella presentaba con audacia sus propias exigencias, y era él quien cedía, abriendo sus puertas a la conquista; estremeciéndose cuando Helena profundizaba, siguiéndola cuando se retiraba.

La ola producía un movimiento de reflujo; la ardiente marea subiendo, constante, entre ellos.

Se interrumpieron un instante para tomar aliento.

Helena levantó los párpados, manteniendo la mirada en aquellos ojos azules, a sólo unos centímetros de distancia. Una mano firme le enmarcó la mandíbula; la otra se cerró sobre su cintura, el ardor de los dedos atravesando las capas de seda. La mano de Helena se ahorquilló contra la cabeza de Sebastián, conservándolo para sí; con el otro brazo lo rodeó y extendió la mano sobre su espalda.

Helena dejó caer los párpados; volvieron a besarse, y la marea subió más.

A diez metros de distancia, al otro lado de la pequeña puerta, Louis arrugó la frente. Apartó la oreja del resquicio de la puerta y se quedó mirando los paneles de hito en hito.

Apenas podía ver algo más que un estrecho segmento de biblioteca, pero no se atrevía a abrir más. Así pues, se aprestó a escuchar. Había oído lo que hablaban Helena y St. Ives, pero muchas palabras se le escaparon. Sin embargo, lo que oyó era suficiente para saber que los asuntos avanzaban en la dirección vaticinada por Fabien. En la deseada.

Pero todavía le quedaba por oír la cuestión de la invitación de St. Ives, tan crucial para el éxito de sus planes.

Y en ese momento habían dejado de hablar.

De haber sido cualquier otra mujer y no Helena, habría sabido qué pensar, pero tras años de ser su sombra... Era tan fría, tan distante. Y hasta donde él sabía, ella nunca habría permitido que la atacara ningún hombre.

Pero, si no se trataba de eso, ¿qué estaba sucediendo en la casi silenciosa biblioteca?

Que él pudiera imaginar... quizás alguna suerte de pulso para saber quién era más altanero. En el fondo esos ingleses eran impredecibles. En algunas cosas mucho más liberales que los franceses y, sin embargo, tan tiquismiquis en otras... Y no parecía haber una diferenciación lógica sobre qué asuntos merecían un tratamiento u otro.

Eran gente confusa, pero Helena era aún menos fiable, al menos en cuanto a temperamento.

Le llegó un murmullo sordo; sin pérdida de tiempo, aplicó de nuevo la oreja al resquicio y esperó a que volvieran a reanudar la conversación.

Helena tuvo la certeza de hallarse sobre fuego, que las llamas le lamían la piel. Con la cabeza hacia atrás y los dedos hundidos en los hombros de Sebastián, soltó un grito ahogado al sentir los labios del duque deslizarse desde la barbilla hasta la garganta.

Volvió a jadear cuando la boca del duque infundió calor a sus venas, deslizándose hacia abajo. Encontró el pulso de Helena en la base del cuello, y allí también la besó. Luego pasó la lengua, lamió: un estremecimiento furioso asaltó la piel de Helena.

Un ruidito sordo de satisfacción retumbó en Sebastián. Había movido las manos hasta la cintura de Helena y la había apretado, haciéndole sentir su fuerza; luego, las deslizó hacia arriba, rozándola, para acabar cerrándose sobre sus senos.

Su cuerpo se arqueó, ansiosa de aquel tacto, deseando que aumentara. Cegada, atrapó los labios de Sebastián cuando éste levantaba la cabeza. El duque saboreó su satisfacción, su triunfo cuando, desplazándose sobre la seda, encima y alrededor de los pezones, sus pulgares los endurecieron hasta convertirlos en prietos botones. Incitó, apretó, sobó; Helena se retorció, jadeando.... y lo besó con desesperación.

—Chsss... —Sebastián se retiró y miró hacia abajo.

Helena también lo hizo y el temblor de una sensación visceral la sacudió cuando vio cómo los largos dedos de Sebastián la acariciaban una y otra vez.

Sintió su mirada en el rostro y cómo subía las manos. Los dedos de Sebastián llegaron al cuello y luego se dejaron caer, resbalando lentamente.

Helena sintió un ahogo. Una parte diminuta de su cerebro gritó una protesta, pero ella no le hizo caso... No quería detenerlo. Él le había dicho que le enseñaría. Y ella quería ver, conocer, sentirlo todo... todo lo que él le demostraría.

Necesitaba saber, tener la certeza absoluta de lo difícil y peligroso que sería, antes de consentir en ser suya.

Una vez que lo fuera...

Los pechos de Helena se habían hinchado y sentía el vestido ajustado.

Lo ayudó a aflojar la seda, levantando el brazo ya libre del hombro del vestido, expeliendo el aire cuando Sebastián separó la tela de los senos y la bajó, poco a poco, hasta liberarlos del todo. Aquella libertad fue un alivio para Helena, que respiró hondo cuando Sebastián soltó el vestido, que quedó alrededor de su cintura. Él volvió a acariciarle el rostro en el momento en que cogió el lazo que aseguraba la cinta de su camiseta. Un tirón y el lazo se deshizo.

El duque vaciló al soltar la cinta colgante. Helena levantó la mirada y leyó en la de él, azul ardiendo bajo los párpados caídos. Leyó el reto escrito en sus ojos, respiró con dificultad y bajó la vista. Abrió con cuidado el escote de la camisa y se la bajó. Luego levantó la vista, pero Sebastián ya había bajado la suya con gesto de concentración para pasarle los dedos por su pecho.

Por encima, alrededor, en medio, pero en ningún

momento tocándole los pezones erectos. Hasta que ella se encontró jadeando, tan caliente que ardía.

—Tóqueme. —Cerró su mano sobre el dorso de la de Sebastián, apretándola contra su carne acalorada.

Él accedió, llenándose las manos, acariciándole los pezones, con suavidad al principio y luego con más fuerza, hasta que Helena soltó un grito ahogado.

Entonces la besó intensamente, más que antes. Como si la devorara, como si los primeros besos no hubieran sido más que un mero preludio a esta intimidad más honda, más rica.

Cuando se apartó, a Helena le daba vueltas la cabeza. Alargó la mano para atraerlo y Sebastián se abalanzó, ahuecando las manos sobre sus pechos y cerrando los labios sobre el pezón.

El grito ahogado de Helena resonó, y se quebró.

La columna vertebral rígida, la cabeza hacia atrás, luchando por respirar, por aferrarse al torbellino de sus sentidos... a su sentido común, hacía tanto rato perdido.

Sebastián se regodeó; la mano de Helena se apretaba contra su nuca, instándole a continuar; urgiéndole, cuando la sensación en aquel pecho se hizo demasiado insoportable, a concentrar su atención en el otro.

Entonces Sebastián succionó el pezón, y Helena creyó perder el conocimiento por un segundo cuando la sensación fue tan abrumadora que la arrastró al interior de un vacío negro. Pero el duque volvió a atraerla, al mundo de los vivos, de lo sensible, donde, exquisita y cautivadora, gobernaba la sensibilidad.

Ella había querido ver y Sebastián le había abierto los ojos. Estaba agradecida, completamente predispuesta a dejarlo besar, acariciar, lamer y mimar para su mutua satisfacción. Podría ser inexperta, pero ningún hombre le tomaba el pelo. Sebastián estaba exigiendo, mandando, pero también era generoso, más que dispuesto —de hecho insistente— a compartir. No la dejó atrás, abrumada y zarandeada por las sensaciones, como bien podría haber hecho. Se mostraba paciente, alentador, dispuesto a darle la oportunidad de apoyar las manos en su pecho, extender los dedos e hundirlos en sus firmes músculos para luego rastrearlos. La capa de seda de Sebastián amortiguaba el tacto y había poca piel desnuda que Helena pudiera acariciar. Lo que la contrariaba sobremanera.

Antes de que insistiera en alguna otra exigencia, Sebastián la besó con ímpetu y luego la movió, subiéndole una rodilla sobre sus muslos. Tenía las manos sobre sus senos y, antes de que ella pudiera pensar, la besó de nuevo en la boca.

Entonces Helena ya no pudo pensar en absoluto.

Hasta ese momento, los besos habían sido calientes, ahora se volvieron incendiarios.

Ardían —de deseo, de pasión—, con todas las emociones viscerales nunca antes sentidas por ella, aquellas que jamás había tenido ocasión de sentir, de experimentar, de perderse en ellas. Sebastián se las dio, exprimiéndolas sobre ella, y Helena se las bebió, regodeándose.

En el instante en que oyó el suave murmullo de Sebastián, al sentir su mano deslizarse desde el pecho hasta el vientre desnudo y —tras apartar los pliegues de seda— percibir cómo profundizaban sus dedos, se preguntó por qué.

Por qué no hizo nada sino aferrarse, los ojos cerrados, mientras se deleitaba en el tacto de Sebastián cuando los dedos de éste le acariciaron los rizos y luego, apretando más, la tocaron. Al separarle las piernas, al acariciarla, mimarla, explorarla con delicadeza.

Helena dejó de respirar, como había dejado de pensar hacía rato. Sin embargo, aun así se sentía segura. Lo supo cuando, estremecida y temblorosa, le dejó introducir un dedo en su cuerpo y sintió que él también contenía la respiración.

En ese ruedo eran los deseos de Helena los que prevalecían y la voluntad de Sebastián la que los conducía. Él era dominante; ella, sumisa, pero no era tan sencillo. La rendición de Helena sólo podía ser comprada con la devoción del duque.

Un intercambio justo.

Volvió a temblar cuando él la acarició, tocándola de manera tan íntima que la mente de Helena no pudo adivinar lo que seguiría. Tragó saliva, volvió la cabeza y se encontró con los labios de Sebastián.

Percibió su necesidad.

La fuerza —primitiva y apasionada— fluía entre ellos sin ambages. Ella sintió que se arremolinaba alrededor de ambos; podía invocarla con tanta facilidad como él. Era aquella que mantenía el equilibrio.

Lo besó con avidez, alimentó su necesidad, su fuerza.

La sintió crecer.

¿Quién la contendría, la dominaría? ¿Él? ¿Ella? Ninguno.

Era intangible, forjada entre los dos, traída a este mundo y luego liberada.

Helena la sintió crecer, elevarse dentro de ella cuando Sebastián la acarició rítmicamente, la lengua imitando el juego de los dedos. Un grito se elevó en su garganta...

Sebastián la apartó y bebió su grito cuando Helena se interrumpió, temblorosa. La fuerza invocada surgió entonces de ella, a través de sus venas, a lo largo de sus nervios. Deslumbró sus sentidos y luego la envolvió en un resplandor, en calor, en un placer exquisito.

Louis permanecía inmóvil junto a la pequeña puerta, la mano sobre la boca, con mirada horrorizada. No podía dar crédito a sus oídos...

Si St. Ives conseguía todo lo que deseaba esa noche, ¿se molestaría en invitar a Helena a su casa de campo?

¿Se atrevería él, Louis, a correr el riesgo?

¿Cómo lo explicaría?

Se tragó un aullido de puro pánico, se dio la vuelta y salió al pasillo brucamente.

Y se dio de bruces con dos parejas: un tritón y una tritona y la otra, una lechera de Dresde y un improbable pastor tirolés.

Los pilló por sorpresa; los cuatro parpadearon desconcertados y la lechera rió tontamente.

Louis respiró, cerró la puerta tras él, se estiró el chaleco e hizo un gesto con la mano hacia la puerta que había más adelante en la galería.

—A la biblioteca se accede por allí.

La lechera volvió a soltar una risita tonta; la tritona miró a Louis con malicia. Los dos hombres se lo agradecieron con una sonrisa —de hombre a hombre— y condujeron a sus parejas hacia delante.

Louis los miró alejarse, observó al tritón abrir la puerta y los vio desaparecer a todos en el interior.

Mejor ellos que él. Apenas podía pensar.

Respiró hondo una vez y luego otra.

De repente se le ocurrió que, de esta manera, las cosas podrían resultar aún mejor. Si St. Ives se viera impedido —y con toda seguridad así sería—, entonces se mostraría más resuelto —insistiría más— a que Helena fuera a su casa de campo.

Pero ¿por qué, de pronto, y después de tantos años de frigidez glacial, Helena se había derretido? No había oído ni el más ligero grito de indignación, ya no digamos

192

de protesta. Ella había consentido en que St. Ives se tomara libertades.

Con ceño y preguntándose de qué manera este acontecimiento tan inesperado como indeseado afectaría a sus planes, Louis se dirigió al salón de baile.

—¡Oh, mirad! Qué habitación más grande. ¡Y un escritorio! Acerquémonos, querido.

Sebastián se irguió con un respingo. Sacado de golpe de un estado de intenso deseo y conteniendo la lujuria que anegaba sus sentidos, intentó librar su inteligencia de aquellas espirales de estupefacción.

Percibió la alarma que recorrió a Helena cuando ésta se dejó caer repentinamente sobre su pecho, hasta ese momento anhelante.

Sebastián todavía tenía la mano entre sus muslos. Antes de que pudiera retirarla y sujetar a Helena, ésta hizo exactamente lo que no debía: asomó la cabeza, miró por encima del respaldo de la butaca y soltó un gritito ahogado, tras lo cual se escondió.

Demasiado tarde.

—¡Oh! —exclamó la mujer que había entrado.

Sebastián pudo imaginársela tapándose la boca con la mano, los ojos como platos.

Tras agarrar a Helena, todavía desnuda hasta la cintura, hizo lo único que podía: se incorporó, dejándola a ella tras su ancha espalda y, acto seguido, miró a los recién llegados.

Los cuatro al completo. Cuando vio sus caras, ya sin máscaras, y vio sus ojos desmesurados, se maldijo mentalmente. Estaba con el rostro descubierto... y Helena también.

—St. Ives... —El primero en recuperarse fue el tritón; la impresión mantenía en silencio a los otros—. Nosotros... esto... —De repente pareció darse cuenta de toda la magnitud de la situación—. Ya nos íbamos... —Intentó azuzar a su tritona hacia la puerta, pero la mujer no se movió, con los ojos como platos fijados con incredulidad en Sebastián.

—St. Ives —dijo la tritona. Su mirada atisbó detrás de él—. Y la señorita condesa...

La señorita condesa mascullaba en ese instante maldiciones en francés que Sebastián jamás hubiera imaginado que supiera. Por fortuna, sólo él podía oírla. Alargando la mano a ciegas, encontró el brazo de Helena y deslizó los dedos hacia abajo para cerrarlos alrededor de su muñeca, de manera de sujetarla donde no pudiera ser vista.

Hizo un gesto lánguido con la otra mano.

—La señorita condesa acaba de hacerme el honor de consentir en ser mi duquesa. —Bajo sus dedos, el pulso de Helena latió y se aceleró con furia—. Estábamos celebrándolo.

—¿Se va a casar usted? —La lechera de Dresde, hasta entonces enmudecida, recobró la voz. La avidez de su expresión traicionó que había llegado a una excelente comprensión de las implicaciones sociales. Batió palmas de alegría—. ¡Oh, qué maravilla! ¡Y somos los primeros en enterarnos!

—Felicidades —murmuró el pastor tirolés, uno de los jóvenes caballeretes que, en un momento dado, había formado parte de los cortejadores de Helena. Agarró a la lechera por el brazo—. Vamos, Vicky.

Con los ojos aún desorbitados, la lechera se dio la vuelta con presteza.

—Sí, claro. Démonos prisa...

Los cuatro salieron en tropel más aprisa de lo que

habían entrado. Sus cuchicheos flotaron en el aire aun después de que la puerta se hubiera cerrado tras ellos.

Cuando Sebastián le soltó la mano y se volvió hacia ella, Helena le golpeó en el brazo.

—¿Qué vamos a hacer ahora? —Empezó a hablar en francés mientras se subía el vestido y se ajustaba los hombros. Sacudiendo las faldas, bajó la mirada—: *Sacredieu!*

La camiseta se le había enredado en los zapatos de tacón alto.

Helena lanzó un juramento más, se inclinó y, de un manotazo, subió la prenda reveladora, estrujando la seda en la mano. Entonces se dio cuenta de que no tenía donde esconderla.

—Démela. —Sebastián tendió la mano.

Helena se la entregó con otro manotazo. Él sacudió la prenda, la plegó y se la metió en el bolsillo de los bombachos y al mismo tiempo aprovechó para recomponer algunas otras cosas. Al mirar a Helena, se dio cuenta de que sus pezones, ahora sin la cobertura de la camiseta, permanecían orgullosamente erectos bajo su sedoso vestido de tubo. La miró a la cara y decidió no mencionárselo.

Helena ya parecía bastante consternada.

—Mis disculpas, *mignonne*. No es así como tenía planeado pedirle que fuera mi esposa.

Helena se irguió y parpadeó hacia el duque con expresión ausente.

—¿Q-qué?

—Aunque parezca mentira, me había imaginado haciéndole una razonable petición de mano. —Con evidente asombro, Helena se lo quedó mirando de hito en hito y Sebastián arrugó la frente—. Es la costumbre, ya sabe.

—¡No! Quiero decir... —Helena se palmeó la frente en un vano intento de detener el torbellino de pensamientos—. ¡No estábamos hablando de matrimonio! Hablábamos de que yo aceptara su protección.

Fue el turno de parpadear de Sebastián, antes de que las facciones se le endurecieran.

—¿Y exactamente qué clase de protección imaginó que yo podía proporcionar a una noble soltera?

Helena sabía la respuesta.

—Usted, nosotros, estábamos hablando de casarme con un caballero sumiso y entonces...

—No. No era eso. Yo estaba hablando de casarme con usted.

Helena entrecerró los ojos.

—No hasta que esos imbéciles entraron... Ya le he dicho con anterioridad que tengo más de ocho años.

—Siete.

Helena puso ceño.

—*Comment?*

Sebastián meneó la cabeza.

—No importa. Pero, al contrario de sus insensatas ideas, siempre he estado hablando de casarme con usted.

—Me está tomando el pelo, excelencia. —Mirándole con altivez, se dispuso a pasar por su lado majestuosamente.

Sebastián le cogió el brazo y la hizo volver.

—No. Vamos a resolver esto aquí y ahora.

La expresión de su cara y de sus ojos —la tensión que emanaba— la aconsejaron que no intentara contradecirle.

—Ya había decidido que tendría que casarme antes de volver a encontrarla a usted, pese a que hace años dejé claro que no lo haría... Tengo tres hermanos que estaban bastante dispuestos a ocuparse de la sucesión y, a mi juicio, yo no poseía el temperamento más apropiado para el matrimonio. Sin embargo... —Dudó un instante y dijo—: Ha conocido a mi cuñada, ¿verdad?

Helena asintió con la cabeza.

—Lady Almira.

—En efecto. Si le digo que el conocerla mejor no mejorará la opinión que tiene de ella, entenderá que imaginarla como la próxima duquesa de St. Ives haya sido un grave motivo de zozobra para muchos miembros de la familia.

Helena arrugó la frente.

—No entiendo. ¿El matrimonio con su hermano no fue... —hizo un ademán— estudiado y aprobado?

—No, no lo fue. Arthur, que es el segundo en la línea sucesoria, es el más dócil de los cuatro. Almira lo llevó al matrimonio con el más viejo de los trucos conocidos.

—¿Diciendo que estaba embarazada?

Sebastián asintió con la cabeza.

—Al final resultó que no lo estaba, pero para cuando Arthur se dio cuenta, ya se había anunciado la boda. —Suspiró—. Lo hecho, hecho está. —Volvió a centrarse en Helena—. Lo cual me lleva a lo que quiero decir. Usted sabe lo que supone ser poseedor de un título, las responsabilidades (las desee uno o no) que recaen sobre los hombros del afortunado. Esperé a ver cómo evolucionaba Almira, si era capaz de hacerse más... cortés, más tolerante. Pero no lo es. Y ahora tiene un hijo que, en última instancia, heredaría el título y a quien está decidida a dominar... y a quien, a la larga, dominará. —Meneó la cabeza—. En conciencia, no puedo permitir tal cosa. Y por eso decidí que debía casarme y engendrar a un hijo.

Su mirada se posó en Helena.

—Jamás la olvidé. En el instante en que fijé mis ojos en usted en el salón de lady Morpleth, la reconocí. Había estado buscando una esposa adecuada y no había encontrado ninguna... Entonces, de repente, apareció usted allí.

197

Helena lo miró con los ojos entrecerrados.

—Parece muy seguro de que sea la adecuada.

Sebastián esbozó una sonrisa sincera y, tratándose de él, extrañamente dulce.

—Nunca me aburriré mortalmente con usted. Tiene un carácter tan malo como el mío y, para mi fastidio, no la intimido en lo más mínimo.

Helena reprimió una sonrisa y enarcó una ceja.

—No siento ningún temor por usted. Sin embargo, no soy tan tonta como para subestimarlo. Es muy aficionado a retorcer la verdad para hacer lo que le viene en gana. No ha estado pensando en casarse.

—Perdóneme, *mignonne*... Le aseguro que, en relación con usted, no he pensado en otra cosa. Si no dejé claras mis intenciones fue por una sola razón.

—¿Cuál?

—Que la más leve sospecha sobre mi cambio de idea habría provocado un revuelo... Cualquier indicio de que la había escogido a usted como mi duquesa habría conmocionado a la alta sociedad. Cualquier simple dama con una hija casadera se habría puesto en la cola para intentar hacerme cambiar de opinión. No vi ninguna razón para despertar semejantes expectativas. Así que decidí esperar el momento oportuno. Mañana abandonaré Londres y usted también lo hará. No nos expondremos a la escrutadora mirada de la sociedad.

—¿Cómo sabe que abandonaré Londres?

—Porque les he cursado una invitación, a usted y a los Thierry, para visitar Somersham Place... De ahí mi interés en el regreso de Thierry. —Levantó la mano y le acarició la mejilla—. Pensé que allí podría persuadirla de que casarse conmigo sería su elección más inteligente.

Helena arqueó una ceja.

—¿Persuadirme? —Giró en redondo con altivez y señaló la puerta por la que se habían ido las dos parejas—. ¡Si ya ha anunciado que nos vamos a casar! —Tal recuerdo inflamó su genio, y se volvió con un centelleo en la mirada—. Y ahora se va a comportar como si la cuestión estuviera firmada y sellada. —Se cruzó de brazos y lo miró con hostilidad—. ¡Pero no es así!

Con expresión impasible, Sebastián la estudió. Luego, con un tono equilibrado, bajo y acerado, dijo:

—¿He de entender, *mignonne*, que estaba a punto de aceptarme como amante, pero que ahora rehúsa convertirse en mi duquesa?

Helena lo miró a los ojos y asintió con la cabeza.

—*Vraiment!* No hay motivo para adoptar ese tono conmigo. Una cosa es ser su esposa y otra muy diferente su amante. Conozco las leyes. Una esposa no tiene voz ni voto en cosas...

—A menos que su marido esté dispuesto a consentírselo.

Helena, ceñuda, estudió aquel azul carente de malicia.

—¿Está diciendo que me lo consentiría?

Sebastián la miró largamente hasta que dijo:

—*Mignonne*, le consentiré todo, con dos salvedades. Una: que jamás permitiré que se exponga a ninguna clase de peligro; dos: nunca la consentiré que muestre el menor interés por otro hombre que no sea yo.

Helena levantó las cejas.

—¿Ni siquiera por sus hijos?

—Con la sola excepción de nuestros hijos.

Aun cuando percibió la firmeza del suelo bajo sus pies, le pareció que se tambaleaba. La oferta del duque era más que tentadora, sin embargo... confiar en él hasta ese punto... Especialmente en él, que la entendía tan bien, que podía sortear su genio, inflamarle los sentidos, que ya ejercía tanto poder sobre ella...

Como siempre, él parecía saber lo que ella estaba pensando; daba la sensación de rastrearle los pensamientos con sólo mirarle a los ojos. La mirada del duque era penetrante, perspicaz. Antes de que Helena pudiera darse cuenta de sus intenciones, Sebastián inclinó la cabeza y le tocó los labios con los suyos.

La boca de Helena se ablandó, adhiriéndose. Reaccionó y lo besó, le ofreció los labios y tomó los de él, antes siquiera de haberlo pensado.

Sebastián se apartó. Se miraron a los ojos, sosteniéndose la mirada.

—Estábamos predestinados el uno al otro, *mignonne*... ¿No tiene esa sensación? Usted será mi salvación y yo seré la suya.

Un ruido procedente de la galería, más allá de la puerta cerrada, hizo que se dieran la vuelta. Sebastián juró en voz baja.

—Se nos está acabando el tiempo por esta noche. Venga. —Cogiéndola del codo, la condujo hacia la puerta que comunicaba con el cuarto contiguo.

—Quiero irme. —Helena miró su rostro severo cuando Sebastián abrió la puerta y la hizo pasar. Esperó a que él hiciera otro tanto y dijo—: No he consentido en casarme con usted.

Sebastián le sostuvo la mirada, estudió sus ojos y asintió con la cabeza.

—No ha consentido... todavía.

Helena gruñó cuando la urgió a continuar.

—Es demasiado inteligente como para tirar piedras sobre su propio tejado; no importa lo mucho que le vaya a su carácter.

Odiaba que Sebastián pudiera leer en ella tan bien.

—Bien, entonces visitaré su casa y consideraré su propuesta.

El duque ignoró su tono mordaz y altanero.

Abrió otra puerta, que conducía a un pasillo secundario y así evitó la galería.

—La acompañaré escaleras abajo, al vestíbulo principal y mandaré llamar a los Thierry. —La miró de reojo—. Me temo que tendrá que guardarse el genio, *mignonne*. Nadie creerá que no me ha aceptado.

Helena le lanzó otra mirada ceñuda, pero Sebastián tenía razón... una vez más. Nadie lo creería. Ni siquiera se plantearían la duda.

Los Thierry, avisados por un lacayo, se reunieron con ellos en el vestíbulo principal. Una simple mirada a sus rostros fue suficiente para confirmar que las noticias estaban en el aire y que ya las habían oído.

—*Ma petite!* ¡Qué nuevas tan maravillosas! —Con los ojos muy abiertos, Marjorie la abrazó pletórica de alegría—. *Vraiment!* ¡Es un golpe maestro! —susurró y se retiró para dejar a Thierry su turno.

También él estaba visiblemente emocionado. Tras felicitarla, estrechó la mano a Sebastián.

Éste, con una sonrisa fácil en el rostro, era la estampa misma del orgulloso futuro novio. Cuando la mirada azul de Sebastián se posó en Helena, ésta apretó los labios con fuerza, haciendo rechinar los dientes.

—He leído su misiva justo esta noche —explicó Thierry—. *Mille pardons*... me encontraba fuera de la ciudad. He venido aquí *immédiatement* para decírselo a *madame* y *mademoiselle*.

Sebastián asintió con la cabeza, al tiempo que hacía un gesto con la mano rechazando la disculpa.

—Parece que nuestro secreto es público. —Hizo un ligero encogimiento de hombros—. En esta coyuntura, no importa. Abandonaré Londres mañana temprano. Si les parece bien, enviaré mi carroza de viaje a Green Street con instrucciones de salir a las once. Esto les permitirá viajar con comodidad hasta Cambridgeshire. Llegarán a última hora de la tarde. —Hizo una reverencia—. Estaré allí para recibirlos.

—Es muy amable. —Marjorie mostró su entusiasmo. Le alargó la mano—. Estaremos encantados de visitar una casa tan magnífica. He oído que es espléndida.

Sebastián inclinó la cabeza y se volvió hacia Helena.

—Y usted, *mignonne*, ¿también estará encantada? —murmuró de manera deliberadamente sugerente al rozarle los dedos con los labios.

Helena arqueó las cejas.

—Ya veremos, excelencia.

8

¿Realmente había pensado en casarse con ella desde el primer momento? Helena consideró la posibilidad mecida por el bamboleo del carruaje de St. Ives, mientras avanzaba con estrépito por la campiña. Su consideración del tema no iría más allá de eso; Sebastián pertenecía a una clase de hombre que ella entendía: pasara lo que pasase, siempre seguiría los dictados del honor. En especial, en lo relativo a una mujer como ella.

Durante toda su vida se había visto sometida a las normas no escritas y las comprendía de manera instintiva. Independientemente de que su intención siempre hubiera sido la de casarse con ella, al ser descubiertos en una situación comprometida había reaccionado como tenía que hacerlo, esto es, protegiendo su buen nombre. Y entonces pretendió hacerle creer que había querido casarse con ella desde un principio. El honor le había dictado su primera acción, y su extravagante amabilidad la segunda.

Reprimió un bufido. Miró a Louis, que, desplomado en el asiento de enfrente, dormía como un patán, con la boca a medio abrir. Había estado bebiendo; esa mañana, había bajado las escaleras a trompicones, con la cara desencajada, pálido y con marcadas ojeras. Apenas había respondido a las inquietas preguntas de los Thierry; tembloroso y con los labios apretados, había rechazado con gestos todo lo que se le había ofrecido para desayunar. Lo cual era harto extraño en él, que por lo general, con ávida concentración, tomaba cuanto se le ofrecía. Puestos a conjeturar, Helena hubiera dicho que había ocurrido algo que lo había conmocionado sobremanera. No podía imaginar qué.

Marjorie iba a su lado, entusiasmada, feliz y aliviada. Thierry, sentado enfrente de su esposa, se veía relajado, con aspecto menos preocupado que en los últimos días. La doncella de Marjorie, el ayuda de cámara de Thierry y el criado de Louis, Villard, los seguían en otro carruaje con el equipaje; la doncella que se ocupaba de Helena, aquejada de un resfriado, se había quedado.

El carruaje de St. Ives había llegado a la hora prevista; por supuesto, no había cabido ninguna duda de que aceptarían su invitación y viajarían a Cambridgeshire. Para Helena era un desafío inesperado, un cambio de dirección repentino e imprevisto.

Segura, a salvo y caliente —el coche era la representación del lujo, todo terciopelo y piel, con las puertas y las ventanas tan bien ajustadas que no dejaban colar ni una ráfaga de aire—, no tenía, sin embargo, la menor intención de mostrarse sumisa. Casarse con un hombre como Sebastián Cynster nunca había formado parte de sus planes. Sin embargo, allí estaba, casi formalmente prometida al hombre más poderoso que jamás había conocido. El hecho, por sí solo, era bastante elocuente. A su juicio, entre Fabien y Sebastián había poco donde escoger, aparte del poder real y la capacidad para hacer que sucedieran las cosas.

Fabien era un experto; Sebastián, un maestro consumado. Aun peor.

Con la habitual adversidad del destino, aquel aspecto era, en ese momento, una razón muy poderosa que la impulsaba a aceptarlo.

Si lo hiciera, estaría a salvo de Fabien.

Pero ¿a qué precio?

Eso, se dijo, echando una ojeada a un par de impresionantes pilares que surgieron ante su vista, era lo que tenía que averiguar.

La primera visión de Somersham Place, principal residencia del duque de St. Ives, la distrajo de sus pensamientos. El carruaje atravesó con estrépito la cancela abierta y avanzó por un bien cuidado camino flanqueado por árboles, cortas extensiones de césped y arbustos. Tras tomar una curva, los árboles quedaron atrás y la casa apareció ante ellos, blanca a la débil luz invernal.

Inmensa, impresionante, admirable, mas no fría. Helena la estudió, intentando encontrar las palabras adecuadas. Construida con piedra de color arena, la fachada y los muros llevaban levantados muchos años; sólidos y bien arraigados, se habían dulcificado, incorporándose al paisaje creado alrededor. Las amplias extensiones de césped, el tamaño de los árboles que las salpicaban, la manera en que el lago que había vislumbrado más allá de las praderas encajaba en el panorama, daban testimonio de que tanto casa como jardines habían madurado y alcanzado cierta armonía.

Acostumbrada a los entornos de las casas nobiliarias francesas —de estructuras intrincadas y geométricamente exactos—, le intrigó la ausencia de semejante formalismo. A pesar de esta carencia, el resultado era magnífico, palaciego. Sin ningún género de dudas, el hogar de un hombre rico y poderoso. Sin embargo, había más, algo más. Algo inesperado.

La casa era acogedora. Viva. De una extraña calidez; como si la fachada de piedra fuera una defensa benévola que protegiera alguna existencia aún más amable en su interior.

Una observación desconcertante de cuyo convencimiento no se pudo librar ni cuando el coche se detuvo ante los peldaños que subían hasta la entrada principal.

El primero en descender fue Thierry, que le dio la mano para ayudarle a bajar. Helena se esforzó, al menos, en enmascarar el entusiasmo que la embargaba; en ocultárselo a Sebastián, que había salido de la casa al llegar el carruaje y que, en ese momento, descendía por los escalones con la lánguida elegancia de siempre.

Helena le ofreció la mano. Sebastián la tomó e hizo una reverencia, se incorporó y la atrajo hacia él. Al darse la vuelta juntos, el duque dejó vagar la mirada por la hermosa fachada, mirando a continuación a Helena con una ceja arqueada.

—¿Sería una osadía esperar que mi hogar merezca su aprobación, *mignonne*?

La curva de sus labios y la luz de sus ojos sugerían que lo sabía merecedor.

Ella levantó la barbilla.

—Todavía tengo que ver algo más que la fachada, excelencia. Todo el mundo sabe que las fachadas pueden ser engañosas.

Sus miradas se encontraron, retadoras; luego, la sonrisa de Sebastián se intensificó e inclinó la cabeza.

—Por supuesto.

Se dio la vuelta y dio la bienvenida a Thierry y Marjorie, intercambió un saludo formal con Louis y los condujo al interior de la casa.

En el vestíbulo principal, Sebastián presentó a su mayordomo, Webster, y al ama de llaves, la señora Swithins. Esta última era una mujer imperturbable, con aspecto de matrona; en cuanto se enteró de que Helena no traía doncella, prometió enviarle una chica a sus aposentos.

—No bien lleguen, sus equipajes serán llevados a las habitaciones.

—Mientras tanto —dijo Sebastián— iremos al salón.

—De acuerdo, excelencia. —La señora Swithins le hizo una reverencia—. El té estará listo... sólo necesita tocar la campanilla.

Sebastián inclinó la cabeza, aparentemente imperturbable por el tono familiar de la mujer. En su fuero interno, Helena meneó la cabeza. Los ingleses eran diferentes en muchas maneras y encontraba relajante la mayor espontaneidad de sus modales.

Cuando Sebastián los hizo atravesar el recibidor, se esforzó en no mirar aquí y allá, en no quedarse absorta en todo lo que le rodeaba. Pese a que faltaban semanas para Navidad, había aroma de plantas de hoja perenne. Una corona de acebo con brillantes bayas rojas colgaba encima de la enorme chimenea al final del vestíbulo.

Había tenido el convencimiento de que la extraña promesa de calidez no era más que un rasgo de la fachada. Y en efecto no era calidez, una calidez auténtica, sino más bien una persistente sensación de paz, de armonía, de felicidad pretérita, presente y futura que, irradiando de las paredes, la envolvía en su hospitalidad.

La fortaleza de Fabien, Le Roc, era fría e insulsa; en ella, Helena jamás había percibido ninguna calidez. Su propio hogar, Cameralle, era frío. Quizá, pensó hurgando en los recuerdos de cuando sus padres estaban vivos, alguna vez había tenido una sensación de paz parecida, pero aquello se había diluido; ahora los largos pasillos de Cameralle estaban llenos de una muda sensación de espera.

Allí también había esa sensación de espera, pero era diferente: expectante, hecha de seguridad, como si la felicidad y la alegría estuvieran aseguradas.

Un lacayo abrió una puerta y Sebastián los invitó a entrar. Helena apartó sus extravagantes pensamientos cuando una dama regordeta y bajita, de pelo castaño y dulces ojos del mismo color, dejando a un lado el libro que estaba leyendo, se levantó de una *chaise longue*.

—Permítame presentarle a mi tía, lady Clara.

Clara esbozó una sonrisa cálida y le dio un fuerte apretón de manos.

—Bienvenida, querida. Estoy encantada de conocerla.

Helena le devolvió la sonrisa. Le habría hecho una reverencia, pero Clara se lo impidió apretándole más la mano.

—No estoy muy segura, querida, sobre quién tiene preeminencia. No compliquemos el asunto. No le haré ninguna reverencia si usted tampoco me la hace.

Helena sonrió e inclinó la cabeza.

—Se hará como os plazca.

—¡Bien! Y llámeme Clara, ¿de acuerdo? —Palmeándole la mano, Clara se volvió para saludar a Marjorie con la misma bondad algo despistada. Luego, con un ademán, las invitó a sentarse.

»Sebastián, llama y pide el té. —Hundiéndose en la *chaise longue*, Clara le señaló el tirador de la campanilla; pero se detuvo y miró a Thierry y Louis—. Bueno, quizá los caballeros prefieran algo más consistente.

Thierry sonrió y negó con la cabeza, asegurándole que el té le sentaría muy bien.

Louis palideció y rehusó con un gesto de las manos.

—No... gracias. No tomaré nada. —Y se retiró a una silla a cierta distancia del grupo, logrando sonreír al sentarse.

Sebastián llamó a Webster y le ordenó que se sirviera el té; ser el destinatario de las órdenes de Clara no pareció inmutarle en absoluto. Estaba claro que su tía era otra mujer a quien no intimidaba.

Se sentaron para conversar y el té se sirvió en una exquisita vajilla de porcelana fina; Helena sintió la tentación de comprobar si era de Sèvres. Marjorie y Clara empezaron a charlar por los codos de manera espontánea. La vajilla picó la curiosidad de Helena, que echó una ojeada por la estancia con renovado interés.

Era tal como lo había imaginado; cualquier simple objeto en el que reparase daba testimonio de la riqueza del propietario. Y la mayoría de las piezas no eran nuevas sino que hablaban de la añeja prominencia de la familia, del lujo e influencia que sin duda Sebastián y Clara daban por sentados. Por supuesto, era el mismo estado de elegancia sofisticada en el que la propia Helena había nacido, en el cual se sentía como en casa. Se le ocurrió que, en el lapso de una hora, ya se encontraría a sus anchas en aquella casa.

Desvió la mirada hacia Sebastián. Sentado con elegante relajo en un sillón, aparentaba escuchar cómo Thierry satisfacía la petición de Clara de que le hablaran del baile de disfraces, aunque sus ojos, con los párpados caídos, descansaban en Helena.

Ésta bajó la mirada, bebió un sorbo té y posó la taza, cuya exquisitez volvió a admirar. Sintió en la espalda la suavidad acolchada de los cojines de terciopelo; bajo los pies, la tupida alfombra Aubusson.

La seducción adoptaba muchas formas. Y sin duda Sebastián las conocía todas.

Poco después, el duque se apiadó de Thierry y Louis y se ofreció a mostrarles los alrededores de la casa. Cuando la puerta se cerró tras ellos, Clara le dijo a Helena:

—Supongo que le gustará saber algo acerca de la heredad.

Helena parpadeó y asintió con la cabeza.

—Por favor.

En pocos minutos se dio cuenta de que tenía una firme partidaria en Clara; que la anciana, aparentemente en el acto, había decidido que Helena era la esposa perfecta para Sebastián, a quien —como se había evidenciado enseguida— adoraba. Era su tía paterna; se había casado joven y enviudado pronto. Al haber pasado la mayor parte de su vida en Somersham Place, estaba familiarizada con todos los aspectos de la mansión.

Y no dejó nada por contar. Helena escuchaba con atención y hasta se sorprendió sonsacándola, haciéndole preguntas. Conseguir una casa de esa envergadura —y la propiedad, también formidable— era precisamente el reto para el que había sido criada y educada, el reto que hasta ahora Fabien le había negado. Podía ser propietaria de vastas propiedades así como de un castillo, pero, al ser soltera, había vivido bajo la protección de su tutor, y la mayor parte del tiempo bajo su techo. Cameralle apenas tenía servicio, sólo el suficiente para mantener la casa en funcionamiento para Ariele, quien solía retirarse allí a menudo.

Jamás había ejercido de anfitriona, nunca había tenido la oportunidad de probarse a sí misma en esa palestra, y tampoco había experimentado la dicha del triunfo social. Mientras escuchaba a Clara pintar más que favorablemente el panorama que se abría a la condición de duquesa de St. Ives, Helena se sintió ansiosa por aquella oportunidad, anhelante de la posición que supondría... Aun siendo consciente de que, con toda probabilidad, las maquinaciones de Sebastián preveían un resultado semejante, su deseo no se debilitó.

Era quien era; hacía tiempo que había dejado de imaginar que eso podía cambiar. Había aceptado a regañadientes el hecho de que se suponía que siempre sería —tal cual la había etiquetado Sebastián— un premio para los hombres poderosos. Sentada en aquella *chaise longue*, mientras escuchaba a Clara, lo vio todo con meridiana claridad. Si aceptaba todo aquello, no había razón para que no pudiera abarcar lo demás: la oportunidad de reivindicar su primogenitura como esposa de un hombre poderoso. Los años de trato con Fabien habían detenido sus pensamientos en ese punto. Pero el sueño permaneció en su mente cuando Clara les ofreció mostrarles sus aposentos.

—Helena.

Estaban atravesando la galería cuando Sebastián la llamó. Se volvió para verlo de pie junto a uno de los grandes ventanales.

—Odia que lo hagan esperar... ¡Siempre será un impaciente! —dijo Clara en voz baja, apretando el brazo de Helena y dirigiéndola sutilmente hacia Sebastián—. Me encargaré de Marjorie y luego volveré por usted. No tardaré.

Helena asintió con la cabeza y avanzó por la galería. Sebastián la observó acercarse. Fabien tenía la habilidad de proyectar la misma tranquilidad rapaz, aunque con su tutor nunca la había sentido de manera personal, ni había experimentado amenaza física alguna.

Nunca había sentido el menor deseo de abrazar aquella amenaza. De animarla.

Se paró ante él, sonrió y arqueó una ceja.

—¿Sí, excelencia?

Sebastián le sostuvo la mirada.

—*Mignonne*, ¿se considera capaz de utilizar mi nombre cuando estemos en la intimidad?

Los labios de Helena se movieron nerviosos.

—Si os place.

Bajó la mirada, escondiendo la sonrisa que él había querido ver. Sebastián alzó la mano y le levantó la cara.

Estudió los grandes ojos de Helena, sintiendo cierta satisfacción por su expresión deslumbrante.

—Supongo que sería prudente por mi parte que le escribiera a su tutor para informarle de mi interés. —Hizo una pausa y añadió—: No deseo retrasar las formalidades de nuestra boda.

Un eufemismo; la deseaba para él. Ahora, ese día, en ese preciso minuto. La fuerza de su deseo tan fuerte como para agitarlo.

Helena apartó la barbilla de los dedos de él, pero siguió sosteniéndole la mirada.

—Eso no será necesario. —Su expresión era de una satisfacción considerable. Ahora le tocó a ella arquear la ceja. Sonrió—. No confío en mi tutor, así que, cuando sugirió que viniera a Inglaterra en busca de un marido adecuado, le pedí su autorización por escrito para casarme con quien reuniera los requisitos.

—De su expresión petulante deduzco que él accedió.

—*Oui*. Y hay un amigo de la familia, un viejo amigo de mi padre que me sigue teniendo un gran apego, que es juez y tiene una gran experiencia en estos asuntos. De paso por París, le enseñé la carta y, como esperaba, me confirmó que ese documento es toda la autorización que necesito.

—Una vez demostrado que el caballero en cuestión es adecuado en términos de título, propiedades e ingresos, si no recuerdo mal. ¿Había alguna otra condición?

Helena negó con la cabeza.

—Sólo esas tres.

Sebastián leyó el regocijo en los ojos de Helena y sonrió.

—Muy bien. En ese caso no hay motivo para molestar a su tutor por el momento.

Una vez que Sebastián revelara sus intenciones a Geoffre Daurent, era más que probable que el hombre pusiera objeciones sobre las condiciones, intentara arrancarle concesiones y diera largas al asunto. La manera de hacer de Helena era encomiable.

—Mis más encendidos elogios, *mignonne*. Semejante previsión resulta envidiable.

Helena sonrió; los párpados ocultaron sus ojos cuando se volvió al reaparecer Clara.

—No es usted el único que sabe intrigar, excelencia.

Clara acompañó a Helena hasta un gran dormitorio situado en mitad de una de las alas.

—Los Thierry están al final, así que puede estar segura. —Clara echó una ojeada alrededor, observando los cepillos y tarros encima del tocador y los baúles ya vacíos y colocados en un rincón.

—Si lo desea, puedo llamar a la doncella y presentársela.

—No, no. —Helena se abstrajo de su propia supervisión. La enorme cama de cuatro postes, de los que colgaban unos tapices de seda drapeados en satén, había atraído su atención—. Creo que descansaré durante una hora o así. Tengo tiempo, ¿verdad?

—Por supuesto que sí, querida. Llevamos horario de ciudad, más o menos, así que cenaremos a las ocho. ¿Le digo a la doncella que la despierte? Se llama Heather.

—Llamaré yo. —La idea de una hora de paz y tranquilidad se le antojó maravillosa.

—Entonces la dejo. —Clara se dirigió hacia la puerta, pero se detuvo y se volvió. Sus ojos, advirtió Helena, se habían empañado—. Jamás pensé que Sebastián se casaría, y eso habría sido un enorme error. —Hizo una pausa y añadió—: No tengo palabras para expresar mi alegría de que usted esté aquí.

Y salió, cerrando la puerta con suavidad y dejando a Helena contemplando los paneles de madera. Nunca había buscado estar allí, en aquella posición, pero aun así... En todo caso, había mucho que hablar antes de que se convirtiera en duquesa.

La duquesa de Sebastián.

Se dirigió a la ventana y, más allá de un jardín de rosas, contempló el lago. La noche caía rápidamente. Los jardines parecían tener una gran extensión; al día siguiente los exploraría. Volvió al tocador, encendió una lámpara, se sentó y empezó a quitarse las pinzas del pelo.

La melena cayó alborotada alrededor de los hombros cuando alguien llamó a la puerta.

¿Sebastián? Aquel primer pensamiento fue rechazado por improbable. Sobreponiéndose al repentino estremecimiento que la había recorrido de pies a cabeza, así como al debilitamiento subsiguiente, contestó:

—Adelante.

La puerta se abrió. Era Louis, parado en el umbral. Ella se levantó.

—¿Qué pasa?

Louis no tenía buen aspecto.

—Esto es para ti.

Le tendió dos cartas. Helena cruzó el cuarto y las cogió. Mientras las miraba, Louis se dispuso a marcharse.

—Te dejo para que las leas. Cuando lo hayas hecho —hizo un gesto vago con la mano—, hablaremos.

Se dio media vuelta y se fue con paso cansino. Helena lo observó marcharse; luego, arrugando la frente, cerró la puerta y volvió al tocador.

Uno de los sobres estaba remitido por la inconfundible mano de Fabien. El otro por Ariele. Dejando caer la carta de aquél sobre la mesa, se sentó y abrió la de su hermana.

Al leer las primeras palabras sintió un gran alivio. El comportamiento de Louis la había puesto en tensión, preocupándola, pero no ocurría nada. Ariele estaba bien. La rutina diaria de Cameralle seguía siendo la misma de siempre.

Helena sonrió una y otra vez al leer la primera hoja, que versaba sobre los ponis de la familia y la cría de la ocas. A mitad de la segunda hoja, Ariele se interrumpía, para continuar más tarde:

Phillipe ha llegado (¡qué raro!). Dice que el señor conde desea que vaya a Le Roc y que hemos de partir mañana. ¡Qué fastidio! No me gusta Le Roc, pero supongo que tendré que ir.

Helena arrugó el entrecejo. Además de la suya, Fabien había reclamado la tutela de Ariele. Phillipe era el hermano pequeño de Louis, y Helena no le veía desde hacía años. Era más callado que Louis pero, según Ariele, al parecer Phillipe también había entrado al servicio de Fabien.

Helena continuó leyendo, conteniendo el desasosiego que le había provocado la noticia. Tras dos párrafos lamentándose de tener que obedecer a Fabien, Ariele volvía a interrumpirse.

Esta vez, no cabía duda de que había retomado la escritura unos días después.

Ya estoy en Le Roc. Fabien dice que si termino la carta, la enviará con una suya. Me encuentro bien pero, ¡ay!, este lugar es lúgubre. Marie está enferma y se ha recluido en su dormitorio. —Fabien dice que debo decírtelo—. ¡Cómo te envidio, ahí, en Inglaterra, por lluviosa y fría que pueda ser! Aquí también llueve y hace frío; debí haberme ido contigo. Si encontraras un inglés provechoso y te casaras con él, Fabien se vería obligado a dejarme ir para que fuera tu dama de honor. Deseo de todo corazón que tengas suerte en tu búsqueda, mi querida hermana.

Como siempre, queda tuya, tu hermana pequeña que te quiere,

Ariele

Los pulgares le ardieron. ¿Por qué? Porque Fabien nunca hacía nada desinteresadamente. ¿Qué podía querer de Ariele? ¿Y por qué deseaba que supiera que Marie, su esposa, una mujer sumisa y enfermiza, con la que Fabien se había casado por sus contactos, estaba enferma?

Dejó a un lado la carta de Ariele y alargó la mano para coger la de Fabien.

Era sucinta y directa, como siempre.

Cuando la leyó, todo su mundo —el que había empezado a brillar con una esperanza halagüeña— estalló en mil pedazos, para a continuación reconstruirse en un paisaje de negra desesperación.

Como ya sabrás por la carta de tu hermana, ésta se encuentra ahora en Le Roc. En este momento está bien, todo lo feliz que cabría esperar, e intacta. Pero para que siga siendo así, querida Helena, hay un precio.

El caballero en cuya casa te encuentras residiendo actualmente tiene algo que me pertenece. Se trata de una reliquia familiar y deseo que se me restituya. A lo largo de los años he intentado, de manera infructuosa, convencerlo de que se desprenda de la misma, por lo que ahora me complacerás recuperándola y devolviéndomela.

La reliquia en cuestión es una daga y su vaina. Mide veinte centímetros, es curva y tiene un gran rubí engastado en la empuñadura. Es un regalo del sultán de Arabia a uno de mis antepasados, y no hay otra igual. La identificarás en cuanto la veas.

Una cosa: no intentes librarte de esta obligación pidiendo ayuda a St. Ives; no se desprenderá de la daga bajo ningún concepto. Tampoco pienses en apelar a su buena voluntad: te supondrá un fracaso y le saldrá caro a tu hermana.

Espero que me obedezcas al pie de la letra en todo cuanto te digo y de una manera razonablemente rápida.

Si para Navidad no has logrado entregarme la daga, en compensación tomaré a Ariele como amante. Si no consigue complacerme, en París hay casas siempre dispuestas a pagar buenas sumas por palomas tiernas como ella.

La elección está en tus manos, pero sé que no fallarás a tu hermana.

Espero verte el día de Nochebuena a medianoche.

Tuyo, etc.

Fabien

No hubiera podido decir el tiempo que permaneció sentada mirando de hito en hito la carta. Se sentía enferma y tuvo que quedarse inmóvil hasta que la náusea desapareció.

No podía pensar, incapaz de imaginar lo que...

Entonces lo consiguió, y fue peor.

¡Ariele! Con un grito sordo, se inclinó hacia delante, cubriéndose la cara con las manos. La idea de lo que le esperaba a su preciosa hermanita si ella fracasaba invadió su mente, hizo presa en su conciencia.

Le dolía el corazón, todo el pecho; un gusto metálico anegó su boca.

El escarmiento no dejaba lugar a dudas.

Nunca se había librado de Fabien, que había estado tirando de los hilos desde el comienzo. La carta de autorización, por cuya obtención ella se había sentido tan inteligente, carecía de valor. Nunca tendría la oportunidad de utilizarla.

Fabien la había hecho representar el papel del idiota.

Nunca sería libre.

Jamás tendría la oportunidad de vivir, de tener una vida propia y no de Fabien.

—*Mignonne*, ¿se encuentra bien?

Helena forzó una sonrisa y levantó ligeramente la mirada al alargar la mano hacia Sebastián. Todavía era incapaz de pensar, apenas podía funcionar. Hasta ese momento había creído que estaba disimulando bien su estado; nadie más parecía haberse dado cuenta. Pero Sebastián se les acababa de unir en el pequeño salón y se había dirigido directamente a su lado.

—No es nada —consiguió decir, casi sin aire, sintiendo una presión en los pulmones—. Es sólo el viaje, creo.

El duque guardó silencio por un instante; Helena no se atrevió a sostenerle la mirada. Entonces, Sebastián murmuró:

—Habrá que confiar en que la cena la reanime. Venga.

Reunió al resto con un gesto y los condujo al comedor familiar, una sala bastante más recogida que el enorme comedor que Helena había vislumbrado desde el vestíbulo principal. Cuando Sebastián se sentó a su lado, ella casi sintió el deseo de que el duque hubiera escogido la estancia mayor; habría estado más lejos de él y de su penetrante mirada.

El tiempo no había jugado a su favor. Antes de que hubiera tenido ocasión de aliviar su desesperación, de dar rienda suelta a la furia —de clamar, llorar, gemir y, entonces, quizá poder calmarse y pensar—, una doncella había llamado con suavidad a la puerta, recordándole que ya era tarde. Había metido las cartas bajo el joyero y luego se había puesto el vestido a toda prisa para finalmente enseñarle a la doncella a peinarla.

La rabia, la desesperación y el miedo formaban una mezcla poderosa. Había tenido que reprimir sus turbulentas emociones, reunir fuerzas de lo más hondo y poner buena cara. Tuvo que impostar sonrisas y pequeñas risas, forzar su mente a seguir las conversaciones en lugar de sucumbir a sus sentimientos. Su actuación se vio dificultada por Sebastián, un observador perspicaz. Sentado con despreocupación en su cómoda silla, con los dedos ligeramente curvados alrededor del pie de su copa, la observaba con los ojos entrecerrados.

Lo que más se grabó en su memoria fue el zafiro que el duque lucía en la mano derecha y cómo titilaba a la luz de las velas cada vez que sus dedos acariciaban la copa con delicadeza. La joya era del mismo color que los ojos de Sebastián, e igualmente hipnotizadora.

Terminaron de cenar. No podía recordar nada de lo que se había dicho. Se levantaron y se percató de que los caballeros se quedaban a tomar el oporto. Sintió un tremendo alivio. Cuando Sebastián le soltó la mano, la sonrisa que ella le dedicó afloró con más naturalidad.

Se retiró con Clara y Marjorie al salón. Cuando, veinte minutos más tarde, Sebastián entró acompañado de Thierry y Louis, ya había recuperado el autodominio. Se obligó a esperar a que apareciera el carrito del té, dieran todos el primer sorbo y empezaran a charlar. Entonces fue enmudeciendo poco a poco.

Cuando Sebastián se acercó para llenarle la taza vacía, sonrió débilmente, a él y a todos en general.

—Me temo que a mí también me duele la cabeza.

Louis ya se había retirado, alegando idéntica dolencia.

Thierry, Marjorie y Clara murmuraron su preocupación; Sebastián se limitó a observarla. Clara le ofreció tomar unos polvos.

—Si me retiro ahora y duermo toda la noche —contestó, todavía con una sonrisa débil, pero tranquilizadora—, seguro que me habré recuperado por la mañana.

—Bueno, si está segura, querida.

Asintió con la cabeza y levantó la mirada hacia Sebastián. Éste le cogió la mano, ayudándola a incorporarse. Helena hizo una reverencia a los demás, les deseó buenas noches en un susurro y se volvió hacia la puerta. El duque, todavía cogiéndole la mano, caminó a su lado.

Antes de llegar a la puerta se detuvo. Helena hizo lo propio, levantando los ojos hacia él. Al sostenerle la mirada, sintió que los ojos de Sebastián buscaban en los suyos. Entonces el duque levantó la otra mano y le acarició la frente con un dedo.

—Que duerma bien, *mignonne*. Nadie la molestará.

Hubo algo tranquilizador en su tono y en su mirada, como si le hablara. Helena estaba demasiado vacía, demasiado exhausta para entender lo que quiso decir.

Sebastián le alzó la mano, se la volvió y apretó los

labios allí donde el pulso de Helena latía con fuerza en la muñeca. Dejó allí los labios un momento, hasta que ella sintió su calidez. Luego levantó la cabeza y la soltó.

—Dulces sueños, *mignonne*.

Ella se agachó en una reverencia y se dirigió a la puerta que, tras ser abierta por un lacayo, cruzó con elegancia. La puerta se cerró a sus espaldas con suavidad; sólo entonces se vio libre de la mirada de Sebastián.

Con el único deseo de encontrar una almohada donde reposar su dolorida cabeza y una intimidad donde aliviar el dolor de su corazón, subió las escaleras, atravesó la galería y se dirigió por el pasillo hacia su habitación. Justo antes de llegar a la puerta, una sombra se movió y vio aparecer a Louis.

—¿Qué pasa? —Helena no se molestó en ocultar su furia.

—Yo... sólo quería saber si lo hará.

Se quedó mirándolo fijamente, sin comprender.

—Por supuesto. —Entonces cayó en la cuenta. Como siempre, Fabien jugaba sin enseñar las cartas. Louis ignoraba con qué la había amenazado su tío. Si lo hubiera sabido, ni siquiera él habría hecho una pregunta tan estúpida.

—El tío insiste en que sea usted quien busque el objeto, no yo.

El tono áspero de Louis casi la hizo reír histéricamente. Estaba enfurruñado porque Fabien recurría a su talento y no al de él.

Pero ¿por qué? Su mente se centró en esa cuestión, le dio vueltas; entonces comprendió: porque ella era una mujer... una mujer que Sebastián deseaba.

Según parecía, el duque se había mostrado inflexible ante la insistencia de Fabien, por lo que éste, con su habitual toque vengativo, había escogido como ladrón a alguien que no sólo tuviera éxito en restituirle la daga, sino que al hacerlo también mellara el orgullo de Sebastián.

Fabien haría lo que pudiera por herir a Sebastián; que también la hiriese a ella, no se le ocurriría ni le importaría. De hecho, era probable que considerase cualquier daño que ella sufriera como un merecido castigo por su temeridad al forzarle a firmar aquella carta.

Louis la miró ceñudo.

—Si necesita mi ayuda, cuente conmigo. No obstante, yo le sugeriría encarecidamente que, hasta que nos vayamos, guarde las distancias con St. Ives... si sabe a lo que me refiero.

Helena lo miró de hito en hito. ¿Cómo sabía él...? Se tocó ligeramente la barbilla y lo miró con altivez.

—Recuperaré la propiedad de mi tío cuando lo crea conveniente... No tienes por qué preocuparte por mis métodos.

Y con un gesto despectivo, pasó por su lado hacia la puerta, la abrió y entró.

Louis permaneció inmóvil, con la mirada fija en sus espaldas. Cuando la puerta se hubo cerrado con un chasquido, se dio media vuelta y se dirigió a sus aposentos.

Villard estaba esperando.

—¿Y bien?

Louis cerró la puerta y se atusó el cabello.

—Dice que lo hará.

—*Bon!* Entonces todo marcha, y no hay razón para que no escriba al señor conde y se lo cuente...

—¡No! —Inquieto, Louis se paseó por delante de la chimenea. Levantó las manos—. *Marriage!* ¿Quién podía haberlo siquiera imaginado? Fabien dijo que St. Ives había afirmado en público que no se casaría, ¡y de esto hace años! ¡Y ahora, de repente, habla de matrimonio!

Junto a la cama, mientras plegaba las sábanas, Villard bajó la mirada. Al cabo, murmuró:

—Por lo que dice, no parece probable que el duque pensara en el matrimonio; no hasta que usted dirigió a aquellas personas hacia la biblioteca...

Louis no se percató de la sesgada mirada de malicia que Villard le dirigió.

—¡Exacto! —Siguió paseándose—. Pero ¿qué podía hacer? La habría poseído allí, y entonces... ¿Y entonces qué? Se habría retirado sin más a sus propiedades durante las Navidades, sin ella. No. Tuve que detenerle... y mejor que fueran aquéllos y no yo. Si llego a entrar, el duque se habría puesto en guardia.

Los labios de Villard se curvaron en una mueca de desprecio; contempló las sábanas.

—Ya te lo he dicho, tuve palpitaciones cuando me di cuenta de que todos estaban murmurando. Nadie se volvió a preocupar más por el baile de disfraces... ¡no se hablaba de otra cosa que de la boda de St. Ives!

—Creo que no deja de ser un golpe maestro, razón por la cual, quizás unas letras al señor conde...

—¡No, ya te lo he dicho! Ahora, las cosas han dado un paso atrás. Helena sabe lo que ha de hacer, y no es nada tonta. No se arriesgará a contrariar al señor conde. No se entregará a St. Ives.

—Tal como lo describió, pensé que ya lo había hecho.

—No. Estoy seguro... Debió de abrumarla. La reputación del duque es formidable. Aunque habría pensado... —Arrugó la frente y luego, con un gesto de la mano, apartó aquellos enredos de su mente—. No importa. Todo está en orden. Helena no fallará ni se entregará a St. Ives... No ahora.

Villard estudió la ordenada pila de sábanas y dejó que el silencio se prolongase. Al cabo, dijo:

—¿Qué pasaría si...? Es una mera suposición, pero ¿qué pasaría si ella lo acepta?

—No lo ha hecho. Me habría enterado. Pero aun si necesitara hacerlo así, para que el duque creyera que todo marcha como debiera, entonces llevaría meses disponerlo todo para una boda como la suya. Y tendrían que conseguir el consentimiento de Fabien. ¡Sí, sí! —La idea lo animó. Por fin, sonrió.

Villard respiró y levantó la cabeza.

—¿No cree que sería prudente advertir al señor conde?

Louis negó con la cabeza.

—No hay necesidad de irse por las ramas. Todo marcha como deseaba Fabien. El asunto del matrimonio es secundario. —Louis hizo un gesto desdeñoso con la mano—. No hay por qué alborotar y Fabien no se preocupará. Mientras consiga recuperar la daga... Ésa es su única preocupación.

Villard suspiró en silencio, cogió la pila de sábanas y las llevó al armario.

Al día siguiente, Helena se sentó a la derecha de Sebastián durante el desayuno. Mientras untaba un trozo de pan con mantequilla, iba enumerando mentalmente lo que debía hacer.

Tenía que rechazar al duque, mantenerlo a distancia; a ese respecto, Louis tenía razón. Tenía que encontrar y apoderarse de la daga de Fabien. Y después tenía que huir. Rápido. Porque nada había más cierto que Sebastián iría tras ella.

No tendría sentido coger la daga y luego intentar negar descaradamente lo evidente. ¿Una daga de la que había desposeído a un noble francés desaparece mientras una noble francesa está de visita? Medio segundo, calculó, es lo que le llevaría a Sebastián entender lo ocurrido.

Tendría que echar a correr.

Él se pondría furioso y consideraría su proceder como una traición. Daría por sentado que Helena habría tomado parte en la intriga de Fabien desde el principio...

Percatarse de esto le hizo levantar la cabeza y ya no pudo pensar con claridad... Estiró el brazo hacia la mermelada y apretó los dientes.

Nada que no fuera salvar a Ariele la preocupaba. No tenía elección, no podía permitirse que le influyera ninguna otra consideración.

Los Thierry y Clara estaban hablando de dar un paseo por los jardines; Louis no había aparecido todavía.

Cuando Sebastián deslizó un dedo por el dorso de su mano, casi pega un brinco. Con los ojos como platos, le sostuvo la mirada.

Los labios del duque se curvaron ligeramente, pero su mirada era penetrante.

—Me preguntaba, *mignonne*, si estaría lo bastante recuperada como para arriesgarse a cabalgar. El aire fresco quizá le resulte más tonificante que un paseo a pie por los jardines.

Helena se alegró ante la idea de dar un paseo a caballo. Y, a lomos de un caballo, no estarían tan cerca. No debía arriesgarse a ningún contacto que la llevara a entregarse, que pudiera poner a prueba el muro que estaba intentando levantar alrededor de su corazón.

Dejando que sus labios se curvaran en una sonrisa y que aflorara su entusiasmo, asintió con la cabeza.

—Me encantaría.

Sebastián movió la mano con despreocupación.

—Así pues, tan pronto esté lista.

Se encontraron en el vestíbulo media hora más tarde, ella con su traje de amazona y él con botas altas y casaca de montar. Con un gesto de la mano la invitó a salir. Abandonaron la casa por una puerta lateral y cruzaron el césped, paseando bajo las ramas desnudas de unos robles imponentes, camino de los establos que se encontraban más allá.

Sebastián había dado aviso y sus monturas les esperaban. Un enorme caballo rucio de caza para él, y una juguetona yegua baya para Helena. La ayudó a subir a la silla y luego, cogiendo las riendas del rucio, montó. El noble animal se movió inquieto y bufó, impaciente por salir; la yegua removió las patas.

—¿Vamos? —Sebastián levantó una ceja.

Helena rió —su primera reacción espontánea desde que leyera la carta de Fabien— e hizo dar media vuelta a la yegua.

Abandonaron los establos al paso, uno al lado del otro, por un lateral. Sebastián contenía al rucio. El caballo zarandeó la cabeza una vez pero se tranquilizó, acatando la orden, aceptando la mano diestra que sujetaba sus riendas. Sonriendo por dentro, Helena miraba hacia delante.

A pesar del mes, el día estaba despejado, aunque el frío de la mañana todavía persistía. Unas nubes ligeras cubrían el cielo, ocultando el débil sol, aunque resultaba agradable cabalgar por los campos silenciosos, vacíos y ocres, tocados ya por la mano del invierno. También había paz. Helena sintió que aquello la calmaba.

Montaba a caballo desde que tenía edad para sostenerse en pie; sus corceles habían sido los bajos y fornidos ponis de La Camargue. Era algo que no exigía un esfuerzo consciente, que le dejaba libertad para mirar alrededor, apreciar y divertirse. La yegua era sensible y fácil de dirigir. Cabalgaron sin necesidad de hablar; girando cuando Sebastián lo hacía y siguiéndole a través de los campos.

Coronaron una colina. Para sorpresa de Helena, los campos que se extendían ante ellos hasta el horizonte eran llanos. Nunca antes había contemplado una vista así, pero Sebastián no se detuvo; la condujo colina abajo por la suave pendiente hasta que llegaron a la en apariencia infinita extensión.

Un sendero discurría entre dos campos y lo siguieron. Sebastián torció para meterse entre los pastos y puso el rucio a medio galope. Helena le siguió y, de repente, se dio cuenta de que los pastos estaban húmedos y anegados, aunque no pantanosos. Sebastián dejó que el rucio estirara las patas; Helena lo alcanzó, sin ningún temor a mantener el paso, sintiendo que el viento le alborotaba el pelo.

A pesar de todo, sintió que los negros nubarrones que ensombrecían su corazón se aligeraban, disipándose.

Cabalgaron toda la mañana, paso con paso, el cielo vasto y azotado por el viento. El canto de la alondra y las aves acuáticas era el único contrapunto al rítmico sonido de los cascos de los caballos.

Más tarde apareció otro sendero; era un terraplén. Los caballos subieron la pendiente sin dificultad; Sebastián hizo girar el suyo y lo refrenó. Miró a Helena.

Ella le sostuvo la mirada con una sonrisa, a punto de estallar en risas.

—¡Ah! —Respiró hondo—. ¡Es como estar en casa!

—¿En casa? —repitió él.

—Cameralle está en La Camargue. No es lo mismo —echó una mirada en derredor—, pero sí parecido. —Mirando fijamente hacia arriba, levantó los brazos al cielo—. Al igual que aquí, el cielo es amplio y abierto. —Bajó los brazos y los extendió—. Y hay pantanos por doquier.

Sonrió y dejó que la yegua se acercara serenamente al rucio.

—Muchos piensan que es un lugar demasiado salvaje.

Helena lo vio sonreír por el rabillo del ojo.

—¿Y los habitantes demasiado salvajes para el decoro?

Ella se limitó a sonreír.

No le resultó difícil controlar sus preocupaciones durante el resto de aquella mañana mágica. En las remotas tierras de La Camargue siempre había sido libre y ahora sentía la misma sensación de libertad, de carecer de trabas. De que se la permitía ser libre.

Aun después, cuando, cansados pero refrescados, volvieron a medio galope al establo, consiguió, a fuerza de voluntad, mantener su mente libre del contagio de Fabien. Todavía estaba sonriendo cuando llegaron a la casa. El duque la condujo hasta una puerta lateral, que mantuvo abierta para que ella pasara.

Helena entró y se paró. La puerta daba a un pequeño salón, no a un pasillo como había supuesto. Al darse la vuelta, la puerta se cerró con un chasquido. De pronto Sebastián estaba allí y ella en sus brazos.

No agarrada, sino sujetada con delicadeza. La mecía como algo precioso, algo que deseara poseer.

Lo miró a la cara, a sus ojos y vio aquella verdad grabada en azul.

Él le sujetaba la barbilla con la mano, levantándole la cara. Los párpados de ella cayeron cuando Sebastián bajó la cabeza.

La práctica hacía al maestro. Un hecho que hablaba por sí solo, al menos en este caso. Sus labios parecían conocer los del otro; tocados, acariciados y luego fundidos en la confianza de la familiaridad.

La presión aumentó. Helena dudó y por un instante

se apartó pero al punto comprendió que era incapaz, que no podía escapar de él en eso, porque entonces Sebastián empezaría a sospechar. Pensó que no podía dejar que Fabien triunfara negándose incluso eso.

Eso era todo lo que él le había dejado; cualquier experiencia de la que ella tuviese la valentía de obtener algo en el momento en que se produjera.

Separó los labios conscientemente; atrayendo a Sebastián, para saborearlo, disfrutarlo.

Sólo un beso. Tampoco él exigió más, aunque había una flagrante promesa en la unión de sus bocas, en el caliente enredo de las lenguas. En la manera en que se unieron los cuerpos, suave contra fuerte, caderas con muslos, senos con pecho.

Helena tomaba y él daba; Sebastián exigía y ella satisfacía sin reparos. La pasión despertó, creció, se extendió; el deseo observaba agazapado. Un placer profundo y cálido, y aquel anhelo dulce y doloroso... Estaban allí, indecisos, todavía retenidos por una mano cómplice. Una promesa hipnotizadora.

¿Cuán poderoso podía ser un beso?

Lo suficiente para dejarlos jadeantes, ambos queriendo más con urgencia, aún conscientes en medio del martilleo que resonaba en sus oídos, procedente del gong que anunciaba el almuerzo y que reverberó por toda la casa.

Sus ojos se encontraron, las miradas se rozaron en un reconocimiento seguro y se apartaron lentamente. Los alientos se fundieron, se volvieron a besar, juntándose de nuevo, una última caricia antes de separarse con delicadeza.

Sebastián la sujetó hasta que Helena movió la cabeza, una vez más segura sobre sus pies. A regañadientes, la soltó, deslizándole las manos por los brazos cuando ella se volvía hacia la puerta. Los dedos del duque se entrelazaron con los de ella, hasta que finalmente se separaron con suavidad.

—Hasta más tarde, *mignonne*.

Helena lo oyó cuando llegaba a la puerta. Adivinó promesa en esas palabras. Dudó, pero fue incapaz de encontrar una respuesta. Abriendo la puerta, salió. Sebastián la siguió.

9

Si Fabien iba a negarle cualquier oportunidad de tener una vida propia —la que por derecho debería haberle pertenecido—, entonces tomaría lo que pudiera, experimentaría cuanto pudiese durante el camino.

El camino hacia la perdición.

A pesar de su desafiante postura, Helena se sentía embargada por las dudas, atormentada por el remordimiento. Por la sensación de que, al estar tramando robar a Sebastián al tiempo que se solazaba con él —y lo que ella le diera a cambio no importaba—, estaba cometiendo un pecado atroz.

Debía encontrar la daga cuanto antes. Y marcharse.

La casa reposaba en silencio, aun cuando sólo eran las once. Al deslizarse fuera de su habitación, oyó en alguna parte un reloj que daba la hora. Había considerado la posibilidad de esperar hasta después de las doce, pero para entonces todas las lámparas se habrían apagado. La mayoría ya lo estaban, pero todavía ardían las suficientes para distinguir el camino.

La casa era enorme y todavía demasiado desconocida para arriesgarse a andar a ciegas en plena oscuridad. Y tenía la absoluta certeza de que Sebastián —el único al que temía encontrarse— estaría despierto hasta altas horas. Con toda probabilidad en su estudio, examinando algunos documentos. Así lo deseó con fervor.

Una daga ampulosa de valor nada despreciable... ¿dónde la guardaría?

No, en ninguna de las habitaciones que había visto hasta entonces. Louis tampoco la había localizado. Ni él ni la comadreja que le hacía de sirviente tenían la menor idea de dónde estaba. Si por la ayuda de Louis fuera...

Al llegar a la galería, dobló en la dirección que había visto tomar a Sebastián al ir a cambiarse para la cena. Dudaba que fuera a guardar un objeto así en su dormitorio, pero sus aposentos incluirían un cuarto privado donde seguramente guardaba sus objetos más valiosos, las cosas que tuvieran significado para él.

No sabía si la daga figuraba en esa categoría, pero, dadas las costumbres de los hombres poderosos, suponía que era posible. Fabien no había mencionado cómo había llegado a manos de Sebastián una reliquia de la familia Mordaunt. Louis tampoco lo sabía. A Helena le hubiera gustado saberlo. Por lo demás, saber en qué medida valoraba Sebastián la daga le habría ayudado en su búsqueda, además de permitirle calibrar cuánto tendría que correr una vez que la encontrara.

Localizar los aposentos de Sebastián no fue difícil. La opulencia de los tapices, muebles y jarrones le indicó que había tomado el pasillo correcto; el escudo de armas labrado en roble macizo en la doble puerta del final, se lo confirmó.

Ni por debajo de la puerta doble ni de la sencilla situada a la derecha del pasillo se filtraba luz alguna. Las damas a la izquierda, los caballeros a la derecha; rezó para que los ingleses siguieran esta misma convención. Conteniendo la respiración, abrió la puerta sencilla con cuidado. La hoja se abrió sin ruido y ella se asomó al interior.

La luz de la luna se derramaba a través de las ventanas sin cortinas, iluminando una gran sala, amueblada con lujo, aunque inconfundiblemente masculina.

Estaba vacía.

Entró sigilosamente y cerró con cuidado. Volvió a examinar la habitación, hasta que vio lo que deseaba ver. Una vitrina con trofeos. Cruzó la habitación, se paró delante y examinó todos los objetos. Una fusta con mango de plata, una copa tallada, una placa de oro con alguna inscripción y otros objetos, cintas, condecoraciones, pero ninguna daga.

Echó una mirada circular y puso manos a la obra, comprobando las mesillas y las mesas de pared, investigando en todos los cajones. Llegó al escritorio, miró por encima, dudó y luego probó con los cajones. Ninguno estaba cerrado; ninguno contenía daga alguna.

—*Peste!* —Se enderezó, y echó una ojeada en derredor por última vez...

Entonces reparó en que, lo que había tomado por un reloj cubierto con un fanal, situado encima de un pedestal junto a una ventana, desde aquel ángulo más revelador no resultaba en absoluto un reloj.

Atravesó presurosa la distancia que la separaba del pedestal, aminorando el paso al acercarse. El objeto que descansaba bajo la campana de cristal no era una daga. Era...

Se acercó más y miró con ojos escrutadores.

La luz plateada parecía dorada al incidir sobre las delgadas hojas de un ramito de muérdago seco. Había visto aquel ramito antes. Conocía el árbol en que había crecido. Recordó con absoluta nitidez la noche en que había sido arrancado y colocado en el bolsillo de Sebastián.

Una parte de su mente se burló; ¿cómo podía estar segura de que era el mismo? ¡Qué absurdo! Y sin embargo...

«Nunca me olvidé de usted.»

Las palabras que le había dicho Sebastián hacía dos noches. Si estaba dispuesta a creer lo que sus ojos le demostraban, entonces le había dicho la verdad. Lo cual significaba que el duque bien podía haber tenido intención de casarse con ella desde el principio. Tal como había proclamado.

Tocó con los dedos el cristal frío y se quedó mirando las delgadas hojas, las finas ramitas, mientras en su interior algo subía, manaba, se derramaba...

A medida que los velos se levantaban y ella veía la verdad, saboreó su dolorosa dulzura. Y se dio cuenta, total y definitivamente, de todo lo que perdería por salvar a Ariele.

El grave tañido de un reloj la sobresaltó. Otros relojes, repartidos por toda la casa, hicieron eco al primero. Helena parpadeó y dio un paso atrás. Estaba tentando a la suerte.

Con una última y prolongada mirada al ramito de muérdago, que yacía bajo el cristal conservado para siempre, volvió hacia la puerta.

Llegó a su dormitorio sin incidentes, pero el corazón le latía con fuerza. Se deslizó dentro y cerró la puerta; entonces, se detuvo a un palmo de la hoja, esperando que su pulso se tranquilizara.

Respiró hondo y se adentró en la habitación...

Sebastián estaba sentado en una butaca junto a la chimenea, observándola.

Helena se detuvo, paralizada por la sorpresa.

El duque se levantó, lánguidamente elegante, y cruzó la mullida alfombra hacia ella.

—He estado esperando, *mignonne*. A usted.

Los ojos de Helena se agrandaron cuando Sebastián se detuvo delante de ella. Se aferró a su sorpresa.

—No... no lo esperaba.

Un eufemismo. Se esforzó por no mirar las dos cartas que había dejado plegadas en el tocador.

Sebastián le cubrió la mano con sus largos dedos.

—La avisé.

«Hasta más tarde.» Recordó las palabras, recordó el tono.

Según parecía ya era más tarde.

—Pero...

Sebastián se limitó a estudiarle la cara, a observar y esperar. Helena tragó saliva e hizo un gesto vago hacia la puerta.

—He ido a dar una vuelta. —La voz sonó trémula; se obligó a sonreír, mostrando su nerviosismo. Disimuló la causa—. Su casa es tan grande, y a oscuras... resulta un poco desconcertante. —Hizo un leve encogimiento de hombros; el corazón le latía aceleradamente. Dejó resbalar la mirada hasta los labios de Sebastián. Se acordó del muérdago—. No podía dormir.

Los labios del duque se curvaron en una sonrisa, aunque las facciones seguían duras, inflexibles.

—¿Dormir? —El grave murmullo llegó a los oídos de Helena al tiempo que el duque le soltaba la cara. Sintió sus manos resbalándole hasta la cintura—. Tengo que admitir, *mignonne* —la atrajo hacia él e inclinó la cabeza—, que nada hay más alejado de mis intenciones que dormir.

La cabeza de Helena se inclinó hacia atrás por sí sola; encontró los labios de Sebastián y ya no pudo detenerse, ni evitar entregarse al abrazo del duque.

El deseo estalló y Helena se aferró. Se agarró a él como si fuera su única salvación.

Sabía que no era así, que para ella no podía haber salvador ni libertad. Ni un final feliz.

Pero se sentía incapaz de apartarse y negarle lo que él quería, de negarse a sí misma su única oportunidad de tener aquello.

Si lo intentaba, Sebastián sospecharía; pero no fue el temor a revelar el complot de Fabien lo que la llevó a consentir, a deslizar los dedos por el pelo del duque y retenerlo para ella. Satisfizo sus exigencias, insistió en las suyas... Sus lenguas se acariciaron, insinuando con audacia lo que estaba por llegar, lo que ambos buscaban y deseaban. No fue el pensar en Ariele lo que la reconfortó, lo que la sostuvo cuando apartó los labios y sintió los dedos de Sebastián en el encaje.

Helena contuvo la respiración en un hipido; los labios de él le acariciaron la sien con suavidad, sin detener ni un momento los dedos.

La fuerza que se propagó por todo su cuerpo, que le anegó la mente y le dirigió los movimientos, le proporcionó la energía para seguir las indicaciones susurradas por Sebastián, para sostenerse con dificultad cuando le quitó primero el corpiño, luego las faldas y las enaguas y, por último, la camiseta... Aquello no era siquiera deseo. Ni de ella ni de él.

Era algo más.

Cuando quedó desnuda ante él, la luz de la luna arrancando destellos de nácar a su piel, fue aquel poder trascendente lo que le abrió los ojos, lo que la hizo disfrutar del deseo reflejado en el semblante de Sebastián, de la pasión que ardía en sus ojos. Sintió su mirada como una llama al recorrerla de la cabeza a los pies y volver a subir.

Los ojos del duque ardían, fijos en los de ella; le cogió las manos, se las sujetó abiertas y, entonces, subió una y luego otra hasta los labios.

—Vamos, *mignonne*... entréguese a mí.

Su tono —oscuro, áspero, peligroso— la hizo estremecer de arriba abajo. Sebastián le puso las manos en sus hombros, las soltó y alargó los brazos hacia ella. Helena respiró, sintiendo que el pecho se le hinchaba, que se le abría el corazón. Fue hacia él, abandonándose entre sus brazos, con entusiasmo, dichosa.

Estaba hecha para eso; lo sintió en lo más hondo, en la médula, en el alma. Sebastián la besó con intensidad y le puso las manos en la piel desnuda.

Inocente todavía, ignorante de las formas pero no de que el duque las conocía, confió incondicionalmente en él, en cómo la iba a tratar, poseer, en cómo la haría suya. No podía luchar contra la fuerza que la impelía —nunca imaginó que sería así—, poderosa sin más, irresistible en su seguridad. Helena se entregó, se rindió por completo al momento, a todo lo que era ella, a lo que era él, a todo lo que sería.

El tacto de Sebastián era exquisito; sus manos la tocaban con tanta lentitud, con tanta languidez... Sin embargo, había calor en cada caricia, una sensualidad que quemaba. La pasión y el deseo eran llamas gemelas, bajo su mando, guiado por el afán de poseer.

Helena podía verlo en la severa geometría de su cara, que tocó sorprendida, resiguiendo los ángulos, tan ásperos e inflexibles. Podía sentirlo en la tensión que recorría su cuerpo, en la fuerza acerada que la encerraba, en la fuerza contenida de aquellas manos que la sujetaban. Podía sentirlo en la dureza rampante de la erección de Sebastián, presionándola en la suavidad del vientre. Lo vio brillar en los ojos del duque.

Sebastián le rozó la mirada con la suya, le recorrió la cara, tras lo cual inclinó la cabeza y tomó su boca, arrebatándole los sentidos. Cerró las manos sobre sus senos y apretó fugazmente con los dedos los ápices endurecidos, soltándola a continuación para recogerla en los brazos.

La llevó a la cama y, poniéndose de rodillas sobre la misma, la tendió sobre la colcha de seda. Se sacó la bata y luego se quitó los zapatos con sendos puntapiés. Helena esperó a que se desvistiera, pero no lo hizo. Con la camisa de lino fino y encajes y los bombachos de seda puestos, se tendió a su lado, medio encima de ella, y volvió a tomarle la boca. La cabeza de Helena empezó a dar vueltas cuando Sebastián la situó medio debajo de él y, a continuación, le acarició la piel desnuda con dedos traviesos para disipar cualquier atisbo de resistencia.

Ella no se resistió, no tenía ninguna intención de desperdiciar tanto esfuerzo, aunque era vagamente conocedora de las intenciones de Sebastián y harto consciente de sus reacciones a cada sensual provocación del tacto, a cada caricia, a cada deslizamiento provocativo. Los labios de Sebastián juguetearon con los suyos, los dedos largos con su piel, actuando sobre sus mismos sentidos, recorriéndole los senos hasta que le dolieron, resbalando más abajo de las costillas, de la cintura, para acabar deslizándose por el vientre hasta que éste se contrajo. Entonces presionó. Con pericia.

Le liberó los labios y oyó el grito ahogado de Helena; ella también. Ella arqueó las caderas; él la masajeó con suavidad y volvió a besarla, mientras bajaba los dedos, sin rumbo, por los muslos. Arriba y abajo; abajo, por el exterior; arriba, por las sensibles caras interiores, hasta que Helena se retorció y separó los muslos nerviosamente, invitándole a tocarla allí donde sentía unas fuertes pulsaciones. El duque no accedió, no de inmediato, distraído en los suaves rizos de la base de su pubis, enhebrando los dedos en ellos, tocándola con delicadeza, hasta que Helena le hundió los dedos en los brazos, lo besó con furia y separó aún más los muslos.

El aire la rozaba, frío contra la carne febril; entonces, Sebastián ahuecó las manos sobre ella. El deseo y el placer ilícito la sacudieron. Su espalda se tensó. Esperó, en tensión también por la expectativa, con sensual anticipo.

Las manos de Sebastián se movieron, sus dedos rastrearon, sobre todos y cada de uno de los pliegues, una y otra vez, hasta que al final, le separó las piernas, abriéndola. Entonces le rozó la entrada de su intimidad.

Helena se volvió a tensar, pero él no insistió. En su lugar, aquel dedo explorador se alejó, acariciando la suavidad de Helena. Jugando con sus nervios, subyugándole los sentidos. Sebastián jugó, pero pendiente de sus gritos ahogados, adaptándose a cada estremecimiento, a cada movimiento de inquietud. Le arrebató hasta el último vestigio de pudor tocándola de una manera despiadadamente suave, hasta que ella empezó a jadear, excitada, ardorosa, ávida...

Helena oyó en su propia respiración la necesidad de sentirlo en su interior hasta que la rebosara, la dominara. Se esforzó por llegar a Sebastián con las manos, con el cuerpo, con los labios. El duque la besó... ardientemente. Se puso encima, su cuerpo presionándole la espalda contra la cama.

Helena intentó tirar de él hacia abajo, pero Sebastián no se movió, apoyando un codo junto a ella y con la otra mano rastreando todavía sus húmedas ingles. Las caderas de él estaban encajadas entre sus muslos extendidos. Ella entrelazó sus piernas con las de él, haciéndolas resbalar por el satén de los bombachos al aferrarse con las pantorrillas a sus flancos. Intentó seducirle para que se acercara más; él volvió a besarla, con tanta intensidad que le anuló la conciencia, la capacidad de prever, de hacer otra cosa que no fuera yacer de espaldas y dejarle expedito el camino.

Un suspiro tembló encima de ella. Los labios de Sebastián habían abandonado su boca para rastrear primero la mandíbula, luego la piel sensible del cuello hasta aquel lugar en su base donde el pulso latía aceleradamente. Allí la saboreó, larga, lentamente. Los dedos volvieron a su juego entre los muslos. Luego bajó aún más los labios, siguiendo la ondulación superior de uno de los pechos, hasta terminar en su ápice, en aquel brote erecto que latía con fuerza y que tanto le dolió cuando Sebastián se lo besó. Estalló en sensaciones cuando él lo introdujo en la profunda y húmeda calidez de su boca y succionó.

Helena se arqueó bajo él, atrapada, impotente ante el dominio de su pericia. Sebastián soltó el pezón, insistiendo con cálidos besos en la carne acalorada, dejándola retroceder con cuidado antes de volver a atraerla hacia él.

Helena perdió toda noción del tiempo, atrapada por el placer perverso que le proporcionaba la boca del duque, sus labios, la caliente extensión de su lengua, la ligera excoriación, la humedad cálida, aquel contacto subyugante entre sus muslos. Ahora lo ansiaba todo y sus senos estaban doloridos y latían con fuerza, llenos y firmes cuando Sebastián se movió y le tocó en el ombligo con la lengua.

Helena se tensó con una sacudida, pero él la sujetó con firmeza, cerrando una mano sobre su cintura. Nadie la había tocado jamás como él, la boca en su vientre, los dedos acariciándola más abajo.

Entonces los labios de Sebastián se apretaron contra los rizos de su pubis, la lengua rozándole entre... Y Helena gritó.

—Chsss —susurró él contra aquellos rizos negros que lo incitaban a continuar—. Por más que me gustaría oír sus gritos, *mignonne*, esta noche no puede ser.

Levantó la cabeza, sólo lo suficiente para ver el brillo en sus ojos bajo los párpados caídos. Los labios de Helena estaban hinchados, magullados por los besos; la perfección marfileña de sus senos mostraban las marcas de la posesión del duque, que no sintió el menor arrepentimiento.

Separando los labios, Helena respiró rápida y superficialmente; pronto no sería capaz de respirar en absoluto. Como si ella le leyera la intención en la mirada, Sebastián vio la suya aumentada, sintiendo cómo trataba de alcanzarlo.

Miró hacia abajo y aspiró; el aroma de Helena le penetró hasta lo más hondo al bajarse levemente, utilizando los hombros para abrirle los muslos aún más; luego dejó que sus dedos, empapados con el deseo de ella, resbalaran poco a poco, por última vez, sobre la carne hinchada, y entonces los retiró. Inclinó la cabeza y los sustituyó por los labios, por la boca, por la lengua... Cerró las manos sobre las caderas de Helena y la sujetó con fuerza.

Ella se sacudió, teniendo que ahogar un alarido cuando Sebastián encontró el duro brote de su deseo, erecto, sólo esperando sus labios. El duque le rindió el debido homenaje y Helena se retorció, jadeó, una mano contra la boca, la otra a tientas para finalmente caer sobre las sábanas y aferrarlas convulsamente.

Él no vio ninguna necesidad de apresurarse, de negarse a sí mismo o a ella ninguno de los placeres que podían alcanzar. Había muchos y él los conocía todos. Decidió enseñarle más.

Helena boqueó, jadeó, luchó por ahogar otro chillido. Sus sentidos estaban saturados, empapados por la intimidad, la caricia de aquellos labios allí abajo y el diestro y artero sondeo de la lengua de Sebastián.

Antes la había llevado al límite —el umbral más allá del cual el mundo se deshacía y no existía nada excepto las sensaciones— con los dedos. Ahora hacía lo mismo con la boca, los labios y la lengua. Helena sabía lo que estaba llegando, el estallido de los sentidos y la inmersión en el fuego blanco del vacío, aunque cerró la mano sobre la sábana e intentó retrasarlo dejándose llevar por la marea. Esta vez la intensidad fue aterradora.

Pero ella estaba indefensa... indefensa para evitarlo, para rechazar a Sebastián.

La ráfaga de calor rompió los muros y la envolvió elevándola a un plano sensual de placer atroz. Percibió la satisfacción de Sebastián, la tensión de sus manos, el suave roce de su pelo en la parte interior de los muslos cuando volvió a inclinarse sobre ella.

Notó la incursión de su lengua al abrirla, el lento deslizamiento cuando la penetró.

Entonces Sebastián empujó.

Helena estalló. Se perdió, cayendo, retorciéndose y girando en un pozo de placer tan profundo, tan caliente, que le derritió su ser más íntimo.

No podía moverse, incapaz de pensar.

Pero podía sentir con más intensidad que nunca, sentir el calor que se expandía bajo su piel, las oleadas de placer que se extendían por todo su cuerpo.

De sus labios se desprendió un suspiro entrecortado cuando todos los músculos de su cuerpo cedieron, relajándose.

Con un postrer y lánguido lengüetazo, Sebastián levantó la cabeza y surgió por encima de su vientre. Helena podía sentir, ver, asimilarlo, conocer, aun entender, mas era incapaz de reaccionar. Su cuerpo se había rendido.

Había perdido toda capacidad de resistencia.

Y desde luego no opuso ninguna cuando Sebastián liberó su vara de los bombachos y se colocó encima; cuando presionó, probó y la penetró unos centímetros. Los ojos de Helena se abrieron como platos ante la simple visión que había tenido del miembro, de su tamaño. Si hubiera sido capaz de algo, podría haberse negado. Pero ni siquiera podía reunir la voluntad necesaria para ello; sólo era capaz de permanecer allí tendida y experimentar, sentir la presión creciente cuando Sebastián empujó un poco más. Aspiró una bocanada de aire y cerró los ojos, no sin haber visto a Sebastián mirarle a la cara. Cuando se concentró, moviéndose un poco cuando la siguiente sacudida de las caderas del duque le provocó dolor, fue consciente de que él estaba observando sus reacciones, sopesando todo lo que ella sentía.

Sebastián retrocedió con cuidado, sin abandonarla, sólo retirándose a su entrada. Cambió de posición y le subió las rodillas, apretándoselas en alto. Luego le levantó ligeramente las caderas y le puso una almohada debajo; entonces Helena volvió a sentir su peso, sus brazos reteniéndole las rodillas en alto mientras la sujetaba.

Cuando empujó dentro de ella, la sostuvo con firmeza.

Helena soltó un grito ahogado y se arqueó; el peso de Sebastián la sujetaba. Volvió a empujar y ella gritó, apartando la cabeza. Él volvió a elevarse sobre ella; el movimiento hacía que penetrara cada vez más, un hierro que la abrasaba en su interior. Su siguiente jadeo fue más un sollozo.

—No, *mignonne*, míreme. —Bajó, apoyándose en los codos, enmarcándole la cara con las manos; suavemente, pero con insistencia, le volvió el rostro hacia él—. Abra los ojos, míreme... Tengo que ver.

Había una nota en su voz que Helena jamás había

imaginado oírle: una súplica, gutural e imperiosa, pero aun así una súplica. Se obligó a hacerlo; a abrir los ojos, a pestañear y a mirarle a los ojos azules; se sintió atraída, como si se sumergiese en sus profundidades.

Él le soltó la cara y, apoyando los brazos, se sostuvo encima de ella.

—Siga mi ritmo, *mignonne*.

La mirada de Sebastián se clavó en sus ojos y presionó más y más adentro. Helena sintió cómo su cuerpo cedía, se abría, se rendía al asalto, aun cuando quería resistir; todavía era incapaz de luchar cuando él empujó para llegar aún más adentro. Helena se esforzó en sostenerle la mirada cuando la incomodidad devino en más dolor, y creció, creció...

Cerró los párpados y jadeó, arqueándose con fuerza bajo él.

Sebastián retrocedió y embistió con ímpetu.

Helena aulló; la mano del duque, cerrándose sobre su boca, amortiguó el sonido. Ella la apartó y jadeó, respiró hondo, luchó por comprender... por entender lo que sus sentidos le estaban transmitiendo.

No podía ser que estuviera tan dentro de ella.

Con los ojos muy abiertos, Helena lo miró fijamente; el dolor se desvaneció y se dio cuenta de que sí, que podía estar tan dentro.

Se estremeció, se quedó sin resuello y poco a poco volvió a apoyarse sobre la cama con cuidado. Aquello era muy extraño.

—Chsss... ya está. —Sebastián inclinó la cabeza y le pasó los labios por la frente.

De manera instintiva, Helena echó la cabeza atrás y los labios de él encontraron su boca. Y también la besó de manera diferente —y el sabor fue distinto—, ahora que estaba dentro de ella.

El ángulo era difícil. Sebastián se apartó.

—Mis disculpas, cariño, pero esto nunca es fácil.

Hubo un toque de orgullo masculino en la voz; no estaba segura de cómo tomárselo. Levantando una mano, Helena le retiró el mechón de pelo que le caía sobre la cara. El resto de su mente se hallaba absorta en la extraña sensación de tenerlo dentro.

Sebastián pareció sentirlo, leerlo en su cara. Salió un poco, menos de la mitad de su vara y luego volvió a meterse, como si la estuviera probando. Helena se tensó, esperando el dolor, pero...

Sebastián la observaba.

—¿Duele esto?

Repitió el movimiento, todavía lento, controlado. Helena parpadeó, respiró y negó con la cabeza.

—No. Es como si... —No encontró la palabra.

El duque sonrió, pero no dijo nada; se limitó a apoyarse en los hombros, por encima de ella, y lo hizo otra vez. Y otra vez.

Entonces bajó la cabeza y le cubrió la boca. Se besaron, y volvió a ser diferente... más fascinante. Helena se sintió embargada de placer. Luego comprobó su musculatura vaginal y descubrió que podía controlarla de nuevo.

Empezó a moverse con él, buscando acompasarse a las suaves embestidas. Sebastián le cogió una cadera y la guió; entonces, una vez que ella cogió el ritmo, la soltó y levantó la mano hasta su pecho.

Sebastián se movió sobre, contra, dentro de ella; de repente, Helena empezó a respirar más deprisa, el calor subía por su interior una vez más, sintiendo que su cuerpo se estiraba para alcanzar el de Sebastián, buscándolo, deseándolo...

El duque disminuyó el ritmo hasta que se detuvo.

—Espere —dijo y se incorporó para abandonar la cama.

Ella se sintió vacía, repentinamente fría y despojada. Se volvió y estiró ansiosa los brazos, bajó las rodillas con cuidado y estiró las piernas. Entonces advirtió que Sebastián no se había ido lejos.

Se estaba quitando la blusa sin dejar de mirarla; se la sacó por la cabeza y la tiró al suelo. A continuación fueron los bombachos y luego volvió junto a ella.

Helena sonrió y abrió los brazos, dándole la bienvenida de nuevo. Le pasó las manos por los hombros desnudos, por la cálida espalda. Extendió los dedos y lo sujetó contra su cuerpo en el momento en que Sebastián la colocaba debajo y volvía a unirse a ella.

Esta vez se deslizó en su interior sin dolor, aunque Helena sintió cada duro centímetro que la arponeaba. Arqueó el cuerpo, lo alojó y se relajó por impulso propio. Suspiró expectante, con un entusiasmo que Sebastián advirtió.

La miró a la cara, le leyó la mirada.

—Rodéeme con las piernas.

Ella lo hizo y el baile empezó otra vez. Y nuevamente distinto. Piel con piel, la dureza de él contra la suavidad de ella, esta vez sin telas amortiguantes de por medio. Si alguien le hubiera dicho que la sensación podía ser más intensa que lo que Sebastián ya le había demostrado, habría tachado la idea de ridícula. Pero ahora, cuando el calor estalló y se arremolinó y su llama los absorbió, descubrió que había más, todavía más.

Más para experimentar cuando el cuerpo de Sebastián penetró en el suyo con un ritmo regular e incesante. Más para sentir, percibir, disfrutar. El calor la recorrió en oleadas, cada vez más en su interior —más profundo donde Sebastián la llenaba, la presionaba— hasta rozarle el corazón.

El vello pectoral de Sebastián le raspaba los senos al moverse encima de ella, hasta que no pudo soportarlo más. Agarró y tiró, intentando atraerlo hacia abajo. Él la miró y, obligado, dejó que su peso cayera totalmente encima de ella, su pecho contra los doloridos senos.

Helena suspiró e inclinó la cabeza hacia atrás. Sebastián tuvo que ladear la suya, pero encontró sus labios, besándola con ardor.

Y el baile volvió a cambiar.

Ahora eran dos cuerpos fusionados con un solo propósito.

Ahora era una vorágine de sensaciones y sentimientos, de emociones sin nombre, de necesidades y deseos apremiantes, de pasiones y miserias viscerales, de un esplendor que nunca sería igual.

Todas aumentando y aumentando, hasta que Helena se retorció, el nombre de Sebastián en su boca, su cuerpo en el de él. Entonces el calidoscopio estalló y se encontró girando en pleno éxtasis, fragmentos de brillantes sensaciones corriendo por sus venas para fundirse, por efecto del fuego, en gloria, para finalmente suspirar y abandonarse.

Dejó que el último asidero con la realidad escapara a su dominio, que la gloria se enseñorease de su alma. Al final fue consciente de Sebastián, al profundizar éste en su empuje, de su gruñido sordo, del placer que la inundó cuando la simiente del duque se desbordó con fuerza, de la alegría que la envolvió cuando el firme cuerpo de Sebastián se desplomó, agotado, sobre ella.

Helena alargó una mano y le enredó los dedos en el pelo para mantenerlo pegado a ella. Oyó el galopar de su corazón cada vez más lento.

Sintió, en aquel último y precioso minuto de lucidez extrema, una vulnerabilidad inesperada.

Sonrió, rodeó con los brazos a Sebastián y lo sujetó con fuerza.

Antes de que pudiera recordar lo peligroso que era todo aquello, se deslizó por el umbral del sueño.

Todos los relojes de la casa dieron las tres. Sebastián ya estaba despierto, pero el sonido le hizo recuperar la plena conciencia, sacándolo de la estimulante calidez que lo retenía.

Se tendió de espaldas con cuidado y bajó la mirada. Helena yacía dormida, acurrucada a su lado, apretada contra él, sujetándole con sus pequeñas manos como si temiera que la abandonara. Estudió su cara intrigado.

«¿Qué está escondiendo, *mignonne*?»

No expresó el pensamiento en voz alta, pero deseó tener la respuesta. Había ocurrido algo, aunque maldito fuera si sabía el qué. Helena había llegado y todo discurría con normalidad, pero...

Lo había comprobado con el servicio: no sabían nada, no habían visto nada. No les había preguntado por algo en concreto, pero si hubiera llegado cualquier carta para Helena y estuviera pendiente de que se le entregara, Webster se lo habría contado. Sin embargo, en el tocador había dos cartas; su vista de lince había detectado motas de lacre en el suelo. Ella había abierto las cartas allí; Sebastián hubiera jurado que la primera noche, antes de bajar a cenar.

Fue entonces cuando cambiaron las cosas. Cuando Helena había cambiado.

Sin embargo, exactamente en qué lo había hecho —dados los acontecimientos de las últimas horas— escapaba a su entendimiento.

Algo la había alterado, y de manera muy marcada.

Un simple enfado pasajero y habría enseñado su genio. Pero aquello era algo tan perturbador que ella había hecho lo posible por esconderlo, y no sólo a él.

Helena no se había dado cuenta todavía, pero las cosas entre ellos habían llegado a un punto —aun antes de las últimas horas— en el que ya no podía esconderle sus sentimientos y emociones, al menos no del todo. El duque podía vérselo en los ojos; sin nitidez, pero sí como unas sombras que oscurecían las profundidades de peridoto.

Su comportamiento no había hecho más que reforzar las sospechas; cuando se abrazó a él, se había controlado en la superficie, pero por debajo se sentía frágil, indefensa y ansiosa. Él lo sintió en sus besos, una especie de desesperación, como si lo que pasaba entre ellos, lo que habían compartido en las últimas horas, fuera dolorosamente valioso, aunque efímero. Condenado al fracaso. Que, por mucho que Helena lo deseara y añorara, y, a pesar de los deseos y la fortaleza de Sebastián, no duraría.

Aquello no le había gustado en absoluto. Sebastián había reaccionado ante ello, ante Helena, ante sus necesidades.

Al recordar todo lo ocurrido hizo una mueca. Sabía que Helena no lo comprendería del todo.

La había visto necesitada de protección, de ser poseída y valorada, y había respondido y la había hecho suya de la única manera que en verdad le importaba a él. O, a fuer de ser sinceros, a ella.

Suya.

Helena no se daría cuenta enseguida de lo que significaba aquello, pero a la larga por supuesto que sí. Apenas podría pasar por la vida sin ser consciente de que desde aquel momento era, y siempre sería, suya.

Un problema para ambos, sin duda.

Suspiró para sus adentros, bajó la mirada hacia la cabeza de Helena, le besó suavemente la frente, cerró los ojos... y se abandonó a la fatalidad del destino.

A la mañana siguiente Helena no se sentía orgullosa de sí misma. Se despertó para encontrarse sola, aunque la cama conservaba el testimonio elocuente de todo lo ocurrido. Las sábanas enmarañadas estaban todavía tibias por el calor de Sebastián. Sin él, se sintió helada hasta la médula.

Estrechando la almohada, se quedó mirando de hito en hito la habitación. ¿Qué estaba haciendo, aliándose de manera tan íntima con un hombre tan poderoso? Tenía que haberse vuelto loca para haber dejado que ocurriera. Sin embargo, a esas alturas no parecía tener sentido pretender arrepentirse.

Un arrepentimiento que, a pesar de todo, no sentía.

Su única lamentación real es que no le podía contar todo, que no podía apoyarse en su fuerza ni recurrir a su innegable poder. Después de la última noche, abandonarse a su merced, suplicarle ayuda, sería un alivio inmenso. Pero no podía hacerlo. Su mirada se posó sobre las cartas, dobladas encima del tocador.

Fabien se había asegurado de que ella y Sebastián estuvieran en bandos opuestos.

Antes de hundirse más en la ciénaga de sus temores y revolcarse en la desesperación, decidió levantarse y llamó a la doncella tirando de la campanilla.

Cuando Helena entró en la sala, Sebastián estaba sentado a la cabecera de la mesa del desayuno, bebiendo a sorbos el café y ojeando una hoja de noticias.

Él levantó la vista y sus miradas se cruzaron. Acto seguido, Helena se giró, intercambió una sonrisa espontánea con Clara y se dirigió al aparador. Sebastián seguía mirándola, deliciosa en un vestido de seda estampado, mientras su mente retrocedía a los acontecimientos de la noche anterior; a la pasión y su satisfacción, ambas tan intensas; a la pregunta —preguntas— para la cual todavía carecía de respuestas.

Helena se dio la vuelta y él siguió observándola, esperando.

Con un plato en la mano, ella se acercó a la mesa. Intercambió algún comentario intrascendente con Marjorie y Clara y continuó hasta la silla que había a la derecha de Sebastián.

Menos mal.

Esperó a que se sentara y dispusiera las faldas; entonces, respiró.

Helena levantó la mirada un instante. El duque vislumbró las sombras que se arremolinaban en sus ojos y que enturbiaban las profundidades de peridoto. Empezó a alargar la mano hacia ella, pero se detuvo cuando Helena bajó la mirada.

—Me preguntaba... —Con el tenedor, Helena removió un poco de arroz con pescado—. ¿Cree que podríamos dar otro paseo a caballo... como ayer? —Miró por la ventana, observando el tiempo que hacía fuera—. Todavía está despejado, y quién sabe cuánto durará.

En su voz había un deje de nostalgia al evocar el recuerdo de lo relajada —y si no despreocupada, sí al menos pasajeramente aliviada de su pesada carga— que se había sentido la mañana anterior, cuando habían cabalgado con el viento en la cara a través de los campos del duque. Volvió a levantar la vista, las cejas ligeramente arqueadas.

Una vez más, Sebastián la miró a los ojos y al punto inclinó la cabeza, constriñendo su impaciencia.

—Si os place. Hacia el norte hay un largo paseo a caballo que podríamos probar.

Helena sonrió fugazmente.

—Eso sería... agradable.

Por qué no dijo simplemente «un alivio» era algo que Sebastián ignoraba. Que su paseo a caballo juntos era eso —un alivio, una distracción de sus problemas—, se le antojaba de una obviedad diáfana. Y mientras Helena estuviera en ese estado, aliviada de aquella carga interior, él no podría perturbarla presionándola para que le diera detalles.

Así, cuando volvieron a casa tres horas más tarde, Sebastián no estaba más cerca de haber hallado respuesta a ninguna de sus preguntas. Tendría que esperar a que ella se la contara por propia iniciativa; la confianza no se podía forzar, sólo ganar. Al menos entre ellos. De otros podría exigirla, pero de Helena no.

Aquello reducía a una la pregunta más importante que tenía que hacerle. Ya no había ninguna razón para no sacarla a relucir, ponerla sobre el tapete. Incluso podría ayudar a la otra, al alentar la confianza que buscaba ganar.

Cuando se levantaron con los demás de la mesa del comedor, le cogió la mano y se apartó con ella.

—Si me concediera unos minutos de su tiempo, *mignonne*, hay algunos detalles que deberíamos tratar.

Sebastián no pudo leer en sus ojos mientras ella le estudiaba la expresión. Luego Helena miró por la ventana y pensó en aquella posibilidad de fuga, mermada por la intensa lluvia que estaba cayendo. Por allí no había escapatoria. Marjorie y Clara pasaron por su lado y siguieron adelante como si no los hubieran visto. Thierry y Louis ya se habían ido a la sala de billar. Helena respiró como si se preparase para el combate, tras lo cual, lo miró e inclinó la cabeza.

—Si así lo desea.

Él deseaba muchísimas cosas, pero le tomó la mano y la condujo a su estudio.

Helena se esforzó en disimular la tensión, el miedo; no de él, sino de lo que pudiera hacerla decir, hacer. Confesar. La hizo pasar, por una puerta que abrió un lacayo, a lo que Helena identificó como el estudio del duque. El amplio escritorio, cuya utilización evidenciaban unas pilas de papeles y libros de contabilidad amontonados en su superficie, la gran silla de piel detrás de aquél y la abundancia de cajas con documentos y libros de contabilidad ordenados en estanterías que rodeaban la pieza, así lo confirmaban. Sin embargo, el cuarto era inesperadamente cómodo, incluso acogedor. Los amplios ventanales daban a las praderas de césped; como la luz exterior era débil, se habían encendido unas lámparas que arrojaban su tenue resplandor dorado sobre la bien bruñida madera, la alfombra y la piel.

Helena se dirigió al fuego brillante y vivo de la chimenea y que disipaba el frío adherido a los cristales. Mientras se acercaba, iba mirando por todas partes, buscando subrepticiamente algún estuche o vitrina; algún sitio donde pudiera reposar la daga de Fabien. Se sentía empujada a buscar, aunque le desesperaba tener que hacerlo así; tener que corresponder a Sebastián de una manera tan falsa.

Tras pararse delante de la chimenea, alargó las manos hacia el fuego.

Sebastián se detuvo a su lado y le cogió las manos. La miró a los ojos. Helena fue incapaz de interpretar su mirada, y confió en que él no pudiera hacerlo con la suya. Como si reconociera las mutuas defensas, las comisuras de los labios de Sebastián esbozaron una sonrisa irónica y de reprobación hacia sí mismo.

—*Mignonne*, tras los acontecimientos de la última noche, tanto usted como yo sabemos que ya hemos dado los primeros pasos de nuestro camino en común. En cuanto a tomar decisiones, ya hemos adoptado las nuestras: usted, las suyas; yo, las mías. Sin embargo, entre las personas como nosotros existe la necesidad formal de un sí o un no, de una respuesta sencilla y clara a una pregunta sencilla y clara.

Dudó; volvió a buscar en su mirada. Helena no la desvió, no intentó evitar el escrutinio; estaba demasiado ocupada en examinar ella misma, intentando detectar los derroteros de Sebastián, en preguntarse si la incertidumbre que la embargaba provenía de él o de ella.

Entonces, los labios de Sebastián se torcieron en una mueca. Bajó la mirada al tiempo que subía las manos de Helena para besárselas; primero una, luego la otra.

—Sea como fuere —su voz sonó más grave, adoptando un tono que Helena asoció con la intimidad—, no deseo presionarla. Le haré mi sencilla pregunta cuando esté preparada para darme una respuesta sencilla. —Levantó la vista y volvieron a cruzar las miradas—. Hasta entonces, sepa que estaré aquí, esperando —de nuevo, sus labios se movieron en una rápida contracción—, aunque no pacientemente. Pero, por usted, *mignonne*... Descuide, que esperaré.

Aquello último sonó a promesa. Helena temió que la sorpresa le aflorase a la cara, a los ojos... En los de Sebastián brilló un destello de marcado autorreproche, como si en su fuero interno no acabara de creerse lo indulgente que estaba siendo con ella.

Y lo era. Más que nadie, Helena entendía que... que el impulso natural del duque sería presionarla para que aceptara su oferta y declararse vencedor. Que admitiera que era suya; suya, para gobernar y ordenar.

Había esperado una petición formal de rendición; se había armado de valor para mostrarse vacilante y andarse con rodeos, y si fuera necesario, para usar todas sus artimañas femeninas a fin de retrasar una declaración semejante. Si cedía y le permitía asumir que había triunfado y alardear, presumiblemente en público, entonces, cuando ella huyera, el daño sería aún mayor.

La cólera que su traición provocaría sólo sería más intensa.

Había entrado en aquel estudio preparada para violentar sus sentimientos en la medida de lo necesario, de manera que pudiera realizar todo cuanto deseaba: salvar a Ariele procurando hacerle el menor daño posible al duque.

—Yo... —¿Qué podía decir a la vista de tanta comprensión? Sebastián ignoraba su problema, pese a lo cual, intuyendo las dificultades de Helena, se había cuidado muy mucho de agravar su situación, aun cuando no la entendiera—. Gracias. —La palabra salió de su boca con un leve suspiro.

Levantando la cabeza, sostuvo la mirada de Sebastián, sonrió y dejó que el alivio y la gratitud que sentía afloraran a su expresión. Respiró, y todo se hizo más natural. Liberó sus manos con un suave tirón y las apretó fuertemente.

—Yo le... le prometo que, cuando pueda contestar a su sencilla pregunta, se lo haré saber. —Jamás lo podría hacer, pero carecía de recursos para cambiar las cosas.

La mirada de Sebastián, de un azul penetrante, volvió a escudriñar la de Helena, pero no encontró nada más que lo que ella deseaba enseñarle. Mantuvo bien oculta la tristeza de su último pensamiento; por el bien de Ariele, tuvo que recordarse que, de hecho, en ese momento eran adversarios.

Ya de por sí duras, Sebastián endureció aún más sus facciones. Cuando inclinó la cabeza, su expresión era una máscara de piedra.

—Hasta entonces, pues.

La fuerza de su carácter contenido llegó hasta Helena, que instintivamente levantó la barbilla. Sebastián la estudió por un instante y, con un tono equilibrado, controlado y casi distante, dijo:

—Clara debe de estar en el salón trasero. Sería aconsejable que se reuniera con ella allí.

Con elegancia, Helena caminó por la estancia, abarcando la habitación con una mirada de conjunto. En diferentes puntos de la pared había cuatro arcones grandes, todos cerrados, todos con cerraduras.

Llegó a la puerta, la abrió y salió, cerrándola tras ella. Sólo entonces se vio libre de la reveladora calidez de la mirada de Sebastián.

Tendría que buscar en su estudio.

En algún momento.

10

No se presentó ninguna ocasión propicia. En realidad, los días pasaban y Helena se esforzaba poco por favorecer el objetivo de Fabien, centrada como estaba en Sebastián, en sus cualidades más exquisitas, en todo lo que habría conseguido estando a su lado... a todo lo que renunciaría cuando, llegado el momento, tuviera que robar la daga y huir.

Sabía los días que le quedaban, exactamente cuántas horas, y estaba decidida a aprovechar al máximo cada una.

Si hacía una buena mañana, montarían a caballo; de hecho, Sebastián pareció dar por sentado que, a menos que mediara la lluvia, así lo harían. Helena estaba demasiado agradecida por los momentos de puro goce y no se quejó de la expectativa algo altanera del duque de que ella lo acompañaría por norma.

Sin embargo, a pesar de que Helena no se quejó —como él advirtió perspicazmente, como dándolo por sentado—, Helena se sintió decepcionada cuando no apareció en su puerta a la noche siguiente. Ni a la otra.

A la mañana siguiente, cuando regresaban de los establos enfilando el atajo habitual a través del pequeño salón, Helena redujo el paso, se paró y lo encaró.

Sebastián estudió su cara y arqueó una ceja.

—Yo... usted... —Helena levantó la barbilla—. No ha vuelto a venir a mí.

¿Había sido suficiente con una vez? Un pensamiento perturbador... Tanto como la idea de que él hubiera encontrado la experiencia poco satisfactoria. No pudo leer nada, ni en su cara ni en sus ojos.

Al cabo de un momento, él contestó:

—No porque no lo desee.

—Entonces ¿por qué?

Él pareció reflexionar, tomar nota de su tono de voz, de la confusión que Helena se permitía enseñar. Suspiró.

—*Mignonne*, tengo más experiencia que usted en semejantes asuntos. Y dicha experiencia me sugiere... no, me garantiza que cuanto más nos consintamos, más exigiré y esperaré obtener.

Helena se cruzó de brazos y le miró fijamente a los ojos.

—¿Y eso es malo?

Sebastián le sostuvo la mirada.

—Lo es si al tenerlo le quito a usted cualquier posibilidad de elección sobre la cuestión de que sea mi duquesa. —Endureció el tono—. Una vez que lleve un hijo mío en su seno, no habrá duda, no podrá elegir. Lo sabe tan bien como yo.

Helena lo sabía y lo aceptó, pero... Ladeó la cabeza, intentando ver todo lo que reflejaba la cara de Sebastián.

—¿Está seguro de que esta actitud suya no está, de igual modo, motivada por la esperanza —hizo un gesto— de que me impaciente y consienta en contestar a su pregunta con rapidez y de manera favorable a su deseos?

El duque rió con un tono cínico, no de diversión.

—*Mignonne*, si buscase un aliciente para apremiarla al matrimonio, puede estar segura de que no sería ese enfoque en concreto el que escogería. —Sus miradas se cruzaron—. El grado de impaciencia que siente no es nada en comparación con el tormento que yo padezco.

Helena lo vislumbró en sus ojos —una necesidad sigilosa—, sintió su fuerza antes de que Sebastián volviera a levantar sus protecciones y la dejara fuera una vez más. Arrugó la frente.

—No me gusta la idea de que se atormente por mí. Debe de haber alguna manera...

Con una mano, Sebastián le cogió la cara y la levantó hacia la suya. Atrajo su mirada.

—Antes de que lleve esa idea demasiado lejos, considere que si la hubiera yo la conocería y sin duda la habría utilizado. Pero, para aliviar mi tormento particular... No, sólo hay un remedio para eso. Y antes de que lo pregunte, no le diré cuánto la deseo, porque eso también es otra forma de coacción. —Estudió la mirada de Helena—. *Mignonne*, quiero que usted se case conmigo por su deseo de ser mi esposa. Por ninguna otra razón. Mientras pueda, no la apremiaré para que tome esa decisión, no manipularé sus sentimientos de ninguna manera. Incluso lucharé para protegerla de cualquier presión que los demás puedan intentar ejercer.

—¿Por qué? ¿Por qué, si me quiere como duquesa, por qué ser tan paciente? —Dada la naturaleza del duque, ésta era una observación harto pertinente.

Los labios de Sebastián se curvaron en una sonrisa irónicamente cínica.

—Hay algo que deseo a cambio. Pero, por mi paciencia, sólo pido una cosa. —El azul de sus ojos se intensificó cuando escudriñó la mirada de Helena—. Quiero que la simple respuesta que finalmente me dé, *mignonne*, sea suya. Que no sea la lógica deducción de la correcta valoración de los hechos, sino la verdad de lo que realmente desea. —Hizo una pausa y añadió—: Mire en su corazón, *mignonne*... La respuesta que quiero estará escrita en él.

Estas palabras retumbaron en la cabeza de Helena.

Alrededor, todo era silencio y quietud. Se sostuvieron la mirada por un momento. Luego Sebastián inclinó la cabeza.

—Eso es lo que quiero, lo que corresponderé generosamente para obtenerlo. —Sus palabras revolotearon como plumas en los oídos de Helena—. Quiero que me responda sinceramente, que sea sincera con usted y conmigo.

La besó, aun cuando sabía que era una imprudencia que pagaría cara. La de ceder al impulso de tranquilizarla, la de despejar su mente de cualquier duda sobre el amor que él le profesaba. Lo pagaría, y ella era demasiado inocente para saber el precio: el esfuerzo que requería detenerse en un solo beso y dejarla marchar.

Los labios de Helena se separaron de los de Sebastián; pero éste la atrajo hacia sí y volvió a besarla, cautivando sus sentidos con toda su pericia.

La retuvo entre sus brazos, suave, cálida y vibrantemente viva. La promesa contenida en el beso de Helena fue confirmada por su lozano cuerpo y por la sensual tensión de su espalda. Sebastián se contuvo de sacar más partido a la circunstancia de que habían llegado media hora antes, por lo que nadie los esperaría todavía; de que el salón era privado y apartado. Del hecho de que, si él quería, la haría suya allí y entonces.

Un tormento, por supuesto. El deseo insatisfecho no era un demonio en cuyo sometimiento tuviera gran experiencia. En ese caso, con ella, Sebastián había decidido suprimirlo, enjaular a la bestia. Por el momento. De esa manera al final sería suya para siempre. Toda suya.

Suya, como anhelaba que fuera, hasta lo más profundo de su sensual alma.

Él era un experto; reconocía la cúspide de la perfección femenina cuando la tenía debajo. Y también estaba bastante convencido de que acabaría queriéndolo todo. Todo lo de ella.

La pasión de Helena. Su devoción. Su amor.

Todo.

Quería apropiárselo sin más, pero lo que deseaba no podía ser tomado por la fuerza.

Tenía que ser entregado.

El choque de la voluntad y el deseo puso a prueba su carácter, nunca dócil, lo tensó y estiró hasta casi romperlo.

Con un jadeo, se apartó de ella. Mientras esperaba que el martilleo en sus venas remitiera, observó cómo, ahora que él los había liberado, Helena recuperaba los sentidos y la conciencia.

Ella agitó las pestañas y levantó los párpados. Lo miró sin alterarse, con ojos cristalinos en los que se leía la confusión y cierta pertinaz desconfianza hacia él.

Acto seguido, parpadeó y bajó la mirada.

La mano de Sebastián todavía le sujetaba la barbilla; le levantó la cabeza para poder verla.

Los ojos de Helena se nublaron. Aun cuando le sostuvo la mirada con calma, las nubes volvieron. Con una leve sonrisa, retiró la barbilla de la mano del duque y le rozó los dedos con un beso.

—Vamos. —Se desasió del brazo de Sebastián—. Será mejor que nos reunamos con los demás.

Y se volvió hacia la puerta. El duque se tragó el impulso de pedirle que volviera, de preguntarle qué le preocupaba. Tras un instante de vacilación, la siguió.

Quería su confianza, deseaba que se sincerase con él, y eso no se podía forzar. Al fin y al cabo, mientras ella no se sintiese segura de él, Sebastián aún lo estaría menos de ella.

En muchos aspectos, la visita de Helena se estaba desarrollando mejor de lo previsto. Thierry y Louis eran aficionados a la caza, y en esa época los bosques de Sebastián estaban a rebosar; había caza de sobra para mantenerlos entretenidos y fuera del camino del duque. Marjorie y Clara habían entablado amistad y, distraídas por sus propios entretenimientos, estaban más que dispuestas a dejar el de Helena en manos de él.

Todo lo cual habría resultado perfecto. Por desgracia, la única persona que no estaba dispuesta a secundar sus planes era la propia Helena.

Sebastián no estaba seguro de que fuera a aceptarlo; y era incapaz de entender el porqué.

Pero tenía que hacer algo con aquellas malditas cartas.

—¿Así que es aquí donde pasa la mayor parte del tiempo?

Levantó la mirada de la página que supuestamente centraba su atención y la dirigió hacia Helena, que entró en el cuarto con desenvoltura. El «aquí» era su estudio. Así pues, Helena había evitado unirse a Marjorie y Clara en una distendida conversación alrededor de la chimenea del salón, prefiriendo distraerlo a él mientras intentaba trabajar.

—Por lo general, sí. Es bastante grande y cómodo, y casi siempre tengo a mano lo que necesito.

—¿De veras? —La mirada de ella se posó en el libro de contabilidad que él tenía delante.

Sebastián se dio por vencido; cerró el libro y lo apartó. No era nada crucial; no en comparación con ella.

Helena sonrió y rodeó el escritorio. Sebastián apartó la silla con cuidado y ella se apoyó contra el mueble.

—Una vez usted me preguntó por qué, hace tantos años, estaba en el jardín del convento, aunque nunca me contó qué estaba haciendo allí.

—Caerme del muro.

—Después de abandonar la celda de Collette Marchand, ¿verdad?

—Ah, sí... la inestimable Collete. —Sonrió al recordarla.

Una ceja castaña se levantó con altivez en la frente de Helena.

—¿Y bien?

—Era una apuesta, *mignonne*.

—¿Una apuesta?

—Recordará que, cuando frecuentaba París, yo era más joven y bastante más montaraz.

—Lo de joven se lo admito, pero ¿cuál fue el objeto de esa apuesta que le hizo enfrentarse a los muros del convento?

—Antes de que terminara aquella semana tenía que conseguir de la señorita Marchand unos zarcillos de cierta singularidad.

—Pero estaba previsto que ella se fuera dos días más tarde, y de hecho se marchó a la mañana siguiente, después de su visita.

—En efecto; era parte del desafío.

—¿Así que ganó?

—Por supuesto.

—¿Y qué recompensa obtuvo?

Sebastián sonrió.

—¿Qué mayor recompensa que el triunfo? Y, aún mejor, sobre un noble francés.

Helena emitió una leve exclamación de desdén, aunque su mirada exhibía una expresión extrañamente distante.

—¿Pasó muchos años cortejando en París?

—Ocho, nueve... Todos mientras usted aún llevaba coletas.

263

Hummm, pensó Helena. Sebastián lo adivinó en su cara; las nubes congregándose en su rostro, oscureciéndole la mirada. ¿Tenían algo que ver las cartas con sus pretéritas hazañas en Francia? El duque no recordaba haber cruzado su espada con ningún Daurent.

La observó con más detenimiento, contempló su lucha con los demonios interiores. Se había habituado tanto a la presencia de Sebastián que, cuando no se concentraba en él, su máscara se deslizaba y el duque veía más. Lo suficiente para hacerle extender la mano hacia ella.

—*Mignonne*...

Helena se sobresaltó; se había olvidado de que estaba allí. Por un fugaz instante, Sebastián vislumbró... horror, terror, pero, por encima de todo, flotando, una tristeza profunda y dolorosa. Antes de que pudiera reaccionar, Helena recompuso la máscara y sonrió, con demasiada alegría y excesiva crispación.

El duque aumentó la presión sobre su mano, temeroso de que se levantara e intentara huir.

Con apenas una pausa para pensar, Helena le ganó la baza. Se apartó del escritorio y se deslizó en su regazo.

—Eh, bien... Si ha terminado de trabajar...

El cuerpo del duque reaccionó de inmediato; tras lo cual, el suave, cálido e inconfundiblemente femenino peso se instaló con tanta confianza, tanta seguridad, que los demonios de Sebastián babearon. Mientras luchaba por refrenarlos, le soltó la mano y volvió la cara hacia ella.

Sus labios se unieron.

Helena lo besó con ansia y morosidad, con un anhelo intenso que Sebastián supo verdadero porque él también lo sintió.

Le había dado su palabra de que no la manipularía, pero cuando ella lo hizo ahondar en el beso, en el placer de su boca, Sebastián comprendió que habría sido necesario exigirle idéntica garantía.

La estrechó entre sus brazos y momentos después buscaba con la mano su pecho.

Podía tranquilizarla, complacerla, dejar que lo distrajera. Pero él sabía lo que había visto y no olvidaría.

Agridulces. Así definió Helena los días que siguieron. Amargos cada vez que pensaba en Ariele, en Fabien, en la daga que tenía que robar, en la traición que tenía que cometer. Dulces durante las horas que pasaba con Sebastián, cuando él la abrazaba, durante aquellos breves momentos en que se sentía a salvo, segura, libre del negro hechizo de Fabien.

Pero tan pronto abandonaba el abrazo de Sebastián, la realidad se cernía oscura sobre ella. Y enmascarar su sombrío corazón le suponía un esfuerzo cada vez mayor.

Sebastián los había invitado por una semana, pero ésta había transcurrido y nadie se preocupó ni hablaba de marcharse. El invierno había ceñido su manto sobre campos y senderos, pero en Somersham había fuegos crepitantes y habitaciones acogedoras, y abundancia de distracciones que los mantenían entretenidos.

Fuera, el año tocaba a su fin; dentro, la gran mansión parecía desperezarse y cobrar vida. Aun cuando no estaba directamente involucrada, a Helena no le pasaban desapercibidas la excitación reinante en el edificio, la alegría anticipada que manaba de cientos de pequeños preparativos para las celebraciones navideñas y la subsiguiente reunión familiar.

Clara apenas dejaba de sonreír, ansiosa por señalar esta costumbre o aquella, por explicar de dónde procedían el acebo y las ramas que decoraban las habitaciones, por desvelar los secretos ingredientes del ponche navideño.

Una y otra vez, Helena se encontró aparentando expectativas de alegría, mientras que por dentro experimentaba la certeza de la desesperación.

Tras aquel instante de desconcierto en el estudio, cuando, obsesionada por cómo y cuándo había conocido Sebastián a Fabien y le había ganado la daga —teniendo en cuenta a ambos, aquélla era la vía más probable por la cual el duque habría llegado a poseerla—, había estado a punto de contárselo todo, para su sorpresa Sebastián al parecer había resuelto entretenerla con las historias de sus antepasados, su familia, su infancia y su vida personal.

Historias que —Helena lo sabía— no había contado a nadie más.

Como aquella vez que se quedó atascado en el enorme roble que había junto a los establos y del que sólo pudo bajar cayéndose. El miedo que había pasado. O lo mucho que había querido a su primer poni, y el terrible dolor que le produjo su muerte, aunque esto último no lo había mencionado con palabras. En su lugar, se había interrumpido, pasando bruscamente a otro tema.

Si él no hubiera estado intentando de forma tan denodada mostrarse transparente, Helena podría haberse preguntado si es que, a pesar de la promesa e incluso de su intención de no manipularle los sentimientos, simplemente lo estaba haciendo. En cambio, todo lo que decía, lo decía de manera directa, a veces incluso a regañadientes, como si estuviera depositando a los pies de Helena todo lo que era, todo su pasado y, por deducción, todo su futuro. Exponía todos los hechos sin ambages, sin juzgarlos, confiando en que ella lo entendiera y juzgara. Como Helena, en efecto, hizo.

Los días transcurrían tranquilos, y Helena sucumbió más que nunca a su hechizo, llegó a ansiar aun con más desesperación poder quedarse con todo lo que Sebastián le estaba ofreciendo, pero sabiendo que no podría.

Deseó, hasta más allá de la desesperación, poder contarle el vil plan de Fabien, pero sus tiernas historias de infancia no hacían olvidar la clase de hombre que el duque era. Despiadado, duro y, en cierta época, rival de Fabien; nada era más probable. Si ella le contaba la verdad de su situación, cabía esperar que él se preguntase si Helena no había sido peón de Fabien desde un principio, y si ahora, con el esplendor de la vida ducal abriéndose ante ella, no habría escogido cambiar de alianza.

Él le había dejado claro qué nivel de compromiso buscaba en ella, aclarando que no quería que lo aceptara a causa de los ingentes beneficios materiales de que podría disfrutar. Después de la confianza que él había depositado en ella, ahora Helena no podía aceptar su propuesta, contarle la verdad, reclamar su protección y dejarle para siempre recelando de sus verdaderas motivaciones.

¿Y qué pasaría si él rehusaba ayudarla? ¿Qué, si ella se lo contaba y él le negaba toda ayuda? ¿Qué, si la naturaleza de la relación del duque con Fabien fuera tal que él la rechazara por completo?

Nunca conseguiría la daga, y Ariele...

Decírselo era un riesgo que no podía asumir.

En su lugar, veía cómo se desvanecían los días, contemplando acercarse inexorablemente el momento de coger la daga. Se aferró a un último arrebato de desafío con obstinación, rechazando negarse aquellos últimos y preciosos instantes en la calidez de la compañía de Sebastián, en la seguridad de su abrazo.

Sus últimas horas de felicidad.

Una vez que lo traicionara y huyera de Somersham, una parte de su vida moriría. Ningún otro hombre podría significar jamás lo que ahora significaba Sebastián para ella, ningún otro podría ocupar su lugar en el corazón de Helena.

El duque había tenido razón en eso. La respuesta a su pregunta ya estaba grabada allí, y Helena sabía cuál era. Y también sabía que jamás tendría la oportunidad de decírsela.

La culpa y un terrible sentimiento de incipiente pérdida lastraban su espíritu, aun en aquellas horas que pasaba cabalgando, riendo, hablando, paseando por la enorme casa en compañía de Sebastián. Mantuvo a raya la oscuridad, la encerró en un pequeño rincón de su mente, mas seguía allí.

También la aferraba el hecho de que ya no volverían a amarse. La postura de Sebastián era que todo aquello tenía que ser digno, y Helena no era tan cruel como para presionarlo; no tenía derecho a ello, a tomar de él aquello a lo que Helena sólo tenía derecho si estaba decidida a ser su esposa. Sin duda, la manera de hacer las cosas de Sebastián era mejor, más prudente y realista.

Pero ella seguía llorando la pérdida de la intimidad que habían compartido. Sólo entonces comprendió el verdadero significado de la palabra «intimidad»; el acto le había afectado de manera más intensa de lo que hubiera imaginado, vinculándolos de alguna manera en algún plano más profundo. Tras experimentarla una vez, siempre desearía volver a experimentar la dicha.

Sabía que nunca lo conseguiría.

Pero no tenía elección: Ariele era su hermana y su responsabilidad.

Sebastián la observaba, desengañado de sus risas y sonrisas. Tras ellas, Helena se veía cada vez más frágil;

por el día, la luz de sus ojos se hacía más oscura. El duque había intentado por todos los medios animarla a que confiara en él. En todos los niveles lógicos sabía que Helena confiaba, pero en lo emocional...

Pese a todo, no podía presionarla, ya no por falta de confianza en sí mismo sino simplemente porque él —que nunca antes se había abstenido de realizar un acto necesario a causa de los sentimientos ajenos— no podía torturar los sentimientos de Helena.

No más de lo que ya estaban.

Dudaba de si ella sabía lo que él sabía; de si Helena tenía alguna idea de lo mucho que veía Sebastián cada vez que su mirada se hacía distante y pensativa, antes de que ella reparase en que la estaba observando y entonces subiera la máscara, componiendo una sonrisa.

Eran las cartas, estaba seguro. Todavía seguían en la cómoda, metidas debajo del joyero. Cuando Helena estaba abajo tranquilamente, él había entrado en su habitación numerosas veces para comprobarlo. Ambas mostraban signos de haber sido leídas y plegadas innumerables veces. Había estado tentado, muy tentado, pero no las había leído.

Todavía.

Si ella no confiaba en él pronto, lo haría.

Había esperado que confiara en él lo suficiente como para contárselo por propia iniciativa, pero no lo había hecho. Y, para entonces, Sebastián se temía que no lo haría. Lo cual lo dejaba con la pregunta de qué —o quién— era tan poderoso y tenía un dominio tan grande sobre Helena, como para exigirle una obediencia tan absoluta.

Una devoción tan inquebrantable.

—Villard dice que la daga no está en la habitación de St. Ives.

Helena siguió con la mirada fija en el paisaje invernal que se abría más allá de las ventanas de la biblioteca. Unas sombras ocres surgían a través de la escarcha que había cubierto la tierra. Louis la había encontrado allí, sola, donde se había retirado para permitir que Sebastián terminara en paz algunos negocios impostergables.

Louis agarró a Helena por el brazo y casi la zarandeó.

—Se lo dije, ha de hacerlo pronto. —Al no obtener respuesta, acercó la cara a la de ella—. ¿Me oye?

Helena se serenó, giró la cabeza y miró a Louis a los ojos.

—Quítame las manos de encima. —Lo dijo con una voz baja, tranquila, sin inflexiones, tras la cual había siglos de autoridad.

Louis lo hizo.

—Se nos acaba el tiempo. —Miró alrededor, comprobando que seguían solos—. Llevamos aquí más de una semana. He oído que se espera la llegada de otros miembros de la familia en los próximos días. ¿Cómo saber cuándo se le agotará la paciencia a St. Ives y decida que debemos irnos?

—No lo hará.

Louis soltó una exclamación de incredulidad.

—Eso lo dice usted. Pero una vez que esté aquí la familia... —Miró a Helena—. Se habla de boda, como cabía esperar, pero todo esto no me gusta. Perder el tiempo es tentar a la suerte. Debe encontrar esa daga enseguida... Esta noche.

—Ya te he dicho que debe de estar en su estudio. —Helena volvió la cabeza y lo miró—. ¿Por qué no la coges tú?

—Lo haría, pero el tío ha manifestado que ha de ser

usted y —se encogió de hombros— puedo comprender sus razones.

—¿Sus razones?

—Si lo roba usted, St. Ives no pregonará el asunto en el extranjero. No hará acusaciones públicas ni buscará una venganza ostentosa, porque no querrá que se sepa que fue burlado por una mujer.

—Entiendo. —Se volvió una vez más a su contemplación de las praderas de césped—. Así que debo ser yo.

—*Oui*... y ha de hacerse pronto.

Helena sintió que la red se cerraba alrededor de ella, sintió la presión. Suspiró.

—Lo intentaré esta noche.

Antes de salir, Helena esperó a que todos los relojes dieran las doce. Aun entonces, no estaba segura de que Sebastián hubiera abandonado el estudio, pero desde la mitad de la escalera podría mirar por encima del pasamanos y ver si se filtraba luz por debajo de la puerta. Decidida, salió; no era tan estúpida como para andar a hurtadillas, así que recorrió el pasillo briosamente, con confianza, dejando que las alfombras amortiguaran sus pasos.

El pasillo conducía a la larga galería. Llegó al final y giró en el vestíbulo que había en lo alto de la escalera...

Y se dio de bruces contra un muro de músculos. Soltó un grito ahogado. Sebastián la agarró antes de que se cayera de espaldas.

—Pero a qué...

A la débil luz que entraba por las ventanas sin cortinas, se percató de que el duque llevaba puesta una bata de seda y supuso que poco más. Sus ojos se dilataron y sus manos se extendieron por el pecho del duque cuando éste la atrajo hacia sí. Helena levantó la mirada y se encontró con la de Sebastián.

Vio cómo arqueaba una ceja castaña.

—*Mignonne*.

¿Adónde va? No lo preguntó, pero las palabras, sin embargo, estaban allí, implícitas en la mirada del duque.

Ella respiró con dificultad, sintió que sus senos se hinchaban contra el pecho de Sebastián.

—¿Qué está haciendo aquí? —balbuceó.

El duque estudio su cara.

—Iba a verla. —¿Y usted?, sugirió su silencio subsiguiente.

El hecho de que, en cierto aspecto al menos, su paciencia se había agotado, se leía con facilidad en sus rasgos, en los ángulos graníticos de la cara. Iluminados por la pálida luz, se mostraban grabados con un deseo brutalmente contenido. Al tacto de las manos de Helena, su cuerpo lo confirmaba: los amplios y cálidos músculos estaban tensos de necesidad.

—Me... —¿... dirigía a verlo? Una mentira. Se humedeció los labios y lo miró—. Quería verlo.

Las palabras apenas habían terminado de salir de sus labios, cuando Sebastián los selló con los suyos. El beso fue de salvaje intensidad, justa advertencia de lo que estaba por llegar.

Helena le rodeó la nuca con los brazos y, celebrando aquel beso, besó a su vez con idéntico fervor.

Condenó los planes de Fabien a una última noche de postergación.

Con sumo gusto se entregaría —durante esa última noche de pasión— a los brazos de Sebastián.

Había querido verlo, exactamente por ese preciso motivo. Quería una última oportunidad para demostrarle todo lo que él significaba para ella, aun cuando no pudiera decírselo jamás, no pudiera pronunciar nunca las palabras que Sebastián deseaba oír. Helena se lo podía decir de otras maneras.

Él interrumpió el beso que ya empezaba a arder fuera de su control. Control... vaya broma. Había pensado, a pesar de todo, a pesar de la necesidad galopante que lo atenazaba, que los años acumulados de experiencia le permitirían seguir siendo amo de su deseo.

Pero en un par de minutos Helena había reducido a cenizas toda su contención. Y de manera deliberada.

Aferrada a sus brazos, se apretó contra él, las curvas finas y suaves, los labios exuberantes, la réplica trepadora de los dedos en su nuca, el sube y baja de los senos contra su pecho... Todo, un flagrante canto de sirena tan viejo como el tiempo.

Los ojos de Helena se elevaron relucientes hacia él. Muy bien.

—Vamos a su habitación. —La voz de Sebastián sonó áspera por el deseo—. Venga.

Le aferró las manos y la condujo con resolución a su dormitorio. No se atrevió a un contacto mayor, tenía que moverse con rapidez si quería alcanzar la privacidad del cuarto. Helena corrió tras él sin protestar, entregada, igualmente concentrada.

Llegaron a la puerta y Sebastián la abrió de par en par. Ella la traspuso y él la siguió.

Cerró la puerta sin volverse, sin apartar la mirada de Helena ni un instante. Oyó el chasquido del pestillo; en el mismo instante en que ella se volvía hacia él y le sonreía como una virgen.

Helena extendió los brazos.

—Venga. Hagamos el amor.

Sobre el tocador, una lámpara ardía tenuemente. Aun a la débil iluminación, el resplandor de la cara de

Helena, de sus ojos, era imposible de confundir. Sebastián se acercó a ella sin pensar, atraído por todo lo que podía leer, por todo lo que ella le dejaba ver. Le tomó las manos y las levantó hasta sus hombros, las soltó, deslizó las suyas alrededor de la cintura de Helena y la atrajo hacia él.

Inclinó la cabeza hacia ella.

—*Mignonne*, si le hago daño, ha de decírmelo.

Ella le deslizó los dedos por el pelo.

—No me lo hará.

Los labios de ambos se encontraron, se fundieron; cualquier intento de racionalidad, de control, se esfumó. Se apretó contra él, lo atrajo a las profundidades de su cálida boca, lo provocó con la lengua, invitándolo sin ningún tapujo a apropiarse de todo lo que quisiese. Lo acompañó en todos los pasos del camino; en cada paso hacia la vorágine del deseo, al interior del remolino de energías emocionales y físicas que estallaban sobre ellos. Que los atrajo, succionándolos, a un mundo donde, triunfantes, la pasión gobernaba y el deseo reinaba.

Sebastián estaba ávido y Helena lo animaba sin ambages a saciarse. Él quería; ella lo tentaba a tomar. Sebastián deseaba poseerla tan absolutamente que Helena jamás pudiese dudar que era de él. Ella lo desafió, lo retó, lo incitó a continuar: deseaba que lo hiciera.

Mareado, Sebastián interrumpió el beso para sentir cómo la bata se deslizaba por sus hombros. El deseo le ardía bajo la piel como una llama de pura sensualidad. Helena extendió los dedos por el cuerpo de Sebastián como si buscara avivar la llama, alimentar el fuego. Respirando con agitación, él contempló su cara, el asombro femenino cuando ella se dio cuenta del tremendo poder que ejercía sobre él, la naciente fascinación cuando se le ocurrió pensar cuánto podría llegar a ejercer.

Helena sonrió y bajó la mirada. Deslizó una mano por el pecho de Sebastián, lentamente, hacia la ingle. El tacto, ligero como una pluma, hizo que él apretara los dientes, que contuviera un gruñido cuando ella lo acarició y, acto seguido, le atrapó el miembro con la mano.

Vio ensancharse la sonrisa de Helena.

Pensó que se moriría cuando, con el pulgar, ella le acarició el glande hinchado y palpitante.

Alargó la mano hacia ella, pero entonces se dio cuenta de que seguía totalmente vestida. Jamás quedaría satisfecho hasta que Helena yaciera desnuda bajo él. La hizo retroceder hasta la cama. Ella le sujetó un costado con una mano, sin soltarle la vara con la otra. Levantó la vista cuando Sebastián la inmovilizó contra un lateral de la cama y la besó con ardor, dejando que sus demonios se regodeasen a sus anchas.

Despojarla del corpiño, tontillo, faldas y enaguas fue cuestión de un minuto; con otra mujer tal vez hubiera perdido el tiempo, alargado el momento. Con ella era incapaz de esperar, no podía.

Helena se quedó casi desnuda, sólo con la fina camiseta, la última barrera entre ambas pieles.

Sebastián se detuvo. Había permanecido desnuda ante él primero; luego, igualmente desnuda, volvería a hacerlo. Pero de momento... Engrilletó sus demonios y miró en derredor, evaluando las posibilidades. Entonces vio lo que buscaba. Lo que ambos necesitaban.

Cuando Helena volvió a cerrarle la mano alrededor del miembro, él bajó la mirada hacia ella, cerró los ojos e inclinó la cabeza hacia atrás. Gruñó.

Helena interpretó aquello como un consentimiento a aumentar sus atenciones. Aún no había tenido oportunidad de explorar, así que esta vez lo agarró, lo sostuvo con dulzura, lo halagó, lo acarició.

Percibió cómo la tensión aumentaba en la columna vertebral de Sebastián con cada toque. Sintió cómo, bajo su mano, aquella fuerza rampante se endurecía cada vez más.

Fue consciente del inmenso placer que le proporcionaba su contacto. Decidió complacerle más.

—Basta... —Sebastián cerró la mano sobre la cintura de Helena y le apartó la que mantenía en su cadera. Oscura y ardiente, su mirada encontró la de ella—. Venga. Ahora me toca a mí rendirle homenaje.

Para su sorpresa, Sebastián se dio la vuelta y se dirigió hacia una ventana alta cuyas cortinas estaban sin correr. Fuera estaba helando y el cielo se veía cristalino. El claro de luna, pálido y plateado, se derramaba en la habitación creando un gran charco sobre la oscura alfombra.

Se detuvo en el haz de luz y le indicó que se acercara para que cayera sobre ella. Sebastián no le miraba a la cara sino al cuerpo, velado por la sedosa camiseta. Observó... y sus labios se curvaron en una sonrisa de satisfacción sensual.

—Perfecto —dijo.

Se puso de rodillas delante de ella. Por la diferencia de estatura, su cabeza quedaba a la altura de los pechos de Helena.

Helena lo miró y le enredó una mano en el pelo. Sebastián se inclinó ante ella, levantó ambas manos y las cerró sobre sus senos. Helena cerró los ojos al tiempo que arqueaba el cuerpo, invitándole a acariciarla sin ningún miramiento.

Sebastián lo hizo, con suavidad al principio, pero cuando los pechos de Helena se hincharon y afirmaron, su tacto se volvió posesivo. Le apretó los pezones y Helena jadeó. El duque tiró de los duros brotes antes de soltarlos para, levantando la cara, invitarla al beso.

276

Helena lo besó, apasionadamente, sumergiéndose en aquel calor, mientras los sentidos se le hundían en la pleamar del deseo. Cerrando los brazos alrededor de la cabeza de Sebastián, lo mantuvo contra ella. Él le sobó los pechos y, de nuevo, buscó con los dedos, encontró, apretó, apretó... hasta que las rodillas de Helena se aflojaron y flaqueó.

Sebastián se apartó y ella dejó caer la cabeza hacia atrás, oyendo su propio jadeo.

Él se levantó y le aferró la cintura, sujetándola con firmeza al tiempo que sus labios, calientes y húmedos, se arrastraban por la barbilla, por el cuello, para finalmente apretarse contra el punto donde el pulso latía aceleradamente. Succionó, lamió y luego su boca volvió a deslizarse hacia abajo.

Sobre la dura ondulación de un pecho.

Los labios de Sebastián, como un hierro al rojo, quemaban a través de la delgada seda. Helena volvió a jadear y apretó la mano sobre la cabeza de él, incitándole a continuar. Expertos y pícaros, los labios se pasearon por encima, apretaron, volvieron a pasearse. Subyugando. Provocando.

Justo antes de que Helena se recuperara para protestar, apretó más y lamió. Encima y alrededor del pezón. La mojó hasta que la seda se adhirió, húmeda, contra el cálido pecho. Luego, con parsimonia, cerró la boca sobre el pezón dolorido y su lengua serpenteó sobre él.

Helena inspiró con violencia, soltó el aire poco a poco, sintió la tensión subiéndole cada vez con más fuerza. El duque soltó aquel seno y repitió la sutil tortura en el otro, hasta que a Helena le ardieron ambos, llenos y prietos.

La seda se deslizó, susurrante, en la noche; Helena bajó la vista y vio cómo Sebastián estiraba la ceñida camiseta sobre su vientre, y allí la aseguraba. Y allí colocó los labios, después de bajarse más, apoyado en sus rodillas. Succionó levemente, lamió, saboreó a través de la seda.

Le recorrió las costillas, la cintura, el ombligo, como si cartografiara sus dominios. A Helena todavía le dolían los pechos, pero el calor se estaba extendiendo, más y más abajo, siguiendo las íntimas atenciones de la que era objeto. Ahondándose.

Una mano dura la sujetó por la cintura cuando Sebastián apretó la boca contra su vientre. Luego, el duque se apoyó sobre sus tobillos y, agarrándole las caderas, tensó la camiseta para poder acariciarla sin estorbos con la boca, sondeando de manera provocativa la hendidura de su ombligo —caliente, húmeda y rugosa, aunque velada en seda—. Ella se estremeció.

Las manos de Sebastián aflojaron su cintura y se movieron sin rumbo, bajaron, luego subieron por debajo de la camiseta, acariciando levemente la parte trasera de los muslos de Helena, antes de cerrarse de manera posesiva sobre los globos de su trasero.

Mientras apretaba la boca contra su vientre, sondeando cada vez más explícitamente, los dedos flexionados manoseaban, la mantenían cautiva. Suya, para saborearla a placer.

Aquello último fue evidente, aun más cuando siguió bajando y le acarició con la boca la oquedad entre los muslos. Helena se quedó sin respiración y soltó un grito ahogado, al tiempo que le sujetaba la cabeza con ambas manos, hurgando con los dedos tensos entre el pelo. Sebastián apartó la cabeza y se movió lo justo para cambiar las rodillas de sitio, insinuantemente, las dos entre los pies de Helena, obligándola a abrir las piernas.

Ella bajó los ojos y observó la cara de Sebastián cuando éste le miró el triángulo de rizos negros, velados por la seda, en el vértice de sus muslos. Luego él colocó la boca caliente en aquel punto. Helena se aferró a su cabeza y cerró los ojos. Enredó los dedos en el pelo de Sebastián al sentir el tacto de su lengua; notó la flexión posesiva de sus dedos. Entonces él la inclinó, sujetándola con firmeza... y se dispuso a darle placer.

Todo a través de la seda. La estirada tela añadió un nivel extra de sensaciones, otra fuente de leve abrasión a su ya sensible carne. Sebastián se pegó, succionó, sondeó; la carne se hinchó y humedeció y rápidamente se mojó. Helena se aferró a él, los ojos cerrados, la respiración entrecortada. Luego, abriendo los párpados apenas un resquicio, contempló la cabeza de Sebastián moviéndose contra ella al rendirle culto.

La espiral de tensión se enrolló por todo su cuerpo, aguda y brillante, pero aparentemente sin nada a lo que adherirse; no todavía. Sebastián derramaba placer sobre ella y Helena lo bebía, sintiendo que le calaba hasta los huesos. Percibió el placer del duque al complacerla, al rendirle homenaje tal como había prometido.

Al aumentar la presión, al profundizar en el sondeo, Helena levantó la mirada. Antes de cerrar los ojos, vislumbró unas sombras en el cristal. Miró y se percató de que se estaba observando a sí misma. Aunque débilmente, la escena, al claro de luna, se reflejaba en el cristal, iluminada a cierta distancia por la lámpara situada detrás de ellos. Helena no estaba ni de lado, ni frente a la ventana, sino en una posición intermedia. La luz de la luna se derramaba a través del reflejo; era como si se estuviera viendo a través del mismo velo de seda que le hurtaba el cuerpo a la vista. Sin embargo, veía lo suficiente para distinguir su cuerpo, arqueado entre las manos de Sebastián; las delgadas columnas de sus piernas, obligadas a abrirse; los pies, tocando el suelo lo justo.

Lo vio ante ella, desnudo, los músculos de los hombros refulgiendo a la luz de la luna, el pelo castaño, negro contra la palidez de su cuerpo, moviéndose a medida que la complacía.

Todavía lo estaba contemplando cuando Sebastián se apartó, apoyando la mejilla contra su muslo, haciendo malabarismos con su peso para poder retirar una mano. A Helena se le atascó la respiración y bajó la mirada. Sebastián introdujo la mano libre en la negra hendidura de sus muslos abiertos, miró hacia arriba y le leyó la expresión. Le sostuvo la mirada moviendo la mano y empujando un dedo cubierto de seda dentro de ella, lentamente al principio, luego con más decisión, profundizando más, hasta que a través de la tela fruncida su mano encontró la carne hinchada. Apretó sólo un poco. Helena se quedó sin respiración.

Miró hacia la ventana.

Lo vio observar una vez más su monte de Venus, sintió cómo estiraba el largo dedo, extendía la tela y le separaba los pliegues, apartándolos para dejar al descubierto la palpitante yema de su deseo, cubierta delicadamente por la húmeda seda.

Volvió a empujar el dedo dentro de ella, tras lo cual inclinó la cabeza y puso la boca contra el punto más sensible de Helena.

Succionó.

El placer fue una ráfaga que trepó por ella como una marea. La barrió, atrapó y derribó para luego lanzarla por los aires.

Helena se deshizo entre sus manos, fundiéndose al sentir la boca caliente y el dedo bien dentro de ella. Lo sintió en su interior mientras Sebastián lamía y volvía a succionar. La segunda ráfaga se encabritó como un maremoto y la recorrió con una fuerza devastadora.

Helena oyó un chillido amortiguado procedente de algún lugar cercano. Vagamente, se dio cuenta de que era suyo.

Un mareo maravilloso, la mengua de calor, el lento desvanecimiento del placer la hicieron consciente de la separación de Sebastián. Éste levantó la cabeza y retiró el dedo del cálido broche que era el cuerpo de Helena. Con un suave tirón sacó la camiseta de entre sus piernas y, sujetándola todavía, la atrajo hacia él, de manera que ella bajara, deslizándose, hasta que sus muslos abiertos descansaron sobre los de él.

Ahuecó la mano en la cara de Helena, la sujetó con firmeza y la besó con voracidad. El mensaje era explícito: aquello había sido sólo el primer plato.

El deseo se agitó, volviendo a despertar... Helena le devolvió el beso, saboreándose a sí misma en los labios de él. Lo besó con más intensidad.

Helena intentó alargar la mano entre ellos, hacia donde el empuje de la vara de Sebastián contra su vientre era ostensible y prometedor.

Pero él se la retuvo antes de que alcanzara su objetivo.

Helena apartó los labios y suspiró.

—Quiero complacerlo —dijo.

Sebastián le sostuvo la mirada.

—Lo hará. Pero no así. —Sus ojos estaban tan oscuros, cercados de un azul tan ardiente que le envió a Helena un escalofrío de anticipación.

—¿Cómo, pues?

Sebastián la estudió como si sopesara lo que le iba a decir. Por fin, le preguntó:

—¿Puede levantarse?

Helena parpadeó y se echó hacia atrás, intentándolo. Se tambaleó al apoyarse en los pies, pero él la sujetó. Luego se alzó él y alargando la mano hacia abajo, de un tirón acercó un escabel. Ella le observó buscar la posición adecuada para el pequeño mueble, que acercó a la ventana con un suave empujón del pie, hasta dejarlo a poco más de medio metro de la pared.

Luego, la hizo pasar por delante de él y la puso de cara a la ventana, dándole la espalda.

—Arrodíllese en el taburete.

Obedeció. El escabel era de adorno, con una superficie bordada y lo bastante ancho para que ambos estuvieran cómodos y seguros.

Sebastián se arrodilló detrás, cubriéndola, las pantorrillas de Helena entre sus muslos, con las rodillas separadas sobre la alfombra, a ambos lados del escabel. Deslizó una mano alrededor de Helena y la sujetó por la cintura.

—¿Llega al alféizar? —le preguntó.

Podía si se estiraba hacia delante. El ancho alféizar de madera sobresalía a casi medio metro del suelo.

—Sí —Confundida, añadió—: ¿Por qué?

El duque dudó y luego murmuró:

—Ya lo verá.

El brazo alrededor de su cintura se tensó, apretándola contra él. Sintió la dura erección de Sebastián contra la base de su columna vertebral. No sabía qué hacer con las manos, así que las estrechó sobre el brazo que le rodeaba la cintura, aferrándose a la mano y el antebrazo de Sebastián.

El duque se movió a sus espaldas y Helena intuyó lo que iba a hacer.

—Si necesita agarrarse, hágalo del alféizar —le dijo él.

Ella obedeció. No iba a preguntar, pero por su mente cruzaban multitud de imágenes estimulantes. Sebastián apartó el dorso de la camiseta y se apretó, piel contra piel, contra ella.

Helena inclinó la cabeza hacia atrás, contra el hombro del duque, murmurando su aliento, moviendo las caderas contra él.

Sebastián soltó una risita breve, irregular, y acto seguido puso los labios allí donde se unían el hombro y el cuello de Helena. Ésta inclinó aún más atrás la cabeza, forzando la columna, los pechos empujando hacia delante.

La mano libre de Sebastián se cerró sobre ellos, primero uno, luego el otro, sobándola de manera posesiva hasta que la hizo jadear. Luego, le apretó los pezones y Helena se retorció y resolló. Las manos de Sebastián bajaron hasta el vientre, que acarició de forma estimulante. Sin hablar, Helena suplicó.

Él se inclinó hacia delante, sobre el brazo que mantenía en la cintura de Helena. Las columnas de sus muslos descansaban contra la parte exterior de los de Helena; parecían de acero y su piel cubierta de vello raspaba ligeramente. Con las caderas y muslos sujetos contra él y rodeada por el brazo de Sebastián, ella se sintió cautiva de su fuerza. Atrapada. Para ser tomada de inmediato. Se sujetó con fuerza a los brazos del duque y le hincó los dedos con expectante anticipación cuando él, a su espalda, la tocó, la abrió y se pegó a ella. Entonces la penetró lentamente, hundiéndose centímetro a centímetro en su blandura.

Sebastián no podía respirar. Los pulmones se le cerraron al observar su vara palpitante deslizarse entre las pálidas nalgas de Helena, cada vez más hondo, al sentir el calor hirviente de la bienvenida que se le ofrecía, al percibir a Helena completamente abierta para él, al notar la entrega de su cuerpo, a su sexo estirarse y relajarse y luego contraerse dulcemente. Exhaló con los ojos cerrados, los sentidos tambaleándose, cuando al fin se hundió totalmente en su interior. El suave trasero y los muslos de ella lo acariciaron. Helena le hincó más las uñas y se retorció un poco, probando, no por dolor.

Sebastián sonrió para sus adentros, aunque era incapaz de expresión alguna, los rasgos embargados por la pasión. Flexionó las caderas, salió un poco y empujó... lo bastante para mostrarle cómo se hacía.

El interés de Helena no se hizo esperar y al punto intentó moverse a su ritmo. Sebastián intensificó el abrazo, manteniéndola quieta, saliendo y empujando otra vez.

Y otra vez.

Hasta que Helena no pudo hacer otra cosa que agarrarse con fuerza a su brazo y dejar que su cuerpo lo recibiera. Una y otra vez. El erótico rozamiento aumentó, y ella sollozó, abriéndose aún más, dejando que su cuerpo se rindiera definitivamente a la posesión del duque.

Y desde luego que la poseyó. Cual conquistador, la reclamó y rezó para que el acto quedara grabado en los sentidos de Helena con tanta intensidad como en los suyos. Cerró los ojos y la sensación creció; privado de la vista, los demás sentidos se expandieron para deleitarse en aquel calor resbaladizo, en la humedad, en el desvergonzado apresamiento del que le hacía objeto el cuerpo de Helena.

Cuando volvió a abrir los ojos, dejó que su mirada se detuviera en la espalda cubierta de seda, en los hemisferios del trasero de Helena encontrándose con su plano vientre una y otra vez. El ritmo se intensificó. Sebastián estiró la mano alrededor de Helena y le tomó un seno, oyéndola sollozar. Lo sobó, encontró el pezón y apretó, y ella gimió.

Dejó que la mano deambulara por las curvas que ahora consideraba de su propiedad. Levantó más la camiseta y le acarició el trasero completamente desnudo, siguiendo con suavidad el rastro de la hendidura; percibió su escalofrío. Alargó la mano que tenía en su cintura para acariciarle el vello púbico.

Cuando le separó los labios, empujó a fondo.

Notó cómo la tensión se acrecentaba en Helena, la empujaba, y la sintió tensarse más. La acarició con suavidad, sin tocar el tenso botón, sólo resiguiendo su contorno. Entonces la llenó profundamente y se quedó inmóvil, al tiempo que lo descubría con cuidado.

¡Ah, con qué delicadeza puso la yema del dedo encima!

Luego retomó su ritmo de penetración una vez más.

Las uñas de ella se hundieron en el brazo de Sebastián mientras luchaba por aferrarse a sus sentidos. Duró menos de un minuto.

Cuando Helena se quebró, él apretó con más firmeza, empujó aún más adentro y se detuvo, saboreando las poderosas ondas de su liberación al propagarse por Helena.

Esperó sujetándola doblaba sobre su brazo, casi sin resuello. Aguardó a que Helena se agitara, a que la fuerza volviera a su musculatura temblorosa. Luego salió de ella y se irguió, levantándola con él. Entonces, haciendo malabarismos con su cuerpo, la cogió en brazos.

Helena abrió los ojos lo suficiente para ver que la cama se aproximaba con rapidez. Se relajó, desechando la protesta que había estado a punto de expresar. No deseaba que la abandonara, no quería que se fuera mientras ella no tuviese el indescriptible placer de saber que lo había complacido totalmente.

Sebastián se detuvo junto a la cama, apartó las mantas y la colocó en medio del blando colchón. Le quitó la camiseta y paseó la mirada por su cuerpo, el deseo grabado en el rostro. Alargó la mano hacia las mantas y se unió a ella cuan largo era, cubriendo a Helena con su cuerpo mientras forcejeaba con la ropa de cama para convertirla en un capullo que los envolviera, juntos, casi apretados. A continuación, la miró y bajó el cuerpo para tenderse encima, abriéndole los muslos para colocarse en medio. La penetró con una única y poderosa embestida. Luego se puso completamente encima de ella y volvió a empujar.

Liberándose de toda reticencia, Helena le rodeó con los brazos, relajó el cuerpo y movió las piernas para aferrarse a él de forma más profunda, mientras Sebastián se mecía en su interior.

El capullo de mantas se transformó en una cueva, en un lugar de satisfacción de necesidades primarias, de deseo visceral. Conducido, él la amó; cautiva, ella amó a su vez.

Respiraciones entrecortadas, sollozos, gemidos y gruñidos guturales se convirtieron en su lenguaje; la poderosa e insistente fusión de sus cuerpos, en su única realidad. Sebastián deseaba, exigía, tomaba. Incansable, Helena daba; abrió su corazón y le entregó la llave, le dio su cuerpo cuando el calor, arremolinándose, los fundió. Ella le entregó el alma en el momento en que el éxtasis los arrebataba y los sacaba de este mundo.

11

El crujido de un tablón del suelo atravesó el profundo sueño que envolvía a Helena con su calidez. Parpadeó en la oscuridad. El silencio le indicó que faltaba mucho para el amanecer. Se dio cuenta de que no estaba en Cameralle, de que Ariele no reposaba en el cuarto contiguo.

Advirtió que la calidez que la envolvía procedía de Sebastián, sumido a su lado en un sueño pesado.

Oyó otro crujido, más cercano, y demasiado vacilante para ser natural. Sebastián había corrido las cortinas de la cama. Deslizándose con sigilo bajo el pesado brazo que él le había puesto encima, buscó la separación de las cortinas para, apartándolas con cuidado, atisbar fuera.

Por un momento creyó que Louis se había colado subrepticiamente en el dormitorio. A punto estaba de dejarse llevar por el pánico cuando su vista se adaptó a la oscuridad y pudo ver al hombre, la mano en el picaporte de la puerta abierta, escudriñando la habitación. La débil luz reveló la verdad.

Phillipe, el hermano pequeño de Louis. El que había ido a buscar a Ariele a Cameralle y se la había llevado a Fabien.

El pánico fue la menor de las emociones que la asaltaron. Phillipe entró y cerró la puerta con cuidado. Volvió a escudriñar y su mirada terminó posándose en la cortina de la cama. Dio un paso en aquella dirección.

Helena se tapó la boca con la mano, reprimiendo un instintivo «¡No!». Miró a Sebastián, que seguía profundamente dormido, con la respiración acompasada y regular.

Pero ella estaba desnuda. Miró con desesperación y descubrió la bata en una esquina de la cama, lanzada allí por la violencia de la pasión y ahora revuelta con las mantas. Más allá de las cortinas, oyó el cauteloso acercamiento de Phillipe.

Se estiró y consiguió pellizcar el borde de la bata y tirar de él. Rápidamente, se lo puso por los hombros, rezando para que Sebastián no se despertara, para que Phillipe advirtiese que las anillas harían ruido y no corriera las cortinas.

Con la bata apenas cubriéndole el cuerpo y rezando con más fervor, se movió por la cama con sigilo.

Oyó la maldición susurrada por Phillipe, que había visto moverse las cortinas. Con todo el cuidado de que fue capaz, Helena se deslizó fuera de la cama por la abertura de las cortinas.

Tan pronto salió y vio a Phillipe —el semblante pálido, los ojos muy abiertos—, le indicó con la mano que retrocediera y le impuso silencio llevándose el dedo a los labios. Con la otra mano se ciñó la bata, tirando para librarla del todo de las mantas. Por fin, descalza sobre el suelo, consiguió que la prenda cayera hasta cubrirle las pantorrillas y que las cortinas se cerraran tras ella casi por completo.

Helena se percató de la abertura que quedaba entre las cortinas, miró hacia las anillas y se preguntó si arriesgarse a cerrarlas por completo. Sebastián no se había despertado... todavía. Pero el brazo de ella no llegaba a la barra para correrlas con cautela.

Se volvió hacia Phillipe, su preocupación más apremiante. El corazón le palpitó cuando empezó a caminar por el suelo sin hacer ruido, indicando a Phillipe que retrocediera, que se dirigiera hacia la puerta, allí donde las sombras eran más densas. Era el punto más alejado de la cama. Helena volvió a echar una rápida ojeada hacia el tajo de oscuridad que era la abertura entre las cortinas. Tenía que sopesar sus opciones con cuidado, por el bien de Ariele. Por un lado, fuera, en el pasillo, estaría más segura, pero ¿cuánto podía confiar en Phillipe, sabiendo que era uno de los títeres de Fabien?

—¿Qué estás haciendo aquí? —Su bufido apenas fue un susurro, aunque el pánico, la acusación y la desconfianza sonaron con claridad.

Para su sorpresa, Phillipe se estremeció.

—No es lo que usted cree.

Aun cuando lo dijo en un susurro, Helena arrugó la frente y le hizo gestos de que bajara la voz.

—¡No sé qué pensar! Háblame de Ariele.

Phillipe palideció más y a Helena el corazón le dio un vuelco.

—Está... bien. Por el momento.

—¿Qué quieres decir? —Le cogió el brazo y lo zarandeó—. ¿Fabien ha cambiado de idea?

Phillipe entrecerró los ojos.

—¿Cambiar? No. Sigue queriendo... —El disgusto y el dolor de su expresión le resultaron muy familiares a Helena.

—Pero ¿no ha cambiado de idea sobre las Navidades... sobre lo de darme plazo hasta la Nochebuena para que le lleve la daga?

Phillipe parpadeó.

—¿Daga? ¿Es eso lo que tiene que conseguir?

Helena apretó los labios.

—¡Sí! Pero, por piedad, dime si ha cambiado sus planes. —Volvió a sacudirle el brazo—. ¿Es ésa la razón de tu presencia aquí?

Phillipe se concentró y por fin pareció comprender la pregunta. Meneó la cabeza.

—No... no. Sigue pensando en Navidades, el muy villano.

Helena lo soltó y lo estudió con atención.

—¿Villano? —Cuando él apartó la mirada, apretando los labios, Helena dijo—: Es tu tío.

—¡No es tío mío! —Escupió las palabras, maceradas en una mezcla, a partes iguales, de furia y repulsión. La miró y, aun a la débil luz, Helena pudo distinguir la furia que ardía en sus ojos negros—. Es un monstruo... un tirano sin sentimientos capaz de apoderarse de una niña y —gesticuló con violencia— usarla para obligarla a usted a robar para él.

—En eso estamos de acuerdo —murmuró Helena—. ¿Pero qué te ha traído aquí?

—He venido a ayudar. —Phillipe le sostuvo la mirada a través de las sombras. La desesperación tiñó su voz—. Quiero salvar a Ariele. Cuando me envió a buscarla, yo no sabía para qué la quería. Pensé que sólo le preocupaba su seguridad en Cameralle, sola con unos pocos sirvientes. —Sonrió amargamente—. Peor para mí. Pero se me han abierto los ojos y he visto cómo es en realidad cuando me enteré de sus planes.

Phillipe le cogió la mano, sujetándosela en gesto de súplica entre las suyas.

—Usted es la única esperanza de Ariele. Si hubiera otra forma... —volvió a gesticular, buscando las palabras— de librarla de su dominio, algo que pudiera hacer para ponerla a salvo, lo haría. Pero no hay nada. La ley es la ley; ella está en su poder. Y en este momento corre un grave peligro.

El terror volvió a apoderarse de Helena; le apretó la mano.

—¿Lo sabe ella?

Phillipe negó con la cabeza.

—No. No creo que ni siquiera se lo imagine. Es un alma tan dulce, tan pura e inmaculada.

Si Helena no se hubiera percatado ya de las emociones que movían a Phillipe, su expresión cuando le habló de Ariele se lo habría confirmado más allá de toda duda. Una cosa que Fabien, en su inteligencia fríamente calculadora, no había previsto ni podía controlar. La ironía no se le escapó a Helena.

—Así pues, las cosas siguen como hasta ahora. Debo conseguir esa daga y llevársela en Nochebuena.

—Yo sólo sabía que le había encomendado una misión, y que si fallaba... —Phillipe arrugó la frente—. Fabien pensaba que las posibilidades de que usted tuviera éxito eran más bien escasas.

Helena le devolvió una mirada ceñuda.

—No creo que sea algo imposible. —No podía creerlo, no debía creerlo.

—Entonces, ¿por qué no le ha llevado esa cosa, esa daga? Como no volvió enseguida... Ésa es la razón de que haya venido. Pensé que tal vez había algún problema.

—A ese respecto... —Helena hizo una mueca. Había un problema, pero, en cualquier caso, lo haría; tenía que hacerlo. Por Ariele—. Fabien afirma que la daga está aquí, en alguna parte de esta gran casa, y en eso creo que no se equivoca. Pero ni Louis ni Villard la han encontrado; entre todos, hemos buscado en todos los lugares lógicos, excepto en uno. Debe de estar allí. Esta noche me dirigía hacia allí, a buscarla, pero...

Phillipe le agarró la mano.

—Venga... vayamos allí ahora. Podemos buscar mientras la casa está dormida, encontrarla, cogerla y huir antes de que se despierte alguien. Tengo un caballo...

—No. —Helena intentó liberar la mano de un tirón, pero Phillipe se la aferró—. Necesitamos más ventaja que ésa, o el señor duque nos dará alcance y Ariele no se salvará.

Confundido, Phillipe la miró fijamente a la cara.

—Está atemorizada por el duque —dijo—. No lo habría esperado de usted. —Enderezándose, con el reproche reflejado en el rostro, la miró con altivez—. Pero eso no es problema. Ahora estoy aquí, puede decirme dónde está la daga. La cogeré, regresaré y liberaré a Ariele.

Sólo su ingenua sinceridad le salvó del genio de Helena.

—¡No! No lo entiendes. —Se mordió la lengua refrenando el impulso de decirle que todavía era un chiquillo, un muchacho inocente que intentaba inmiscuirse en los juegos de los hombres poderosos—. ¿No crees que Louis ya habría cogido la daga y se habría marchado hace tiempo para ganar puntos ante tu tío si fuese tan sencillo? Fabien ha ordenado que he de ser yo quien la coja. Yo y nadie más que yo.

—¿Por qué? Si quiere la daga, ¿qué importa el mensajero?

Helena suspiró.

—Tendrá sus razones. Algunas puedo vislumbrarlas, otras sólo suponerlas. —La idea de que perjudicar y herir a Sebastián era, con casi absoluta certeza, prioritaria en la lista de Fabien, abrumaba su corazón.

Phillipe debió de percibir la profunda renuencia de Helena. Volvió a cogerle la mano.

—Pero conseguirá pronto esa daga, ¿verdad? —La miró fijamente, todo el semblante una ferviente súplica; luego se relajó y sonrió, un gesto desgarrador por su simplicidad—. Claro que sí, por supuesto que lo hará. Es usted buena y leal, valiente y generosa... no permitirá que su hermana sufra en las garras de mi tío. —Le apretó la mano y se la soltó, sonriendo con más confianza—. Así que cogerá la daga la próxima noche... Lo hará, ¿verdad?

Helena se dio cuenta de la confianza serena con que Phillipe la miraba y se sintió vagamente agradecida de que Ariele hubiera encontrado un caballero tan leal. ¡Ojalá tuviera ella uno parecido, que acudiera en su rescate!

Phillipe esperaba con paciencia su respuesta; Helena sabía cuál debía ser.

Aunque todavía dudó. Intentó no acordarse de la calidez, de lo compartido, de la gloria alcanzada... del poderoso amor de las horas recién pasadas. Se esforzó por apartar de la mente esa belleza. No lo consiguió. Intentó alejar a Sebastián de sus pensamientos, de su corazón, y supo que jamás lo conseguiría. Sintió que el corazón se le estaba partiendo lentamente en dos.

Al sentir que las lágrimas le anegaban los ojos, irguió la espalda, separó los labios y empezó a asentir con la cabeza.

Un suspiro profundo atravesó la habitación.

—*Mignonne*, debería haber hablado conmigo.

Helena soltó un grito ahogado, se llevó la mano a la boca y se quedó mirando la cama de hito en hito. Una mano blanca, de dedos largos, apartó la cortina con un chirrido que resonó en toda la habitación.

Sebastián estaba tendido en la cama, apoyado en un codo. Una manta le cubría hasta la cintura, dejando a la vista la musculatura del pecho. La mirada del duque se detuvo en Helena un instante y luego se movió hasta Phillipe.

—¿Eres pariente del conde de Vichesse? —El tono era tranquilo; por debajo, bramaba una sutil amenaza.

Phillipe tragó saliva. Con la cabeza alta, dio un paso adelante e hizo una rígida reverencia.

—Es mi tío. Louis (a quien creo residiendo aquí) es mi hermano, para mi vergüenza. Yo soy Phillipe de Sèvres.

Helena escuchó las palabras, pero no miró a Phillipe; no estaba segura de poder mirarle a los ojos. ¿Qué debía de estar pensando, al encontrar a Sebastián, a todas luces desnudo, en su cama?

Pero ésa era la menor de sus preocupaciones. Su mirada estaba fija en Sebastián y apenas podía pensar. El suspiro del duque, sus palabras... ¿qué significaban? La había descubierto. Estaba claro que lo había oído todo. Habían hablado en francés, pero él lo dominaba con soltura. Ahora lo sabía todo y pensaría lo peor de ella. Sin embargo, aún la había llamado su *mignonne*.

Los ojos del duque volvieron a ella. Pasaron unos segundos. Helena sintió su mirada, notó que estaba esperando, pero no fue capaz de adivinar qué. Le pareció que Sebastián estaba deseando que ella entendiera, que le leyera el pensamiento... ¡como si pudiera!

Como Helena se limitó a seguir allí, literalmente sin habla, clavada en el sitio, el duque volvió a suspirar, apartó las mantas y rodó para levantarse de la cama. La rodeó y se dirigió hacia Helena.

Ella sintió que se le abrían los ojos como platos y que seguían abriéndose. Abrió la boca para protestar, pero no encontró las palabras. Se le cortó la respiración.

¡Estaba desnudo! Y...

¿No tenía vergüenza ese hombre?

Evidentemente no. Caminó hacia ellos como si fuera vestido con púrpura y oro, como si fuera el emperador que una vez quiso ser.

Ignoró a Phillipe por completo.

Cuando estuvo suficientemente cerca para mirarla a los ojos, Helena abrió la boca para explicarse, para decir algo...

No le salió nada.

Levantó las manos para protegerse, pero las dejó caer débilmente.

Sebastián se detuvo delante de ella. Como siempre, su cara permanecía inescrutable y sus ojos estaban demasiado ensombrecidos para que Helena pudiera leerlos.

Derrotada, con el corazón en la garganta, se apartó. Jamás podría explicarse.

Él levantó una mano y le volvió la cara hacia él, examinándola, buscando fugazmente en sus ojos. Entonces, inclinó la cabeza y le rozó los labios con la boca, consiguiendo que los labios de ella le respondieran con la más dulce de las caricias. Se entretuvo lo justo para tranquilizarla.

Luego se apartó y la observó.

—Vuelva a la cama, *mignonne*, antes de que se enfríe —le dijo.

Ella se quedó mirándolo fijamente.

El duque miró hacia el tocador, a las dos cartas metidas entre el espejo y el joyero. Volvió a mirar a Helena y arqueó una ceja.

—¿Me da su permiso? —pidió.

Ella dudó, estudiando su cara, pero luego inclinó la cabeza. ¿Cómo lo había sabido? ¿En qué estaba pensando?

Sebastián se dirigió al tocador.

La mente de Helena era un torbellino y la cabeza le

daba vueltas. Hacía rato que había dejado de respirar. Lo de la cama no era tan mala idea. Sin mirar a Phillipe, volvió a cruzar la habitación. Ciñéndose la bata, subió a la cama, todavía caliente por el calor de Sebastián.

Un escalofrío repentino la sacudió; prescindiendo de cualquier fingimiento, se arrebujó en las mantas. Sintió un poco del hielo paralizante que había impedido que se derritiera.

Observó a Sebastián coger las cartas.

—Haría mejor en sentarse, De Sèvres. —Sin mirarlo, le hizo un gesto con la primera carta que abrió hacia una silla junto a la pared—. Aclarar este asunto nos va a llevar su tiempo.

El duque advirtió la vacilación de Phillipe, la rápida mirada que el chico lanzó a Helena, pero al final fue hasta la silla y se dejó caer. Una ojeada a la cara de Phillipe cuando éste volvió a mirar a Helena, le confirmó que el chico estaba absolutamente confundido. No sabía qué pensar, mucho menos qué hacer. A grandes rasgos, se parecía a su hermano mayor —pelo negro, bastante atractivo, una versión dos años o así más joven—, aunque había algo mucho más sincero, honesto y franco en Phillipe.

Después de oír su historia, Sebastián no vio motivo para no confiar en él. Al decidirse a abortar los planes de Fabien, Phillipe había mostrado sus cartas con una enternecedora, aunque impulsiva, ingenuidad.

La carta que Sebastián sostenía estaba escrita con una delicada letra infantil. La dejó en la mesa, encendió la lámpara y cogió la segunda carta.

Reconoció el trazo severo de Fabien aun cuando habían pasado muchos años desde que lo viera por última vez, con ocasión de la última oferta por la daga ceremonial. Si no recordaba mal, aquélla había sido la décima de tales ofertas, cada una superando la anterior a regañadientes. Todas le habían hecho sonreír. Y se había deleitado rechazándolas con extrema cortesía.

Así pues, Fabien había urdido otro plan para hacerle pagar por su altivez. En realidad debería haberlo imaginado. No había esperado que fuese de esa manera, aunque quizá también debería haberlo previsto. Fabien tenía un sutil sentido de la ironía, como él.

Cogió la otra carta de Fabien.

—Usted recibió estas cartas después de llegar aquí. —No era una pregunta—. ¿De manos de quién?

Helena dudó antes de contestar.

—De Louis.

Su desconcierto hizo sonreír a Sebastián, pero ella no le podía ver. Helena seguía sin entender.

No importaba; al final lo comprendería.

Leyó la carta de Ariele, palabra por palabra. Era importante que reuniera cada trozo de información; cualquier cosa podría ser importante.

Tras terminar de leerla, volvió a la otra carta. La amenaza de Fabien. Incluso conociendo el contenido, aun habiendo deducido de la nota añadida por Ariele la naturaleza de la amenaza, las manos le temblaban. Tuvo que desviar la mirada y fijarla en la llama de la lámpara para poder controlar la cólera. Fabien no estaba allí para que pudiera despedazarle con sus manos. Eso vendría después.

Cuando hubo recuperado el control para manejar su reacción por lo mal que se lo había hecho pasar a Helena —¡todo por una ridícula daga!—, dobló la carta y la dejó en el tocador.

Dedicó un instante a ordenar mentalmente los hechos y atisbar las razones que había detrás de las reacciones de Helena, para extraer consuelo y tranquilidad del hecho de que ella le hubiera dado largas al asunto, de que hubiera pospuesto el momento de la traición, aferrándose a él todo lo posible. Aun cuando se trataba de su hermana, la persona a la que más quería, cuya seguridad se había puesto de manera tan deliberada en el otro platillo de la balanza.

Helena había cuidado de Ariele durante muchos años y por tanto la reacción ante cualquier amenaza contra su hermana era algo instintivo, profundamente arraigado. Fabien, como siempre, había escogido bien.

Para su desgracia, un poder mayor se había sumado a la partida.

Con rapidez, con la facilidad congénita que poseía, agudizado hasta la excelencia por el mundo en que había jugado durante tantos años, ensambló las líneas básicas de un plan. Tomó nota de los hechos importantes y los elementos esenciales.

Se dio la vuelta y se acercó a la cama. Recogió su bata del suelo y se la puso con un ligero movimiento de hombros.

Su mirada se cruzó con la de Helena, que preguntó:

—¿Me dará la daga?

Sebastián vaciló. Si le decía que Ariele estaba segura, que la amenaza de Fabien era un farol, planeada y ejecutada con maestría con la única finalidad de obligarla a hacer lo que a él se le antojara, ¿le creerían Helena o Phillipe? Llevaba cinco años sin ver a Fabien, pero dudaba que los hombres cambiasen... y menos en ese aspecto. Él y Fabien siempre habían compartido los mismos gustos, lo cual era, en gran medida, la causa de su rivalidad.

Era también la razón de que Fabien hubiera enviado a Helena; había sabido cebar la trampa. Por desgracia, en este caso la presa iba a cazar al cazador. Sebastián no sintió ninguna tristeza.

Sin embargo, aparte del hecho de volver a triunfar

sobre su viejo adversario, había un tema mucho más importante que considerar. A menos que Helena creyera que él podía derrotar a Fabien, nunca se sentiría totalmente segura, completa y absolutamente libre.

Incluso en el futuro podría seguir siendo una presa para Fabien; y eso Sebastián no lo consentiría, no podría permitirlo.

—No. —Se ató el cinturón de la bata con fuerza—. No le daré la daga. No es así como se jugará la partida. —Helena bajó la cabeza y su mirada se apagó—. Iremos a Le Roc y rescataremos a Ariele.

El repentino cambio de expresión en Helena, la esperanza que inundó su rostro, le hizo sonreír.

—*Vraiment?* —Se inclinó hacia delante, escudriñándole los ojos con ansiedad.

—¿Habla en serio? —Phillipe había empezado a levantarse y ahora lo miraba con una repentina ansiedad que a Sebastián no le gustó ver. ¿A él le habría ocurrido lo mismo de haber estado Helena enLe Roc?

—Por supuesto. —Volviéndose hacia Helena, añadió—: Si le diese la daga y usted se la entregara a Fabien, ¿qué ganaría?

Helena arrugó el entrecejo.

—A Ariele.

El duque se sentó en la cama, apoyándose contra el poste de la esquina. La observó.

—Pero seguiría estando bajo la férula de Fabien... las dos. —Miró a Phillipe—. Todos. Continuarían siendo sus marionetas, bailando al son que él quisiera.

Phillipe arrugó la frente, se sentó y asintió con la cabeza.

—Lo que dice es verdad; sin embargo... —levantó la mirada—, ¿cuál es la alternativa? Usted no conoce a Fabien.

Sebastián enseñó su sonrisa de depredador.

—Lo conozco muy bien. De hecho, lo conozco bastante mejor que ustedes dos. Sé cómo piensa, cómo reaccionará. —Miró a Helena—. Como expresó usted con tanta elegancia, *mignonne*, conozco bien los juegos de los hombres poderosos.

Helena lo estudió ladeando la cabeza. Esperó.

Sebastián sonrió de nuevo, esta vez con indulgencia.

—Procedamos, *mes enfants*. Están a punto de ser instruidos en los juegos de los hombres poderosos. —Miró a Phillipe para confirmar que estaba atento—. Primera norma: quien toma la iniciativa tiene ventaja. Estamos a punto de obtenerla. Fabien cree que Helena volverá en Nochebuena con la daga. No la esperará antes de esa fecha. —Miró a Helena—. Con independencia de los sentimientos que usted pueda o no dispensarme, él esperará que le desafíe tanto como para demorarse hasta el último día. Como Louis está con usted, Fabien tendrá la certeza de que nada inesperado ocurrirá sin que sea informado de ello con tiempo para adoptar las medidas necesarias.

Sebastián miró a Phillipe, preguntándose si debía decirle que había sido manipulado por un maestro, que su presencia allí era simplemente otro de los pequeños toques de Fabien. Decidió que no. Volvió a mirar a Helena.

—Así pues, en este momento el señor conde se siente bastante ufano, imaginando que sus planes se desarrollan tal como estaba previsto y que todo saldrá como desea.

Helena lo estaba mirando de hito en hito. El duque sonrió.

—En cambio... veamos. Hoy es diecisiete. Podemos estar en Francia mañana por la mañana si los vientos no son favorables. Le Roc está (corríjanme si me equivoco) a menos de un día de viaje rápido de la costa, digamos, desde Saint-Malo. Llegaremos a la fortaleza de Fabien mucho antes de lo que nos espera. ¿Quién sabe? Podría ser que ni siquiera estuviera.

—Y entonces ¿qué? —preguntó Helena.

—Entonces buscaremos los medios de sacar a Ariele de allí; supongo que no esperará que le dé un plan detallado antes de ver las fortificaciones. Y luego regresaremos a mayor velocidad aún que la que hayamos empleado en llegar.

—¿De verdad cree que es posible?

Él la miró a los ojos, sabiendo que no se estaba refiriendo sólo al rescate de Ariele. Inclinándose hacia ella, le cogió las manos y se las apretó con delicadeza.

—Créame, *mignonne*, lo es.

Él la liberaría de las ataduras de Fabien, y a su hermana, y también a Phillipe. Podía entender que después de tantos años a ella le resultara muy difícil de imaginar.

Helena se recostó ligeramente, pero dejó sus manos entre las de Sebastián.

Las campanas de los relojes de la casa los distrajeron. Tres campanadas, las tres de la madrugada. Sebastián se incorporó.

—Bien, hay mucho que hacer si queremos estar en Francia mañana por la mañana.

Helena y Phillipe lo miraron. Con rapidez y concisión, Sebastián esbozó los puntos concretos que necesitaban saber. Su tono era paciente, abiertamente paternal, pero por una vez Helena no se ofendió. Junto con Phillipe, asimiló cada palabra del duque, siguió los derroteros de su razonamiento, contempló la victoria por él descrita.

—De este modo, sin que Louis lo sepa, Phillipe y yo nos marcharemos rumbo a Newhaven...

Helena se irguió con un respingo.

—¡Yo también voy!

Sebastián le sostuvo la indignada mirada.

—*Mignonne*, será mejor que permanezca aquí. A salvo.

—¡No! Ariele es responsabilidad mía... y usted no conoce Le Roc como yo.

—Sin embargo, Phillipe sí... —Sebastián miró al joven para descubrir que negaba con la cabeza.

—No. No conozco bien la fortaleza. Louis ha pasado años allí, pero yo me he unido al servicio de mi tío recientemente.

Sebastián hizo una mueca.

—Y hay otro problema —añadió Phillipe con timidez— . Ariele. No sabe lo que sabemos nosotros. No creo que si me presentara ante ella en plena noche, o en cualquier otro momento, viniera conmigo. Pero Helena... Siempre hará lo que diga Helena.

Helena confirmó su razonamiento.

—*Vraiment*. Dice la verdad. Ariele es dulce, pero no idiota; no abandonará la seguridad de Le Roc si no es por una buena razón. Y no sabe nada de los planes de Fabien.

La expresión de Sebastián se endureció, y ella leyó su oposición con toda claridad. Se acercó y le tomó la mano.

—Y es probable que desee partir sin ningún alboroto, en silencio y sin demasiado equipaje, *n'est-ce pas?*

Los labios de Sebastián se torcieron en una mueca. Le devolvió el apretón de manos.

—Juega duro, *mignonne*. —Suspiró—. Muy bien. Vendrá también. Tendré que pensar la manera de asegurarnos de que Louis se demore.

Sebastián añadió aquel punto a su lista mental. Cuando había pensado en que Helena fuera testigo de la derrota de Fabien, lo había hecho de manera figurada. Su instinto le indicaba que ella debía quedarse atrás, a salvo, pero quizá sería mejor que los acompañara. De esta manera, compartiría la derrota de Fabien, y de cara al futuro, para alguien de su temperamento, aquello podría ser importante.

Los relojes dieron la media. Se levantó.

—Hay mucho que hacer y poco tiempo para ello. —Cruzando la habitación, tiró del cordón de la campanilla. Miró a Phillipe—. Haré que dispongan una habitación para usted; pida cuanto necesite. —Miró a Helena—. Ambos me harían un favor si permanecieran en sus habitaciones hasta que envíe por ustedes. Vístanse de viaje. Saldremos a las nueve en punto. Por cierto, sólo podrá llevar una pequeña bolsa, nada más.

Helena asintió con la cabeza.

Llamaron a la puerta. Sebastián la abrió sólo un poco, bloqueando el umbral con el cuerpo, para ordenar a un somnoliento lacayo que fuera a buscar a Webster. Cerró la puerta y se volvió hacia Phillipe.

—Mi mayordomo, Webster, es de absoluta confianza. Le conducirá a una habitación y le atenderá él mismo. Cuantos menos sepamos de su presencia aquí, menos probabilidades hay de que Louis y su sirviente se enteren.

Phillipe asintió con la cabeza.

Sebastián se paseó delante del mortecino fuego hasta que llegó Webster, que se ocupó de Phillipe con su habitual imperturbabilidad, conduciéndolo fuera de la habitación.

Cuando se cerró la puerta, Helena observó cómo Sebastián se daba la vuelta y se acercaba a la cama con lentitud. Estaba absolutamente confundida; no podía centrar sus pensamientos en nada. Prevalecían las emo-

303

ciones: un alivio inmenso, confusión, incertidumbre. Culpa. Excitación. Incredulidad.

Sebastián estaba maquinando con la mirada abstraída. De pronto miró a Helena.

—Esa declaración que obtuvo de su querido tutor, *mignonne*. ¿Puedo verla?

Helena parpadeó, sorprendida por el giro. Señaló su baúl, que reposaba vacío en una esquina.

—Está debajo del forro, en el lado izquierdo de la tapa.

El duque abrió el baúl y palpó el forro. Helena oyó el desgarrón cuando él rompió la tela y el crujido al extraer el pergamino. Incorporándose, Sebastián volvió al tocador, desplegó el documento, lo alisó y lo leyó a la luz de la lámpara.

Al contemplar su cara en el espejo, Helena vio que los labios del duque se torcían en una rápida mueca. Luego sonrió y meneó la cabeza.

—¿Qué es esto? —Le lanzó una mirada y agitó el pergamino—. Fabien nunca dejará de sorprenderme. Dice que cuando usted le pidió esto, él se sentó sin más y lo redactó, ¿no?

Helena hizo memoria y asintió con la cabeza.

—*Oui*. Lo consideró un momento... —Arrugó el entrecejo—. ¿Por qué?

—Porque, *mignonne*, al escribir esto y entregárselo, estaba arriesgando muy poco. —Volvió a examinar el documento y luego la miró—. Usted no me dijo que había utilizado las palabras «más extensas que las suyas».

—¿Y?

—Sus propiedades están en La Camargue, una tierra llana y extensa. ¿Qué extensión tienen sus tierras?

Helena lo dijo y el duque sonrió.

—*Bon*. Somos libres, entonces.

304

—¿Por qué?

—Porque las mías son «más extensas que las suyas».

Helena puso ceño y sacudió la cabeza.

—Sigo sin comprender.

Sebastián dejó el documento y cogió la lámpara para bajar la llama.

—Piense que Inglaterra es un país mucho más pequeño que Francia. —Sebastián volvió a la cama.

—¿Quiere decir que no hay muchos caballeros ingleses cuyas propiedades sean más grandes que las mías?

—Aparte de mí (y Fabien sabía que yo había declarado que no me casaría), las únicas posibilidades que se me ocurren serían los duques reales, ninguno de los cuales merecerían su aprobación; y otros dos, los cuales ya están casados y son lo bastante viejos como para ser su padre.

—¿Fabien sabía esto?

—Con absoluta seguridad. Es la clase de información que se sabe al dedillo.

—¿Y usted?

Negó con la cabeza, respondiendo de manera intuitiva la pregunta que realmente quería hacerle Helena.

—No, *mignonne*... Renuncié hace años a los juegos que se permite Fabien. —Se paró al lado de la cama, estudiando la expresión de Helena—. Todavía conozco las reglas y puedo enfrentarme al mejor, pero... —Se encogió de hombros—. La verdad, esa clase de actividad se hace pesada. Encontré mejores cosas que hacer con mi tiempo.

Seducir mujeres; ayudar a mujeres. Helena vio cómo se quitaba la bata y dejaba que ésta resbalara al suelo. Se dejó caer sobre las almohadas cuando Sebastián apartó las mantas y se deslizó a su lado.

Helena permaneció inmóvil, preguntándose...

Sebastián la colocó suavemente medio debajo de él. Helena suspiró, al sentir los dedos del duque buscar la abertura de su bata y abrírsela. Se puso sobre ella y bajó su cuerpo hasta el suyo, piel contra piel.

La ráfaga de calor la conmocionó. Aturdida, apenas si encontró el aire suficiente para decir:

—Así que el documento... ¿está diciendo que no vale nada?

Él la miró a la cara y le acarició el cuerpo.

—En absoluto. Para nosotros es un premio. —Sebastián estudió sus ojos y sonrió; inclinó la cabeza y con los labios le tocó la frente arrugada—. Su documento es un as, *mignonne*, y vamos a utilizarlo para matar los triunfos de Fabien de la manera más satisfactoria posible.

Que todavía tuviera intención de casarse con ella, aun después de enterarse de todo su engaño, le parecía imposible. Pero el duque había sido muy claro. A Helena, la culpa le seguía pesando en el corazón.

Las manos de Sebastián se movían sin rumbo, seduciendo los sentidos de Helena, robándole la conciencia. Sería tan fácil sucumbir a su hechizo, entregarse a él y dejar correr el problema.

Pero no podía.

Helena le cogió la cara entre ambas manos y la mantuvo así para, incluso en la oscuridad, distinguir cada matiz.

—Me ayudará de verdad... realmente me ayudará a rescatar a Ariele. —No era una pregunta; no dudaba de que lo fuera a hacer—. ¿Por qué?

Sebastián le sostuvo la mirada.

—*Mignonne*, ya le he dicho (bastante a menudo) que usted es mía. Mía. —Al repetirlo, le abrió suavemente los muslos y se colocó en medio—. En todo el mundo no hay ninguna mujer a quien yo esté más dispuesto a ayudar y proteger que usted.

Helena no alcanzó a distinguir en el azul de sus ojos el fuego y el sentimiento que lo sustentaba.

—Pero yo... puse los intereses de otra persona en primer lugar.

La mirada de Sebastián no titubeó.

—Si hubiera actuado como lo hizo por Fabien, o por otro hombre, sí, me habría sentido traicionado. Pero lo hizo por su hermana... por amor, por responsabilidad. Por cariño. De todos los hombres del mundo, ¿no supuso que yo lo entendería?

Ella le miró a los ojos y vio. Al menos, se permitió creer.

—Debería haber confiado en usted... contárselo todo.

—Pero temía por su hermana.

Inclinó la cabeza y la besó, larga y profundamente. Dejando claro que el asunto estaba zanjado.

No fue hasta unos minutos más tarde cuando Helena, tomando aire suficiente, murmuró:

—¿Me perdona?

Encima de ella, Sebastián le acarició la cara con la mano.

—*Mignonne*, no hay nada que perdonar.

En ese momento, Helena supo no sólo que la amaba, sino también el porqué. Atrajo su cabeza con la mano y lo besó con delicadeza, manteniendo a raya el fuego que ya estaba crepitando entre ellos.

—Seré suya —susurró contra sus labios—. Siempre.

No importaba lo que estuviera por suceder.

—*Bon*.

Sebastián asumió el control del beso, al tiempo que le sujetaba las caderas y la penetraba. Se bebió el grito ahogado de Helena cuando, inexorable, su acero caliente la llenó por dentro. Hasta el fondo.

Luego se apartó y empezó el baile.

Helena se entregó a ello, a él; se rindió por completo. Le abrió su cuerpo, su corazón. Le ofreció su alma.

En el oscuro capullo de la cama, en sus alientos entremezclados, sollozos quebrados y gruñidos sordos, cuando sus cuerpos calientes se movieron al unísono, cuando el ritmo se incrementó y la profundidad de la pasión y el deseo de Sebastián estalló en ella, embistiéndola, complaciéndola, nació un entendimiento más profundo.

Mientras que su rendición fue una ofrenda a Sebastián, la posesión fue, a su vez, el regalo de él. Ella percibió que Sebastián perdía el control, que su deseo se liberaba, y lo condujo al clímax, mientras sollozaba y lo mantenía pegado a ella absorbiendo todas sus sensaciones. Entonces tuvo que preguntarse quién era el poseído y quién el poseedor.

Ninguno, concluyó cuando la ola se rompió y los arrastró, dejándolos jadeantes. Cuando se separaron, fortalecidos por un esplendor debilitado, recordó lo que había dicho Sebastián hacía tiempo. Estaban hechos para eso. El uno para el otro; él para ella, ella para él.

Las dos caras de la misma moneda; unidos por una fuerza que ni siquiera un hombre poderoso podría romper.

Sebastián se deslizó fuera de la cama dos horas más tarde. Se puso la bata y fue hasta el tocador, donde cogió la declaración de Fabien para releerla. Miró hacia Helena; seguía profundamente dormida. Tras un instante de duda, dobló el documento y abandonó la habitación en silencio.

Cuando llegó a sus aposentos, mandó llamar a Webster, dando instrucciones mientras se bañaba, afeitaba y vestía. Dejando a su ayuda de cámara, Gros, con el encargo de llenar una pequeña bolsa con todo lo que necesitaría durante el viaje se dirigió al estudio.

Una vez allí, se dedicó a colocar los cimientos de su plan.

La primera carta que escribió era una petición personal al obispo de Lincoln, un viejo amigo de su padre. Una vez que hubieran vuelto de Francia con Ariele, no había razón para retrasar más la boda. Terminó la carta, la espolvoreó y la puso a un lado, junto con la declaración de Fabien. Helena había conseguido aquel premio; él estaba dispuesto a utilizarlo.

Hizo sonar la campanilla para que acudiera un lacayo y lo envió a buscar a Webster. Imperturbable como siempre, Webster hizo entrar en el estudio al servicio de mayor rango. Se sentaron. Con claridad y rapidez, Sebastián los puso al corriente. Luego hablaron e hicieron sugerencias y, por fin, decidieron diversas estratagemas para retrasar a Louis y Villard.

—Doy por sentado que el ayuda de cámara es un títere del conde. Pero tened cuidado de que, mientras vigiláis al pez más grande, no se os escape el pequeño.

—Por supuesto que no, excelencia. Puede confiar en nosotros.

—Bien. Insisto en que no quiero que retraséis a De Sèvres y su criado de manera descarada. Lo que deseo es que les desconcertéis sobre la exacta localización de la condesa y de mí. Si se dan cuenta de que han sido deliberadamente retrasados, adivinarán adónde hemos ido y nos seguirán a toda prisa. —Hizo una pausa antes de añadir—: Cuanto más tiempo duden, más seguros estaremos yo, vuestra futura ama, su hermana y el caballero que nos ha traído noticias la noche pasada.

Fue recompensado por la visión de un ligera curva

en los labios de Webster y un brillo de triunfo en sus ojos grises. El mayordomo llevaba años —desde que Arthur se casara— recordándole calladamente que cumpliera con su deber y los salvara a todos.

Apenas capaz de contener su satisfacción mientras mantenía su máscara de imperturbabilidad, Webster hizo una profunda reverencia.

—¿Podremos expresarle nuestras felicitaciones, excelencia?

—Podéis. —Y añadió—: Pero sólo a mí.

Encantados, así lo hicieron todos y luego se marcharon. Sebastián volvió a su lista mental de tareas.

Tras despejar el escritorio de asuntos urgentes, habló brevemente con su ayudante y le ordenó que llevara a los Thierry a su presencia.

Comparecieron, confusos y algo esperanzados. Mientras se sentaban en las sillas situadas delante del escritorio, Sebastián los estudió. Luego les contó lo imprescindible para que supieran —lo suficiente para que comprendieran la situación— que habían sido cómplices involuntarios de una conspiración para robarle. Se quedaron tan aterrados como había previsto y tuvo que interrumpir sus horrorizadas protestas para asegurarles que él sabía que ellos eran inocentes.

Entonces les dio a elegir: Inglaterra o Francia.

Inglaterra, con su apoyo; Francia como cómplices del inminente fracaso de Fabien.

Dado que ya eran auténticos refugiados políticos antes de que los reclutara Fabien, no les costó nada optar por Inglaterra.

Sebastián les sugirió que permanecieran en Somersham hasta que él y Helena regresaran, y entonces podrían hacer planes para el futuro de ambos. Aunque ignorante de los planes de Sebastián, habló mucho en favor de Gastón Thierry su ofrecimiento de que ellos podrían ayudar a retrasar a Louis.

Sebastián le tendió la mano y los envió a hablar con Webster.

La última persona con quien tenía que hablar entró revoloteando en el estudio cinco minutos más tarde.

—¿Deseabas hablar conmigo, querido muchacho?

Sebastián se levantó sonriente y, con un gesto de la mano, indicó a Clara los sillones que había delante del fuego. Ella se sentó en una butaca y él permaneció de pie junto a la chimenea, un brazo apoyado en la repisa. Le contó mucho más de lo que había revelado a los Thierry.

—¡Bueno! Hace tiempo que lo sabía todo, por supuesto. —Con los ojos resplandecientes y una sonrisa iluminándole la cara, Clara se levantó y lo besó en la mejilla—. Es perfecta... bastante perfecta. Me alegro mucho. Y puedo afirmar sin temor alguno que la familia estará encantada. Verdaderamente encantada.

—Por supuesto, pero ¿entiendes que cuando regresemos sólo deseo ver por aquí a la gente que habitualmente nos visitaba por Navidad y a aquellos que relacionaré en mi carta a Augusta, no a todo el clan?

—Ah, claro, claro. Sólo un poco de gente. Podemos invitar al resto más tarde, cuando mejore el tiempo. —Clara le dio una palmadita en el brazo—. Ahora, lo mejor es que os pongáis en camino si queréis llegar a Newhaven esta noche. Estaré aquí cuando volváis, y también Augusta y los otros. Nos encargaremos de todo.

Con otra palmadita y advirtiéndole que tuvieran cuidado, Clara salió radiante de la habitación.

Sebastián hizo sonar la campanilla para que acudiese Webster.

—¿Dónde está Louis de Sèvres? —preguntó cuando llegó el meritorio personaje.

—En el salón del desayuno, excelencia.

—¿Y su criado?

—En el comedor del servicio.

—Muy bien; tráeme a la señorita condesa aquí y haz que un lacayo lleve el equipaje al carruaje. Envía a otro para que conduzca al señor Phillipe a los establos por la puerta lateral.

—De inmediato, excelencia.

Sebastián estaba sentado en el escritorio cuando Webster hizo pasar a Helena; tras lo cual, el mayordomo se retiró y cerró la puerta.

—*Mignonne.* —Se levantó y rodeó el escritorio.

Vestida con un traje de viaje y con una pesada capa en el brazo, Helena se acercó a él con la mirada en guardia y vigilante.

—¿Es hora de partir?

Sebastián sonrió y le cogió la mano.

—Casi. —Le besó los dedos enguantados y se volvió hacia las dos cartas que seguían abiertas sobre el escritorio—. He tomado la declaración... No quise despertarla.

—Supuse que lo había hecho. —Con la cabeza inclinada, elevó la mirada hacia él y esperó.

—En este país, para que nos podamos casar, la manera más rápida es conseguir una licencia especial, una dispensa. He escrito a un obispo bien predispuesto, pero, en apoyo de mi petición, dado que es usted francesa y tiene un tutor, necesitaré incluir la declaración de Fabien. —Hizo una pausa y añadió—: ¿Puedo hacerlo así?

Helena sonrió con lentitud.

—*Oui.* Sí. Por supuesto.

El duque sonrió.

—*Bon.* —Le soltó las manos y estiró el brazo para coger la vela y el sello de lacre.

Mientras ella observaba, Sebastián puso su sello en la carta.

—Hecho. —Dejó la carta encima de su misiva a Augusta y de otra carta dirigida a la Corte real.

—Webster la enviará con un jinete.

Sebastián observó la segunda carta, preguntándose si debía mencionarla. Se volvió y se encontró con la mirada de peridoto de Helena: nítida y despejada, aunque todavía conservaba una persistente preocupación.

—Venga.—Le cogió la mano—. Pongámonos en camino

12

El coche, tirado por cuatro caballos, corría hacia el sur a través de una campiña inmóvil y silenciosa bajo el puño gélido del invierno.

Sobre la acolchada comodidad de la tapicería de piel, arrebujada en la calidez de las pieles suaves y los chales de seda, con unos ladrillos calientes envueltos en franela bajo los pies, Helena observaba el paso fugaz de aquel mundo helado. Al principio había intentado sentarse erguida, para mantener la columna recta y evitar la tentación de apoyarse en Sebastián, que, firme e inamovible, iba a su lado. Pero, a medida que pasaban las horas, empezó a cabecear; luego, con el bamboleo del carruaje, se adormiló. Al despertarse, descubrió su mejilla protegida por el pecho de Sebastián, su brazo firme y protector rodeándola para evitar que resbalara en el asiento.

Entreabrió los ojos. Sentado enfrente, Phillipe dormía apoyado contra una esquina.

Dejó caer los párpados una vez más, se arrebujó en Sebastián y se deslizó de nuevo en el sueño.

Y soñó. Una confusión de imágenes inconexas, pero dominadas por la desesperación, una esperanza floreciente, un sentimiento de fatalidad y un temor nebuloso.

El estrépito de los cascos contra los adoquines la despertó. Se desperezó, miró la ventanilla y vio una mezcolanza de casas y tiendas.

—Londres —informó Sebastián.

Ella se volvió para mirarlo. Phillipe, advirtió, escudriñaba las calles con interés.

—¿Tenemos que pasar por aquí?

—Por desgracia, así es —contestó el duque—. Newhaven está cerca de Brighton, que se encuentra al sur.

Helena contempló las casas e intentó reprimir su impaciencia. Se esforzó en apartar la idea de que acababan de empezar el viaje, de que tenían que correr, correr o, de lo contrario, fracasarían. Que la velocidad era de una importancia fundamental.

Sebastián cerró una mano sobre las suyas, apretándolas de manera tranquilizadora.

—No hay manera de que Louis pueda alertar a Fabien a tiempo —dijo.

Ella escrutó su mirada y asintió con la cabeza. Volvió a centrarse en las casas.

Pocos minutos más tarde, Sebastián hablaba con Phillipe, preguntándole por cierta familia de la nobleza francesa. De ahí, la conversación derivó hacia la debilidad de la monarquía de su país. Phillipe recurrió a Helena. Pronto se encontraron enzarzados en una animada y nada halagüeña disección del clima político francés del momento y de las deficiencias de aquellos que, supuestamente, llevaban el timón del país. Helena sólo percibió el transcurso del tiempo al advertir que las casas empezaban a ralear y que el campo abierto volvía a surgir ante su vista.

Miró a Sebastián, vislumbrando el brillo de sus ojos azules. Volviendo al paisaje, dejando que la conversación decayera por sí misma, meneó la cabeza para sus adentros. Puede que Sebastián ya no participara en juegos como los de Fabien, pero acerca de sus habilidades Helena albergaba pocas dudas. Ahora que era suya, ahora que él la consideraba como tal, ella tendría que acostumbrarse a semejantes toques de manipulación —al suave tensado de sus cuerdas—, todo por su propio bien, claro.

Era un precio que jamás supuso estaría dispuesta a pagar, y sin embargo, por la libertad, por él...

Ser suya... a salvo, segura y libre. Libre para vivir una vida propia según sus deseos. Para cumplir su destino como dama de posición, como la esposa de un hombre poderoso.

¿Qué precio tenía semejante sueño?

Cuando el coche empezó a correr de nuevo, volvió a quedarse dormida.

Tarde, cuando las sombras se fundían con la noche, el carruaje se detuvo delante de una posada que daba a un muelle. Sebastián se apeó y Helena le vio hablar con un marinero que había acudido corriendo. El aire nocturno transportaba con claridad el constante chapoteo de las olas y el olor a salitre. El marinero, tras recibir órdenes de Sebastián, hizo una reverencia y se marchó.

El duque volvió al coche. Abrió la puerta e hizo una seña.

—Venga, tenemos tiempo de cenar antes de que cambie la marea.

Ayudó a Helena a bajar; Phillipe la siguió. Cruzaron el patio adoquinado hacia la puerta de la posada. Dentro, todo era acogedor. El posadero sonrió y les dirigió una inclinación de la cabeza, haciéndolos pasar a un salón privado. La mesa estaba puesta para tres. En cuanto se sentaron, llegaron dos doncellas con unas fuentes humeantes.

Helena miró a Sebastián, que adivinó sus preguntas y sacudió la servilleta.

—De madrugada, envié un jinete por delante —explicó—. Todo está preparado para la travesía. Llegaremos a tiempo.

A pesar de respirar aliviada gracias a la planificación del duque, Helena, presa de terribles temores, no tenía mucho apetito. Sebastián insistió en que al menos se tomara la sopa y unos bocados de pollo. Por su parte, Sebastián y Phillipe dieron buena cuenta de todo.

Una vez que hubieron terminado, el duque la condujo por el patio adoquinado hasta el muelle. El barco de Sebastián, un estilizado velero que parecía listo para deslizarse por el agua, permanecía amarrado, cabeceando, los cabos tirantes como si fuera un caballo ansioso por galopar. Todo estaba preparado, le dijo el capitán al duque mientras ayudaba a Helena a subir por la plancha.

Sebastián dio la orden de zarpar y la condujo a los camarotes.

Helena acababa de bajar la corta escalera que desembocaba en un estrecho pasillo, cuando el barco se impulsó sobre el oleaje y partió. La sensación de poder, de ser propulsada hacia delante —hacia Francia, hacia Ariele—, le proporcionó un inmenso consuelo. Se detuvo y sintió que la esperanza estallaba en su interior, y dejó que la embargase.

Sebastián se volvió para ver si le pasaba algo y Phillipe estaba esperando todavía para bajar. Ella sonrió y avanzó, dejando que el duque la condujera a su camarote al final del pasillo.

Aunque pequeño, el compartimiento era cómodo. Exhibía el sello de la riqueza de Sebastián en los accesorios, en la cama asegurada a la pared, en el brillo de los paneles de roble y en la calidad de la ropa de cama.

Salió de nuevo al pasillo mientras Sebastián conducía a Phillipe a otro camarote; los oyó hablar de la hora probable de llegada. «Será por la mañana», dijo el duque. Phillipe estaba impresionado; le preguntaba por el barco, por su diseño. Helena volvió al camarote.

Se retiró la capucha de la capa, y cogió los cordones del cuello. Había sólo una cama. Y Sebastián esperaría que ella la compartiera con él. Así pues, cómo conseguiría dormir...

En su mente surgieron los muros grises de Le Roc, fríos e imponentes. Ni siquiera el huerto y el parque que lo rodeaban suavizaban sus líneas duras y despóticas.

¿Qué estaría haciendo Ariele? ¿Estaría durmiendo plácidamente con una ligera sonrisa en los labios? El sueño del inocente; confiado, ingenuo...

Un ruido en el pasillo atrajo su atención. Y a continuación, a sus espaldas, la puerta se abrió y se cerró. Oyó un golpe metálico y supo que Sebastián había colocado el cinturón y el estoque en un silla. Luego percibió su presencia detrás de ella, sintió que su pulso se aceleraba como siempre que se le acercaba. El duque apretó su pecho contra los hombros de Helena, y sus muslos contra el trasero. De manera que la cresta de su erección empujó la parte baja de su espalda.

Helena no lo esperaba.

—Esta noche estoy... preocupada.

—Lo sé.

Las manos de Sebastián ciñeron su cintura. Inclinó la cabeza y, con la punta de la lengua, recorrió el borde de la oreja. Helena se estremeció e inclinó la cabeza hacia atrás, y él arrastró los labios hasta el punto donde latía el pulso en la base del cuello.

La lamió al mismo tiempo que sus manos subían para cerrarse, posesivas, sobre el pecho de Helena, sobándola con languidez. Luego le apretó los picos fruncidos.

Helena intentó reprimir la excitación, pero no lo

consiguió. Sus senos se hincharon, firmes y calientes, y sus pensamientos saltaron en mil pedazos.

—Hace demasiado frío para que se desnude. —Sugirió el duque con voz ronca, dándole a entender que él prefería hacerlo de aquella manera.

Ella consiguió respirar, pero no pudo librarse de la embriagadora sensualidad de su tono y de sus caricias. Fue incapaz de sustraerse a su hechizo.

—Entonces... ¿cómo? —preguntó con un hilo de voz.

—Levántese las faldas y las enaguas por delante. Hasta las rodillas.

Helena lo hizo. Las manos de Sebastián bajaron hasta su cintura y la ciñó. Helena soltó un gritito ahogado cuando, levantándola, la puso de rodillas sobre el borde la cama.

—Chsss. —Sus labios volvieron al cuello de Helena, al sensible punto bajo la oreja—. Phillipe está en el camarote contiguo.

Una de sus manos volvió a darle placer en los senos y Helena sintió la otra detrás de ella, velada por la ropa, cuando Sebastián empezó a levantarle las faldas.

—No sé si podré...

La mano de Sebastián entró en contacto con el trasero desnudo, acariciándolo; Helena gimió.

Sabía que podría.

Sebastián acabó de levantarle las faldas y le penetró con suavidad... y el mundo se desvaneció. Su ritmo era lento, cuidadoso; el deseo creció como una ola suave y arrastró a Helena hasta un lugar tan sólo existente allí y entonces, en el momento del calor y la pasión. Un lugar lleno de sensaciones, donde el placer crecía, etapa por etapa, paso a paso, inexorable, hasta que al final la imponente ola rompió y la inundó, dejándola estremecida y exhausta... demasiado exhausta para pensar.

Sólo fue vagamente consciente de que él le quitaba la ropa y la tendía en la cama. Luego se desnudó y se unió a ella, que se acurrucó de manera instintiva en la calidez y la fuerza de Sebastián.

La rodeó con el brazo y la apretó contra él.

Helena suspiró y se dejó vencer por el sueño.

La despertó una repentina sacudida.

Miró alrededor y recordó dónde estaba. Se encontraba sola y una tenue luz matizaba el círculo de cielo que se veía a través del ojo de buey.

France!

Intentó retirar las mantas pero en ese momento el velero se escoró bruscamente, se quedó inmóvil por un segundo y, con un golpetazo, volvió a incrustarse en el mar.

Eso era lo que la había despertado. Al tirar de la manta, se percató de que Sebastián las había remetido bajo el colchón, de manera que ella no rodara hasta el suelo. Mientras luchaba por liberarse, la embarcación volvió a cabecear violentamente. Tuvo que agarrarse al lateral de la cama para evitar ser lanzada a través del camarote.

Bregó con el vestido para ponérselo mientras se tambaleaba por el camarote luchando por mantenerse en pie. Lanzó un juramento en voz baja y en francés.

Abandonó el camarote y subió la corta escalera. Al ver el cielo y el mar, se quedó sin palabras.

Gris oscuro, casi negro, el cielo era un remolino; por debajo, las olas avanzaban en largas ondas empenachadas de blanco que rompían sobre la proa del velero y arrasaban la cubierta, rugiendo. A través de la espuma lanzada por las espantosas olas, fustigadas en la cresta por un viento constante, Helena pudo divisar los bajos acantilados; con los ojos entrecerrados, distinguió un grupo de casas en la cabecera de una ensenada situada a cierta distancia.

—*Sacredieu* —consiguió decir por fin. Si se hubiera atrevido a correr el riesgo de soltar el pasamanos al que se había aferrado, se habría santiguado.

Estaba de cara a proa; el puente y el timón estaban a popa. El golpeteo de las olas decreció súbitamente, hasta convertirse en un simple balanceo. Con la respiración contenida, salió a cubierta. Con paso tembloroso dejó atrás la escotilla y se volvió para entrever el mar más allá de la proa.

Vio abalanzarse la siguiente serie de olas furiosas. La primera hizo inclinar la cubierta. Helena se agarró con fuerza de una bita. Al impacto de la segunda ola, sus pies resbalaron. Miró asustada en todas direcciones, y se dio cuenta de que era lo bastante pequeña como para colarse por la barandilla de cubierta. Se abrazó a la bita desesperadamente.

El embate de la tercera ola le hizo perder el equilibrio. Gritó y sintió que sus dedos resbalaban por la suave y mojada bita. Oyó un grito y un juramento.

Segundos más tarde, justo cuando se abalanzaba la siguiente ola y sus dedos se soltaron, fue arrebatada contra el pecho de Sebastián. Los brazos del duque le rodeaban con firmeza la cintura, apretándola contra él, espalda contra pecho, mientras el yate aguantaba el embate de la ola.

En cuanto pasó, Sebastián avanzó hacia la escotilla, alcanzó la escalera y bajó llevando a Helena como si fuera un fardo.

—Lo siento —se excusó ella cuando la depositó en el estrecho pasillo.

Los ojos de Sebastián refulgían con un azul intenso, los labios apretados mientras permanecía de pie en mitad de la escalera, obstruyéndola.

—De ahora en adelante tenga bien presente lo siguiente. Acepté rescatar a su hermana, y lo haré. Consentí, contrariando mi buen juicio, en que usted me acompañara. Pero si no se ocupa de sí misma y de su seguridad, soy muy capaz de cambiar de idea.

Helena leyó en sus ojos que hablaba en serio, lo vio en la ferrea determinación de su gesto. Conciliadora, extendió las manos con las palmas levantadas.

—Le he dicho que lo siento, estoy... No me di cuenta. —Su gesto señaló la tormenta exterior—. Pero ¿no podemos arribar a puerto?

Sebastián suavizó la expresión. Empezó a bajar la escalera pero una ráfaga de viento lanzó una rociada de agua sobre su cabeza. Gruñó, se dio la vuelta y cerró la escotilla de un golpe. Sacudió la cabeza y las gotas volaron. Le indicó que se volviera con un gesto.

—Vamos al camarote.

Una vez allí Helena se dirigió a un pequeño aparador atornillado al mamparo, cogió una toalla del toallero y se la tendió.

Sebastián la cogió. La embestida de una nueva ola la lanzó contra él, que la sujetó contra su cuerpo. Helena sintió su rígida tensión, el enfado contenido que lo dominaba. Entonces Sebastián suspiró y la tensión se disipó. Inclinó la cabeza y apoyó la cara sobre los rizos de Helena. Respiró hondo.

—No vuelva a hacer una insensatez así.

Helena buscó su mirada y vio con claridad, porque él se lo dejó ver, la vulnerabilidad que yacía tras sus palabras. Levantó la mano y le tocó la mejilla.

—No lo haré, descuide —susurró.

Se estiró y le tocó los labios con la boca. Invitado al beso, él se lo devolvió.

Aquella dulce energía manó entre ellos por un instante, al cabo del cual Sebastián levantó la cabeza y la ayudó a dirigirse a la cama. Helena avanzó a trompicones hasta sentarse. Sebastián se acercó al ojo de buey y miró fuera, secándose el pelo con la toalla.

—No podemos entrar a puerto; no con el mar así —dijo—. Y menos con el viento en contra.

Helena ya lo había adivinado. Se desanimó bastante, pero estaba decidida a conseguirlo.

—¿Y no podemos navegar hacia otra parte?

—No sería fácil. Lo más probable es que el viento nos lanzara contra las rocas. —La miró—. Además —señaló el ojo de buey con la cabeza—, eso es Saint-Malo. Es el puerto más cercano a Le Roc y el que más nos conviene. Una vez en tierra, nos llevará un día, quizás un poco más, llegar a Montsurs. —Volvió a mirarla—. Según creo, Le Roc está cerca de allí, ¿no es así?

—Una media hora.

—Bien... estas tormentas nunca duran mucho. Casi es mediodía...

—¿Mediodía? —Se lo quedó mirando fijamente—. Creía que acababa de amanecer.

Sebastián negó con la cabeza.

—Al amanecer estábamos todavía al norte de las islas navegando tranquilamente. El viento empezó cuando entramos en el golfo. —Lanzó la toalla sobre la cama y se sentó junto a ella—. Así que tenemos que sopesar nuestras posibilidades. Para librarnos del viento tendríamos que poner rumbo norte y rezar para que amaine costa arriba (lo cual es posible que no), o virar al oeste y tener que rodear prácticamente Bretaña para desembarcar en Saint-Nazaire. Ambas opciones nos alejan más de Le Roc que Saint-Malo.

Helena lo consideró.

—Así pues, ¿lo mejor sería permanecer aquí a la espera de que la tormenta pase?

Sebastián asintió con la cabeza.

—Sé que está preocupada —añadió—, pero tenemos que sopesar cada hora con sumo cuidado.

—¿A causa de Louis?

Volvió a asentir, esta vez con más sequedad.

—En cuanto se dé cuenta de que nos hemos ido y abandone Somersham, su ruta será evidente. Irá hasta Dover y cruzará hasta Calais. Es improbable que esta tormenta le afecte.

Helena dejó resbalar la mano entre las de él.

—Pero entonces tendrá que bajar hasta Le Roc. Eso lo retrasará.

—Sí, y ésa es la razón por la que creo que deberíamos esperar aquí. Louis sólo puede haber abandonado Somersham esta mañana; en el mejor de los casos, hace unas pocas horas. No habrá conseguido irse antes, no con tanta gente retrasándole.

Helena reflexionó y terminó por suspirar. Asintió con la cabeza.

—Así que tenemos tiempo. —Miró a Sebastián—. Tiene razón; debemos esperar.

Sebastián captó su mirada, buscó en sus ojos y con una mano le cogió la cara. Inclinó la cabeza para acariciarle los labios con los suyos.

—Confíe en mí, *mignonne*. Ariele estará a salvo.

Confiaba en él, por completo. Y en lo más hondo de su corazón sintió que, en efecto, Ariele estaría a salvo. Con él y ella actuando juntos, decididos a conseguirlo, era incapaz de imaginar que el rescate no se realizara.

Sin embargo, a medida que la espera se prolongaba e iban pasando las horas, afloró otra preocupación. Sebastián estaba dispuesto a introducirse subrepticiamente en Francia y secuestrar a una joven noble francesa bajo las narices de su tutor legal. Y todo por ella. Pero ¿qué pasaría si era capturado?

¿Sería suficiente su noble condición para protegerlo?

¿Algo podría protegerlo de Fabien si caía en sus manos?

La discusión acerca del disfraz que adoptarían para viajar por tierra hasta Le Roc no acalló tales incipientes temores.

Phillipe se había reunido con ellos para el almuerzo en el camarote. Un grumete los sirvió y luego se retiró cerrando la puerta.

—Creo que sería mejor si, una vez desembarcados, podemos aducir alguna razón manifiesta para nuestro viaje. Sugiero que tú —Sebastián señaló con la cabeza a Phillipe— te presentes como el joven vástago de una casa noble.

Phillipe escuchaba con atención.

—¿De cuál?

—Sugeriría que la de Villandry. Si alguien pregunta, eres Hubert de Villandry. Las posesiones de tus padres se encuentran en...

—La Garonne. —Phillipe sonrió—. He estado allí.

—*Bon*. Entonces, si surge la necesidad, podrás resultar convincente. —Miró a Helena—. No es que espere ninguna dificultad. Sólo estoy tomando precauciones en previsión de cualquier contingencia.

Ella le sostuvo la mirada y asintió con la cabeza.

—¿Y quién seré yo?

—La hermana de Hubert, por supuesto. —Inclinó la cabeza, estudiándola, y dictaminó—: Adèle. Sí, colará.

Usted es Adèle de Villandry, y la razón de que nos acompañe es que, tras un breve viaje por Gran Bretaña durante el último año, Phillipe y yo recalamos en Londres, donde, después de una estancia de meses en la capital con unos parientes, aceptamos acompañarla de vuelta a... —pensó por un momento— al convento de Montsurs.

Helena hizo suyo el falso relato.

—Había decidido tomar los hábitos y fui enviada a Londres en un último esfuerzo para que cambiara de idea.

Sebastián esbozó una sonrisa burlona; alargó el brazo y apretó la mano.

—*Bon*. Eso suena muy convicente.

—Y ¿usted quién es? —preguntó Helena.

—¿Yo? —Una luz maliciosa titiló en sus ojos cuando se puso la mano en el pecho y parodió una reverencia—. Yo soy Sylvester Ffoliott, un erudito ingles, descendiente de una noble y arruinada familia, que se ha visto obligado a tener que abrirse camino en la vida. Fui contratado para guiar a Hubert en su viaje por Gran Bretaña y cuidar de que volviera a la propiedad de los Villandry en La Garonne. Hubert y yo nos dirigiremos hacia allí después de dejarla con las buenas hermanas de Montsurs.

Tanto Helena como Phillipe guardaron silencio, dejando volar la imaginación. Al cabo, Helena asintió con la cabeza.

—De acuerdo. Servirá.

—Por supuesto. Además, justificará el alquiler de un veloz carruaje para llevarla a Montsurs, así como el regreso subsiguiente del coche mientras nosotros (Hubert y yo) alquilamos unos caballos, la mejor manera de ver el país en nuestro viaje hacia el sur.

Phillipe arrugó el entrecejo.

—¿Por qué dejar el carruaje y cambiar a los caballos?

327

—Porque los caballos serán más rápidos y más útiles en la huida. —Observó a Phillipe—. Doy por sentado que sabes montar.

—*Naturellement*.

—Bien. Porque no confío en que tu tío deje que Ariele y Helena se le escabullan de las garras sin intentar recuperarlas.

Ninguno había imaginado que Fabien las dejaría ir graciosamente, aunque al escucharlo de manera tan rotunda provocó que la idea se consolidase en la mente de Helena.

¿Cómo reaccionaría Fabien? ¿Y cómo lo derrotaría Sebastián?

Más tarde, de pie junto a la barandilla de cubierta, miró hacia la costa, observando cómo el sol poniente ribeteaba de fuego las nubes de la tormenta. Tal como había predicho el capitán, la tormenta había pasado, dejando unos jirones de nubes corriendo por el cielo. El viento sibilaba con estrépito entre las jarcias. El sol se hundió y, con un último y ardiente destello, se ahogó en el mar.

A medida que las sombras se cernieron sobre ellos, el silbido del viento se fue debilitando, hasta desaparecer por completo.

Sebastián se acercó a la barandilla y se paró detrás de Helena, a un lado.

—Pronto, *mignonne*, pronto. Enseguida que el viento vuelva a levantarse.

—Quizá no lo haga… al menos no esta noche.

Helena no vio la sonrisa de Sebastián —aun si le hubiera mirado, era probable que su cara no la mostrara—, pero la adivinó, en su tono indulgente.

—Lo hará. Confíe en mí. Estas aguas rara vez están en calma.

El duque se arrimó más; sin mirar, Helena se recostó contra su cálido cuerpo. Se abandonó al apoyo y la esperanza que auguraba. Sebastián la rodeó con los brazos y cerró las manos sobre la barandilla, encerrándola delante de él. Cómodamente, transmitiéndole seguridad.

Permanecieron así un largo rato, los pensamientos y preocupaciones de ambos abandonados a la silenciosa belleza de la noche.

—Si conseguimos desembarcar esta noche, ¿qué haremos? —preguntó ella.

—Tomaremos habitaciones en una posada y contrataremos el carruaje. Nos marcharemos por la mañana lo más temprano posible.

Helena sintió el pecho de Sebastián expandirse al respirar.

—¿Por qué no marcharnos esta misma noche?

—Demasiado riesgo.

Helena puso ceño. Notó que Sebastián la miraba.

—Cabalgar de noche por los caminos rurales es demasiado peligroso —explicó él—, y no precisamente por su estado de conservación. Atraeríamos la atención, lo que puede que no sea de ayuda. En cuanto a qué ganaríamos... Si partimos de aquí esta noche, llegaríamos allí mañana a mediodía. Demasiado peligroso. Al acercarnos a Le Roc a plena luz del día, corremos el riesgo de que alguien la reconozca e informe de su presencia a Fabien.

Helena hizo una mueca. Se recostó aún más contra él.

—Muy bien, señor duque. Esta noche descansaremos.

De nuevo volvió a percibir su sonrisa indulgente.

—*Bon, mignonne.* —Apretó la boca contra su sien—. Estaremos en camino con las primeras luces del alba.

Como si algún ser celestial hubiera oído la sentencia

de Sebastián y se sintiera movido a cumplirla, las jarcias crujieron levemente, cada vez con más ruido, hasta que una ráfaga de viento llegó de no se sabía dónde.

El duque levantó la cabeza. De inmediato, gritos y órdenes resonaron por doquier y la tripulación puso manos a la obra. La cadena del ancla traqueteó, las cuerdas corrieron por las poleas y se izaron las velas, que reaccionaron con entusiasmo a la refrescante brisa.

Helena seguía de pie junto a la barandilla cuando las velas se hincharon y el estilizado velero puso proa a Saint-Malo. Con Sebastián a su espalda, observó la costa de Francia acercarse.

Todo transcurrió tal y como el duque pronosticara. La embarcación fondeó en el puerto de Saint-Malo, pasando inadvertidamente entre otros muchos veleros y embarcaciones de todo tipo que poblaban los muelles de piedra. Desembarcaron como si fueran simples pasajeros, encomendando sus bolsas a un mozo que los siguió detrás mientras cubrían la corta distancia hasta La Paloma, una de las mejores, si no la mejor, de las muchas posadas de que se afamaba el concurrido puerto. Allí encontraron habitaciones confortables.

Pese a la mullida cama, Helena durmió poco. No le había pasado inadvertido el hecho de que Sebastián llevaba, una vez más, el estoque. Como el resto de los caballeros, con frecuencia llevaba algún arma semejante, pero por lo general solía tratarse de alguna ornamental. El estoque que llevaba ahora no era de ésas. Era viejo, bastante gastado y nada sobrecargado. Parecía sentirse cómodo, como si antes lo hubiera usado a menudo y estuviera familiarizado con él. Helena había advertido la manera en que la mano de Sebastián caía hasta la empuñadura, descansando allí, los largos dedos curvados distraídamente sobre el metal labrado.

El estoque casi parecía una parte de él, una prolongación de su cuerpo. No era un juguete sino una herramienta, y él sabía cómo utilizarla. El hecho de que hubiera decidido llevarla sugería cosas inquietantes.

Helena suspiró para sus adentros, reconociendo la osadía que era pensar que ella podía protegerlo; era él quien la protegía a ella. Eso quitaba motivos de preocupación... Sin embargo, aun así estaba preocupada.

Cada vez que cerraba los ojos, su mente se desbocaba, imaginando toda clase de dificultades y obstáculos que surgirían en el camino y les harían perder las horas, impidiéndoles llegar a Ariele en el tiempo previsto.

Elena se despertó sobresaltada, con el pulso acelerado y el estómago tenso. Volvió a reclinarse en la almohada y cerró los ojos para intentar dormir.

Cuando en la fría madrugada Phillipe llamó a su puerta, ya estaba vestida y esperaba. Tras tomar una jícara de chocolate —porque Sebastián insistió—, estuvieron en camino antes de que el sol hubiera empezado a despuntar.

Al abandonar el patio de la posada, Sebastián había hecho un gesto a Helena y Phillipe para que subieran al carruaje, murmurando al chico que se sentara al lado de ella. Él había tomado asiento enfrente, pero una vez que hubieron dejado la ciudad atrás, cuando corrían ya por los caminos a campo abierto, hizo una señal a Phillipe para intercambiar los sitios.

Al ponerse a su lado, Sebastián advirtió las oscuras ojeras de Helena. La rodeó con un brazo para apoyarla cómoda y acogedoramente contra su costado. Helena lo miró con la frente arrugada; Sebastián sonrió, y le acarició el pelo con los labios.

—Descanse, *mignonne*. De nada le servirá esta noche a su hermana si no está completamente despierta y descansada.

La mención del rescate de su hermana y el papel que ella tenía que desempeñar le dio algo en qué pensar y la excusa para dejarse vencer por el cansancio y apoyar la cabeza en el pecho de Sebastián. Cerró los ojos.

No tardó en despertarse. Sebastián la mantenía segura contra él, un peso femenino cálido y suave, mientras contemplaba el paso fugaz de la campiña. Había dedicado la mitad de la noche en buscar el mejor cochero; el hombre valía lo que había pagado por él. Traquetearon durante todo el día, parando sólo media hora al principio de la tarde.

Empezaba a anochecer cuando los muros de la vieja ciudad de Montsurs se alzaron ante ellos. Volviendo a cambiar de sitio con Phillipe, Sebastián ordenó al cochero que los llevara a una caballeriza donde alquilasen caballos. Cuando el coche se detuvo con un estremecimiento junto a un establecimiento de aspecto no demasiado próspero, Sebastián sonrió burlón.

—Perfecto. —Miró a Helena y Phillipe—. Esperen aquí y asegúrense de que los lugareños no los ven.

Asintieron con la cabeza y el duque se apeó. Pasaron los minutos, y ellos se mantuvieron en silencio, vigilantes, cada vez más temerosos. De pronto oyeron ruidos de cascos. Era Sebastián, que volvía tirando de cuatro monturas, todas ensilladas. El dueño de la caballeriza iba a su lado, una ancha sonrisa adornándole la cara.

Sebastián condujo los caballos hasta la parte trasera del coche. Helena y Phillipe aguzaron el oído. El caballerizo estaba indicándole unas direcciones, adornadas con descripciones. Helena reconoció el camino al convento; tuvo que sonreír. Sebastián había pensado incluso en eso; si alguien se interesaba por unos desconocidos que habían comprado caballos aquella noche, el rastro sólo llevaría hasta el convento.

Sebastián reapareció en ese momento, dio las gracias al caballerizo, abrió la puerta y subió, cerrándola rápidamente tras él.

Helena retrocedió para ocultarse en las sombras; no quería que el hombre la viese.

—Ahora, ¿adónde? —le preguntó al duque.

Él la miró arqueando la ceja.

—Al convento, por supuesto.

No estaba lejos, pero a aquellas horas las puertas estaban cerradas y no había nadie que viese detenerse al coche, que los viera bajar y desatar los caballos, que viera a Sebastián pagar al cochero mientras ella y Phillipe esperaban con las riendas en las manos. El hombre cogió las monedas con una sonrisa, azuzó a los caballos y se alejó. De pie en el sendero, observando cómo desaparecía el coche, esperaron hasta que los cascos ya no se oyeron en el camino.

Todos a una, se dieron la vuelta y examinaron el muro del convento. Sebastián se dirigió hacia la sólida puerta y miró a través de la rejilla.

Se giró hacia ellos, sonriendo.

—Nadie nos ha visto.

Volvió y cogió las riendas que sujetaba Helena.

—Vámonos.

La levantó hasta la silla, sujetó el caballo mientras Helena se acomodaba y luego montó en el suyo. Con Phillipe encabezando la comitiva, recorrieron el sendero y torcieron hacia Le Roc.

Media hora más tarde, rodearon una colina y la fortaleza surgió ante su vista. Levantándose sobre un pequeño valle, la fortaleza de Fabien se asentaba sobre el saliente de una elevación rocosa, como una extensión de la misma, una extraña y perturbadora atalaya elevándose sobre los fértiles campos.

—Alto. —Sebastián tiró de las riendas y sonrió a Helena cuando se paró a su lado. Le indicó la fortaleza con la cabeza—. ¿Es ésa?

Helena asintió.

—Por este lado es inaccesible, pero por el otro hay caminos que serpentean a través de jardines.

—Menos mal. —Sebastián estudió la construcción, la manera en que había sido encajada en la piedra. Como fortaleza, era impresionante—. Si avanzamos más por este camino, correremos el riesgo de ser vistos.

Helena asintió con la cabeza.

—A causa de las revueltas, hay guardias incluso de noche.

—Conozco la rutina de los guardias; nunca cambia —añadió ella.

Phillipe resopló.

—Es verdad. Hay guardias, pero en realidad no esperan que nadie se acerque.

—Tanto mejor si están confiados. —Sebastián examinó los campos circundantes—. ¿Hay algún camino por el que podamos llegar al otro lado?

—Sí. —Helena espoleó su montura—. Hay un sendero que se une a éste un poco más adelante; es el que usan las carretas para recoger las manzanas del huerto.

Con Phillipe cerrando la marcha, Sebastián la siguió. Al cabo de unos cien metros, Helena torció por un estrecho sendero lo bastante ancho para que pasara un carro, lleno de profundas rodaduras pero cubierto de vegetación. A menos que se supiera que estaba allí, nadie imaginaría su existencia. Siguiendo a Helena en fila india, Sebastián no dudaba que Fabien lo conocía. Si tenían que huir a toda prisa...

Estaba absorto, haciendo planes para toda suerte de contingencias, cuando Helena tiró de las riendas y se volvió.

—Deberíamos dejar los caballos aquí. Más adelante hay unas cancelas, pero si metemos los caballos en el huerto —indicó con la cabeza la tierra que se levantaba por encima de ellos—, los guardias podrían oírlos.

Con los ojos entrecerrados, Sebastián intentó ver a través de las sombras cambiantes, estudiando las terrazas siempre ascendentes y que, finalmente, se encontraban con lo que parecía un muro de jardín. Aunque bien protegida del camino principal y de cualquier fuerza que pudiera llegar por esa dirección, desde este ángulo la fortaleza parecía mucho más vulnerable.

—*Très bien* —murmuró escudriñando la noche—. Dejaremos aquí los jamelgos y continuaremos a pie.

El muro del huerto tenía dos metros y medio de altura, pero fue fácil encaramarse por sus toscos bloques de piedra, incluso para Helena, que llevaba faldas. Trepó por el muro bajo la atenta mirada de Sebastián y se sentó en el borde mientras él se le unía tras una rápida ascensión. Pasando las piernas por encima, Sebastián se dejó caer a tierra. Helena miró hacia abajo, resopló, se dio la vuelta y empezó a descender con más cuidado.

Cuando estaba a medio camino del suelo, Sebastián la desprendió del muro y la depositó en el suelo. Con un gesto de la cabeza a modo de agradecimiento, Helena se sacudió el polvo de las manos, señaló el empinado huerto y echó a andar.

Sebastián avanzaba con sigilo a su lado cuando salieron de la profunda oscuridad para atravesar los espacios abiertos entre los esqueléticos árboles. La luna todavía no había salido, así que sólo tenían que esconderse de la débil luminosidad de las estrellas.

Llegaron a la parte más elevada del huerto y se deslizaron al abrigo de la densa sombra que proyectaba el siguiente muro. Éste era algo más disuasorio: de igual altura pero sólida construcción, cada bloque se alineaba perfectamente con el siguiente, lo que dejaba una superficie lisa sin ningún lugar donde afianzar manos y pies. Sebastián lo estudió y miró a Helena, que le hizo señas con la mano de que esperase mientras ella y Phillipe hablaban en susurros. Luego Helena señaló hacia la izquierda y emprendió la marcha a lo largo del muro.

Sebastián la siguió. Helena avanzaba con rapidez amparada en la sombra del muro, hasta que, considerando que debían de estar al otro lado de la entrada principal, se paró. Se volvió hacia Sebastián, llevándose un dedo a los labios, se dio la vuelta y continuó; unos pocos pasos más la llevaron al otro lado de una cancela de hierro forjado.

Sebastián se paró al hacerlo Helena y levantó la vista hacia la verja. Era tan alta como el muro y estaba rematada por unas puntas muy afiladas. No había manera de salvarla por encima. Miró a Helena y vio que le hacía señas. Se reunió con ella más allá de la puerta; Helena tiró de Sebastián hacia abajo para hablarle al oído.

—Está cerrada pero hay una llave. Cuelga de un gancho justo a esta altura en el otro lado del muro. —Señaló un punto en el muro a unos treinta centímetros de la base y a casi sesenta del marco de la puerta—. ¿Podrá alcanzarla?

Sebastián miró el punto que le indicaba.

—Mantenga ahí la mano.

Se volvió hacia la cancela. Arrodillándose de costado, metió el brazo derecho a través del último espacio entre los barrotes, apoyando la sien contra la barra de hierro; miró la mano de Helena y dirigió los dedos hacia el punto opuesto. Si no conseguía coger la llave con limpieza y se le caía...

Las yemas tocaron metal y Sebastián se quedó inmóvil. Luego, con extrema delicadeza, alargó un poco más el brazo, resiguiendo el contorno de la llave y el cordel, hasta el clavo del que colgaba. Se estiró y deslizó los dedos entre el cordel, cerró la mano y lo sacó.

Extrajo el brazo y miró la pesada llave.

Antes de que pudiera reaccionar, Helena se la quitó de un manotazo, pero Sebastián la hizo agacharse de un tirón.

—¿Y los guardias?

Helena le contestó en un susurro:

—Éstos son los jardines de la cocina; sólo los comprueban un par de veces, a primera hora de la noche y poco antes del amanecer.

Sebastián asintió con la cabeza y la soltó. Se levantó y se limpió el polvo de las rodillas mientras Helena deslizaba con cuidado la pesada llave en la vieja cerradura.

Phillipe la ayudó; entre los dos, forcejearon hasta hacer saltar la gacheta. Preocupado por los posibles chirridos, Phillipe abrió la puerta con cuidado. Los goznes chirriaron levemente.

Aliviada, Helena siguió a Phillipe al interior del jardín por el trillado sendero que conducía a la casa. Sebastián, que iba detrás, observó a sus dos impacientes colaboradores avanzar a hurtadillas por el sendero. Suspiró, meneando la cabeza. Cerró la puerta, le echó el pestillo y quitó la llave.

Helena se volvió y le vio meterse la llave en el bolsillo de la casaca. Todos vestían ropas de colores apagados. Bajo una capa oscura, Helena llevaba un vestido marrón oscuro, liso y sin adornos tras haberle quitado todos los bordados para la ocasión. Phillipe iba completamente de negro. Sebastián llevaba una casaca y calzones gris castaño y calzaba botas hasta los muslos de un tono parecido. De día, el color le favorecía, pero a la tenue luz de la noche parecía un fantasma, un ser irreal salido de las sombras. «Con toda seguridad, un producto de mi imaginación», pensó Helena. Con aquellos andares sigilosos, nunca tan acusados, y la elegancia que conferían a su musculoso cuerpo, el duque constituía una sinfonía para sus sentidos.

Sebastián llegó junto a Helena, que tuvo que obligarse a respirar. Con un gesto de la cabeza, le indicó el umbral donde esperaba Phillipe.

—Hemos de evitar las habitaciones de la servidumbre. Podemos llegar al jardín de las rosas por allí. Sólo parte de los aposentos de Marie, la esposa de Fabien, están en esa ala. Como está enferma, es probable que sea el lugar más seguro para entrar.

Cuando rodearon la casa de piedra con más de tres plantas de ventanas mirando sobre ellos, no vieron ningún guardia. A pesar de que era más de medianoche, Sebastián notó un cosquilleo en la nuca. Podía ver la lejana ala hacia la que se encaminaba Helena; mientras seguía su senda, iba examinado las habitaciones más cercanas de la planta baja.

Cuando pasaban a toda prisa junto a un arriate de rododendros, Sebastián retuvo a Helena por el brazo.

—¿Qué hay al otro lado? —Señaló una puerta de dos hojas que se abría a una pequeña zona adoquinada.

—Un salón pequeño —susurró Helena.

Él deslizó los dedos hasta la mano de ella y la agarró;

hizo un gesto a Phillipe con la cabeza. Tirando de Helena, atravesó el jardín intermedio y avanzó hasta las sombras junto a la casa.

Helena lo siguió sin rechistar, pero al cabo le preguntó:

—¿Por qué ésta?

Sebastián estudió las estrechas hojas.

—Observe.

Dobló las rodillas y apoyó el hombro allí donde las dos hojas se unían en la cerradura. Entonces le dio un empujón seco.

La cerradura saltó con un chasquido y la puerta se entreabrió.

Helena se quedó boquiabierta.

—Qué... sencillo —musitó.

Sebastián abrió la puerta, hizo entrar a Helena y la siguió; Phillipe se les unió. Cerró la puerta y miró alrededor. El cuarto era pequeño y de una discreta elegancia. Alcanzó a Helena junto a la puerta principal y le puso una mano en la cintura para impedir que la abriera.

—¿A qué distancia queda la habitación de su hermana?

—La que utiliza habitualmente está en el ala central.

Sebastián miró a Phillipe.

—Ve primero, pero lentamente. Te seguiremos. Camina como si tal cosa; no te escondas. Si apareciera algún criado, pensará que acabas de llegar.

El joven asintió con la cabeza. Sebastián dejó que Helena abriera la puerta. Phillipe emprendió la marcha como se le había indicado y los otros le siguieron, ligeros cual fantasmas.

Se vieron obligados a subir la escalera principal; Helena respiró aliviada cuando llegaron arriba y accedieron a una gran galería. La luna había alcanzado su cenit. La luz plateada se desparramaba a través de los muchos ventanales, iluminando la larga pieza. Helena y Sebastián se pegaron a la pared interior mientras seguían a Phillipe, quien, a una señal del duque, atravesó a toda prisa la galería.

Volvieron a aminorar el paso cuando entraron en un laberinto de pasillos. La tensión de Helena se alivió aún más y el entusiasmo y la expectativa ocuparon su lugar. En pocos minutos vería a Ariele de nuevo, sabría que estaba a salvo.

Sebastián le tiró de la mano y susurró:

—¿Dónde están los aposentos de Fabien?

—Por allí. —Señaló con la mano hacia atrás—. Al final de la galería.

Por delante, Phillipe se había parado delante de una puerta. Miró hacia atrás y esperó a que se reunieran con él.

—¿Es ésta? —preguntó el duque.

Helena asintió con la cabeza.

—Entre usted —le dijo él—. Esperaremos aquí hasta que esté segura de que Ariele no se asustará. —Le dio un apretón en el brazo y la soltó—. Asegúrese de que su hermana entiende que es necesario guardar silencio.

Helena volvió a asentir con la cabeza, le sostuvo la mirada y le dio un breve apretón en la mano. Volviéndose hacia la puerta, levantó el pasador con cuidado y se deslizó dentro.

13

Helena no se movió hasta que sus ojos se acostumbraron a la oscuridad. Luego rodeó la cama endoselada, sabiendo que Ariele estaría durmiendo de espaldas a la puerta. Apartó las cortinas con sigilo y vio el bulto bajo las mantas. El pelo castaño claro de Ariele brillaba desparramado en las almohadas.

Sonriendo y emocionada, se acercó.

—¿Ariele? Ariele... despierta, *mon petit chou.*

Las pestañas castañas aletearon y unos ojos más verdes que los de Helena miraron con dificultad. Ariele sonrió adormilada. Los párpados volvieron a cerrarse.

Helena la sacudió con suavidad.

Los ojos de Ariele se abrieron por completo. Se quedó mirando de hito en hito a Helena, la sorpresa reflejada en el rostro. Entonces, con una exclamación de alegría, se abalanzó a los brazos de Helena.

—¡Eres tú! *Mon Dieu!* Creí que estaba soñando.

—Chsss. —Helena la abrazó con fuerza, cerró los ojos por un momento de extasiamiento y dio gracias. Entonces apartó a Ariele y le dijo—: Tenemos que irnos. *Vite.* Phillipe y otra persona, el inglés con el que me voy a casar, esperan al otro lado de la puerta. Pero hemos de darnos prisa. Tienes que vestirte. Con ropa oscura.

Ariele nunca había sido corta de entendederas. Salió disparada de la cama antes aun de que Helena hubiera terminado de hablar. Buscó en el armario y sacó un traje marrón; se lo enseñó a Helena.

—Sí, perfecto.

—¿Dónde vamos? —Ariele se puso el vestido a toda prisa.

—A Inglaterra. Fabien está loco.

—¿Loco? —Ariele ladeó la cabeza—. Asquerosamente arrogante, sí, pero... —Se encogió de hombros—. ¿Así que no sabe que nos vamos?

—No. —Helena se acercó para ayudarla con los lazos—. Hemos de ser muy sigilosas. Y sólo puedes llevar una pequeña bolsa... Sólo tus cepillos y otras cosas importantes.

—No traje muchas cosas de Cameralle. Esperaba ir a casa por Navidades.

Helena terminó de atarle los lazos y la abrazó.

—*Ma petite*, pasará algún tiempo antes de que volvamos a ver nuestro hogar...

—Sí, pero ¡vaya aventura!

Helena dejó que Ariele se cepillara la larga cabellera mientras cogía una bolsa pequeña del armario, metía dentro todos los pequeños objetos del tocador y corría hasta el reclinatorio para coger el devocionario y el crucifijo.

Un golpecito en la puerta las hizo mirar hacia allí. Era Phillipe, que atisbó dentro. Vio a Ariele y entró. Sebastián lo siguió. Helena lo miró fijamente, sintió su fuerza y eso calmó sus nervios. Todo iría bien.

Sebastián, aliviado de que todo discurriera bien, volvió la vista hacia Phillipe y la muchacha que supuso Ariele. El joven le susurraba con entusiasmo, explicándole su participación en todo aquello. La jovencita escuchaba con atención.

Ariele era más alta que Helena, más grande en conjunto, aunque no más que la media de su edad. El pelo le caía por la espalda como una cortina de oro viejo. Su perfil era tan perfecto como el de Helena. El duque observó los gestos de sus manos, rápidos y delicados, tranquilizando a Phillipe y acallando sus disculpas.

Ariele percibió su presencia y se dio la vuelta. Sonrió con timidez.

Sebastián se adelantó y le extendió la mano.

Ariele reaccionó de manera instintiva y colocó la suya encima. El duque le hizo una reverencia. Ariele se sacudió la sorpresa y le correspondió graciosamente.

Él la ayudó a incorporarse.

—Es un honor conocerla, querida, pero deberíamos dejar las cortesías para más tarde. Hemos de irnos de inmediato. —La miró a los ojos, de un tono verde más oscuro que los de Helena—. Si todo discurre como hemos planeado, tendremos años para conocernos mejor.

Ariele inclinó la cabeza, mirándolo casi retadora. El fuego brillante que ardía en Helena no se había perdido en Ariele. Sebastián sonrió con dulzura; inclinándose, besó la frente de Ariele con suavidad.

—No me discuta, *ma petite*. Todavía no está... al nivel de su hermana.

Ariele emitió un sonido que sólo podría describirse como una risita de satisfacción. Lanzó una breve mirada a Helena, la cara ardiendo con una pregunta inocente. No resultaba extraño que Phillipe estuviera locamente enamorado.

Sebastián le soltó la mano y retrocedió.

—Vamos. No nos entretengamos.

Helena había permanecido clavada en el sitio observando a su hermana y al duque. De nuevo empezó a moverse afanosa, cogió el cepillo de la mano de Ariele, lo metió en la bolsa y aseguró el cordón con fuerza. Miró a Sebastián.

—Estamos listas.

El duque le cogió la mano y besó sus dedos tensos.

—Bien.

Abandonaron el cuarto, cuatro sombras silenciosas deslizándose por la durmiente casa. Al igual que antes, Phillipe abría la marcha; Ariele, con la capa puesta y la capucha ya levantada, le pisaba los talones, como si el joven hubiera sido enviado a llamarla y ella obedeciera malhumorada. Recorrieron los pasillos con rapidez y en silencio. A pocos metros por detrás, Helena, también totalmente encapuchada, era seguida por Sebastián y ambos se mantenían en la sombra todo lo que les era posible.

El corazón le palpitaba con fuerza y ella se sentía mareada. Eran casi libres... todos. Y a Ariele le gustaba Sebastián. Las dos personas que más amaba se llevarían bien. El alivio se mezclaba con la ansiedad; una pertinaz inquietud pesaba sobre aquella incipiente alegría.

Llegaron a la galería y empezaron a cruzarla.

Unos pasos confiados fue todo el aviso que recibieron antes de que Fabien apareciese por el otro extremo de la galería. Habían dado tres grandes zancadas antes de que Fabien se detuviera y se quedara mirando de hito en hito. La luz de la luna hizo brillar su pelo rubio. Con botas y espuelas, vestido, como era habitual, completamente de negro, llevaba los guantes de montar en una mano y el estoque en la otra.

Por un instante todos se quedaron paralizados a la luz de la luna.

Helena oyó un juramento mascullado en voz baja y vio a Sebastián adelantarse. Cuando fue desenvainado con un siseo sibilante, su estoque destelló amenazador en el tenso silencio.

De inmediato fue contestado por un siseo similar cuando el de Fabien centelleó en la noche.

Lo que siguió —Helena no se percataría hasta más tarde— duró sólo unos minutos, aunque en su mente cada movimiento fue lento y pesado, cargado de significados, sutiles insinuaciones y presagios. Como la sonrisa que curvó los labios de Fabien cuando reconoció a Sebastián, y la infame luz que destelló en sus ojos negros.

Fabien estaba considerado un consumado espadachín y la angustió por un instante, pero se recuperó. Recordó la confianza que Sebastián había mostrado en relación a los desafíos de sus jóvenes pretendientes, y se acordó de que, en efecto, ninguno lo había retado.

La memoria le permitió poner las ideas en orden, mantener el pánico a raya. Phillipe había reculado hacia las ventanas, tirando de Ariele hacia él.

En el centro de la galería, bañados por el claro de luna, Sebastián y Fabien describían círculos, esperando ambos a que el otro hiciera el primer movimiento.

Lo hizo Fabien con una repentina embestida; el choque del acero hizo estremecer a Helena, pero mantuvo los ojos abiertos, fijos en la escena, viendo cómo Sebastián paraba el golpe sin aparente esfuerzo.

Fabien era unos centímetros más bajo y más ligero, más rápido con los pies. Sebastián sin duda era el más fuerte y tenía una llegada más larga.

Fabien entró a fondo de nuevo, y una vez más el duque desvió su estocada sin dificultad.

El corazón de Helena latía con fuerza; miró los pies de los contendientes y se dio cuenta de que... Contuvo la respiración, avanzó pegada a la pared y corrió hacia el final de la galería, donde cerró las puertas y echó la llave. Giró en redondo y miró para ver a Phillipe y Ariele haciendo lo mismo en el otro extremo. Si los criados oían los ruidos y acudían, las puertas cerradas les harían ganar un tiempo precioso.

Sebastián era consciente del problema. Vio la sonrisa burlona de Fabien y supo que su viejo amigo también lo era.

Con independencia del resultado de su esgrima, cuanto más tiempo estuvieran ambos bailando a la luz de la luna, menos probabilidades tendrían ellos de escapar.

Y sólo se trataba de un juego. Ninguno de los dos mataría; no estaba en sus naturalezas. Triunfar sí, pero ¿qué sentido tenía ganar si uno no podía regodearse con el vencido? Además, ambos eran nobles. La muerte de cualquiera de los dos podría resultar difícil de explicar para el otro, en especial si uno estaba en suelo extranjero. La muerte no valía la pena. Así que dirigirían sus esfuerzos a desarmar, herir y ganar.

Pero en el juego más importante, la ventaja en ese momento era de Fabien. Sebastián desvió una estocada de tanteo y concentró la mente en arrancarle el estoque a Fabien.

Confiado en que, pasara lo que pasase, sólo estaba arriesgando el brazo, Fabien se mostraba ansioso por entablar combate. Los dos eran antiguos maestros: para Fabien ese encuentro debería haberse producido mucho antes. El francés tenía rapidez, pero Sebastián poseía fuerza y una agilidad que disimulaba como táctica. Hizo retroceder a Fabien, volviendo a esquivar un golpe, rehusando seguir el amago de la respuesta de Fabien en favor de una estocada que obligó a su oponente a retirarse con rapidez.

Fabien amagaba, intentaba engañarle para que abriera la guardia y confiaba en su rapidez para mantenerse a salvo. Ése era su estilo. Sebastián se abstuvo de fintar, y se centró en su propio estilo, sencillo y directo. Necesitaba terminar aquello con rapidez; pero la única manera segura de superar las habilidades de Fabien era engañarlo, y eso significaba tiempo.

Significaba minutos de escaramuzas, los suficientes para desgastar y engañar a Fabien. Implicaba hacer retroceder a Fabien hacia una esquina de la galería, no hacia aquella donde Helena observaba con la espalda contra las puertas. Sebastián deseó que estuviera en cualquier otra parte, pero no podía desviar la atención de Fabien para echarla de allí.

En el instante en que tuvo colocado a Fabien donde quería, le lanzó una serie imparable de estocada-contra-estocada que lo hizo retroceder, de manera que de repente el francés se encontró arrinconado, teniendo delante un rival más fuerte y más alto.

Fabien buscó una vía de huida.

Sebastián se la proporcionó.

Amagó a su izquierda.

Fabien vio la brecha, se echó a un lado y entró a fondo...

Sebastián oyó un grito ahogado. Obligado ya, se retiró, giró la muñeca y lanzó una estocada ascendente. En ese mismo instante vio una mancha marrón acercándose por su izquierda.

Con todo su peso contra la espada, el cuerpo lanzado en la entrada a fondo, no pudo pararse.

Sólo pudo ver con horror que Helena aparecía entre ellos, tapando el espacio donde había estado la parte izquierda del pecho de Sebastián, a donde ella creía que apuntaba Fabien.

Helena miró a Fabien y vio el horror reflejado en su cara.

Demasiado tarde; el francés ya no podía detener su embestida. Su estoque se clavó en el hombro de Helena.

Sebastián la oyó gritar cuando la punta de su espada cubría los últimos centímetros, incapaz de impedir el giro de su muñeca, que desvió la punta diez centímetros hacia dentro.

Fabien intentó apartarse con un giro, pero no pudo impedir la certera estocada. La punta le atravesó la casaca y se hundió en su cuerpo, deslizándose por una costilla...

Sebastián tiró el estoque antes de completar el golpe mortal. Soltó el arma, que cayó con estrépito al suelo, y se precipitó a sostener a Helena.

Fabien trastabilló y se derrumbó contra la pared, resbalando hasta el suelo, una mano apretada contra el costado, el semblante más pálido que la misma muerte. Sebastián depositó a Helena en el suelo y le extrajo la espada de Fabien, consciente de la mirada desesperada del francés. Sabía que no había tenido intención de herirla.

Ariele y Phillipe llegaron hasta ellos como una exhalación. Sebastián se armó de valor para enfrentarse a un ataque de histeria, pero Ariele se limitó a examinar la herida. Luego empezó a rasgar el volante de sus enaguas y ordenó a Phillipe que le trajera el fular de Fabien.

Phillipe se acercó con cautela, pero Fabien, moviéndose con debilidad, le entregó la prenda sin hacer ningún comentario.

La opinión de Sebastián sobre Ariele mejoraba a pasos agigantados. Mientras sostenía contra el pecho a Helena, observó cómo la jovencita improvisaba con eficacia una almohadilla y la ataba sobre la herida. La muchacha miró a Sebastián con ojos interrogadores. El duque asintió con la cabeza.

—Vivirá —dijo.

Siempre y cuando recibiera los cuidados apropiados.

Helena se había desvanecido a causa del susto y el dolor. Cediéndole el sitio a Ariele, Sebastián se levantó y se acercó hasta Fabien. Se agachó y recogió su estoque. Luego extendió un pañuelo y limpió la hoja.

Fabien no había apartado la mirada de Helena. Ahora la levantó hacia Sebastián.

—¿Le dirá que no tuve intención de que ocurriera esto?

Sebastián le sostuvo la mirada.

—Si no lo sabe ya...

Sebastián cerró los ojos y se estremeció.

—*Sacre Dieu!* ¡Mujeres! ¡Las cosas que hacen...! —Hizo un gesto de dolor, pero continuó con voz débil—. Ella siempre ha sido impredecible.

Sebastián murmuró tras una leve vacilación:

—Se parece mucho a usted... ¿no lo ha pensado nunca?

—*Mais, oui...* Por supuesto. Conspira, trama y piensa con rapidez, aunque apenas llega a nuestro nivel.

Sebastián resopló de incredulidad. Miró a su antiguo enemigo y supo que la herida que le había infligido le ocasionaría dolores e incomodidades durante semanas. Se consoló pensando que eso, junto con todo lo que vendría, era justo pago por todo lo que Helena había sufrido; que, con independencia de sus deseos, no podría exigir una retribución física mayor.

—Usted y sus juegos... Hace años que yo los dejé. ¿Por qué persiste usted?

Fabien levantó la mirada y se encogió de hombros... Otra mueca de dolor.

—Por hastío, supongo. ¿Qué otras cosas hay para alegrar la vida?

Sebastián meneó la cabeza.

—Es usted un idiota.

—¿Idiota? ¿Yo? —Fabien intentó sonreír, pero el dolor se lo impidió. Volvió a cerrar los ojos con fuerza, pero todavía pudo inclinar la cabeza hacia donde estaba tendida Helena—. Según parece, no soy yo quien ha sido pillado en la más antigua de las trampas.

Sebastián lo miró y se preguntó si mencionarle que él había sido atrapado en la misma trampa muchos años atrás. Pero en el caso de Fabien no había habido un final feliz, sólo una prolongada y cada vez más profunda pena. Su Marie había resultado demasiado débil para tener hijos, y ahora estaba agonizando. El persistente enfado de Sebastián empezó a diluirse. Rehusando tocar el tema o mencionar que conocía su secreto, tan celosamente guardado, envainó el estoque. Miró a Helena.

—Hablará la sangre, supongo.

Fabien arrugó la frente y le miró.

Sebastián no se dignó explicarse.

Fabien volvió a mirar a los otros.

—He de saber una cosa. Qué propiedades son más grandes, ¿las de ella o las suyas?

—Las mías.

Fabien suspiró.

—Bueno, ha ganado este asalto, *mon ami.* —Su voz se debilitó; cerró los ojos—. Pero todavía tiene que conseguir la libertad. —Sus facciones se relajaban y perdió el conocimiento.

Agachándose, el duque examinó brevemente la herida de Fabien; comprobó que era delicada, pero que su vida no corría grave peligro. Se incorporó y le hizo una seña a Phillipe, señalando hacia una puerta al final de la galería.

—¿Qué hay al otro lado?

Era la biblioteca. Dejaron a Fabien sobre una *chaise longue* delante de la chimenea apagada, manos y pies atados con los cordones de las cortinas y amordazado con su pañuelo. No tardarían en encontrarlo.

Volvieron junto a Ariele y Helena, que había recobrado el conocimiento y estaba muy dolorida. Phillipe la examinó y luego se volvió hacia Sebastián.

—¿Qué haremos ahora?

El duque lo explicó rápida y sucintamente. Del silencio procedente más allá de las puertas, supusieron que la servidumbre no había oído nada.

—Pero si nos han oído, tú —señaló a Phillipe— y Helena acabáis de llegar con Fabien. Os había mandado llamar con presteza para encontrarse con vosotros en Montsurs, pero os retrasasteis, así que habéis llegado ahora mismo. Os ha ordenado a ambos que llevéis a Ariele a París y se ha retirado, dejándolo en vuestras manos... Su deseo es que Ariele parta inmediatamente. Y ha ordenado que no se le moleste porque le duele la cabeza.

—Una migraña. —La voz de Helena ascendió, débil pero nítida—. Es víctima de las migrañas; los criados saben que arriesgan sus cabezas si lo molestan cuando las padece.

—Perfecto. Tiene una migraña y os ha dejado con órdenes concretas de llevarnos a Ariele ahora mismo. El «ahora», por razones que desconocéis, es vital; Fabien ha insistido en eso. —Sebastián miró a Ariele—. No te sientes nada feliz por haber sido despertada para viajar a París. —Dirigió la mirada a sus pies, a los chanclos que se había puesto—. Baja las escalera pisando fuerte, refunfuñando y con cara de pocos amigos. Si necesitas tapar algún sonido, llora. Parecerá que Helena te sujeta, pero serás tú quien la sujete a ella. —Miró a Helena—. ¿Puede caminar, *mignonne*?

Ella asintió con la cabeza, apretando los labios.

Sebastián aceptó su palabra. No se le ocurría otra manera de sacarla sana y salva de aquella fortaleza.

—*Bon*. —Miró a Phillipe—. Así que es el momento de que pidas el carruaje. Baja a toda prisa las escaleras, haciendo ruido, y asusta a todo el mundo. No respondas ninguna pregunta sobre cómo has llegado hasta aquí...

Haz caso omiso de las mismas. Has de mostrarte centrado en llevarte de aquí a Ariele, tal como te ha ordenado tu tío. Si la servidumbre se muestra reacia, diles que Fabien está reposando en su dormitorio con una migraña... y sugiere que si quieren vayan a comprobarlo. —Se detuvo, estudiando al muchacho—. Cuando te pregunten, compórtate como lo haría Fabien o yo. Has estado ayudando a que Ariele se ponga en movimiento, pero ahora es Helena la que la acompaña, y quieres el carruaje ahora, para que no haya más retraso...

Phillipe asentía con la cabeza.

—Sí, comprendo.

Sebastián continuó, esbozando la última fase de su plan. Por último, palmeó a Phillipe en el hombro.

—Ve, pues. Estaremos escuchando desde aquí y bajaremos cuando llegue el carruaje. Así evitaremos que Helena permanezca de pie más tiempo del necesario.

Phillipe hizo un gesto con la cabeza y abrió las puertas de la galería. Se asomó fuera y, mirando hacia atrás, volvió a asentir con la cabeza y se marchó.

Escucharon sus pasos, confiados y firmes, debilitados a medida que se alejaba presuroso. Sebastián se agachó junto a Helena, que le agarró la manga y le miró a los ojos.

—¿Y usted? ¿Cómo se reunirá con nosotros?

Sebastián le cogió la mano y se la llevó a los labios.

—No tengo intención de perderla de vista, *mignonne*. En cuanto estén en el coche, me uniré al grupo.

Helena asintió, reuniendo fuerzas para la circunstancia que se avecinaba. Aunque había sangrado abundantemente por la herida, y la sangre había calado la almohadilla, la capa era lo bastante oscura para disimularlo.

Oyeron el escándalo organizado por Phillipe al despertar a gritos a los criados. El mayordomo se mostró reacio a obedecer sus órdenes, pero Phillipe le trató con una arrogancia tan prepotente que hubiera hecho sentirse orgulloso a Fabien.

Consiguió el coche exigido. Desde las sombras del vestíbulo superior, Sebastián y Ariele, con Helena apoyada entre los dos, observaban el frenético ir y venir de Phillipe, tal como si estuviera esperando que apareciera Fabien para preguntarle con suavidad por qué no se habían puesto en marcha todavía.

Su temor resultó contagioso. Diez minutos después de que se hubiera enviado volando a un lacayo a los establos, el ruido de cascos preludió la llegada del coche. Sebastián apretó los labios contra la sien de Helena, la sostuvo un momento más y finalmente se apartó.

—¡Moveos! —les dijo.

Ariele lo miró y luego, impostando mal humor, se puso a protestar, arrastrando los pies como si fuera llevada a la fuerza, sin soltar ni un momento a Helena, que se aferraba a ella.

En el vestíbulo inferior, Phillipe miraba hacia arriba.

—¿Dónde estáis? —preguntó a nadie en particular—. ¡Vamos!... ¡Vamos! —Empezó a subir las escaleras a grandes zancadas, hasta que Helena y Ariele aparecieron en lo alto—. ¡Aquí estáis! —Siguió subiendo. Llegó hasta Ariele y la rodeó para ayudar disimuladamente a Helena—. Al coche, venga. No cause más problemas. No querrá que baje el tío, ¿verdad?

Al bajar las escaleras, Helena jadeó y se tambaleó.

Ariele la sostuvo con fuerza y protestó con más vehemencia, un tanto jadeante.

Sebastián rezaba, observando desde arriba entre las sombras. Vio que Helena levantaba la cabeza, un movimiento casi imperceptible. Siguieron bajando.

353

El mayordomo todavía parecía inquieto. Miró a Helena, que agitó la mano con impaciencia.

—¡Tenemos que partir inmediatamente! —Su voz sonó aguda, dificultada por el dolor, aunque el servicio lo interpretó como irritación.

Fue suficiente. Como una exhalación, les dejaron expedito el camino, abriéndoles solícitos la puerta de par en par, congregándose después en el umbral para observar cómo, abrazados, los tres bajaban los peldaños de la entrada.

El repiqueteo de los cascos contra los adoquines del patio delantero ocultó los pasos de Sebastián. Bajó con rapidez los escalones, deslizándose a continuación entre las sombras. Todo el mundo estaba en el porche delantero; estirando el cuello, sólo podía ver el coche. La sincronización iba a ser vital.

La primera que subió fue Helena, seguida por Ariele. Phillipe puso el pie en el estribo, se volvió hacia el mozo que se aferraba a la percha en la parte trasera del coche, le dijo que bajara y, al mismo tiempo, hizo señas al lacayo para que levantara los escalones y cerrara la puerta del coche. Perplejo, el lacayo obedeció, mientras Phillipe se dirigía a la parte trasera del coche para hablar con el mozo.

Entonces Sebastián salió por la puerta principal, con confianza, dando grandes zancadas, los tacones de las botas repicando contra el suelo de mármol. Asustados, el mayordomo y sus subalternos, todos con ropa de dormir, giraron en redondo prestos a inclinarse servilmente ante su amo.

Los ojos se les abrieron como platos y las mandíbulas se les desencajaron.

Sebastián miró a todos con altivez y pasó por en medio sin desviarse. Se replegaron, sin atreverse a preguntar nada.

Siguió caminando con presteza, bajó los escalones con su habitual zancada, acortando la distancia que le separaba del coche. Se cruzó con el lacayo que, confundido, regresaba a la casa. Fue consciente de que el hombre se giraba y aminoraba el paso para observarlo. Los demás seguían congregados en el porche, haciendo otro tanto, desconcertados por lo que estaba sucediendo y sin saber qué hacer.

Sebastián vislumbró el semblante pálido de Helena a través de la ventanilla del coche. Lo habían conseguido; estaban fuera.

Con paso decidido, lanzó una mirada a Phillipe y le hizo un gesto con la cabeza. Phillipe se volvió hacia el mozo.

Sebastián llegó al coche y con un ágil movimiento trepó al pescante. Sorprendido, el cochero se volvió hacia él. El duque le arrebató las riendas y le dio un empellón, lanzándole sobre el césped al otro lado del coche.

A continuación arreó los caballos y el coche arrancó como una exhalación. Echó una rápida mirada atrás, vio al mozo despatarrado en el suelo y a Phillipe aferrado en el puesto de aquél.

Miró al frente y fustigó los caballos. Oyeron gritos y exclamaciones procedentes del porche, pero los sonidos no tardaron en desvanecerse cuando el coche tomó a toda velocidad la curva que conducía a la cancela.

La verja estaba abierta.

Otro carruaje se disponía a entrar.

Un cabriolé, con el caballo cubierto de sudor.

Sebastián esbozó una sonrisa al reconocer al cochero del cabriolé y al pasajero que se aferraba al pasamanos y señalaba con horror al carruaje que se les venía encima.

El cabriolé atravesó la cancela. La anchura del sendero no permitía el paso de más de un carruaje. A la vera del camino había un estanque de patos.

Sebastián fustigó los caballos y dirigió el carruaje directamente contra el cabriolé.

Louis aulló y tiró de las riendas.

El cabriolé resbaló y cayó por el talud hacia el estanque. Villard salió volando, yendo a caer en el centro del estanque.

El carruaje pasó rápidamente sin aminorar la marcha y traspuso la cancela.

Dentro del coche, Helena oyó los gritos e, ignorando las punzadas de dolor, se obligó a abrir los ojos. Miró a través de la ventanilla y vio a Louis jurando al saltar del cabriolé para aterrizar en el fango.

Luego, la cancela de Le Roc pasó ante su vista como una exhalación, y ella supo que finalmente era libre. Ella y Ariele. Totalmente libres. Aquello fue como una droga que se propagó por todas sus venas. Sus párpados se cerraron.

En ese momento el coche dio un brinco al pasar por un bache.

El dolor la atravesó y la oscuridad se levantó como una ola que la engulló.

Se despertó al calor, la suavidad y el consuelo de un lejano aroma a repostería. Pastelillos de frutos secos. Dulces. Sabrosas frutas confitadas.

Esos aromas la transportaron en volandas a la infancia, a los recuerdos de Navidades pretéritas. A la época en que vivían sus padres y los largos pasillos de Cameralle se llenaban de una alegría sin fin, de risas, entusiamo y una paz ubicua y dorada.

Durante unos minutos flotó suspendida en el tiempo, visitante fantasmal que volvía para saborear pasadas alegrías. Luego la ensoñación se fue desvaneciendo poco a poco.

Pero la paz permaneció.

Inexorable, el presente la trajo de vuelta a su seno, recordándole que estaba famélica. Recordó todo lo ocurrido; sintió un dolor en el hombro, la rigidez y las limitaciones del vendaje.

Abrió los ojos y vio una ventana. En el alféizar había nieve; también entre las hojas de cristal y, sobre el vidrio, dibujos helados. Sus ojos se acostumbraron a la luz gris; miró más allá, hacia las sombras de la ventana... y de pronto vio a Sebastián sentado en una silla.

La estaba observando. Como ella no dijo nada, él le preguntó:

—¿Cómo se siente?

Helena parpadeó y respiró hondo. Soltó el aire con lentitud, aliviando de paso el dolor.

—Mejor —dijo.

—Le duele el hombro todavía. —No era una pregunta.

—Sí, pero... —Se movió sobre la almohada con cuidado—. No es tan malo. Es razonable, creo. —Y arrugó la frente—. ¿Dónde estamos? —Levantó la cabeza—. ¿Y Ariele?

Los labios de Sebastián se curvaron ligeramente.

—Está abajo, con Phillipe. Se encuentra bien y a salvo. —Acercó la silla a la cama.

Helena extendió la mano; el duque la apretó entre las suyas.

—Así que... —Todavía estaba confundida, aunque indescriptiblemente aliviada por el calor de aquellas manos—. ¿Todavía estamos en Francia?

—*Oui*. No podíamos ir muy lejos, de manera que reajusté nuestros planes.

—Pero... —lo miró con los ojos entrecerrados— debíamos habernos dirigido directamente a Saint-Malo.

Él le dirigió una paciente mirada.

—Usted estaba herida e inconsciente. Envié un mensaje al barco y vinimos aquí.

—Pero Fabien nos seguirá.

—Sin duda, pero enviará su gente a Saint-Malo o a Calais. Buscará en el norte, imaginando que hemos tomado esa dirección. En cambio, hemos venido al sur y lejos de la costa.

—Pero... ¿cómo volveremos a Inglaterra? —Se incorporó trabajosamente contra las almohadas, aguantando el dolor punzante—. Usted tenía que volver para las Navidades... para su reunión familiar. Y si Fabien nos está buscando, no podemos permanecer aquí. Debemos...

—*Mignonne*, por favor, cállese.

Cuando obedeció, indecisa, Sebastián continuó:

—Todo está arreglado. Cuando estemos listos para partir, mi barco nos estará esperando en Saint-Nazaire. Estaremos en casa a tiempo para la Navidad. —Sus ojos, muy azules, le sostuvieron la mirada—. No hay nada que pueda hacer, sólo recuperarse. Hasta entonces no podremos irnos. ¿Hay algo más que quiera saber?

Ella lo miró, reflexionando sobre la aspereza que había teñido su tono.

Suspiró y le apretó la mano.

—Soy una mala experiencia, ¿verdad?

Sebastián gruñó.

—Me ha quitado unos cuantos años de encima. Y a Fabien.

Helena frunció el entrecejo, recordando.

—No pretendía herirme, ¿verdad?

—No; estaba horrorizado. Como yo. —La contempló y añadió—: Nunca pretendió hacerle daño. Ni a Ariele.

—¿Ariele? Pero... —Buscó en el rostro de Sebastián y la mirada se le aclaró—. ¿Fue una estratagema?

—Muy cruel, quizá, pero sí... Era la manera más segura de conseguir que usted hiciera lo que él quería.

Sebastián advirtió que los pensamientos de ella retrocedían, que recordaba y recapacitaba. Helena meneó la cabeza.

—Es un hombre extraño.

—Es un hombre insatisfecho. —Al mirarla, tendida en la cama, Sebastián supo que era verdad. Comprendió lo que costaba satisfacer a los hombres como él y Fabien.

Helena lo miró.

—Todavía hay algo que no sé... Cuénteme cómo se hizo con su daga.

Sebastián sonrió. Miró la mano de Helena, que reposaba entre las suyas. Entrelazó los dedos con los de ella, que se los llevó a los labios para besarlos suavemente.

—La gané —levantó los ojos hacia los de Helena— la noche en que usted y yo nos vimos por primera vez.

Helena pareció perpleja.

—*Vraiment?* ¿Ése fue el motivo de que anduviera detrás de los zarcillos de Collette?

—*Oui.* Le gané una sustanciosa suma de dinero al hermano pequeño de Fabien, así que éste me localizó para exigirme un desquite. Nosotros los ingleses éramos conocidos por nuestras disparatadas apuestas. Fabien manipuló la situación para que yo no pudiera negarme, al menos no sin desprestigiarme. Sin embargo, no esperaba que yo volviera a la mesa de juego y exigiera la daga para cubrir mi apuesta. Se había hecho acompañar por gloriosos caballeros de Francia... y ante ellos, tuvo que aceptar, ya que su honor estaba en juego.

—Pero envió aviso al convento.

—Naturalmente. Sabía que lo haría. Simulé estar borracho y me fui dando tumbos a mi hotel... y de allí directo al convento. —La miró a los ojos—. Para conocerla a la luz de la luna.

Helena sonrió, no sólo con los labios, sino también con sus ojos de peridoto, ya despejados de preocupaciones. Había más color en sus mejillas que al despertarse. Sebastián le dio un apretón en la mano y se levantó.

—*Bon*. Puesto que ya está despierta y tranquila, iré a buscar a Ariele y le diré a la mujer del posadero que está preparada para comer.

Su sonrisa era todo cuanto esperaba Sebastián.

—Gracias. —Con cuidado, se incorporó para sentarse; él la ayudó—. Comeré y luego podremos marcharnos.

—Mañana.

Lo miró y luego miró por la ventana.

—Pero...

—Comerá y descansará y recuperará fuerzas. Si está bien por la mañana, partiremos.

Helena le sostuvo la mirada y leyó su determinación. Así pues, suspiró y apoyó la espalda en las almohadas.

—Como os plazca, excelencia.

—Por supuesto, *mignonne*... Se hará exactamente lo que yo disponga.

Así fue, naturalmente. Helena se preguntaba si alguna vez conseguiría acostumbrarse a la sensación de ser arrastrada por una voluntad más poderosa que la suya.

El resto del día transcurrió apaciblemente. Por la tarde, se levantó y se aventuró escaleras abajo para visitar la pequeña posada familiar, que Sebastián había encontrado en un rincón del valle del Sarthe. Por las cercanías no pasaba ningún camino principal y la familia estaba agradecida por sus huéspedes. Helena estaba segura de que ignoraban que estaban alojando a un duque inglés y a una condesa francesa.

Tenían la posada para ellos solos; una nevada reciente había reducido las actividades del exterior a lo estrictamente necesario. El salón de la posada era cálido y acogedor, y resultaba placentero sentarse junto al fuego, al lado de Sebastián y contemplar cómo jugaba al ajedrez con Phillipe.

Quedaban sólo unos pocos días para la *nuit de Noël* y la posada rebosaba ya de una atmósfera de calma y de paz, con una promesa de dicha. Cuando se sentó junto a Sebastián, Helena se encontró libre de preocupaciones e inquietudes; por primera vez desde la muerte de sus padres, se sintió libre para relajarse y disfrutar, libre para dejar que la paz y la esperanza de dicha fluyeran seguras y le inundaran el alma.

Al cerrar los ojos, sintió manar en su interior la promesa de aquellos días.

Al día siguiente insistió en que se encontraba bastante bien para viajar. Sebastián la estudió con ojo crítico, pero acabó consintiendo. Después de un copioso desayuno, se pusieron en marcha a través de la nieve derretida y descubrieron que el camino se iba despejando a medida que avanzaban hacia el sur. Llegaron a Saint-Nazaire a última hora de la tarde. El barco de Sebastián estaba fondeado en el muelle, cabeceando; con alivio para todos, lo divisaron desde los acantilados que se levantaban sobre la ciudad.

Embarcaron y las velas fueron izadas. Y así, la estilizada nave puso rumbo a casa.

Fue una travesía sin incidentes, gran parte de la cual

transcurrió para ella en el camarote de Sebastián. Si fue alguna treta para hacerla descansar o, como Helena sospechó cada vez con más convicción, una reacción tardía ante el peligro en que él la había visto, el caso es que aquellas horas se llenaron de una pasión cálida, más posesiva y abierta que cuantas le habían precedido.

Sus advertencias de que Ariele ocupaba el camarote contiguo surtieron poco efecto en el duque. Cuando se encontró en cubierta con su hermana, que paseaba en la quietud del anochecer, ésta se limitó a esbozar una sonrisa bastante cómplice, y la abrazó.

Que su hermana no iba a vivir intimidada por Sebastián era evidente; él la trataba con una indulgencia fraternal, y Ariele reía y le tomaba el pelo. Helena los observaba con el corazón pletórico.

Tras un día y otra noche, el velero fondeó en Newhaven con la marea de la mañana. Un carruaje les estaba esperando. Después del desayuno, con ambas hermanas arropadas en pieles y chales de seda, emprendieron la última etapa de su viaje al hogar.

El hogar.

A medida que los kilómetros se desvanecían bajo los cascos de los briosos caballos de Sebastián, Helena pensó en la noción de hogar. ¿Cameralle? En realidad, había abandonado el hogar de su infancia hacía tiempo. ¿Le Roc? Aquella fortaleza nunca había sido un hogar, no en el sentido de un lugar de consuelo, un sitio al que volver al final del viaje. Un lugar de satisfacción.

¿Somersham?

Su corazón decía que sí, aun cuando su mente todavía dudaba. No de él, pero, a medida que atravesaban Londres, no pudo ignorar el hecho de que ambos, él y ella, encarnaban posiciones que afectaban a algo más que a sus individualidades.

Familia. Sociedad. Política. Poder.

El mundo de Sebastián y el suyo. Se había equivocado al imaginar que podría escaparse alguna vez; ese mundo estaba en su sangre tanto como en la de él.

El carruaje giró y ella miró hacia fuera, mientras accedían con estrépito a una plaza elegante. Los caballos aminoraron el paso y se detuvieron ante la entrada de una impresionante mansión.

Helena miró a Sebastián.

Él le sostuvo la mirada y dijo:

—St. Ives House. Estamos en Grosvenor Square.

Ella observó la imponente casa.

—¿Su residencia en Londres?

—La nuestra. Nos detendremos aquí media hora. Hay asuntos que requieren mi atención; continuaremos en cuanto los haya atendido.

Ariele, que había estado durmiendo, se estiró y se arregló el vestido; haciendo una mueca ante la visión de su penoso estado.

—No importa —le dijo el duque cuando pasó por su lado para descender, y le puso fugazmente la mano en la cintura. Tendió una mano y ayudó a Helena a bajar, y luego a Ariele—. Mi tía Clara está en Somersham, y mi hermana Augusta también. Estarán encantadas de ayudarte a organizar tu vestuario. Pero aquí no hay nadie ahora, así que no tienes de qué preocuparte.

Helena sintió alivio ya que estaba ligeramente desaliñada. Sebastián las condujo por la escalinata. El día era sombrío y lúgubre; en el vestíbulo ardían unas antorchas que iluminaban el tragaluz.

Un mayordomo de aspecto envarado abrió la puerta y, al verlos, reprimió una sonrisa de placer. Hizo una profunda reverencia con la cabeza.

—Bienvenido a casa, excelencia.

Sebastián, conduciendo a Helena al cálido y acogedor ambiente de elegante lujo, arqueó una ceja dirigiendo una aguda mirada al mayordomo.

—¿Qué ocurre, Doyle?

—Hemos recibido invitados, excelencia. —Con una calma absoluta, Doyle desvió la mirada hacia Helena.

Sebastián suspiró.

—Ésta es la condesa D'Lisle... pronto será su ama. Y éstos son su hermana, la señorita De Stansion y el caballero De Sèvres.

Miró alrededor cuando el mayordomo le cogió la capa y, acto seguido, hizo lo propio con la de Helena.

—¿Dónde diablos está el lacayo?

—Me temo, milord, que en este momento su presencia ha sido requerida en la biblioteca.

Sebastián volvió a clavarle la mirada.

—Doyle...

La puerta que había a su izquierda se abrió.

—Francamente, Doyle, ¿qué pretendes con esto? ¿Por qué no has enseñado a ese nuevo miembro del servicio...?

Lady Almira Cynster se quedó paralizada en el umbral del salón y, atónita, miró de hito en hito a Sebastián. Luego enrojeció.

—¡Sebastián! ¡Vaya! Creía que estabas en el campo o... —Las palabras se fueron apagando al caer en la cuenta de los demás. Despachó desdeñosamente a Phillipe y Ariele con un vistazo, pero cuando clavó los ojos en Helena, su mirada se ensombreció. En su rostro se dibujaron unas líneas de intransigencia.

—¿Qué estás haciendo aquí, Almira? —le espetó el duque.

Eso hizo que ella volviera a mirarle a la cara. Helena contuvo un estremecimiento; hacía semanas que no oía semejante tono en Sebastián.

—Yo... eh, bien... —Almira hizo un gesto impreciso, enrojeciendo aún más.

Tras un breve e incómodo silencio, Sebastián murmuró:

—Doyle, por favor, acompañe a la señorita y al caballero De Sèvres a la biblioteca... No; quizá la sala de estar sea más de su agrado. Y que se les sirva un refrigerio apropiado. La señorita condesa y yo nos reuniremos con ellos enseguida. Partiremos dentro de una hora hacia Somersham.

—Por supuesto, excelencia. —Doyle hizo una reverencia y condujo a Ariele y Phillipe por el largo vestíbulo.

—Bien, Almira, podríamos continuar en mi salón, ¿no crees?

Almira se volvió con una exclamación de enfado y, sin ninguna elegancia, regresó al salón para dejarse caer en medio de un sofá tapizado en seda. Asumiendo que si se iba a convertir en la esposa de Sebastián tendría que tratar con aquella mujer, Helena reprimió el impulso de escabullirse para ir junto a Ariele y Phillipe, y dejó que Sebastián la condujera al salón.

Surgió un lacayo y cerró las puertas tras ellos. De haber sido cualquier otra dama, Helena se habría sentido consternada de que se la viera con aquel traje marrón, lavado sí, y con el agujero del hombro remendado por Ariele, pero, con todo, arrugado y desaliñado. Sin embargo, Almira... La verdad es que no podía considerar a aquella mujer como alguien de cuya opinión debiera preocuparse.

Cuando ambos se acercaron al sofá, Helena vio que en la mesilla había un tetera, tazas y platillos, así como dos bandejas con galletas y pastas. Había cuatro tazas, todas con el té servido, tres de ellas sin tocar.

Sebastián contempló el despliegue y arqueó una ceja.

—Repito... ¿qué haces aquí, Almira? —Su tono fue más suave, menos intimidador.

Almira volvió a expresar contrariedad.

—Estoy practicando, ¿no lo ves? Algún día tendré que ocuparme de todo esto. De hecho, nosotros deberíamos estar viviendo ya aquí. Es un escándalo tener una casa tan grande sin una dama que la dirija.

—Estoy de acuerdo, al menos con tu última afirmación. Así que estarás encantada de saber que la señorita D'Lisle ha consentido en convertirse en mi esposa. Mi duquesa.

Almira alargó una mano para coger la taza, pero se controló y levantó la mirada

—¡Pero qué dices! —Su cara reflejaba desprecio—. Todo el mundo decía que te ibas a casar con ella, pero acabas de pasar casi una semana por ahí solo con ella. —Soltó un bufido y levantó la taza—. Pierde cuidado que no me lo trago. No puedes casarte con ella... Ahora no. ¡Piensa en el escándalo! —Sonrió con regodeo mientras bajaba la taza.

Sebastián la contempló y suspiró.

—Almira, ignoro por qué no aciertas a darte cuenta, pero ya te lo he dicho con anterioridad: hay una enorme diferencia entre las leyes no escritas que gobiernan la conducta de alguien como yo, o la señorita D'Lisle, y aquellas que rigen para la burguesía. —Su tono no dejaba dudas en cuanto a la diferencia—. Por lo tanto, no dudes de que se requerirá tu presencia para que asistas a nuestra boda, y en un futuro no demasiado lejano.

Con la delicada taza entre las manos, Almira se lo quedó mirando de hito en hito, perpleja. De repente, dejó la taza y exclamó:

—¡Charles! Ven a ver a tu tío.

Se puso de pie de un brinco. Sebastián la detuvo levantando una mano.

—Lo llevaréis a Somersham como de costumbre. Lo veré allí.

Almira hizo un mohín.

—Allí habrá más gente. Es tu heredero. Debes pasar más tiempo con él. Ahora está aquí.

—Aquí, ¿dónde? —repuso él con repentina aprensión—. Qué pregunta más tonta. Supongo que en la biblioteca.

—Bueno, ¿y qué? Algún día será...

Sebastián se dio la vuelta y se dirigió a grandes zancadas hacia la puerta.

—¡Pues lo será! —Almira echó a correr tras él.

A rastras, su mano apresada en la de Sebastián, Helena le oyó mascullar al abrir de golpe la puerta del salón:

—No si está en mi mano el evitarlo.

La biblioteca estaba dos puertas más allá; un lacayo los vio acercarse y abrió las hojas de par en par. La escena con que se encontraron habría resultado ridícula, de no ser extraña. Tres lacayos de pie formaban un corro alrededor de un niño pequeño, sentado en una alfombra a cierta distancia de la chimenea. El pequeño se limitaba a permanecer sentado, apesadumbrado el rostro, la mirada inexpresiva clavada en los anaqueles oscuros que cubrían la larga biblioteca.

Al niño se le reconocía de inmediato como hijo de Almira: la misma cara redonda, la barbilla huidiza, idéntica rubicundez.

Almira se adelantó como una exhalación y alzó al niño en brazos. Para sorpresa de Helena, el niño no mostró ninguna reacción, limitándose a mover su inexpresiva mirada hacia ella y el duque.

—¡Mira! —Almira tendió el niño a Sebastián casi con agresividad—. ¡No tienes por qué casarte! ¡No hay necesidad! Ya tienes un heredero...

—¡Almira!

Conmocionada, Almira parpadeó y cerró la boca.

Helena miró a Sebastián y notó cómo contenía la ira, cómo trataba de encontrar el mejor enfoque. Entonces él le soltó la mano y tomó a Almira por el codo.

—Vamos. Es hora de que os vayáis a casa. —La condujo hasta la puerta de la larga estancia—. La señorita D'Lisle y yo nos casaremos en Somersham. Llevarás a Charles allí y asistiréis los dos a la boda. A partir de ese día Helena será mi duquesa y ya no será apropiado que vengas aquí cuando estemos fuera. ¿Has entendido?

Almira se detuvo y Helena pudo percibir su confusa frustración.

—¿Será tu duquesa?

—Sí. —Sebastián hizo una pausa antes de añadir—: Y su hijo será mi heredero.

Almira volvió a mirarlo, dejando filtrar poco a poco su indiferencia anterior.

—Bien, pues. —Con Charles en brazos, se volvió hacia la puerta, que un lacayo mantenía abierta—. Por supuesto, si ella va a ser tu duquesa, ya no tengo por qué venir a hacerme cargo de esta casa.

—En efecto.

—Adiós, entonces. —Y se marchó sin mirar atrás.

Sebastián hizo un gesto, y los lacayos —todos, según advirtió Helena, enormemente aliviados— salieron de inmediato. Cerraron la puerta tras ellos. Con expresión distante, Sebastián volvió hasta ella. Meneó la cabeza, levantó la vista y la miró a los ojos.

—Lo lamento. Pero puedo prometerle que no habrá más dificultades.

Helena sonrió.

Sebastián la miró a los ojos, suspiró y le tomó las manos.

—*Mignonne*, si me dice sin más lo que piensa, funcionaremos bastante mejor que si se limita a dejar que lo adivine.

Ella lo miró con el entrecejo arrugado.

El siguiente suspiro de él fue menos paciente.

—Vuelve a estar preocupada... ¿Sobre qué?

Helena parpadeó, reprimió una sonrisa y, retirando las manos de las de Sebastián, caminó hasta la ventana, que dominaba una extensión de césped. Los arbustos que la rodeaban estaban húmedos y brillantes, tachonados de llorosas gotas de lluvia.

Le debía tanto al duque... Su libertad, y la de Ariele. Estaba más que deseosa de entregarle el resto de su vida en recompensa; de soportar sus modales autoritarios, de someterse a aquella posesividad que le caracterizaba. Sería lo menos que, en justicia, podía darle a cambio.

Sin embargo, quizá le debiera aún más.

Algo que sólo ella podía concederle.

Quizá también le debía la libertad de él.

—Hace tiempo, en Somersham, usted dijo que había una pregunta que no me haría hasta que yo estuviera preparada para darle una respuesta. —Levantó la cabeza e inspiró hondo sorprendiéndose de sentir tanta presión en el pecho—. Deseo que sepa que entendería si ya no sintiera realmente el deseo de hacerme esa pregunta. —Levantó una mano para impedir que la interrumpiera—. Soy consciente de que debe casarse, pero hay muchas mujeres que podrían ser su duquesa. Mujeres ante quienes usted no estaría obligado como lo está conmigo. Como yo lo estoy con usted.

Contempló el jardín, obligándose a decir, con voz tranquila y nítida:

—Usted nunca quiso casarse, quizá porque jamás ha deseado estar atado, como lo estará si lo hace. Si nos casamos, jamás será libre; las cadenas estarán siempre ahí, sujetándonos, uniéndonos.

—¿Y usted qué? —La voz de Sebastián sonó profunda—. ¿No estará igualmente atada, igualmente atrapada?

Los labios de Helena se curvaron levemente.

—Ya conoce la respuesta. —Lo miró y encontró su mirada azul—. Independientemente de que nos casemos o no, siempre seré suya, nunca me liberaré de usted. —Y añadió—: Y lo prefiero así.

La declaración —y su oferta de libertad— pendió entre ambos. Helena respiró con lentitud y volvió a mirar el césped, los arbustos brillantes.

Sebastián la contempló, inmóvil; al cabo de un momento, Helena notó que se acercaba. La rodeó con los brazos y apretó. La abrazó e inclinó la barbilla contra su sien.

Luego, en voz baja, habló:

—Ningún poder sobre la Tierra podría hacer que la abandonara. La fuerza que gobierna los cielos jamás me dejaría vivir sin usted. Y eso no quiere decir como duque y amante, sino como amantes cotidianos: marido y mujer. —Aflojando la presión, la volvió hacia él y la miró a los ojos—. Es la única mujer con la que he pensado en casarme, la única que puedo imaginar como mi duquesa. Y sí, me siento encadenado; y no, no noto la diferencia, pero por usted (por el premio que supone tenerla como esposa) llevaré esas cadenas encantado.

Helena le escrutó los ojos; por una vez, las emociones de Sebastián aparecieron sin máscara, grabadas con claridad en aquel azul ardiente. Ella reconoció la verdad que encerraban, y la aceptó. Pero aun así...

—Almira mencionó un escándalo. Dígame la verdad, ¿está en lo cierto?

Los labios de Sebastián se curvaron en una sonrisa un tanto irónica.

—Nada de escándalos. Puede que en Francia sea diferente, pero aquí... En realidad no se considera un escándalo viajar con la prometida de uno.

—Pero no estamos... —Escrutó los ojos de Sebastián—. ¿Qué me está diciendo?

—No estaba seguro de cuánto tiempo estaríamos fuera, así que envié un anuncio al noticiario de la Corte.

Helena abrió los ojos a medida que iba creciendo su comprensión.

—¿Antes de que abandonáramos Somersham?

—Antes de sentirse agraviada, considere esta cuestión. —Tomándole las manos, se las llevó a los labios y le atrajo la mirada con los ojos—. Si me rechaza ahora, me expondrá a las burlas de toda la gente elegante. He depositado mi corazón y mi honor a sus pies, públicamente... Son suyos para, si así lo desea, pisotearlos.

La estaba manipulando una vez más; Helena lo sabía ¿Pisotear su corazón? Todo cuanto deseaba era acariciarlo.

—¡Hummmm! —No resultaba fácil arrugar el entrecejo cuando el corazón latía a un ritmo vertiginoso. Levantando la barbilla, asintió con la cabeza—. Muy bien... ya puede hacerme la pregunta.

Sebastián sonrió, sin triunfalismo, sino con un profundo agradecimiento; a Helena le dio un vuelco el corazón.

—*Mignonne*, ¿quiere ser mía? ¿Se casará conmigo y será mi duquesa... mi pareja en todas las actividades, mi esposa para el resto de mis días?

Un sí parecía demasiado sencillo.

—Ya conoce mi respuesta.

Sebastián movió la cabeza y ensanchó la sonrisa.

—Jamás sería tan tonto de darla por supuesto. Debe decírmela.

Helena no pudo evitar reírse. Luego dijo:

—Sí.

Sebastián arqueó una ceja.

—¿Sólo sí?

Helena sonrió deliciosamente. Levantó los brazos y los entrelazó alrededor de su nuca.

—Sí con todo mi corazón. Sí con toda mi alma.

No había nada más que decir.

En perfecta armonía, viajaron a Somersham, tal como había decretado Sebastián, pero al llegar descubrieron que, por poderoso que fuese él, todavía había cosas que escapaban a su control.

La enorme mansión estaba repleta de familiares y amigos, todos ansiosos por oír lo que tuvieran que comunicarles.

—Dije que sólo la gente de siempre —masculló Sebastián. Dirigió una mirada ceñuda a Augusta cuando, sonriente y vivaracha, le besó en la mejilla—. ¡Y has reunido a media alta sociedad! —añadió el duque.

Augusta le puso mala cara.

—No fui yo quien envió la noticia a la Corte. Después de eso, ¿qué debía hacer? No supondrás que la alta sociedad no se interesaría por tus nupcias, ¿verdad?

—Por supuesto, querido niño —intervino Clara exaltada—. ¡Es una ocasión memorable! Claro que todo el mundo quería estar aquí. No podíamos impedirles que vinieran.

Augusta abrazó a Helena afectuosamente.

—¡Estoy tan contenta! ¡Como todo el mundo aquí! Y espero que no piense que somos demasiado entrometidas, pero Clara y yo sabíamos lo que pasaría (mi hermano jamás dejaría que una nimiedad como el vestido de novia se interpusiera en su camino), así que hemos hecho arreglar el viejo vestido de boda de mi madre. Quedará bien; hemos utilizado los vestidos que usted dejó aquí para hacer los ajustes; y Marjorie ha sido de gran ayuda. Espero que le guste.

—Estoy segura.

A Helena le daba vueltas la cabeza, pero no dejaba de sonreír. Presentó a Ariele, que fue recibida con júbilo por Augusta.

—¿Dieciséis? ¡Oh, querida, lo pasarás maravillosamente bien!

Cuando fue presentado, Phillipe arrugó la frente, lo cual era comprensible, pero Augusta no se dio cuenta. Ariele le dedicó una sonrisa fugaz que le animó. Antes de que Helena se diese cuenta, Augusta la reunió con Ariele e hizo un gesto hacia su hermano.

—Tendrás que arreglártelas solo por un rato, excelencia. Las damas han estado esperando para conocer a Helena y antes querrá cambiarse. —Mientras animaba a Helena y Ariele a dirigirse hacia las escaleras, miró por encima del hombro—. Quizá quieras inspeccionar la biblioteca. La última vez que miré habían descorchado tu mejor brandy. Ya sabes, aquel francés que habías hecho traer por barco...

Sebastián maldijo en voz baja. Miró con cara de pocos amigos a su hermana, que no se inmutó. Con una imprecación sorda, se dirigió a la biblioteca.

El vestíbulo delantero y las habitaciones principales estaban engalanadas con coronas de acebo y otras plantas perennes, y el bullicio y la alegría propias de esos días se vieron realzados por la excitación de la boda. En las chimeneas ardían gruesos leños y el aroma de la repostería navideña y el ponche caliente flotaban en el aire.

Tenían la Navidad encima; una época para la confianza, para la entrega. Un tiempo para compartir.

Todo el mundo congregado en la gran casa sentía la inexorable ascensión de la marea, experimentando alegría y júbilo.

Y fue el día de Nochebuena por la mañana, con la nieve cubriendo la hierba, crujiente a causa de una fuerte helada y tachonada de diamantes, un obsequio del sol que brillaba en el límpido cielo. Helena, de pie en la capilla de los jardines de Somersham Place, hizo los votos que la atarían a Sebastián, a su hogar y a su familia por siempre jamás. Le oyó hacer los suyos de protegerla y respetarla, también para siempre.

En una atmósfera de paz y dicha, de amor y alegría, en la época del año en que esas emociones dominan y tocan todos los corazones, se convirtieron en marido y mujer.

Retirado el fino velo que había sido de la madre de Sebastián, Helena se volvió hacia él, advirtiendo las enjoyadas luces que jugueteaban sobre sus cabezas cuando el sol brilló, bendiciéndoles a través de la ventana rosa. Se echó en sus brazos y sintió cómo se cerraban alrededor de ella. Supo que estaba segura.

Supo que era libre para vivir su vida bajo la protección de un tirano cariñoso.

Levantó la cara y se besaron.

Y las campanas tañeron, lanzadas al vuelo, jubilosas, para saludar aquel día especial y para honrar al amor que ataba los corazones de Sebastián y Helena.

La escarcha adherida al cristal de la ventana trazaba dibujos, junto a los cuales Sebastián se hallaba escribiendo, sentado. Era la mañana siguiente y la enorme casa, en calma, dormía perezosamente los invitados, demasiado agotados por el jolgorio del día anterior para levantarse tan temprano.

En el amplio dormitorio ducal lleno de detalles lujosos, con su enorme cama de doseles, los únicos sonidos que rompían el silencio era el rasgueo de la pluma sobre el pergamino y el crepitar ocasional del fuego. A pesar de la helada que asediaba más allá del cristal, la temperatura de la habitación era lo bastante agradable como para que se hubiera sentado a escribir sólo con la bata puesta.

Sobre el escritorio, junto a su mano, había una daga vieja y gastada en una vaina de piel. La empuñadura, de oro y recargada, tenía un rubí estrellado del tamaño de un huevo de paloma. Aunque sólo al peso valía una fortuna, no había balanza que pudiera medir el verdadero valor de esa daga.

Al terminar la carta, Sebastián dejó la pluma y miró hacia la cama. Helena no se había movido; podía ver la maraña de rizos negros extendida sobre su almohada, tal como él los había dejado media hora antes, cuando se había levantado.

Helena había sido recibida en el clan de los Cynster con una alegría que había trascendido la dicha propia de aquellos días. Durante el desayuno nupcial, que había durado todo el día, la había visto alcanzar su plenitud: subyugando con sus ojos, risas y sonrisas a Martin y George, convirtiéndolos en sus vasallos; intercambiando miradas con Augusta, conspiradora y compañera, ya amigas incondicionales. La había visto tratar con calma y gentileza a Almira, con una comprensión de la que él carecía y cautivar a Arthur, el más reservado de todos.

En cuanto al resto —familia lejana, amigos y relaciones reunidos para ser testigos y juzgar—, todos pensaban que era un tipo con suerte, tal como Therese Osbaldestone le había dicho sin rodeos, pese a lo poco que todos sabían y habían visto, excepto quizá Therese. Después de todo, Helena era demasiado parecida a él.

Nunca había sido capaz de dar por sentado el amor de Helena, de suponer su amor como un derecho. Por poderoso que él pudiera ser, por noble y rico que fuera, seguiría habiendo una cosa que no podía exigir. Así que él siempre estaría allí, vigilando, siempre presto a protegerla, a garantizar que siguiera siendo suya para siempre.

Tal era la vulnerabilidad de un conquistador.

Sin duda Therese diría que tenía cuanto se merecía.

Con una sonrisa, volvió a mirar la carta. La leyó.

Con la presente le devuelvo un objeto al cual, según creo, tiene usted derecho. Recordará las circunstancias en que el mismo, hace siete años, llegó a mis manos. Lo que nunca ha sabido fue que, al enviarme al convento de las Jardineras de María, me puso en el camino de su pupila, a la sazón allí residiendo.

Ésta, amigo mío, fue la única información de la que usted carecía. Nos habíamos conocido antes de que usted la enviara a recuperar su pieza, conocido e intercambiado una promesa. Al enviarla a mí para recuperar la daga, nos dio la oportunidad de actualizar aquella antigua promesa, de ahondar en ella como no habíamos tenido oportunidad de hacer con anterioridad.

Ahora hemos alcanzado nuestro propio acuerdo. En este momento me hallo en posesión de algo que vale infinitamente más que su daga; y, por eso, he de agradecérselo. Nuestro futuro, el de ella y el mío, se lo debemos a usted.

Por tanto, ruego que acepte la daga que adjunto —suya de nuevo—, como prueba de nuestro agradecimiento.

Le interesará saber que su pupila no sufrió serias molestias a causa del accidente que estropeó, de forma tan desgraciada, nuestra reciente visita. Su energía e ingenio no han sufrido menoscabo; algo de lo que puedo dar fe personalmente.

Y sí, *mon ami*, ella es ahora la duquesa de St. Ives. *Bonne chance*, y hasta la próxima vez que se crucen nuestras espadas.

Sonrió al imaginar a Fabien leyéndola. Firmó al pie y espolvoreó la carta. En ese momento, un frufrú de tela le hizo volverse hacia la cama.

Apartándose la melena, Helena sonrió, lánguida y sensual, y se hundió de nuevo en las almohadas.

—¿Qué estás haciendo?

Sebastián esbozó una amplia sonrisa.

—He escrito una carta a tu tutor.

—Ah. —Helena levantó una mano y le hizo una seña, haciendo brillar el anillo de oro que Sebastián le había colocado en el dedo el día anterior—. Creo que ahora es a mí a la primera que debes atender, excelencia.

En sus labios, el tratamiento, pronunciado con marcado acento francés sonó a descarada invitación.

Sebastián dejó la carta y volvió a la cama.

A ella.

Al calor de sus brazos.

A la promesa contenida en su beso.

Epílogo

Por desgracia, ni Sebastián, quinto duque de St. Ives, ni Helena, su duquesa, llevaron diario alguno. Sin embargo, lo que sigue fue extraído de los diarios del reverendo Julius Smedley, que desempeñó el cargo de capellán del duque de St. Ives desde 1767 a 1794. El reverendo Smedley celebró el matrimonio de Sebastián y Helena y fue un notario fiel de todo cuanto acaeció a su alrededor. Por él, nos enteramos de que:

Ariele de Stansion y Phillipe de Sèvres permanecieron en Somersham Place un par de años, Phillipe ayudando en la administración de la propiedad y Ariele pasando la mayor parte del tiempo con su hermana, a la que asistió en el difícil parto de su único hijo, Sylvester. Phillipe siguió dedicado a Ariele a lo largo de los años y, por su parte, ésta jamás miró a otro hombre, por más que no faltaron caballeros que buscaban atraer su atención. En consecuencia, con la ayuda de Sebastián, Phillipe compró una magnífica propiedad al norte de Lincoln. Él y Ariele se casaron y se trasladaron a vivir allí y, por ende, fuera del ámbito del reverendo Smedley.

La única otra nota de interés sobre aquellos primeros años del matrimonio del duque fue una obligada referencia a la muerte de una tal Marie de Mordaunt, condesa de Vichesse, esposa del antiguo tutor de la duquesa y su hermana y tío, a su vez, de Phillipe.

Poco después, el Terror llegó a Francia. Sebastián, con la colaboración de Phillipe y de sus propios y amplios contactos en aquel país, ya había actuado para liquidar y llevar a Inglaterra la mayor parte de la fortuna heredada por Helena y Ariele, además de a un nutrido grupo de sirvientes leales.

El hermano de Phillipe, Louis, desapareció durante esta época y no se volvió a saber de él.

Los St. Ives, tras una exhaustiva búsqueda, se enteraron de que el conde de Vichesse, advertido de que abandonase París y volviese a su fortaleza del Loira, se encontró Le Roc sitiado. La versión de los hechos que llegó a Londres fue que el conde, con considerable riesgo de su vida, había conseguido introducirse en la fortaleza, donde ordenó a sus leales criados que salvaran las vidas. Después de eso, desapareció. Y ya no hay más mención del conde, ni en los diarios del reverendo ni en crónica alguna de la época.

Sin embargo, sí hay una fascinante referencia a un noble francés que llegó a Somersham un mes después de la caída de Le Roc. Se le describe como alto, delgado, rubio y de tez clara. Solía vestir completamente de negro y era considerado camarada íntimo del duque; a menudo se les veía a ambos practicar la esgrima en una terraza.

En un alejamiento de su habitual apego a los detalles, el reverendo Smedley se olvida, un tanto evasivamente, de citar el nombre de este caballero francés.

El francés permaneció en Somersham unos meses, al cabo de los cuales, y con evidente disgusto del duque y la duquesa, decidió abandonar Inglaterra. Dejó Somersham para dirigirse a Southampton y, desde allí, viajar en barco a las Américas.